달콤한 숨결

UTSUBOKAZURA NO AMAI IKI
by YUZUKI Yuko

ケツポスラの甘い罠

달콤한 숨결

유즈키 유코

장편소설

민경욱 옮김

비채

ウツボカズラの甘い息

프롤로그

의자에 앉자 창문 블라인드가 내려갔다.

실내로 들어오던 햇살이 차단되니 주위가 어두워졌다.

진찰실에 놓인 철제 책상, 의학 서적이 꽂힌 사무용 책장, 구석에 놓인 관상식물의 윤곽이 모호해졌다. 눈앞에 앉은 의사의 표정도 잘 보이지 않았다.

"몸은 어떠세요?"

의사가 물었다. 잠깐 생각해본 뒤 중얼거렸다.

"아직은 이따금 머리가 멍할 때가 있어요. 하지만 그런 상태에서도 그럭저럭 돌아올 수 있었어요. 선생님이 알려주신 방법으로."

"다행이군요."

의사가 미소 짓는 것 같았다.

"그런데."

무릎 위에서 조급하게 손깍지를 꼈다.

"잘 안 될 때도 있어요."

"어떨 때죠?"

의사가 물었다.

"현기증이 심할 때요. 그럴 때는 의식까지 몽롱해져 도무지 그 자리로 갈 수가 없어요. 정신을 차리고 시계를 보면 보통 때보다 훨씬 시간이 많이 흘러 있고요."

의사는 익숙한 손놀림으로 키보드로 뭔가 치더니 고개를 들었다.

"그럼 오늘도 연습해볼까요?"

의사는 의자 등받이에 몸을 기대 느긋한 자세를 취했다.

"자, 늘 하시던 대로 천천히 심호흡하세요."

깊이 숨을 들이쉬고 크게 내뱉었다.

"눈 감으세요."

지시에 따라 눈을 감았다.

의사가 낮은 목소리로 천천히 물었다.

"당신은 지금, 어떤 곳에 있습니다. 거기가 어디죠?"

머릿속으로 상상했다. 회색 벽이 보였다.

"콘크리트로 둘러싸인 곳이에요."

의사가 말을 이었다.

"그럼 당신 눈앞에 콘크리트 계단이 있습니다. 계단은 열 개입니다. 제가 지금부터 숫자를 셀 테니 거기 맞춰 계단을 내려가는 겁니다. 천천히 하나씩."

아래로 이어진 계단을 상상했다.

의사가 천천히 숫자를 세기 시작했다.

"하나, 둘, 셋……."

머릿속으로 콘크리트 계단을 하나씩 내려갔다. 내려갈 때마다 진 찰실 밖에서 들려오는 차 소리와 거리 소음이 멀어졌다.

"아홉, 열."

계단을 다 내려왔다.

"당신 앞에 문이 있습니다. 어떤 문이죠?"

잠시 생각하고 대답했다.

"철문이에요."

"이제 문을 엽니다. 그 안은 당신이 안심할 수 있는 장소입니다. 바닷속일 수도 있고 자신의 방일 수도 있죠. 구름 위라도 괜찮습니 다. 거긴 당신에게 아주 편안한 곳입니다. 자, 문을 여세요."

문손잡이를 잡고 천천히 열었다.

"거기는 어디인가요?"

나무가 우거진 숲이었다.

"숲속이에요."

의사는 질문을 이어갔다.

"어두운가요, 밝은가요?"

"밝아요. 나무 사이로 햇살이 스며들어요."

상상의 숲을 걷다 보니 수령이 백 년은 될 법한 커다란 나무가 있 었다.

나무를 안았다. 풀과 흙 냄새가 났다. 새소리도 들렸다.

나무 몸통을 안고 있는데 멀리서 의사 목소리가 들렸다.

"그곳에 당신을 위협하거나 기분 상하게 할 것은 하나도 없습니다. 안전한 장소죠. 거기서 잠시 쉴까요."

나무 몸통에 살짝 뺨을 댔다. 마음이 편안하다. 커다란 존재가 지켜주는 기분이다.

잠시 그러고 있자 다시 멀리서 의사 목소리가 들렸다.

"편안해졌나요?"

"네."

꿈꾸듯 황홀한 기분으로 대답했다.

"당신은 그곳에 가려고 마음만 먹으면 언제든 갈 수 있습니다. 눈을 감고 천천히 심호흡하며 계단을 내려가면 당신의 편안한 장소가 펼쳐집니다. 알겠습니까?"

천천히 고개를 끄덕였다.

"그럼 이제 돌아가죠."

조금만 더 숲속에 있고 싶다. 하지만 언제든 또 올 수 있어. 그렇게 생각하고는 나무에서 몸을 뗐다.

의사가 숲에 데려올 때와는 반대 방법으로 원래 세계에 데려왔다.

"조금 전 문을 통해 밖으로 나와서 내 목소리에 맞춰 계단을 하나씩 오르세요. 준비됐나요? 숫자를 세겠습니다. 하나, 둘……."

목소리에 맞춰 계단을 하나씩 올랐다.

"아홉, 열."

계단을 다 올라왔다.

동시에 짝, 하고 박수 소리가 났다.

"눈을 뜨세요."

번뜩 눈을 떴다.

주위를 둘러봤다. 낯익은 진찰실 의자에 앉아 있다. 눈앞 철제 책상도, 의학 서적이 꽂힌 사무용 책장도, 구석에 놓인 관상식물도 그대로였다. 내 기분만 달라졌다. 불안정하던 마음이 차분해져 있었다.

의사는 창가로 다가가 블라인드를 올렸다.

늦여름 화사한 햇살이 창으로 들어왔다.

의사가 이쪽을 돌아봤다.

"힘들 때 지금 방법을 떠올리세요. 집이나 플랫폼, 공원, 어디든 좋습니다. 어딘가 앉아 눈을 감고, 지금 한 것처럼 자신을 안전한 장소로 데려가세요. 다시 눈을 떴을 때는 편안해져 있을 겁니다."

고개를 끄덕이자 의사도 만족스러운 듯 고개를 끄덕였다.

"약은 전과 똑같이 처방하겠습니다. 안정제와 수면제입니다. 두 주 후에 뵙죠."

의자에서 일어나 인사했다.

"선생님, 고맙습니다."

1

ウツボカズラの甘い息

식탁 의자에 앉아 과자를 먹던 다카무라 후미에가 손을 멈췄다. 벽에 걸린 시계를 봤다.

오후 3시. 아이를 데리러 갈 시간이다.

보고 있던 여성용 생활정보지를 덮은 뒤 현관으로 갔다.

빗질도 안 한 머리를 손가락으로 대충 쓸어 넘긴 다음 샌들을 신고 밖으로 나갔다.

후미에는 고마쓰 주류판매점으로 향했다. 집에서 도보로 일 분이면 갈 수 있다. 아직 버스는 오지 않았다. 시간에 잘 맞춰 온 것 같다.

가게 옆에 서 있자 길 안쪽에서 소형 버스가 다가왔다. 아이가 다니는 유치원 버스였다. 버스 전체가 판다처럼 보이게 페인트칠 되어 있었다. 다들 '룬룬 버스'라고 하는데, 룬룬은 판다 이름인 듯하다. 유치원에는 토끼를 그린 '깡충 버스', 개를 그린 '멍멍 버스'도 있다.

시내 수많은 유치원 중에서 고요 유치원을 고른 것은 둘째 딸 미사키가 룬룬 버스를 타고 싶다며 졸랐기 때문이다.

고요 유치원은 '부모의 애정이 무엇보다 중요하다'라는 신조를 내세웠다. 점심은 매일 엄마가 직접 만든 도시락을 싸가야 했고 부모가 참가하는 행사도 다른 유치원보다 많았다.

세 살 터울인 언니 미키도 고요 유치원에 다녔기에, 행사가 많다는 사실은 지긋지긋할 정도로 잘 알고 있었다. 꽃놀이다, 레크리에이션이다 해서 한 달에 두 번은 부모가 가야 했다. 그럴 때면 아직 기저귀도 떼지 못한 미사키를 업고 참석했다. 매일 도시락을 싸는 것도 힘들었고, 많은 보호자가 즐기는 행사 역시 후미에에게는 고통일 뿐이었다. 갈 때마다 둘째는 다른 유치원에 보내자고 생각했다.

그래서 미사키가 언니처럼 고요 유치원에 가고 싶다고 했을 때는 정말 놀랐다. 온갖 수단을 동원해 마음을 바꿔보려 했으나 룬룬 버스를 타고 싶다며 도통 말을 듣지 않았다.

결정타는 남편 도시유키였다. 고요 유치원에 보내기 싫은 이유를 아무리 설명해도 아이 마음이 제일 중요하다고 했다. 얼핏 아이 의사를 존중하는 좋은 아빠처럼 보이지만 그렇지 않다는 걸 후미에는 잘 알았다. 언니와 같은 유치원에 보내면 원복이나 비품을 물려받을 수 있어서 지출이 준다. 그게 도시유키가 고요 유치원을 원하는 진짜 이유였다.

룬룬 버스가 후미에 앞에 멈춰 섰다.

문이 열리고 미사키가 박차듯 버스 발판에서 뛰어내렸다.

딸의 모습에 후미에는 자기도 모르게 얼굴을 찌푸렸다. 어제 새로 빨아 입힌 원복이 빨강과 노랑 물감으로 더러워져 있었다. 갈아입을 옷은 한 벌밖에 없었다. 집에 돌아가면 바로 빨아야겠다.

"안녕하세요."

문이 닫히기 전, 등하차 지도를 맡은 젊은 여성 선생님이 후미에에게 고개를 숙였다.

"선생님, 안녕!"

미사키가 손을 흔들었다. 문이 닫히고 버스가 후미에와 미사키에게서 멀어졌다.

버스가 보이지 않자 미사키는 느닷없이 집을 향해 뛰기 시작했다.

"미사키, 기다려! 손 잡아야지! 차 오면 위험해!"

후미에는 지바의 마쓰도 시에 살고 있었다. 집에서 시 중심지까지는 차로 이십 분쯤 걸렸다. 좁은 길이 복잡하게 얽힌 낡은 주택가로, 평소에는 그다지 차가 많이 다니지 않는다. 그래도 사고가 일어나지 말란 법은 없다. 좋지 않은 일은 종종 느닷없이 찾아오는 법이다.

미사키는 후미에의 말을 듣지 않았다. 술래잡기라도 하듯 온 힘을 다해 달렸다.

"미사키, 기다리라니까!"

후미에는 미사키의 뒤를 쫓았다.

배에 붙은 살이 위아래로 크게 출렁였다. 전력으로 달리고 있으나 옆에서 보면 종종걸음을 치는 듯 보이리라.

숨을 헐떡이며 집으로 돌아오니 미사키는 이미 들어와 있었다.

무사히 돌아온 데 안도하면서도 자기 말을 듣지 않는 딸에게 화가 났다.

"미사키, 엄마 말 들으라고 했지! 사고라도 나면 어쩔 거야!"

문을 닫고 잠금장치를 걸었다. 문 안쪽에 달린 우편함을 열었다. 현관문에 직접 연결된 우편함으로 우편물을 받는 구조였다.

엽서 두 장이 들어 있었다. 비디오 대여점 전단, 딱 한 번 사본 건강식품 회사에서 보낸 신제품 소개 광고.

샌들을 벗고 안으로 들어간 후미에는 엽서를 읽지도 않고 쓰레기통에 버렸다.

"미사키, 오늘 유치원에서 뭐 했니? 어제 빨아서 입은 원복을 그렇게 더럽히고."

거실 바닥에 내던져진 유치원 가방에서 빈 도시락을 꺼내며 물었다. 후미에의 말이 들리지 않는지 미사키는 대답이 없었다. TV 앞에 앉아 애니메이션 DVD를 플레이어에 넣고 있었다.

"미사키."

후미에가 다시 이름을 불렀다.

여전히 아무 대답도 하지 않는다.

후미에는 도시락을 싱크대에 거칠게 내려놓고 거실로 가서, 미사키 손에서 리모컨을 빼앗았다.

"엄마, 왜 그래!"

미사키가 후미에를 노려봤다. 후미에도 마주 노려봤다.

"왜 그러냐고? 밖에서 돌아오면 바로 손 씻기로 약속했지? 그리고 빨리 그 원복 벗어. 빨아야 하니까."

미사키가 불만스러운 표정을 지었다.

"토토로 보고 나서 해도 되잖아."

"안 돼!"

후미에가 강하게 꾸짖었다.

미사키는 마지못해 세면실로 향했다. 손 씻는 소리가 나고, 미사키가 거실로 돌아왔다. 그대로 부엌으로 가더니 찬장 문을 열었다.

"아, 없네!"

미사키가 소리쳤다.

"집에 오면 먹으려고 했는데. 카프리코 초코, 엄마가 먹었지!"

사놓은 과자는 점심 먹고 드라마를 보면서 먹었다. 아이들 간식에 손댄 게 미안해 후미에는 도시락을 설거지하면서 변명했다.

"딸기 맛 싫어하잖아?"

"그건 언니지! 나는 좋아하는데. 엄마, 너무해!"

미사키가 소리치고는 울기 시작했다. 소리가 너무 높아 신경이 거슬렸다.

후미에는 아까 먹던 과자를 턱으로 가리키며 말했다.

"봐, 저기 감자 칩 있네. 저거 먹어."

미사키는 울음을 멈추기는커녕 발까지 동동 구르며 후미에를 원망했다.

"싫어! 카프리코 초코가 먹고 싶다고! 엄마, 바보!"

수돗물이 도시락 구석에 닿아 사방으로 튀었다. 앞치마가 젖었다.

후미에는 화가 치밀어 소리쳤다.

"싫으면 먹지 마!"

딩동.

현관 차임벨이 울렸다. 벽에 걸린 시계를 봤다. 3시 30분. 틀림없이 미키일 것이다.

앞치마를 벗으면서 현관으로 향했다.

역시 미키였다. 열린 문밖에서 입술을 굳게 다문 채 눈을 붉히고 있었다.

후미에는 안타까운 한숨을 토했다.

"또 학교에서 애들이 괴롭혔어?"

미키는 아무 말도 하지 않고 몸을 던지듯 후미에를 밀치고 집으로 들어왔다. 곧장 2층 자기 방으로 달려간다.

"미키, 이리 와봐. 미키!"

불러도 대답이 없다. 아마도 자기 침대에서 울고 있으리라.

아무렇게나 벗어 던져놓은 신발을 현관에 나란히 놓았다.

거실에서 미사키의 짜증스러운 목소리가 들렸다. 비명에 가까운 울음소리가 귀를 파고들었다.

갑자기 현기증이 찾아왔다. 눈앞이 흐려지고 사고가 둔해졌다.

—아아, 또 시작이네.

후미에는 손으로 벽을 짚어 휘청대는 몸을 기댔다.

해리가 시작될 조짐이었다.

어린 시절의 괴로운 기억이 떠오른다든지, 육아의 고통이나 자신의 추한 현재 모습을 직시하면 해리 증상이 나타났다.

눈을 감고 격렬하게 고개를 흔들었다.

―단단히 정신 차려야 해.

하지만 그런 의사와는 반대로 의식은 점점 정처 없이 떠돌았다.

미키에 대한 왕따가 시작된 것은 올봄이었다.

1학년에서 2학년으로 올라가면서 반이 바뀌었고 5월이 되니 바로 참관 수업이 있었다. 과목은 도덕이었다. 교과서에 실린 동화 〈아기 돼지 삼 형제〉를 배우고 있었다.

수업이 시작되자 게이타가 후미에를 봤다. 게이타는 2학년에 같은 반이 된 아이였다. 좋은 의미에서도 나쁜 의미에서도 활발한 아이로, 반의 분위기 메이커였다.

후미에는 다른 보호자들과 같이 교실 뒤편에 있었다. 게이타가 선생님 지적을 받지 않게 교과서로 얼굴을 가리고는 흘끔흘끔 뒤돌아봤다.

얼마 후 주위 아이들도 뒤쪽을 신경 쓰기 시작했다. 후미에를 본 아이들은 서로 얼굴을 마주 보며 킥킥대고 웃거나 끔찍한 걸 본 듯 얼굴을 찡그렸다.

그때는 아이들이 왜 그런 시선을 보내는지 몰랐다. 이유는 미키가 학교에서 돌아온 다음에 알았다.

학교에서 돌아온 미키는 거실에 들어서자마자 울음을 터뜨렸다.

놀라서 왜 그러느냐고 물으니 참관 수업 이야기를 했다.

〈아기 돼지 삼 형제〉 삽화 속 의인화된 돼지 그림이 후미에를 쏙 빼닮았다는 것이었다.

"나한테 무슨 별명이 붙은 줄 알아?"

미키는 울어서 빨개진 눈으로 후미에를 노려봤다.

"피그차야. 영어로 돼지는 피그이고 아이는 차일드래. 나는 돼지의 자식이니까 피그차래. 게이타가 그랬어. 그러니까 아이들이 다 피그차, 피그차라고 부르기 시작해서⋯⋯."

미키는 후미에를 향해 소리쳤다.

"엄마는 왜 그렇게 뚱뚱한 거야!"

머릿속에서 윙 하고 소리라고도 할 수 없는 소리가 났다.

끔찍한 과거 기억이 되살아났다. 그와 동시에 놀림받던 굴욕과 분노가 가슴에 치밀어 올라왔다.

반사적으로 휴대전화를 들었다. 담임 교사에게 자신과 딸이 아이들에게서 받은 모욕을 알리기 위해서였다.

발신 버튼을 누르려던 후미에는 감정에 휘둘려 행동하려는 자신을 간신히 제지했다.

상대는 아직 일고여덟 살배기 아이였다. 왕따라는 음습한 짓을 저지른 게 아니라 그저 반쯤 놀리는 마음으로 말했을지 모른다. 여기서 어른이 너무 민감하게 반응하면 거꾸로 문제가 복잡해질 가능성이 있었다.

후미에는 마음을 가라앉히면서 애써 아무렇지 않은 척했다.

"그런 놀림은 금방 없어져. 곧 아무도 그런 말 안 할 거야."

큰 문제가 아닌 듯 말하는 엄마의 행동에 미키도 지나치게 요란을 떨어서는 안 되는구나 생각했을 것이다.

"그럴까?"

후미에는 울던 딸의 머리를 쓰다듬어줬다.

"그래. 너무 신경 쓰지 마."

미키도 이해한 듯 보였다.

그러나 아이들의 태도는 변하지 않았다. 오히려 점점 심해졌다. 교과서나 노트에 돼지라고 낙서를 해놓기도 하고, 복도에서 미키를 보면 코를 부여잡고 '냄새나' 하고 웃으면서 달려가는 아이도 있다고 했다.

요즘 미키는 등교 시간이 되면 복통이나 두통을 호소하게 됐다. 학교에 가고 싶지 않아서 부리는 꾀병인지, 아니면 정신적인 문제로 정말 아픈 건지는 잘 모르겠다. 열을 재보고 정상 체온이면 '무슨 일 있으면 보건실에 가렴' 하고 설득해 억지로 집에서 내보냈다.

미키에 대한 괴롭힘을 담임은 아는지 모르는지 아무 말도 없었다.

담임 교사와 의논해야겠다고 생각하면서도 시기를 놓쳐 지금에 이르고 말았다.

후미에는 벽에 걸린 거울을 봤다.

거울 속에 퉁퉁하게 살찐 여자가 있었다. 눈과 코는 빵빵한 뺨에 파묻혔고, 턱 아래에는 살집이 늘어졌다. 배가 가슴보다 더 튀어나왔다.

지금은 이런 모습이지만 후미에에게도 빛나던 시절이 있었다.

중학생 때였다.

초등학생 때까지는 지금과 마찬가지로 지독히 뚱뚱했다. 학교에서 백돼지라는 별명이 붙었다. 피부가 하얗고 결혼 전 성이 '무타'라서, '시로 하얗다는 뜻의 일본어'와 무타를 붙여 '시로무타'가 됐고, 무타는 '부타 돼지를 뜻하는 일본어'가 되어 '시로부타', 즉 백돼지가 됐다.

후미에의 부모님은 아버지가 스물여섯, 어머니가 스물두 살 때 결혼했다. 이미 어머니 배 속에는 후미에가 있었다.

아버지는 후쿠이 현지에 본사가 있는 중견기업의 샐러리맨이었다. 출장이 잦아 한 달에 절반은 집을 비웠다.

남편이 없는 외로움 때문인지, 호스티스 시절의 노는 습관을 버리지 못해서인지 어머니는 밤이 되면 화장하고 후미에를 놔둔 채 외출하는 일이 많았다. 밤늦게 돌아오면 반드시 술 냄새가 심하게 났다.

외동딸인데도 두 사람 다 후미에에게 관심이 없었다.

집에 거의 없는 아버지는 그렇다 쳐도 후미에와 같이 지내는 어머니마저 딸을 거의 돌보지 않았다. 교우 관계는 물론 신변도 제대로 보살피지 않은 것이다.

초등학생이 되면 여자아이는 머리 스타일이나 옷에 신경을 쓰기 시작한다. 머리에 귀여운 장식을 달거나 예쁜 옷을 입는다.

그런데 후미에는 달랐다. 돈이 아깝다며 늘 어머니가 자수용 가위로 머리를 잘라줬고 옷도 어디서 얻어온 헌 옷을 입혔다.

어머니는 육아와 마찬가지로 집안일도 하지 않았다. 먼지 때문에 죽지 않아, 그 정도는 더러운 것도 아니야. 그런 이유로 청소나 빨래를 며칠씩 하지 않았다. 후미에는 음식물 얼룩이 있거나 땀 냄새가 나는 옷을 입고 등교했다.

아이들은 예쁘지도 않고 깨끗하지도 않은 후미에를 더럽고 냄새 난다며 괴롭혔다. 사라진 체육복이 쓰레기통에서 나오기도 했다. 책상 서랍에 먹다 남은 급식을 넣어놓은 일도 있었다.

후미에는 학교에서 왕따당한다는 말을 선생님이나 부모에게 할 수 없었다. 겉으로 드러나면 더 괴롭힐 것 같았고, 무엇보다 사람들에게 알려져 더 비참해지고 싶지 않았다.

힘든 생활을 바꿀 만한 전환기가 찾아온 것은 초등학교 6학년 겨울이었다.

아버지가 봄철 인사이동으로 후쿠이에서 기후로 전근을 가게 됐다. 이사는 넉 달 뒤인 3월이라 봄부터는 새로운 지역에서 중학교에 다니게 됐다.

후미에는 달라질 기회는 지금밖에 없다고 생각했다. 더는 왕따를 당하고 싶지 않았다. 추한 나 자신과 결별하고 싶어, 강렬하게 바랐다. 살도 빼고 깔끔해지면 새로운 곳에서는 틀림없이 친구가 생길 거야. 즐겁게 학교생활을 할 수 있을 거야. 그렇게 생각해 자신을 바꾸겠다고 결심했다.

이사 소식을 안 다음 날부터 다이어트에 힘썼다. 간식을 끊고 식사도 반으로 줄였다. 배고픔을 참지 못해 기어이 단것에 손을 대려한 적도 있으나 다시 태어날 자신을 상상하며 꾹 참았다.

조금씩 살이 빠지면서 주위도 변하기 시작했다.

원래 후미에의 이목구비는 반듯했다. 뺨과 턱에 붙은 살이 빠지자 얼굴 크기가 반으로 줄었다. 거꾸로 눈은 커지고 코가 오뚝해졌다.

체형도 마찬가지였다. 키가 큰 후미에는 원래 팔다리가 길었다. 몸에 붙은 살 때문에 아무도 알아차리지 못했을 뿐이었다.

백돼지라고 불리는 일이 줄어들고 개인 물품이 사라지는 일도 없어졌다.

졸업식 전날에는 계획하에 저금한 용돈으로 태어나 처음으로 미용실에 갔다.

하나로 묶어 내내 기르던 머리를 어깨까지 오는 길이로 잘랐다.

평소 드라이어를 쓰지 않고 내버려뒀는데 그 덕분인지 상한 머리가 없어 윤기가 흘렀다. 미용실 거울 속에는 누구나 눈이 번쩍 뜨일 미소녀가 있었다.

졸업식 당일. 15킬로그램이나 감량에 성공하고 봄부터 다닐 중학교 교복을 입은 후미에를 모두 숨죽이며 바라봤다. 여자아이들은 호기심과 질투 어린 눈길을 보냈고 남자아이들은 아름답게 변모한 후미에에게서 눈을 떼지 못했다. 백돼지가 백로로 변신한 순간이었다.

새로이 입학한 중학교에서 후미에는 주목받는 인물이었다. 예쁘다며 입을 모아 칭찬했고 지역의 아이돌이라는 소리까지 들었다. 친구라 부를 수 있는 사람도 많이 생겼다. 아름다움에 대한 질투 때문인지 후미에를 무시하는 여학생도 있었으나 전혀 신경 쓰지 않았다. 초등학교 때의 왕따를 생각하면 해만 끼치지 않아도 그만이었다.

수많은 남학생이 호의를 보냈다. 적을 때는 한 달에 두 통, 많을 때는 대여섯 통씩 연애편지를 받았다. 누구에게도 답하지는 않았다. 자신을 갈고닦느라 여념이 없어서 이성에게는 전혀 관심이 없었다.

남자친구라고 할 만한 사람이 생긴 것은 고등학교에 올라오고 난 뒤였다.

친구 소개로 만났는데 왠지 잘 맞았다. 자연스럽게 사귀긴 했지만 특별한 감정이 있는 건 아니었다. 그저 누구보다 공주처럼 대접해주기 때문이었다.

교제는 오래가지 못했다. 원래 금방 싫증을 내는 성격인지 자신을 꾸미는 일에만 관심이 있어서인지는 알 수 없었다.

처음 사귄 남자친구와는 석 달, 두 번째와는 두 달밖에 가지 못했다. 세 번째는 반년쯤 이어지다가 강력하게 교제를 요구하는 다른 학교 남학생으로 갈아탔다.

인생에는 놀라울 정도로 이성이 모이는 전성기 같은 게 있다는데 중학교에서 고등학교에 걸친 육 년이 후미에의 첫 전성기였다.

고등학교를 졸업한 후 도쿄의 대학에 입학했는데 그때부터 전성기는 멀어졌다.

지방에서는 예쁘다는 평판을 들었지만 도시인 도쿄에서는 그럭저럭 귀여운 애 정도로만 받아들였다. 말을 걸어오는 남성은 있으나 도시에서 나고 자란 세련된 여성에게는 대적할 수 없었다.

사람은 일단 좋은 경험을 하면 그 맛을 잊지 못한다. 지방에서 한껏 치켜세워진 경험이 후미에를 평범한 정도로는 만족할 수 없는 사람으로 만들어버렸다.

답답한 마음을 품고 있던 후미에는 처음으로 사람을 좋아하게 됐다. 같은 동아리 선배로, 외모도 훌륭하고 성격도 좋았다. 늘 명랑했으며 누구에게나 친절했다. 후미에는 태어나서 처음으로 먼저 교제를 청했다.

선배와의 만남은 여덟 달쯤 이어졌다. 반동거까지 했다. 선배가 양다리를 걸쳤다는 사실을 사귄 지 반년이 지났을 때 알았다. 같은 동아리 친구가 선배에게 따로 만나는 여자가 있다고 알려줬다. 원래 바람둥이로 유명하다고 했다.

따져 물으니 선선히 인정했다. 울며 원망하자 성가시다는 표정으로 '좀 귀엽다고 나대지 마, 너 정도 여자는 차고 넘치게 많아'라고 말했다.

포기할 수 없어 돌아오게 하려 노력했으나 헛수고였다. 마지막에는 새 애인에게서 내 남자친구한테 그만 좀 들러붙으라는 소리까지 들었다. 그 기세등등한 눈빛은 지금도 잊을 수 없다.

실연의 충격으로 이상할 정도로 먹어대기 시작했다. 아침에 일어나면 우유 1리터를 부어 시리얼을 먹어치운 다음 컵라면을 먹었다. 그러고는 두 시간도 채 못 되어 먹을 수 있는 건 뭐든 입에 넣었다. 먹을 게 없어지면 근처 편의점으로 달려가 한가득 샀다. 그 역시 다음 날까지 가지 못했다.

한 달 만에 몸무게가 10킬로그램이나 늘었다. 그렇게 먹으니 위가 고장 나지 않을 리 없었다. 배가 아파 내과에 갔더니 정신과에 가보라고 했다. 소개받은 정신과에서 과식증이라는 진단을 받았다. 대학 2학년 말 무렵이었다.

의사 지시로 다이어트를 시작했다. 몸무게는 석 달 만에 원래대로 돌아왔다. 그러나 다시 살이 찔까 두려워져 이번에는 거식증이 됐다.

후미에는 과식과 거식을 되풀이했다. 먹고 토하고, 토하고 먹었다. 몸도 마음도 엉망이었다.

그 무렵에는 자주 같은 꿈을 꿨다. 초등학교에서 괴롭힘을 당하는 꿈이었다.

날아오는 비난, 쏟아지는 조소, 모여드는 차가운 시선, 한없는 외로움. 늘 낙담한 채 눈을 떴다. 도무지 대학에 다닐 상태가 아니어서 일 년을 휴학했다.

그러고 나서야 정신 상태가 안정되기 시작해 다시 학교에 다닐 수 있게 됐다.

겨우 자신에게 맞는 약을 찾았고, 상처 준 선배가 졸업한 점도 다시 서는 데 도움이 됐다.

신장 대비 적정 몸무게를 유지할 수 있게 되어, 구직을 시작했을 무렵에는 '백로'로 돌아왔다.

대학 4학년 가을에는 무사히 합격 통보를 받았다. 도쿄 증시 2부에 상장된 도내의 인쇄 회사였다.

힘든 시기도 있었으나 오 년간의 도쿄 생활은 후미에를 확실히 변모시켰다. 화장도 세련되게 할 수 있게 됐고 옷 입는 감각도 늘었다. 후미에에게 두 번째 전성기가 찾아왔다.

취직 후 사내에서는 물론 영업차 방문한 거래처 직원에게도 자주 술 한잔하자는 제안을 받았다. 회사 소개 팸플릿의 사원 모델로도 뽑혔다.

다시 찾아온 전성기에 후미에는 매일 즐거워 어쩔 줄 몰랐다. 주위에서 주목해줬고 '예쁘네' '귀엽네' 하며 한껏 치켜세워지는 쾌감에 취했다. 실연의 고통에서 벗어나 완전히 다시 일어섰다.

그러나 충만한 시기는 결혼할 때까지였다.

근무 이 년 차에 지금의 남편을 만났다. 친구가 주선한 미팅에 도시유키가 있었다. 도시유키는 병원에 의료기기를 파는 영업사원으로, 밝은 미소가 인상적이었다.

도시유키는 한눈에 후미에가 마음에 든 듯했다. 헤어질 때 휴대전화 번호를 교환했는데 그날 밤에 바로 인사말을 적은 장문의 메시지가 도착했다. 보이는 그대로 성실한 인품이 느껴지는 글이었다.

하지만 처음에는 그리 마음이 동하지 않았다. 도시유키가 평범한 샐러리맨이기 때문이었다. 지금 자신의 외모를 생각하면 더 조건 좋은 남자도 만날 수 있을 것 같았다.

젊은 층이 읽는 잡지에서 잘나가는 사람의 조건을 다룬 특집 기사를 봤는데 남성의 조건으로는 성실함이 자주 꼽혔다. 도시유키에게는 바로 그 성실함이 있었다.

자주 연락을 하는데 그렇다고 밀어붙이는 느낌은 아니었다. 항상 후미에의 상황을 살피고 조심하는 태도였다. 대학 시절에 아픈 경험을 한 후미에는 도시유키의 겸손한 자세에 호감을 품었다.

사귄 지 반년 뒤, 후미에는 임신했음을 깨달았다. 도시유키와의 아이였다. 임신 사실을 알리자 기뻐하며 바로 결혼하자고 했다.

후미에는 망설였다. 당시 스물다섯 살이었다. 아직 독신 생활에 미련이 있었다. 애당초 도시유키가 남자친구로는 불만 없었으나 이상적인 결혼 상대는 아니었다.

그렇다고 주어진 생명을 버리는 일은 망설여졌다. 결국 도시유키의 열렬한 프러포즈에 떠밀려 결혼했다.

지금 돌아보면 그때가 가장 행복했던 것 같다. 도시유키는 성실하고 다정했으며 뭘 하든 후미에의 생각을 존중해줬다. 하지만 프러포즈를 승낙하고 정식으로 예물을 교환할 때까지였다.

후미에는 결혼 후에도 계속 일하고 싶었다. 아이가 태어나면 어쨌든 나가는 돈이 늘어난다. 출산휴가가 끝나면 아이를 어린이집에 맡기고 회사에 복귀했으면 한다고 도시유키에게 말했다. 겉으로는 생활 때문이라고 했으나, 실은 집과 아이에 얽매이고 싶지 않았다.

도시유키는 처음으로 강경한 태도를 보였다. 맞벌이를 반대하고 나선 것이다. 아이가 어릴 때는 엄마가 키우는 게 좋다, 적어도 젖을 뗄 때까지는 보살피는 게 좋다. 그게 도시유키의 지론이었다.

그때는 후미에도 도시유키 의견에 동의했다. 그 말이 맞다고 여겼고, 일 년은 금방 지나가리라 생각했다.

그게 도시유키의 궤변임을 깨달은 것은 결혼하고 같이 살면서부터였다.

후미에는 입덧이 심해 의사가 입원을 권했다. 그 때문에 회사를 그만뒀다. 결혼식은 올리지 못했다. 날을 골라 혼인신고만 했다.

함께 살자 도시유키는 이상할 정도로 질투심을 드러내기 시작했다. 어쩌다 집 전화를 받지 못하면 어디 갔었냐고 따져 묻고 장 보러 가도 바로 돌아오라고 명령했다. 후미에가 밖에 나가는 걸 극단적으로 싫어하고 구속했다.

아이가 태어나고 일 년만 지나면 밖에 나가 일할 수 있어. 후미에는 그렇게 자신을 다독이며 답답한 생활을 견뎠다.

아이는 무사히 태어났다. 여자아이였다. 이름을 미키라고 지었다.

산모와 아이 모두 건강해 예정대로 퇴원했다. 당장 그날부터 육아에 쫓겼다.

육아 관련 책에서 보고 병원 간호사의 말을 들어 힘들 줄은 예상하고 있었다. 그러나 머리로 이해한 것보다 훨씬 힘들었다. 두세 시간 간격으로 젖을 먹이고 기저귀를 갈아줘야 해서 잠이 부족한 날이 이어졌다.

한두 달이면 되겠지. 그렇게 생각했다. 그러나 아니었다. 미키는 밤마다 심하게 울어댔다. 배가 고프거나 기저귀가 젖은 것도 아닌데 울며 보챘다. 울다 지쳐 잠들 무렵에는 날이 밝아오고 있었다.

당시 후미에 가족은 도내의 1LDK방 하나, 거실, 부엌 겸 식당이 있는 구조 임대 아파트에 살고 있었다. 문 달린 방 중 하나는 거실, 하나는 침실로 썼다.

미키가 밤마다 울며 보채자 도시유키는 거실에서 자기 시작했다. 다음 날 일에 지장이 있다는 이유에서였다. 한밤중에 수면 부족으로 비틀대면서 아이를 달래고 있으면 눈물이 쏟아질 것만 같았다.

미키가 목을 가누게 됐을 무렵 그만둔 회사의 동료들이 집으로 놀러 왔다.

저마다 미키를 번갈아 안아주면서 근황을 보고했다. 입사 동기인 지에는 최근에 남자친구가 생겨 한 달에 한 번 여행을 간다고 했다. 두 살 위 선배이자 미팅 동료인 도모에는 결혼정보 회사에 등록해 매주 맞선 파티에 참여중이라고 했다. 한 살 아래 후배인 아케미는 해외여행에 빠져 돈이 모이면 아시아나 유럽으로 혼자 훌쩍 떠났다.

이야기를 듣고 있으려니 후미에는 비참해졌다. 아직 스물여섯 살 이었다. 사실 동료들처럼 미팅이나 여행을 즐겨도 이상할 게 전혀 없을 나이였다. 그러나 지금 자신은 칭얼대는 아이를 달래고 청소, 빨래, 식사 준비 같은 집안일에 쫓기는 나날을 보낸다. 체력적으로나 감정적으로 자신을 돌볼 여유가 없어 근처 슈퍼마켓에도 민낯으로 갔다. 자랑이던 긴 머리도 싹둑 잘랐다. 손질이 귀찮았기 때문이다.

하지만 아이는 성장한다. 어쨌든 미키는 자랄 것이다. 아이가 젖을 떼면 사회에 복귀하자고 생각했다.

분명 아이는 귀여웠다. 하지만 후미에는 어머니가 아니라 한 여성, 한 인간으로 돌아가고 싶었다. 독신 때처럼 번 돈으로 원하는 물건을 사고 잘 꾸미고 술자리에도 참석하고 싶었다. 가끔은 여행도 가고 싶었다. 옛날처럼, 예쁘다고 칭찬도 받고 싶었다. 이제 조금만 더 고생하면 끝이라고 생각했다.

그런데 도시유키가 둘째를 바랐다. 후미에는 미키 하나면 된다고 거절했는데 외동은 불쌍하다면서 반쯤 강제로 둘째를 만들었다. 후미에의 바람은 둘째 임신과 동시에 멀어졌다.

지금 사는 단독주택은 미사키가 태어난 해에 샀다. 주택담보대출을 갚지 못하게 되어 내놓게 된, 사연 있는 물건을 경매로 싸게 사들였다. 도시유키가 인터넷에서 신축도 아닌 싸구려 매물을 발견했다.

신축은 아니라 해도 지은 지 삼 년이니 아직 새것이고 구조도 4LDK로 넓었다. 역에서 멀지만, 슈퍼마켓이나 초등학교가 가깝고 국도에서 들어간 안쪽에 있어 자동차 소음에 시달릴 일도 없었다.

도시유키는 집을 보러 온 날, 바로 사겠다고 했다. 언젠가 자기 집을 가져야 한다면 빨리 사서 대출을 갚는 게 좋다. 정년이 돼서도 대출에 시달리고 싶지 않다는 게 이유였다.

후미에는 영 내키지 않았다. 집이 싼 이유를 도시유키가 알려주지 않기 때문이었다. 아무리 압류당해 경매로 나온 물건이라고 해도 구조나 건축 시기, 입지를 고려했을 때 1900만 엔이라는 금액은 너무 쌌다. 매력적인 물건이지만 무슨 일이 있었는지도 모르는 집에서 사는 건 탐탁지 않았다.

게다가 생활비를 더 줄여야 한다고 생각하니 기분이 가라앉았다.

하지만 이번에도 도시유키는 전혀 후미에의 말을 들으려 하지 않았다. 그 무렵에는 자기 마음대로 해야 성이 차는 아집이 강한 남자라는 걸 알았다. 말해 봤자 소용없다는 생각이 완전히 자리를 잡고 있었다.

두 아이를 기르면서 남편이 벌어오는 한정된 월급만으로 살아야 하는 생활이 이어졌다. 사치는 상상도 할 수 없었다. 매달 가계는 빠

듯했다. 신문에 끼어 오는 슈퍼마켓 전단을 보고 10엔이라도 싼 물건을 찾아다녔다. 잘 차려입기는커녕 자기 옷 한 벌 사는 데도 벌벌 떨었다.

집안 형편은 쪼들리고 육아 스트레스가 쌓이자 먹는 것만이 유일한 낙이 됐다.

과자와 아이가 먹다 남은 것을 닥치는 대로 입에 넣었다. 원래 살찌기 쉬운 체질이었다.

몸무게는 순식간에 늘어나, 일 년 만에 10킬로그램이나 늘었다. 66 사이즈 옷을 입었는데 어느새 88 사이즈도 꽉 꼈다.

몸이 끼지 않도록 허리에 고무줄이 들어간 치마나 바지를, 배를 가리기 위해 길고 넉넉한 박스티나 블라우스를 입게 됐다.

실연당했을 때와 마찬가지였다. 점점 살이 찌자 꾸미는 데 신경을 쓰지 않게 됐다. 화장도 하지 않아서 아직 삼십대인데 열 살 가까이 많아 보였다.

그런 후미에를, 도시유키는 혐오스러운 눈빛으로 보게 됐다. 점차 눈빛을 말로 드러내고, 못생겼다며 후미에를 멸시하고, 결혼한 지 오 년 만에 이렇게 변하다니 사기라고 말했다.

—나를 이렇게 만든 게 누구인데?

속으로 절규했다. 소리 내어 말하고 싶었으나 너무나도 바뀐 거울 속 자신을 보니, 목소리가 목구멍 안에 달라붙어 나오지 않았다.

후미에는 점차 밖에 나가지 않았다. 장을 보거나 세탁소에 들르는 등 정말 필요한 일이 아니면 외출하지 않았다. 옛날 지인이나 유치원에서 사귄 엄마 친구들과도 연락하지 않았다. 대학 때와 마찬가지로 집에만 틀어박혔다. 추한 자신의 모습을 보여주고 싶지 않았다.

그 무렵부터 기묘한 감각을 느끼기 시작했다. 실제로 일어난 일인데 현실감이 없거나, 또 다른 자신이 멀리서 자신을 보는 듯한 감각에 이따금 사로잡혔다. 깨어 있으면서도 꿈꾸고 있는 듯한 느낌이었다. 대학 시절에는 없던 일이었다.

밤에 통 잠을 못 자 집안일을 할 맘이 들지 않았다. 아이들도 제대로 돌보지 않았다. 청소를 하지 않아서 방은 정신없었고 화장실이나 부엌처럼 물을 많이 쓰는 장소도 더러웠다. 직접 요리하는 대신 만들어진 반찬이나 즉석식품을 내놓을 때가 많아졌다.

아무리 둔감하더라도 도시유키 역시 이상하다고 느꼈으리라. 정신과에 가보라고 후미에에게 권했다.

다음 날, 근처 개인 병원을 찾았다. 후미에를 진찰한 의사는 가벼운 신경안정제와 수면제를 처방하고 두 주 후에 또 오라고 말했다.

그 후로 후미에는 정기적으로 병원에 다녔다. 병원에 다닌 지 두 달 후에야 병명을 들었다. 의사 진단은 피로와 스트레스에서 오는 과식증, 해리성 장애를 포함한 이인증離人症이었다.

과식증은 알고 있었으나 뒤는 처음 듣는 병명이었다.

해리성 이인증은 마음의 병으로, 자신의 사고와 행동, 때로는 외부 세계를 비현실적이라 느끼는 증상이라고 의사는 설명했다. 예를 들면 요리하고 있는데 유리 한 장 너머에서 다른 사람이 조리하는 듯한 감각을 느끼거나, 자신의 몸이 공중에 뜬 것 같은 느낌이 들기도 한다. 현실감이 엷어져 백일몽을 꾸는 듯한 상태라고 했다.

그야말로 후미에가 이따금 느끼는 것이었다. 의사는 "투약하고 스트레스를 줄이면 좋아집니다. 길게 보고 편안하게 치료하죠"라고 말하면서 진료기록부를 닫았다. 그리고 이 년이 지났으나 일진일퇴를 되풀이할 뿐 여전히 약을 놓을 수 없었다. 정말로 나을 수 있을까 하는 불안과 매달 드는 치료비가 무겁게 마음을 짓눌렀다.

"엄마!"

미사키가 부르는 소리에 멀어졌던 후미에의 생각이 돌아왔다.

천천히 눈을 뜨자 현관 거울 앞에 선 자신이 있었다.

"엄마! 목말라!"

미사키 목소리가 물속에서 들리는 것처럼 먹먹했다.

벽을 짚으면서 거실로 향했다.

중간쯤 왔을 때 복도 끝에 놓인 나무 조각상이 쓰러져 있는 걸 발견했다. 남편이 사원 여행으로 오키나와에 갔을 때 사 온 여행 선물이었다. 뭐에 부딪혀 쓰러졌으리라.

바닥에 쭈그려 앉아 쓰러진 조각상을 원래대로 돌려놓았다. 무게도 느껴지지 않았고 나무의 감촉도 없었다. 오감이 사라졌다.

—침착해. 정신 차려.

다니던 정신과 의사에게 배운 자기최면 방법을 떠올렸다. 그 자리에 앉아 천천히 눈을 감고 심호흡했다. 어두컴컴한 공간을 떠올리고 머릿속 계단을 천천히 내려갔다.

닫힌 문 앞은 허공이었다. 새하얀 구름이 한가득 펼쳐졌다.

구름 위에 누워 눈을 감았다. 천천히 흘러가는 구름에 맞춰 깊이 호흡했다.

잠시 그러고 있자 두근거림이 가라앉고 편안해졌다.

"엄마, 빨리 와!"

다시 미사키 목소리가 들렸다. 하지만 조금 전과는 달랐다. 또렷하게 귀에 울렸다. 마비됐던 오감이 돌아온 것이다.

─돌아가자.

문으로 나와 한 칸씩 계단을 올라갔다. 다 올라와 눈을 뜨자 주위를 덮었던 아지랑이가 완전히 걷혀 있었다. 무릎에 바닥의 차가운 기운이 전해졌다. 자신을 되찾은 것이다.

"엄마!"

미사키가 부르는 목소리에 후미에가 또렷이 대답했다.

"지금 가!"

미사키에게 주스를 주고 저녁을 준비하려는데 초인종이 울렸다.

누구지? 방문 판매인가?

후미에가 현관으로 가서 도어 스코프로 밖을 봤다. 문밖에 택배 회사 점퍼를 입은 남성이 서 있었다.

우편이었다.

후미에는 현관문을 열었다. 택배기사는 회사 이름을 대고 후미에에게 봉투 하나를 내밀었다.

"다카무라 씨죠? 우편물이 왔어요. 사인해주세요."

후미에는 신발장 위에 항상 놓아두는 볼펜으로 송장의 받는 사람 칸에 재빨리 성을 썼다.

부엌으로 돌아가 식탁 의자에 앉아 보낸 사람을 확인했다. 아사히 메이크 주식회사 이벤트 담당이라고 되어 있었다. 모르는 곳이었다.

뚱뚱해진 뒤로 사람을 피하던 후미에는 취미를 한 가지 발견했다. 이벤트 응모였다.

계기는 어쩌다 과자 이벤트에 당첨된 일이었다. 과자 봉지에 붙은 점수를 모아 응모했다가 토끼 캐릭터가 인쇄된 담요를 받았다. 미키와 미사키가 좋아하는 캐릭터라 가지고 싶다고 졸랐던 것이었다.

담요를 보여주니 미키와 미사키는 소리를 지르며 좋아했다.

후미에를 꼭 안고 칭찬해줬다.

"엄마, 최고! 고마워!"

좀처럼 웃지 않던 도시유키도 좋아하는 두 딸을 보고 마음이 풀린 듯 오랜만에 환하게 웃었다.

후미에의 마음은 오랜만에 들떴다. 아무도 만나지 않고도 가족이 좋아하고 이득 보는 일을 할 수 있구나. 안으로만 웅크리고 있던 자신에게 딱 맞는 즐거움을 발견했다.

그 후로 후미에는 이벤트 응모에 빠져들었다. 상품은 뭐든 괜찮았다. 식품, 잡화, 상품권. 닥치는 대로 엽서나 인터넷을 이용해 응모했다. 너무 많이 해서 얼마나 응모했는지 일일이 기억하지도 못했다.

후미에는 봉투를 열었다. 안에는 디너쇼 표가 들어 있었다. 연예계에 그다지 관심 없는 후미에도 잘 아는 인기 남성 연예인의 디너쇼였다.

장소는 도내의 일류 호텔이었다. 날짜는 두 주 후 주말이고 저녁 6시부터였다.

유명 연예인의 노래와 이야기를 즐기면서 일류 요리사가 만든 음식을 먹는다. 이런 기회는 흔치 않았다. 외출하는 게 두려운 후미에라도 이 표에는 마음이 흔들렸다.

그날 밤, 퇴근한 도시유키에게 상담했다.

"어떻게 할까?"

"괜찮을 것 같은데? 가봐."

도시유키는 가라고 권했다. 아이들은 자신이 보겠다고도 했다. 계속 집에만 있는 아내를 걱정하는 거겠지. 신혼 때와 달리 지금은 질투 같은 것도 없어졌다. 지금의 후미에에게 말을 걸어올 남자는 없으리라고 안심하고 있을 것이다.

"공짜로 공연도 보고 맛있는 요리까지 먹는 거야. 안 갈 이유가 없잖아."

공짜라는 말이 후미에를 자극했다. 그 한마디에 후미에는 마음을 정했다.

디너쇼 당일, 후미에는 미사키의 유치원 입학식 때 입었던 88 사이즈 정장 차림으로 외출했다. 삼 년 전에 사서 치마도 길고 유행도 한물간 옷이었다. 그때 딱 한 번 입어서 흠 하나 없었다. 게다가 이 정장 말고는 디너쇼에 입고 갈 만한 근사한 옷은 없었다.

평소에는 머리도 대충하고 화장도 하지 않지만 이날은 달랐다. 석 달이나 미용실에 가지 않은 머리를 정성껏 손질하고 화장도 했다. 준비를 마치고 거울을 보니 뚱뚱하긴 해도 평소보다 화사한 자신이 있었다.

후미에는 손목시계를 봤다. 4시 반.

입장은 5시 반부터이고 쇼 시작은 6시였다.

후미에의 집이 있는 마쓰도에서 디너쇼가 열릴 호텔까지는 전차를 갈아타고 한 시간쯤 걸렸다. 후미에는 쇼가 시작되기 직전 호텔에 도착할 수 있도록 계산해 집을 나섰다.

안내문에 따르면 자리는 지정석 A석과 자유석 B석으로 나뉘어 있었다. 후미에가 당첨된 자리는 B석이었다. 좌석은 선착순이니 빨리 입장할수록 무대와 가깝다. 호텔 로비는 좋은 자리를 잡으려는 B석 관객으로 북적일 것이다.

후미에는 그게 싫었다.

쇼에는 약 이백 명의 관객이 모인다. 절반이 B석이라면 백여 명이 로비를 가득 메우고 있을 것이다. 빨리 도착해도 대화 상대나 같이 온 사람이 있으면 시간을 때울 수 있다. 후미에에게는 그럴 만한 상대가 없었다.

게다가 디너쇼 같은 데 한 번도 가본 적이 없었다. 어색한 공간에서 시간을 보내는 것은 후미에에게 고문이나 다름없었다. 그런 고통스러운 경험을 하면서까지 연예인을 가까이에서 보고 싶은 마음은 없었다. 분위기를 즐기고 먹어보지 못한 일류 요리를 맛볼 수만 있다면 그걸로 충분했다.

공연 시작 십 분 전, 호텔에 도착했다. 로비에는 후미에처럼 이제 막 도착한 관객 몇 명과 호텔 직원이 있을 뿐이었다. 관객은 대부분 이미 자리를 잡은 듯했다.

제복 차림 여성에게 표를 건네고 안으로 들어갔다.

방음 설비된 두꺼운 문을 연 후미에는 저도 모르게 겁을 집어먹었다.

8인용 원형 테이블이 쭉 놓인 내부는 많은 사람의 열기로 가득했다. 화려한 샹들리에가 천장에 매달려 있고 여러 개의 스포트라이트가 여기저기를 비추고 있었다.

관객은 거의 여성이었다. 화려한 디자인의 원피스와 정장으로 한껏 멋을 부리고 있었다.

후미에는 B석에서 빈자리를 찾았다. 당연히 무대와 가까운 자리는 다 찼다. 가장 뒤쪽에 놓인 테이블에서 빈자리를 발견했다. 후미에가 앉아도 아직 두 자리가 비었다. 아무래도 이 테이블이 가장 나쁜 자리인 모양이었다.

후미에가 자리에 앉음과 동시에 조명이 어두워졌다.

공연이 시작됐다.

사회를 맡은 여성이 무대 구석에서 관객에게 감사 인사를 전하더니 호스트인 연예인을 소개하기 시작했다. 쇼는 전반부가 식사, 십 분 휴식 후 후반부가 공연이었다.

여성 사회자는 오늘 디너쇼의 흐름을 이야기하더니 "자, 그럼 이 호텔이 자랑하는 셰프의 프랑스 요리 솜씨를 즐겨주세요"라고 말한 뒤 마이크를 놓았다.

어느새 옆에 있었는지 호텔 직원이 앞에 놓인 잔에 와인을 따랐다. 곧 전채요리가 나왔다.

환담이 시작됐다.

장내에 즐거운 대화 소리와 웃음소리가 교차했다. 후미에와 같은 테이블에 앉은 두 여성은 동행인지 요리를 먹으며 즐겁게 이야기를 나눴다.

아무도 후미에에게 말을 걸지 않았고 신경도 쓰지 않았다. 다른 사람 눈에는 외로워 보였을 수도 있겠으나 오히려 반대였다. 누구의 시선도 신경 쓸 필요 없이, 앞으로 또 언제 먹을지 모를 호화로운 음식에 입맛을 다셨다.

식사 시간이 끝나고 잠시 휴식한 뒤 쇼 타임이 시작됐다.

무대에 스포트라이트가 떨어지고 안개 같은 스모크 속에서 주인공이 나타났다. 객석에서 환호성이 터졌다. 남성 연예인은 히트곡을 여러 곡 부른 후 농담을 곁들인 경쾌한 이야기를 이어가 웃음을 끌어냈다. 마지막에는 무대에서 내려와 발라드 노래를 부르면서 각 테이블을 돌았다. 손님이 청하는 악수에도 상냥하게 응했다.

그는 노래를 다 부른 뒤, 디너쇼에 와줘서 고맙다는 인사말을 하고 우레 같은 박수를 받으며 무대를 떠났다.

남성 연예인이 물러나자 조명이 켜졌다. 너무 눈부셔 절로 눈이 가늘어졌다. 꿈에서 깨어난 듯한 기분이었다. 잠시 넋을 놓고 무대를 바라봤다. 해리 상태의 현실감 없이 부유하는 느낌이 아니었다. 독신일 때 맛보던 마음이 붕 뜨는 고양감, 집안일과 육아에만 몰두하는 숨 막히는 일상에서 벗어난 해방감이 후미에의 가슴을 채웠다.

─오길 잘했어.

후미에는 만족하면서 밖으로 나섰다.

세면실에 들러 용무를 마치고 로비로 나왔다. 이백 명 가까운 관객은 이미 손으로 꼽을 수 있을 정도만 남았다. 동행과 다른 곳으로 갔거나 곧장 집에 돌아갔으리라.

후미에는 남편에게 지금 간다고 휴대전화로 전화한 후 호텔 출입구로 향했다.

호텔 현관에 거의 왔을 때 뒤쪽에서 오랫동안 듣지 못한, 자기 성을 부르는 소리가 들렸다.

"무타 씨?"

깜짝 놀라 저도 모르게 걸음을 멈췄다. 하지만 돌아보지 않고 걷기 시작했다.

무타는 후미에의 결혼 전 성이다. 결혼하고 무타라는 이름으로 연락하는 사람은 없었다. 아마도 사람을 잘못 봤을 것이다.

그런데 목소리는 집요하게 후미에를 불렀다.

"무타 씨. 저기, 무타 씨죠?"

그래도 무시하고 잰걸음으로 출입문을 향해 갔다.

자동문 앞까지 왔을 때 누군가 오른쪽 어깨를 잡았다. 후미에는 놀라 돌아봤다.

　후미에를 붙잡은 사람은 여성이었다. 긴 머리를 예쁘게 말고 눈가를 완전히 덮을 정도로 커다란 선글라스를 끼고 있었다.

　여성은 후미에가 돌아보자 두 손을 가슴 앞에 모으고 기쁜 듯 웃었다.

　"역시 무타 씨네. 오랜만이야."

　짙은 선글라스를 끼고 있어서 생김새를 알아보기 어려웠다. 큰 키와 얼굴 윤곽, 입가, 목소리로 기억을 더듬었다. 그러나 아무리 생각해도 짐작 가는 바가 없었다.

　당황하는 모습에서 후미에가 자신을 모른다는 사실을 알아차린 듯했다. 여성은 이름을 댔다.

　"나야, 나. 기후의 중학교에서 같은 반이었던 스기우라 가나코."

　"스기우라……씨?"

　이름을 들었는데도 기억나지 않았다. 가나코는 조금 낮고 차분한 목소리로 후미에에게 말을 건 경위를 설명했다.

　"무타 씨, 아까 디너쇼에 있었지? 나도 그거 보러 왔거든. 쇼가 끝나서 밖으로 나오다가 우연히 무타 씨를 봤어. 처음에는 사람을 잘못 본 줄 알았는데 옆얼굴을 여러 번 확인해보니 틀림없는 것 같아서 말을 걸었어. 역시 맞았네."

　가나코는 손등을 입에 대고 키득키득 웃었다. 물 닿는 일은 해본 적 없는 듯한 매끄러운 피부였다. 손톱을 길게 기르고 립스틱과 같은 색 매니큐어를 발랐다.

서서 할 이야기가 아니라며 가나코는 후미에의 팔을 잡고 끌어 로비 소파에 앉혔다.

테이블을 끼고 앉자, 후미에의 사정도 묻지 않고 중학교 시절 추억 이야기를 시작했다. 이가 튀어나와 별명이 비버이던 교사 이야기와 머리가 좋아 학생회장을 맡았던 니시키라는 학생 이야기까지, 그리운 듯 말했다.

추억담을 듣고 있자니 스기우라 가나코, 라는 학생의 모습이 얼핏 떠올랐다. 학년은 모르겠으나 분명 같은 반에 그런 여학생이 있었다. 성과 이름에서 두 글자씩 따서 '스기가나'라고 불렀다.

"스기우라 씨, 옛날에 애들이 스기가나라고 불렀지?"

후미에가 그렇게 말하자 가나코가 눈을 반짝였다.

"맞아, 맞아. 그 스기가나야. 드디어 생각났구나?"

후미에는 새삼 눈앞의 가나코를 응시했다.

키는 후미에와 비슷한데 스타일이 좋았다. 팔다리가 길고 딱 알맞은 크기의 가슴에, 선글라스 너머로 비쳐 보이는 눈은 시원스럽게 크고, 코가 오뚝하며 입술 모양도 예뻤다. 가나코가 움직일 때마다 실크 소재로 보이는 블라우스의 가슴 부분 주름 장식이 우아하게 흔들렸다.

후미에는 자신의 기억에 의구심을 품었다.

원래 기억력이 좋은 편은 아니었다. 복용하는 안정제 탓인지 최근에는 건망증이 심해져서 기억이 혼란스러울 때도 많았다. 그렇다고 해도 머릿속 스기가나와 눈앞에 있는 스기가나는 너무 달랐다. 자신이 아는 스기가나는 수수해 반에서도 눈에 띄는 존재가 아니었다. 아니면 기억력이 심하게 떨어져 다른 누군가와 혼동하나.

열심히 스기우라 가나코를 떠올려봐도 아지랑이가 낀 듯 흐릿한 윤곽만 떠올랐다. 어떻게 해야 할지 모르고 있는데 그런 마음을 알아차렸는지 가나코가 후미에의 시선을 피하듯 고개를 숙였다.

"나, 많이 변했지?"

가나코는 선글라스 너머로 후미에를 봤다.

"성형했어."

후미에는 당황했다.

성형이라고 해도 다양한 시술법이 있다. 히알루론산과 보톡스로 이루어진 제제 등을 피부에 주사해 코를 높이거나 얼굴을 작게 한다는 쁘띠 성형부터, 눈가를 절개해 눈을 키우거나 코와 턱에 특수 의료 소재를 넣어 얼굴 인상 자체를 바꾸는 본격적인 것까지 폭넓었다. 대학 때 친구에게 들은 지식이었다.

가나코가 말하는 성형이 어느 쪽을 가리키는지는 모르겠다. 그러나 성형했다고 고백하는 데는 당연히 저항감이 있을 것이었다. 게다가 가나코는 이십 년 이상이나 만나지 않은 타인이다. 그런 민감한 말을 왜 여기서 하는 걸까.

"무타 씨, 나 거의 기억 안 나지?"

후미에는 대답하기 곤란했다. 사실 맞는 말이었다. 그건 후미에에게 가나코는 그다지 중요한 존재가 아니라는 말이 된다. 기억하지 못한다고 하면 실례일 것이다.

말을 흐리는 후미에를 무시하고 가나코는 이야기를 계속했다.

"나는 말이야, 못 생기고 밋밋한 내가 너무 싫었어. 패션잡지를 읽고 패션을 공부하거나 여러 종류의 화장법을 시도해봤어. 근데 바탕이 별로이니 무슨 짓을 해도 소용없더라. 최신 유행하는 옷을 입어도, 인기 연예인과 같은 머리 스타일을 해도 아무것도 변하지 않았어. 못난이는 못난이였지."

가나코는 자조 섞인 웃음을 지었다.

"너무 괴로웠어. 어떡해야 예뻐질 수 있을까 늘 생각했어. 그런데 어떤 일을 계기로 깨달았어. 이대로 가면 평생 못생기고 밋밋하겠지. 얼굴 자체를 바꾸지 않으면 안 되겠더라. 그래서 성형했어."

담담하게 말하는데 목소리에는 굳은 결의를 담은 비장함이 있었다.

가나코는 훅 숨을 내쉰 다음, 입가를 풀고 후미에를 봤다.

"내게 무타 씨는 동경의 존재였어. 예쁘고 화사해 남자에게도 여자에게도 인기가 있었지. 늘 사람들 속에서 빛났고 말이야. 무타 씨처럼 되고 싶다고 늘 생각했어."

후미에는 중학 시절의 교실을 떠올렸다. 그래, 늘 주위에 사람이 있었다. 자연스럽게 사람이 모여 무리가 생겼다. 누구나 예쁘다, 귀엽다 하며 칭찬했다. 무리의 중심에서 후미에는 치켜세워지는 뿌듯함과 우월감을 느끼면서 웃었다.

가나코가 팔을 뻗어 후미에의 손에 자신의 손을 살포시 올렸다.

"만나서 정말 기뻐."

후미에는 겹쳐진 두 손을 봤다.

손톱도 손질하지 않은 통통한 손에 하얗고 가늘고 긴 손이 겹쳐져 있다. 새빨간 매니큐어가 눈부셨다.

―잠깐만.

사고가, 중학교 때에서 현재로 돌아왔다.

그 무렵의 자신과 지금의 자신은 절대 비슷하지 않았을 터였다. 어떻게 무타 후미에인 걸 알았을까.

"동경하던 무타 씨를 이십 년 만에 다시 만나다니 믿기지 않아. 정말 아름다운 사람은 체형이나 나이가 변해도 역시 안에서 빛이 나는구나……."

―거짓말이야. 일부러 이러는 거야.

단번에 얼굴이 뜨거워졌다.

학교의 아이돌 같은 존재이던 학생이 지금은 동창 앞에서 추한 모습을 드러내고 있다. 너무나 변해버린 자신이 부끄러워 견딜 수 없었다.

"미안해. 가족들이 기다려서."

후미에는 가나코와 눈을 맞추지 않고 소파에서 일어났다.

"잠깐만!"

떠나려는 후미에의 팔을 가나코가 잡았다. 제대로 얼굴을 보지도 않고 눈 끝으로 가나코를 봤다. 가나코는 후미에를 올려다보며 팔을 잡은 손에 힘을 줬다.

"무타 씨와 더 이야기 나누고 싶어. 옛날이야기도 좋고 지금 사는 이야기도 좋아. 뭐든 좋아. 무타 씨와 친해지고 싶어. 동경하던 무타 씨와."

더는 견딜 수 없었다.

가나코가 동경하던 자신은 이제 없다. 여기에는 밋밋하고 뚱뚱한 여자가 있을 뿐이다.

"이제 정말 가야 해."

손을 뿌리치려고 팔에 힘을 줬다. 그런데 가나코는 손을 떼기는커녕 양손으로 팔을 잡고 매달렸다.

"무타 씨에게 보답하고 싶어."

"보답?"

후미에는 저도 모르게 돌아봤다. 가나코에게 보답받을 일을 한 기억이 전혀 없었다.

가나코가 우아하게 미소지었다.

"무타 씨는 기억하지 못할 수도 있어. 하지만 나는 잊지 않았어. 언젠가 무타 씨를 만나면 꼭 보답하고 싶다고 내내 생각했어."

"내가 당신에게 뭘 했는데?"

가나코는 질문에 대답하지 않고 후미에의 팔을 힘껏 당겨 억지로 옆에 앉혔다.

"나 말이야, 가마쿠라에 별장이 있어."

자가 아파트는 도내에 있는데, 바다와 산에 둘러싸인 경치가 좋아서 가마쿠라에 단독주택 별장을 샀다고 했다. 사들인 지 삼 년이 됐는데 주말은 대부분 별장에서 지낸다고 했다.

후미에는 놀랐다.

도내에 아파트가 있을 뿐만 아니라 가마쿠라에 별장도 가지고 있다니 경제적으로 엄청난 여유가 있지 않으면 불가능한 일이다.

새삼 가나코를 보자 몸에 걸친 것도 모두 고가였다. 명품 가방에 고급 손목시계. 목에 두른 스카프도 지금 후미에가 입은 정장보다 비쌀지 몰랐다. 말의 내용이나 치장을 보니 유복하게 생활한다는 걸 알 수 있었다.

가나코가 후미에의 손을 잡았다.

"저기, 별장에 꼭 놀러 와. 여기서 우연히 무타 씨와 만난 건 아무래도 인연 같아."

가나코는 매달리는 듯한 목소리로 후미에에게 청했다.

"자랑은 아닌데, 바다를 한눈에 볼 수 있는 쾌적한 집이야. 맞다, 근처에 베이커리가 문을 열었는데 크루아상이 아주 맛있어. 여성잡지에도 소개된 적 있는데 사람들이 줄을 설 정도로 유명해. 그 집 빵과 맛있는 음료를 준비하고 기다릴 테니까 천천히 이야기하자. 가끔 기분전환 해도 좋잖아."

가나코는 후미에의 손을 놓으려 하지 않았다. 이런 분위기라면 고개를 끄덕일 때까지 놓지 않을 것 같았다.

완전히 변해버린 모습을 보여주기 창피해 처음에는 당장이라도 자리를 떠나고 싶었다. 하지만 가나코는 진심으로 재회를 기뻐했다. 그건 거짓말이 아닌 것 같았다.

이렇게까지 말하는데 제안에 응할까. 확실히 평범한 일상에 지칠 대로 지쳐 있었다.

마음이 동했다.

잠시의 침묵으로 후미에의 동요를 알아차렸는지 가나코가 구체적으로 만날 날짜를 이야기하기 시작했다.

"무타 씨는 평일과 주말, 언제가 좋아? 나는 시간에 얽매여 있지 않으니까 언제든 괜찮아. 무타 씨 일정에 맞출게. 저기, 언제 시간 낼 수 있어?"

후미에는 깊이 생각하지 않고 질문에 대답했다.

"아이가 있어서, 굳이 말하자면 주말이 좋지 않을까?"

가나코는 눈을 반짝이며 몸을 내밀었다.

"그럼 다음 토요일은 어때? 저기, 그러자."

"아, 아니야. 아직 가겠다고 한 건……."

가나코는 후미에의 망설임을 조금도 개의치 않았다. 후미에가 오는 날에는 인기 빵이 다 팔리기 전에 빨리 사러 나가야겠다, 음료는 얼마 전 영국 여행 때 친구에게 받은 '애슈비'로 하자며 계획을 세우기 시작했다.

잔뜩 신난 모습을 보고 있자니 후미에의 마음이 다시 가라앉기 시작했다.

"애슈비의 허니가 정말 맛있어. 같이 마시자."

자신이 알기로 애슈비는 영국에서도 유명한 전통 있는 홍차였다. 회사 다닐 때 홍차를 좋아하던 동료에게서 들은 적 있었다.

도내에 자가 아파트, 가마쿠라의 별장, 유명 베이커리의 크루아상, 영국에서 사 온 홍차.

지바 구석에 있는 낡은 집에서 살며 대출 상환에 시달리고 슈퍼마켓 할인 상품에 목숨을 거는 후미에에게는 별세계 이야기였다.

나날의 생활에 쫓기는 사람이 부유층 생활을 경험해서 좋을 게 뭐가 있을까. 열등감과 비참함만 늘어날 뿐이었다.

"미안해. 나는 아무래도……."

후미에는 자신의 손을 빼려고 했다. 가나코는 손을 놓지 않았다.

"무타 씨."

가나코는 손을 더 세게 잡고 선글라스 너머로 똑바로 후미에를 응시했다. 렌즈 너머로도 전해지는 강렬한 눈빛에 저도 모르게 숨을 멈췄다. 조용하지만 무게 있는 목소리로 가나코가 말했다.

"무타 씨에게 부탁이 있어."

"부탁……."

후미에는 미간을 찌푸렸다.

오랜만에 만난 옛 동급생에게 뭘 요구할까. 돈인가, 하는 생각이 떠올랐다. 빚 이야기일까. 하지만 바로 지웠다. 가나코에게서 들은 생활 이야기나 치장으로 미루어 보건대, 돈이 궁한 것 같지는 않다. 만에 하나 그렇다고 해도 지금 후미에의 검소한 옷차림을 보고 돈을 빌려달라고 할 리는 없을 것이다. 그럼 다른 뭐가 있을까.

가나코는 심각한 표정을 풀고 씩 웃었다.

"이야기가 길 테니 다음에 집에 와서 하자."

가나코는 백에서 메모장과 펜을 꺼내 쓱쓱 뭔가를 썼다. 그러고는 쓴 페이지를 찢어 후미에에게 내밀었다.

받아든 메모에는 유선전화 번호가 적혀 있었다.

"내 연락처야. 무타 씨 것도 알려줘."

가나코는 메모장과 펜을 후미에 손에 쥐여줬다. 후미에는 당황했다. 별장에 갈 마음이 없었다. 자기 연락처를 알려줘 봤자 의미가 없다. 그렇다고 연락처 교환을 거절할 이유도 찾을 수 없었다.

후미에는 휴대전화 번호를 적어 건넸다. 가나코는 백에 메모장과 펜을 넣고 닫았다.

"그럼 돌아오는 토요일에 만나자. 같이 점심을 먹고 싶으니까 11시쯤 가마쿠라에서 보면 어때? 도착하면 전화해. 역까지 데리러 나갈게."

후미에는 당황했다.

"잠깐만, 아직 가기로 정하지 않았어."

"왜?"

가나코가 고개를 기울였다. 후미에는 재빨리 변명했다.

"아직 남편한테 물어보지도 못했고, 일이 있을 수도 있고……."

"뭐야!"

가나코는 안심한 듯 웃었다.

"이번 주가 안 되면 다음주로 하지 뭐. 토요일이 안 되면 일요일도 좋고. 아까도 말했듯 나는 언제든 좋으니까."

가나코는 후미에를 바라보면서 손을 더 세게 잡았다.

"오늘, 무타 씨를 만나 정말 기뻐. 아직도 하고 싶은 말이 정말 많아. 있잖아, 1반 오타랑 다카하시가 싸워서 난리 났던 일이나 운동회 이어달리기 중에 개가 뛰어 들어와 경기가 중단됐던 일이나."

듣고 보니 그런 일이 있었던 게 생각났다. 즐거웠던 날들이 떠올랐다. 자연스럽게 입가에 미소가 번졌다.

가나코는 숙이고 있던 후미에의 얼굴을 밑에서 들여다봤다.

"우리, 할 이야기가 정말 많잖아. 그리고 아까 부탁할 게 있다는 말, 그거 나쁜 이야기 아니야. 오히려 아주 괜찮은 이야기지. 말했잖아. 무타 씨에게 보답하고 싶다고."

가나코는 잡고 있던 손을 놓았다.

"그럼, 토요일 11시. 역에 도착하면 연락해. 꼭!"

가나코는 수없이 후미에를 돌아보고 손을 흔들면서 떠났다.

현관에 혼자 남은 후미에는 가나코의 연락처가 적힌 메모를 바라봤다. 생활 수준 차이를 드러내면 비참해질 것 같아 영 내키지 않았다. 그러나 학창시절 추억을 이야기하며 즐겁게 하루를 보내고 싶은 마음도 있었다. 무엇보다 가나코가 말한 '아주 괜찮은 이야기'라는 게 신경 쓰였다.

—한 번만 만나볼까.

받은 메모를 잃어버리지 않도록, 후미에는 가방 속주머니에 소중하게 넣었다.

2

ウツボカズラの甘い息

암행 순찰차 조수석에서 내려선 하타 게이스케는 하늘을 올려다 봤다.

맑게 갠 하늘에 비늘구름이 자리 잡았다. 바닷가 쪽에서 불어오는 바람은 살짝 냉기를 품고 있었다. 올해는 늦더위가 기승을 부려 9월 하순인데도 땀 흘리는 날이 많았다. 하지만 가마쿠라에는 가을 기운이 완연했다.

바다가 달라서일까.

하타가 몸담은 가나가와 현경의 본부 청사는 요코하마 항 부두 근처에 있었다. 바다 바로 옆이지만 계절을 느낀 적은 없었다. 빈틈 없이 선 고층빌딩과 쇼핑몰 같은 인공물, 도로를 쉴 새 없이 오가는 자동차 소음과 배기가스가 바닷바람이 실어오는 계절의 냄새를 흩어버렸을 것이다.

"주임님, 여기입니다."

운전석에서 내린 이모토 다쿠가 바로 앞에 있는 집을 가리켰다. 넓은 부지에 지은 단독주택이었다.

이모토는 올봄, 본부의 수사1과 강력범 수사계로 배속된 신입이다. 나이는 스물여덟 살이고 계급은 순사. 가와사키 경찰서에서 형사가 됐고 삼 년째에 본부에 발탁됐다. 형사 실무 경험 이 년 미만인 자의 본부 입성은 웬만해선 없는 일이다. 그만큼 기대를 받는다는 증거이리라.

젊어서인지, 아니면 원래 꾸미는 걸 좋아해서인지 늘 몸 라인에 꼭 맞는 날렵한 정장을 입었다. 쓰고 있는 안경도 유명 브랜드인 듯했다. 신입 환영회 때 옆에 앉은 경무과 여성 직원에게서 브랜드 이름을 들었는데 긴 영어 단어라 기억하지는 못한다.

하타는 치장에 관심이 없었다. 시계는 정확한 시간만 알면 충분했고 정장이 싸구려라도 개의치 않았다. 관심 분야라면 산과 야구 정도일까. 같은 돈을 써야 한다면 시계나 정장이 아니라 자일이나 야영 텐트에 쓰고 싶다. 아니면 요코하마 스타디움의 연간 이용권에.

"현장은 분명 임대주택이라고 했는데."

"네. 지금 가마쿠라 경찰서에서 소유자의 부동산 회사와 연락하고 있답니다."

하타는 고개를 끄덕이고 쭈글쭈글한 바지 주머니에 양손을 찔러넣은 뒤 주위 풍광으로 눈을 돌렸다. 현장은 바다가 내려다보이는 고지대라서 사가미 만에 뜬 에노시마가 한눈에 보였다.

집은 라임 화이트를 칠한 3층짜리 건물로, 1층은 차고인데 셔터를 내려놓았다. 평범한 차라면 거뜬히 석 대쯤은 들어갈 크기였다.

차고 옆에 계단이 있었다. 그 끝이 현관이었다. 마호가니 목제 문이 열려 있었다.

문 앞에서 담당 경찰서의 제복 경관이 빨간 표시 막대와 노란 테이프를 치고 언론이나 구경꾼의 출입을 막고 있었다. 이 지역은 넓은 부지에 단독주택을 뚝뚝 떨어뜨려 지은 한적한 주택가이고 회사가 소유한 별장도 많았다. 언론도 아직 움직이지 않은 듯했고 구경꾼도 보이지 않았다.

"본부의 수사1과입니다."

이모토가 완장을 보이며 눈인사하자 아직 보초 담당인 젊은 경관은 우러러보며 경례했다.

"수고하십니다!"

하타는 가볍게 고개를 끄덕여주고 이모토를 따라 문을 통과했다.

현관 옆에는 밖으로 튀어나온 창이 있었다. 벽 색깔에 맞춘 거겠지. 벽과 마찬가지로 창틀도 하얀색이었다. 집을 한마디로 표현하라고 한다면 유럽식 호화 저택이었다.

짧은 계단을 나란히 올라가던 이모토가 한숨을 쉬었다.

"집이 무척 크네요. 가마쿠라의 시치리가하마, 바다까지 걸어서 십 분인 서양식 3층짜리 건물. 사려면 얼마나 할까요?"

하타는 담담하게 말했다.

"우리는 평생 벌어도 못 벌 금액이지."

하타는 요코하마 교외에 살았다. 본부 근무 삼 년째인 서른다섯 살 때 십 년 된 아파트를 샀다. 방 두 개에 거실과 부엌 겸 식당이 있는 구조로, 구입한 지 벌써 십 년이 지났다. 집은 이십 년이 넘어가자 여기저기 손볼 데가 생겼다. 특히 물을 사용하는 곳이 그랬다. 얼마 전에도 부엌 배관이 막혀 설비업자를 불렀다.

"자, 일하자, 일."

하타는 재킷 주머니에서 하얀 장갑을 꺼내 양손에 꼈다.

현관에서 신발을 벗고 현장인 거실로 향했다. 살짝 시취가 났다.

거실에서는 이미 감식반이 현장검증을 벌이고 있었다. 일고여덟 명이 현장 사진을 찍거나 지문을 채취하고 있었다.

"우아, 내부도 화려하네요."

이모토가 말하면서 거실을 둘러봤다. 하타도 실내를 쭉 훑었다. 높은 천장에 은방울꽃을 조각한 샹들리에가 매달려 있고 방 가운데 커다란 응접세트가 놓여 있었다. 소파는 벨벳이었다. 벽 쪽에 놓인 장식장 안에는 오래된 브랜디와 위스키가 여러 병 있었다.

하타는 말없이 작업하는 감식반원 가운데 낯익은 뒷모습을 발견했다. 등에 가나가와 현경 로고가 들어간 밝은 파란색 제복을 입고 소파 옆에 쭈그리고 있었다.

"어이, 스님."

하타가 등에 대고 말을 걸자 남자가 돌아봤다. 현경본부 감식반 구보 신지. 하타와는 경찰학교 동기이고 계급은 경부보였다.

구보는 살인사건 초동 수사 현장에서 언제나 시신에 합장하고 중얼중얼 독경한 후 현장검증을 시작했다. 젊을 때부터 머리숱이 없던 터라 하타는 언제부터인가 친근감의 표시로 스님이라고 불렀다.

"뭐야? 노인네 너희 반은 비번 아니었어?"

구보는 하타를 노인네라고 불렀다. 하타는 옛날부터 노안에 새치가 많았다. 유행에도 관심이 없어서 노래방에 가도 유행하는 노래는 부르지 못했다. 기껏 끌려 나와 한다는 노래가 온통 엔카였다. 젊은 놈이 노인네 같아. 그런 이유로 어느샌가 노인네라고 불리게 됐다. 구보가 붙인 별명은 곧 현경에 퍼져 지금은 부하들도 뒤에서 노인네 주임이라고 불렀다.

"공교롭게도 아침에 즈시 경찰서 담당 지역에서 강도사건 신고가 들어왔어. 담당인 6반이 불려갔고 지금 초동 수사 중이야. 그래서 여기는 대기조인 우리가 왔지."

하타가 대답했다.

한 달 전에 일어난 가와사키 시 직장 여성 강간살인사건에서, 가나가와 현경 수사1과는 자원을 총동원해 수사에 임했다. 범인을 검거해 검찰에 송치한 게 불과 이틀 전이었다.

구보는 바닥에서 일어나 허리를 두드리면서 하타에게 다가왔다.

"피해자는?"

하타가 물었다.

"저기."

구보는 조금 전까지 자신이 쭈그리고 있던 곳을 봤다.

"저 소파 밑에 누워 있어. 얼마 전 시신도 참혹했는데 이번에도 지독해."

구보가 말한 '얼마 전 시신'은 강간살인사건의 피해자였다. 살해당한 사람은 대학을 졸업하고 이제 막 고향에서 올라온 직장 여성이었다. 퇴근길에 강제로 차에 태워져 폐쇄된 공장 터에서 강간당한후 살해됐다.

범인은 같은 아파트에 사는 무직 남성이었다. 오랫동안 일해온 공장에서 잘려 자포자기 상태였단다. 수사본부는 전부터 눈여겨봐둔피해자를 아파트까지 데려다주겠다는 구실로 차에 태운 후 범행을저질렀으리라 추측하고 있다. 경찰 조사에서는 계속 부인했는데 소유 차량에서 피해자의 머리카락과 혈흔이 발견됐고 현장에 남은 체액 DNA도 일치했다.

남자는 강간하고 나서 자기가 한 짓이 두려워, 옆에 떨어져 있던스패너로 우는 여성의 머리를 가격해 죽였다. 정신없이 수차례 휘둘렀을 것이다. 여성의 얼굴은 형체를 알아볼 수 없을 정도로 망가져있었다.

"봐도 돼?"

하타는 구보가 쭈그리고 있던 곳을 턱으로 가리켰다. 구보는 고개를 끄덕였다.

"거실 현장검증은 거의 끝났어."

구보는 하타에게 등을 돌리고 소파로 향했다. 하타도 따라갔다. 하타는 뒤따라오지 않는 이모토를 발견하고 노려봤다.

"왜 멀거니 서 있어? 빨리 와!"

"아, 네……."

이모토는 불안한 모습으로 하타의 뒤를 따라왔다.

하타의 밑으로 오기 전, 이모토는 가와사키 경찰서 형사부 제2과에 소속돼 있었다. 2과는 비리나 선거 위반처럼 사회, 경제를 좀먹는 범죄의 적발을 담당한다. 1과 같은 폭력이나 살인과는 인연이 없는 곳이다. 당연히 시신을 보는 것도 하타 밑으로 오면서부터였다.

이모토는 사체와 대면하는 일이 아직 익숙지 않았다. 가능하면 안 보고 싶은 마음은 충분히 이해한다. 하지만 1과에 배속된 이상 앞으로 무수한 시신을 볼 각오가 있어야 했다.

하타가 현경본부 수사1과에 배속된 것은 경부보로 승진한 서른두 살 때였다. 그로부터 십 년, 여러 차례 담당 경찰서와 본부를 오갔는데 내내 1과 그것도 강력계에 몸을 담아왔다. 승진시험 준비 같은 걸 할 틈이 없어서 계급은 여전히 경부보였다. 애초에 그럴 여유가 생긴다 해도 승진시험 공부를 할 마음이 없었다.

하타는 지난 십삼 년 동안, 자는 듯 보이는 깨끗한 시신부터 사람의 원형을 유지하지 못한 비참한 것까지 수없이 사체를 봐왔다. 처음에는 지금의 이모토처럼 시신 보는 게 두려웠다. 무엇보다 오래된 시신의 냄새는 지독했다. 세탁소에 갔다 와도 들러붙은 냄새는 가시지 않아 새로 장만한 정장을 버린 적도 있었다. 무참한 사체를 보고 나면 식욕이 떨어지고 잠들지 못하는 날이 이어졌다.

하지만 당시 반장이던 상사의 질책을 받고는 모든 게 사라졌다. 반장은 눈길을 돌리는 하타의 목덜미를 움켜쥐고 시신 앞에 들이밀며 호통쳤다.

—우리 일은 범인을 잡아 피해자의 한을 풀어주는 거야. 그 임무를 맡은 형사가 시신을 보지도 못하면 어쩔 셈이냐!

그랬다. 시신을 봐야 비로소 범인에 대한 증오와 피해자에 대한 동정, 검거하고 말겠다는 의욕이 끓어오르는 것이다. 그 후로 하타는 시신에서 눈을 피하지 않았다. 1과에 몸을 담고 일 년이 지났을 무렵에는 어떤 사체를 봐도 흔들리지 않았다.

"이게 시신이야."

하타는 소파를 돌아 들어갔다.

소파 뒤에 시신이 있었다. 출혈이 상당했으리라. 주위 카펫에 검붉은 자국이 있었다.

하타는 시신을 향해 합장하고 묵도했다.

엎드린 상태로 사망한 남성이었다. 복장은 검은색에 은색의 가는 줄무늬가 들어간 셔츠에 회색 바지. 뒷머리가 함몰해 두개골이 이상한 형태로 움푹 들어가 있었다. 깨진 뒷머리에 구더기가 끓었고 새하얀 뼈와 검붉은 살점이 보였다. 옆을 향한 얼굴은 눈을 뜬 채 굳어 있었다.

주위에 시취가 상당했다. 뒤에서 이모토가 구역질을 열심히 참는 기척이 났다.

"사후 얼마나 됐나?"

하타가 물었다. 구보는 팔짱을 끼고 시신을 내려다봤다.

"자세한 건 부검해봐야 알겠지만 시반, 경직 상태, 상처 정도로 봐서 닷새에서 일주일일 거야."

"사인은?"

"현시점에서 분명하게 말할 수는 없는데, 아마 머리를 맞은 데 따른 뇌 손상 및 다량의 출혈에 따른 실혈성 쇼크사일 거야."

"흉기는?"

"와인병."

하타의 쏟아지는 질문에 구보는 막힘없이 대답했다.

"사체 옆에 와인병 파편이 흩어져 있었어. 채취한 파편은 현경으로 가져가 자세히 조사할 건데 이게 흉기인 건 일단 분명해."

"파편? 와인병이 깨졌어?"

구보가 고개를 끄덕였다.

"와인이 든 상태에서 휘둘렀어. 봐, 주변에 와인이 흩뿌려진 흔적이 남았잖아."

하타가 바닥을 둘러보니 털이 긴 하얀 카펫이 검붉은 색으로 더러워져 있었다. 혈흔인 줄 알았는데 와인이었나.

그렇게 말하니 구보는 손을 저었다.

"와인과 혈흔이 섞였어. 와인이 화이트면 금방 알 수 있었을 텐데 레드였어. 구체적인 것은 분석해봐야 알겠지."

하타는 재킷 주머니에 양손을 넣었다.

"와인이 든 병이 깨질 정도이니 상당한 힘으로 휘두른 거네."

구보가 동의했다.

"그래. 범인이 남자인지 여자인지는 모르겠는데 온 힘을 다해 내려쳤어. 죽을 정도로."

거실 테이블 위에 와인잔 두 개가 놓여 있었다. 가해자와 피해자가 사용했을 것이다. 둘은 술을 마셨다. 취기가 오른 피해자가 어떤 이유로 등을 보인 순간 범인은 피해자의 뒷머리를 향해 와인병을 휘둘렀다. 피해자는 알아차릴 틈도 없이 혼절했을 것이다.

처참한 살인 현장 앞에서는 늘 착잡한 심정이 들었다. 범인과 피해자가 어떤 관계였는지는 모른다. 동기도 마찬가지다. 하지만 살고 싶어도 더는 살 수 없는 사람이 있는 한편, 누군가의 손에 생명을 빼앗긴 사람도 있다는 현실을 목격하면 견디기 힘들었다.

하타는 시신에 다시 합장하고 현장을 떠났다.

그날 밤, 담당서인 가마쿠라 경찰서에 수사본부가 차려졌다. 명칭은 '시치리가하마 별장 회사 임원 살해사건'이었다.

3층 대회의실에 담당 경찰서와 본부의 수사원이 모였다. 담당 경찰서에서는 형사과, 지역과, 교통과 등의 형사와 경관 서른다섯 명. 본부에서는 하타가 이끄는 5반에서 다섯 명, 수사1과장인 데라사키 경시와 스기모토 관리관, 그리고 감식반의 구보 주임과 그 부하, 초동 수사에 나섰던 기동수사대 형사를 비롯해 스물여섯 명이 출석했다. 총 육십 명에 달하는 규모였다.

"그럼 수사 회의를 시작한다."

상석에 앉은 데라사키가 굵은 목소리로 말했다. 상석 오른쪽 끝에 앉은 하타가 일어나 구령을 붙였다.

"차렷, 경례!"

모인 수사원들이 하타의 목소리에 맞춰 일어나 인사했다.

"쉬어!"

수사원 전원이 자리에 앉자 데라사키가 본론으로 들어갔다.

"본 건은 시치리가하마 3초메 ××에서 일어난 살인사건이다. 현재까지 알아낸 것을 보고한다."

하타는 배포된 자료로 시선을 떨어뜨렸다. 조용해진 회의실에 데라사키의 목소리가 울렸다.

"피해자는 다자키 미노루. 서른여덟 살. 주소는 도쿄 도 시나가와 구 기타시나가와 ××. 본적은 아이치 현 도카이 시 아라오초 ××. 피해자 바지 주머니에 있던 지갑에서 면허증이 나와 신원 확인을 마쳤다. 호적 조사 결과 아버지는 십 년 전에 타계했고 어머니는 생존. 형제는 없고 결혼한 적도 없다. 독신."

하타는 자료에 적힌 다자키의 정보를 데라사키의 목소리에 맞춰 눈으로 훑었다.

"다자키는 현장인 시치리가하마의 임대 별장을 일 년쯤 전부터 빌렸다. 임대 별장을 관리하는 부동산 업자와의 계약서를 확인했는데 직업 칸에는 회사 임원이라고만 적었다. 부동산 회사 사장 말로는 임대 별장을 빌리는 목적은 사람마다 다른데 그중에는 별장을 빌렸다는 사실을 다른 사람에게 알리고 싶지 않은 사람도 있다고 한다. 다자키는 보증금을 포함한 일 년치 임대료를 그 자리에서 현금으로 냈다. 사장은 다자키도 그런 종류의 사람일 거라 여겼고 돈도 선금으로 다 내서 회사 이름까지는 묻지 않았다고 한다. 이 때문에 다자키의 직업은, 현재 불명이다."

데라사키의 보고가 이어졌다.

"시신 발견은 오늘, 9월 28일 금요일, 오후 2시. 최초 발견자는 청소를 담당한 청소업체 하트 클리너—주소는 가나가와 현 요코하마 시 나카 구 ××—의 직원 구라하시 도모코, 스물아홉 살. 구라하시는 일주일에 한 번, 거실과 부엌이나 화장실을 청소하기 위해 방문했다. 구라사키는 다자키에게 받은 열쇠를 이용해 들어갔다가 쓰러진 다자키를 발견, 경찰에 신고했다."

여기저기서 자료를 넘기는 소리가 났다.

"시신은 거실 중앙에 놓인 응접세트 소파 뒤에서 엎드린 상태로 발견됐다. 사인은 후두부 강타로 인한 뇌좌상 및 실혈성 쇼크사로 추정된다. 부검 결과가 아직이라서 사망 일시는 명확하지 않으나 시신 상태로 볼 때 죽은 지 닷새에서 일주일이 지난 것으로 판단된다. 흉기는 시신 주위에 깨져 흩어져 있던 와인병. 파편에서 피해자의 모발과 혈흔이 발견됐다."

데라사키는 자료를 놓고 수사원을 둘러봤다.

"현시점에서 시신에 관해 알아낸 것은 이상이다. 다음, 감식."

앞에서 둘째 줄에 앉아 있던 구보가 네, 하고 대답한 뒤 일어섰다.

"현관부터 보겠습니다. 최초 발견자인 구라하시 도모코의 증언에 따르면 문은 잠겨 있었다고 합니다. 현관에는 다자키의 신발로 추정되는 구두 한 켤레밖에 없었습니다. 검은 가죽구두입니다. 치수는

27로, 다자키의 발 크기와 일치합니다. 채취 가능한 족흔은 네 종류였습니다. 하나는 현관에 놓인 검은 가죽구두. 그리고 각각 치수가 다른, 여성용 펌프스로 추정되는 족흔이 두 종류 발견됐습니다. 나머지 하나는 구라하시 도모코가 신고 있던 스니커즈였습니다."

데라사키 옆에 앉아 있던 스기모토 관리관이 끼어들었다.

"치수가 다른 여성용 펌프스……. 두 펌프스가 다른 사람의 신발이란 말인가?"

구보는 스기모토를 보면서 네, 라고 대답했다.

"하나는 약 23센티미터. 다른 하나는 약 24센티미터입니다. 옷도 그렇지만 구두 역시 사이즈가 같아도 제조사에 따라 크기가 조금씩 다릅니다. 그러나 1센티미터나 다른 경우는 그다지 없습니다. 두 족흔은 명백히 다른 사람의 것으로 보입니다."

하타는 뺨에 손을 댔다. 하나는 피해자의 족흔이다. 다른 하나는 최초 발견자. 나머지 둘은 여성용 펌프스. 그렇다면 범인은 여성일 가능성이 컸다.

스기모토는 알았다는 듯 고개를 끄덕이고 자료로 시선을 돌렸다.

"보고를 계속하겠습니다."

구보도 자료로 시선을 돌렸다.

"지문은 임대 별장이기 때문인지 상당히 많이 검출됐습니다. 그러나 대부분 일부만 있는 쪽지문이고, 완전한 상태로 남은 지문은 얼마 되지 않습니다. 그런데 이번 범행에 사용된 흉기로 추정되는 와인병 파편에서 지문이 채취됐습니다. 지금 분석중입니다."

"범인 체포의 결정적인 단서가 되겠군."

데라사키가 혼잣말처럼 중얼거렸다.

"조금 전 데라사키 과장님이 말씀하셨듯 부검 결과가 나오지 않아서 정확한 사망 일시는 아직 불명입니다. 며칠 안으로 결과 보고가 나올 겁니다. 감식반 보고는 이상입니다."

구보가 자리에 앉았다.

데라사키가 실내를 둘러봤다.

"다음, 지역 탐문 담당."

앞줄에 있던 담당 경찰서의 강력계 주임인 센자키 다카시가 일어났다.

"네. 이웃 탐문을 했는데 집주인 몇 명에게서 선글라스를 낀 여성이 자주 드나들었다는 정보를 얻었습니다."

역시 여자인가. 하타의 머릿속에 와인병으로 남자 뒷머리를 내려치는 여자의 그림이 떠올랐다.

"여성은 키 160센티미터 전후에 표준 체형. 굽 높은 구두를 신고 늘 잘 차려입었답니다."

"나이는?"

데라사키가 물었다.

"늘 커다란 선글라스를 쓰고 있어서 정확히 얼굴을 본 사람이 없습니다. 그래서 나이는 잘 모르겠다는데 체형이나 분위기로 볼 때 서른에서 쉰 사이 같다고 합니다."

"상당히 폭이 넓네요."

스기모토가 데라사키를 보고 중얼거렸다. 데라사키는 대답 없이 보고를 계속하라고 재촉했다.

담당 경찰서 형사의 목소리가 살짝 낮아졌다.

"현재 알아낸 것은 이상입니다."

스기모토가 자료에서 고개를 들었다.

"그게 다인가?"

센자키는 잘못이라도 한 듯 대답했다.

"네."

"좀 더 자세한 내용은 없나? 여자가 드나든 빈도가 어떻다거나 피해자와 여자가 함께 있는 모습을 목격했다거나."

센자키는 사과하는 것으로 정보를 얻지 못했다는 뜻을 전했다.

"죄송합니다……."

스기모토는 조급증으로 유명했다.

최초 발견자가 신고하여 기동수사대와 담당 경찰서 형사가 현장에 도착할 때까지 십 분 정도 걸렸고, 지역 탐문은 오후 2시 반쯤 시작됐을 것이다. 수사 회의 시작은 오후 6시. 회의 시간에 맞추려면 마지막 순간까지 매달렸더라도 겨우 세 시간쯤 있었던 셈이다. 그만한 시간에 자세한 정보 수집을 요구하는 건 너무 가혹했다. 하지만 스기모토는 가차 없었다. 근성이 부족한 게 아니냐며 조용히 센자키를 나무랐다. 데라사키의 목소리가 그 불평을 막았다.

"감식, 사법해부 결과는 몇 시쯤 나오나?"

구보가 다시 일어났다.

"네. 의사 말로는 검안이 밀려 당장은 힘들답니다. 사체 검안서는 빨라야 모레 도착할 것 같습니다."

데라사키는 얼굴 앞에서 깍지를 끼고 담담하게 말했다.

"가와사키 선생에게 연락해서 내일까지 제출하라고 해주게. 선생이 우리한테 빚진 게 있거든."

"알겠습니다."

구보는 그렇게 대답하고 자리에 앉았다.

"더 전달해야 할 정보나 질문은 없나?"

데라사키가 수사원들을 둘러봤다. 손을 드는 사람은 없었다.

"현장 상황을 감안할 때 면식범에 의한 범행일 가능성이 높아. 금품을 노린 강도살인일 가능성도 없진 않으나 피의자가 여성이라면 원한 혹은 치정에 따른 살인일 가능성이 크고. 피해자의 교우 관계를 비롯한 신변 수사가 중요해지는군. 그걸 중심으로 수사하게."

데라사키는 이론이 없음을 확인한 후 고개를 끄덕이며 말했다.

"이상, 회의 끝내지."

데라사키의 굵은 목소리가 실내에 울렸다. 스기모토가 일어나 목소리를 높였다.

"그럼 수사팀 구성을 발표한다."

본부와 담당 경찰서의 합동수사인 경우, 수사는 반드시 본부 사람과 담당 경찰서 사람이 한 팀이 됐다. 이번에는 누구와 한 팀이 될까. 베테랑일까 풋내기일까. 반장인 하타는 피해자의 교우 관계를 뒤지는 신변 수사를 하게 될 것이다. 현장 부근의 탐문을 담당하는 지역 수사는 늘 젊은 사람이 맡았다.

데라사키가 하타를 봤다.

"본부 수사1과 5반 하타 주임은 가마쿠라 강력계 나카가와 순사와 신변 수사를 맡아주게."

뒤쪽에서 네, 하며 여성 목소리가 났다. 여성 특유의 알토 음역에 하타는 움찔했다. 자료에서 고개를 들고 목소리가 난 쪽을 봤다.

"가마쿠라 경찰서 강력계의 나카가와 나쓰키 순사입니다. 잘 부탁드립니다."

하타와 팀이 된 상대는 젊은 여성이었다. 앞줄 사람들에 가려 나카가와의 존재는 눈에 들어오지 않았다. 긴 머리를 뒤로 빗어 하나로 묶고 검은 바지 정장을 입고 있었다. 나이는 이십대 후반쯤일까. 가늘고 긴 눈과 얇은 입술에서 영리한 인상이 드러났다.

힘들게 생겼네.

하타는 입을 다물었다.

남녀를 차별하겠다는 마음은 없다. 전에 한 팀이던 상대와 맞지 않았다.

하타가 처음 여성 형사와 팀을 이룬 것은 오 년 전이었다. 요코스카 경찰서에 합동수사본부가 세워졌을 때 팀이 된 상대가 담당 경찰서의 여성 형사였다. 삼십대 후반인 기무라 순사장은 대학 졸업 후 경찰관으로 채용됐고 형사가 된 지 두 해가 된 신입이었는데 대하기가 까다로웠다.

남녀고용기회균등법 등 자신이 젊었을 때와 비교하면 여성의 사회 진출이 상당히 진행됐다. 그러나 현실은 여전히 남성이 주체인 사회였다. 특히 경찰은 그런 색깔이 더 강했다. 총무나 사무 관련 일은 몰라도 몸으로 부딪혀야 하는 형사 쪽은 여전히 여성을 경시하는 경향이 있었다. 우선 여성 형사는 기회 자체가 적었다. 형사 연수를 받고 자격을 취득해도 자리가 날 때까지 몇 년씩 기다려야 했다. 기무라도 그 가혹한 세례를 받았을 것이다.

당시 요코스카 시 교외에서 일어난 연쇄 부녀자 폭행사건이었다. 하타는 기무라와 현장 부근 탐문을 담당하는 지역 수사를 맡았다.

아직 신입이어서 기무라에게는 가르칠 게 많았다. 하타는 탐문 순서나 중요 인물을 찾는 방법을 알려줬다. 기어이 참지 못하고 나무라는 말투가 될 때도 있었다. 남자인지 여자인지는 상관없었다. 선배 형사가 후배에게 하는 극히 일반적인 지도였다. 그런데 기무라는 그렇게 받아들이지 않았다.

팀을 이루고 일주일이 지났을 무렵, 수사를 끝내고 경찰서로 돌아가는 차 안에서 기무라가 갑자기 울기 시작했다. 자신이 여자라 자신의 방식을 좋아하지 않는 거라고 말했다. 바보 같은 소리라고 일축했다. 기무라는 무릎 위에 주먹을 움켜쥔 채 경찰서에 도착할 때까지 소리 죽여 계속 울었다.

그런 일이 사건이 마무리될 때까지 이어졌다. 범인을 검거했을 때는 사건을 해결했다는 기쁨보다 이제 기무라와 얼굴을 마주하지 않아도 된다는 안도감이 더 컸다.

오 년 전 일 같은 건 다 잊고 있었다. 그러나 나쓰키와 팀이 됐다는 소리를 듣자 그때의 아픈 경험이 되살아났다.

경찰 사회는 상명하달의 세계다. 개인의 생각 같은 건 문제가 되지 않았다. 상대가 부모님의 원수라도, 위에서 팀을 하라고 하면 따라야 했다.

하타는 한숨을 쉬면서 뒷덜미를 긁었다.

"내가 하타야. 잘 부탁해."

두 사람에게 다가온 데라사키가 들고 있던 서류봉투를 하타에게 내밀었다.

"이걸 가지고 내일 아침에 피해자 주거지를 찾아가게."

열어보니 다자키의 집에 대한 수색 영장이었다. 피해자 신원이 판명되자마자 법원에 신청했을 것이다. 하타는 영장을 도로 서류봉투에 담고 재킷 안쪽 주머니에 넣었다.

팀 구성 지시가 끝나기를 기다렸다가 경관 네다섯 명이 회의실로 들어왔다. 도시락이 담긴 종이상자, 캔맥주와 녹차 페트병이 담긴 종이상자를 안고 있었다. 담당 경찰서의 총무과 직원들이리라.

"내일부터 사건 해결 때까지는 여기서 먹고 자게 되겠지. 잠시 같이 먹고 자야 하는 사람끼리 가볍게 친목 모임이라도 해."

데라사키는 그런 말을 남기고 나갔다. "그럼, 나도 이만." 스기모토도 뒤를 따랐다.

총무과 직원들이 수사원에게 도시락과 음료수를 돌렸다. 하타는 캔맥주를 받아 땄다.

도시락을 먹고 있으니 주위에 부하들이 모여들었다. 오늘 함께 현장을 본 이모토, 현장에 조금 늦게 도착한 가네코 다쓰야, 아사다 준, 소네 다쿠미, 고다 요시카쓰였다. 다섯 명은 하타를 중심으로 원을 그리듯 의자에 앉았다.

"겨우 큰 건 하나 마무리했나 싶었는데 바로 숙식해야 하는 사건이 발생하다니. 이번에는 얼마나 오래 집에 못 들어갈까?"

아사다는 닭튀김을 입에 넣으면서 투덜거렸다. 아사다 순사는 서른다섯 살, 본부의 1과 경력은 삼 년. 동안이라 실제 나이보다 젊어 보였다. 반년 전에 결혼한 신혼이었다.

"부인은 어제 만났잖아? 벌써 보고 싶냐?"

옆에서 가네코가 놀렸다. 가네코 순사는 독신이고 아사다와 같은 서른다섯 살이다. 나이는 같지만 본부 1과 경력은 오 년이어서 아사다보다 선임이었다. 아사다와 달리 노안으로, 마흔 살이라 해도 고개를 끄덕일 법했다.

둘의 대화를 듣던 소네가 옆에서 끼어들었다.

"곧 부인도 남편이 없는 데 익숙해질 거야. 삼 년쯤 지나봐. 어쩌다 집에 가면 '어머! 당신 왔어? 밥 없는데' 할걸?"

"그건 소네 순사장님 댁 이야기죠. 우리 아내는 그런 말 안 해요."

아사다는 욱해서 반론했다. 소네는 아사다의 반론을 긍정하지도 부정하지도 않고는 살짝 웃으면서 맥주를 마셨다.

소네 순사장은 하타보다 두 살 위였다. 하타처럼 두어 번 담당 경찰서에서 일하기도 했지만 1과 경력은 십이 년이었다. 키 크고 마른 체형으로, 눈빛이 날카로웠다.

모두의 대화를 싱글싱글 웃으며 듣던 최고 선배 고다가 고개를 숙이고 있는 이모토에게 말을 걸었다.

"이모토, 안 먹어? 배고플 텐데."

정년을 일 년 앞둔 고다 순사부장은 현장에 집착하는 옛날 무사 같은 형사였다.

하타는 시계를 봤다. 10시 15분. 평소라면 이미 저녁식사를 끝냈을 시간이었다. 이모토는 도시락 뚜껑을 열지도 않고 맥주만 마셨다. 고다를 힐끗 보더니 괜찮다고만 대답하고 또 고개를 숙였다.

오늘 본 시신 모습이 머리에서 떠나지 않아 식욕이 없을 것이다. 하타는 일부러 입을 크게 벌려 연어 튀김을 씹었다.

"기분은 알겠는데 안 먹으면 몸이 못 배겨. 그래서는 1과에서 일 못 해."

"맞아, 맞아. 이모토, 반장 말이 맞아."

고다가 바로 맞장구쳤다.

둘의 재촉을 받은 이모토는 입술을 꾹 다물더니 도시락 뚜껑을 열고 우걱우걱 먹기 시작했다.

"그래도 주임님. 이번에 팀이 아주 좋던데요. 부러워요."

가네코가 싱글거리면서 하타를 봤다.

"무슨 소리야?"

무슨 영문인지 몰라 되물었다.

"수사팀 말이에요. 주임님과 한 팀이 된 나카가와 나쓰키. 담당 경찰서는 물론 본부에서도 살짝 유명해요."

"왜?"

하타가 묻자 가네코가 놀란 듯 눈을 크게 떴다.

"왜냐니, 보면 알죠. 그 정도 미인이면서 형사인 경우는 좀처럼 없
어요."

이모토를 제외한 나머지 사람들이 싱글댔다.

하타는 새삼스레 나쓰키를 봤다. 회의 때와 똑같은 자리에 앉아
담당 경찰서 동료 형사와 도시락을 먹고 있었다. 맥주가 아니라 페
트병 녹차를 마시고 있었다.

듣고 보니 확실히 미인 카테고리에 들어갈 이목구비였다. 선선한
눈매에 오뚝한 콧날. 스타일도 좋았다. 여성치고는 키가 커서,
175센티미터인 하타보다 살짝 작은 정도였다. 팔다리도 길었다. 과
연 이목을 끌 만한 타입이었다. 그런데, 그래서 뭐 어떻다는 말인가.

하타는 도시락으로 시선을 되돌리고 남은 밥을 입안에 욱여넣
었다.

"수사에 외모 같은 건 상관없어. 나는 상대가 형사다운 형사이길
바랄 뿐이야."

진심이었다.

가네코가 의외라는 듯 에이, 하고 실망하는 소리를 흘렸다.

"그거 아깝네요. 난 저런 미인과 한 팀이면 매일 수사가 즐거울
것 같은데."

"한심하군."

하타는 다 먹은 도시락 뚜껑을 닫으면서 그렇게 내뱉고 일어섰다.

"제가 치울게요."

아사다가 빈 도시락으로 손을 뻗었다. 하타는 손길을 거절했다.

"괜찮아. 천천히 먹어."

하타가 돌아가려 한다는 걸 알아차렸으리라. 회의실에서 나가는데 나쓰키가 이쪽을 향해 고개 숙이는 모습이 보였다. 하타는 손을 들어, 배웅을 알아차렸음을 알렸다.

복도를 걷는데 뒤에서 부르는 소리가 났다.

구보였다. 구보는 하타 옆으로 와 나란히 걸으면서 말했다.

"밥 빨리 먹는 건 여전하네."

"너도 이제 가?"

하타가 물었다.

구보가 피곤한 듯 목을 돌렸다.

"응, 현장검증은 오랜 시간 바닥을 기어 다니잖아. 어깨랑 허리가 결려."

"나이 때문이지."

구보가 쓴웃음을 지었다.

"내가 나이를 먹었으면 너도 마찬가지야."

이번에는 하타가 쓴웃음을 지었다.

"그러네."

계단을 내려가 출구로 향했다. 긴 복도를 걷는데 구보가 느닷없이 물었다.

"부인은 여전해?"

하타는 아아, 하고 대답했다.

"여전해."

"그래?"

리놀륨 복도에 둘의 구두 소리만 울렸다.

밖으로 나오자 썰렁한 밤바람이 몸을 휘감았다. 하타는 양손을 재킷 주머니에 넣고 역 반대 방향으로 걷기 시작했다. 구보가 이봐, 하고 불렀다.

"역은 그쪽 아니야. 맥주 한 잔에 취했어?"

하타는 걸으면서 돌아봤다.

"편의점에서 양말하고 속옷 살 거야. 빨래를 안 해서 빨아놓은 게 없어."

구보는 그렇군, 하고 중얼거리더니 발길 돌린 하타의 뒷모습을 향해 큰 소리로 외쳤다.

"실수로 여자 옷은 사지 마라!"

"그렇게 취하지 않았어."

하타는 그대로 정면을 향해 걸어가면서 구보의 놀림을 가볍게 무시했다.

편의점에 들어가 속옷과 양복 안에 입을 옷을 다섯 장씩 사고, 양말을 다섯 켤레 샀다. 오늘 밤 자기 전에 마실 술도.

가게에서 나와 손목시계를 봤다. 11시. 늦은 시간인데 아직 깨어 있을지도 모르겠다. 재킷 안주머니에서 휴대전화를 꺼내 유선전화에 걸었다.

벨이 몇 번 울리고 전화가 연결됐다.

"네. 이가라시입니다."

휴대전화 너머에서 나이 든 여성의 목소리가 들렸다. 하타는 늦은 전화에 사과의 말을 전했다.

"밤늦게 죄송합니다. 게이스케입니다. 쉬시는 중이었나요?"

"아아, 게이스케."

여성은 기쁜 듯한 목소리로 이름을 불렀다. 하타의 아내인 교코의 어머니 사치요였다.

"괜찮네. 지금 자려고 준비하던 중이었어. 지금 퇴근하나?"

"네. 그렇습니다."

"늦게까지 고생하네."

온화한 목소리가 하타에게 위로의 말을 건넸다.

하타는 오늘, 가마쿠라에서 살인사건이 일어났다는 사실을 장모에게 전했다. 사치요는 TV로 이미 뉴스를 봤는지 신기하다는 듯이 말했다.

"남자가 살해된 사건이지. 그래, 자네가 담당이야?"

하타는 그렇다고 대답했다.

"합동수사본부가 설치됐고, 저희 반이 담당하게 됐습니다."

"그럼 한동안 숙직이겠네."

사치요는 형사 생활을 잘 이해해줬다.

"교코는 여전한가요?"

하타는 전화로 이 질문을 꼭 했다. 사치요의 대답도 늘 같았다.

"응. 변한 건 없지."

사치요의 대답을 듣고 심경이 복잡해졌다. 변함이 있길 바라는 건지 아닌 건지, 자신도 이해하기 힘든 감정이 끓어올랐다.

"교코는 걱정하지 말게. 내가 있으니까 괜찮아."

"고맙습니다. 그리고 장인어른 추도식인데……."

교코의 아버지 시게루의 13주기가 보름 후로 다가왔다. 이번 사건의 수사가 길어진다면 참석할 수 있을지 알 수 없다. 그렇게 말하려는데 사치요의 밝은 목소리가 하타를 가로막았다.

"그것도 괜찮아. 7주기 때 친척을 다 불러 정중히 모셨으니까 이번에는 근처 사는 남편 형제만 부를 거야. 게다가—."

사치요의 목소리가 순간 가라앉았다.

"게다가 그 사람도 경찰이었으니까 자네 일은 잘 알아. 내가 자네 몫까지 모셔줌세."

"늘 죄송합니다."

사치요는 평소의 밝은 목소리로 돌아와 말했다.

"사과할 필요 없어. 어쨌든 건강 조심하게. 앞으로 점점 더 추워질 테니."

하타는 보이지 않는 상대에게 고개를 숙이고는 전화를 끊었다.

숨을 내쉬고 하늘을 올려다봤다.

장모도 이제 나이가 만만치 않았다. 올해로 칠순이었다. 아무렇지 않은 듯 행동하지만 틀림없이 몸 여기저기 힘든 곳이 생겼을 텐데.

장모에게 응석을 부릴 때가 아니다. 그렇게 생각하면서도 정신을 차리니 삼 년이라는 시간이 흘러 있었다.

사가미 만에서 소금기를 품은 차가운 바람이 불어왔다.

하타는 재킷 앞을 한 손으로 여미며 역으로 향했다.

다음 날 아침, 회의실에서 조례를 마친 후 저마다 팀으로 나뉘어 수사를 시작했다.

나쓰키가 곧장 하타에게 왔다.

"안녕하십니까."

오늘은 회색 바지 정장이었다. 커다란 검은색 숄더백을 어깨에 메고 있었다.

하타는 답례한 후 오늘 동선을 나쓰키에게 전했다.

"우선은 피해자가 살던 아파트야. 독신이라도 동거인이 있었을 수도 있고 친구나 지인이 드나들었을 수도 있어. 같은 아파트 주민에게 정보를 얻을지도 모르고. 당연히 우편물은 수사 자료로 압수한다. 그다음에는 아파트를 관리하는 부동산업자를 만날 거다. 연대보증인이 있으면 인간관계를 파악하는 실마리가 되니까."

하타는 나쓰키를 봤다.

"여기서 몇 년 됐지?"

"사 년째입니다. 전에는 도즈카에서 두 해 동안 있었습니다."

"대졸 채용인가?"

"네."

그렇다면 현재 스물여덟이나 스물아홉 살이리라. 어제의 짐작이 맞았다는 소리였다.

"신변 수사 경험은?"

나쓰키는 하타의 질문에 시원시원하게 대답했다.

"두 번 있습니다. 한 건은 이 년 전에 일어난 편의점 강도사건. 다른 한 건은 일 년 전에 일어난 방화 살인사건입니다. 나머지는 주로 지역 탐문을 맡았습니다."

예상한 대답이었다. 아직 젊고 신변 수사 경험이 부족한 형사와 베테랑을 한 팀으로 짜서 젊은 형사를 교육한다는 게 데라사키의 생각일 것이다.

"그럼 주임님, 저는 가보겠습니다."

담당 경찰서의 중견 형사와 한 팀이 된 이모토가 인사하고 방에서 나갔다. 이모토는 지역 탐문 담당이었다.

하타는 정신을 차리고 뒷덜미를 두 번 두드렸다.

한없이 개인적인 감정에 매달려 있을 수는 없었다. 지금은 피해자 정보를 조금이라도 많이 입수할 생각을 해야 했다.

"자, 우리도 갈까?"

"네."

조심스럽지만 패기 담긴 목소리로 나쓰키가 대답했다.

하타와 나쓰키는 전차를 갈아타고 시나가와 구에 있는 다자키의 아파트로 향했다.

다자키가 살던 아파트 '베레나 기타시나가와'는 게이큐 본선의 기타시나가와 역에서 도보로 십오 분 거리에 있었다. 큰 도로에서 한 블록 안쪽 도로로 들어가 완만한 언덕길을 올랐다. 언덕을 다 오른 곳에 벽돌 벽의 10층짜리 아파트가 있었다. 그곳이 베레나 기타시나가와였다.

다자키의 집은 5층의 507호였다.

공동현관 자동문이 열리자 오른쪽에 관리인실, 왼쪽에 우편함과 택배함이 보였다. 정면 유리문 앞에는 암호와 호수를 입력하는, 모니터 달린 오토록 시스템이 놓여 있었다. 관리인실에서 한 남성이 의자에 앉아 신문을 보고 있었다. 하타가 말을 걸었다.

"실례합니다. 여기 관리인이십니까?"

남자는 펼쳐져 있던 신문에서 고개를 들었다. 일흔 살 전후로 보였다. 머리와 기다란 눈썹에 하얀색이 두드러졌다. 실버인재센터에서 파견됐나.

관리인은 하타의 질문에 성가시다는 듯 대답했다.

"그런데요. 무슨 일이시죠?"

하타는 재킷 안주머니에서 경찰 수첩을 꺼냈다.

"가나가와 현경입니다. 여기 주민과 관련해 조사할 게 있어 왔습니다."

관리인의 낯빛이 변했다. 신문을 덮고 옆쪽 문을 통해 밖으로 나왔다.

"가나가와 현경이면, 경찰이세요?"

관리인은 신기한 듯 하타와 미쓰키를 번갈아 봤다.

"여기 507호에 사는 사람이 다자키 미노루 씨 맞죠?"

"자, 잠깐만 기다리세요."

관리인은 서둘러 관리인실로 돌아가 선반에서 서류철을 하나 꺼내 휙휙 넘겼다. 서류철을 닫고 하타 일행에게 돌아와 여러 번 작게 고개를 끄덕였다.

"틀림없네요. 507호는 다자키 미노루라는 사람이 임대중⋯⋯인데 그 사람이 왜요?"

관리인 눈에는 불안과 호기심이 동시에 담겨 있었다. 하타는 다자키가 어제 가마쿠라에서 타살 사체로 발견됐다고 짤막하게 답했다. 관리인은 작은 눈을 더는 커질 수 없을 정도로 크게 떴다.

"아, 그 사건 TV에서 봤어요. 살해된 남자가 이 아파트 주민이라고요?"

그러니까 이렇게 왔겠죠? 그렇게 말하고 싶은 마음을 억누르고 하타는 본론으로 들어갔다.

"경찰은 범인 체포에 전력을 기울이고 있습니다. 수사에 협력해 주십시오."

"협력이라니, 내가 무슨 말을 해야 좋을지."

관리인은 가슴 앞에 손을 맞잡고 허둥지둥하며 당혹스러운 표정으로 말했다. 하타는 옆에 선 나쓰키에게 조그만 목소리로 메모하라고 지시했다. 나쓰키는 백에서 노트와 펜을 꺼냈다.

"다자키 씨는 혼자 사셨나요? 저희 조사로는 독신인 것 같은데,

동거인이 있진 않았나요? 아니면 여성과 함께 살았다거나."

담당 경찰서의 형사가 사건 현장인 임대 별장 근처 주민에게서 선글라스 낀 여성이 자주 드나들었다는 정보를 얻어왔다. 별장 현관에서 여성의 펌프스 족흔도 검출됐다. 다자키의 뒤에 여성이 있을 가능성이 컸다.

"글쎄요……."

관리인은 미안하다는 태도로 고개를 저었다.

"사실 관리인이어도 평일 오전 9시부터 오후 3시까지만 근무해서 주민과 거의 만나질 못하고 이야기하지도 못해요. 기껏해야 물이 새거나 소음으로 민원을 넣으러 찾아왔을 때, 우리가 임대료를 독촉할 때 몇 마디는 나누는 정도입니다. 주민 가족 구성 같은 정보는 기록돼 있지만 누구랑 사는지, 인간관계가 어떤지는 모릅니다."

"주민 정보가 기록된 관리 장부를 보여주시겠습니까? 다자키 씨 것만 봐도 충분합니다."

관리인은 관리 장부를 가져와 해당 페이지를 펼쳐 건넸다.

"이게 다자키 씨 내역입니다."

관리인이 펼친 페이지에는 '임대인, 다자키 미노루'라고 적혀 있었다. 쇼와 ××년 ×월 ×일 태생, 동거인 없음. 연대 보증인 칸에는 '주식회사 컴퍼니 옐로'라고 되어 있었다. 회사 주소는 도쿄의 요쓰야였다.

"주식회사 컴퍼니 옐로. 들어본 적 없는데."

하타가 슬쩍 나쓰키를 봤다. 눈빛으로, 이 회사를 아느냐고 물은 것이었다. 나쓰키는 눈치가 빨랐다. 의도를 알아차리고 고개를 가로 저었다.

하타는 질문을 이어갔다.

"임대료 입금은 어땠습니까. 연체하거나 돈이 부족한 것 같진 않았나요?"

관리인은 하타가 들고 있는 관리 장부를 옆에서 들여다봤다.

"연체는 없네요. 매달 꼬박꼬박 냈어요. 게다가 집주인과 문제도 없었군요."

"어떻게 아시죠?"

관리인은 다자키의 정보가 적힌 칸 아래쪽의 '메모' 부분을 가리켰다.

"주민이 문제를 일으키면 관리 장부에 적어요. 메모 칸이 부족할 정도로 이리저리 문제를 일으키는 사람도 있어요. 이른바 트러블 메이커죠. 문제가 생기면 대강의 내용을 기록하고, 심할 때는 관리사에 보고해서 계약을 갱신하지 않도록 하기도 해요."

옆에서 나쓰키가 필사적으로 펜을 움직이고 있었다. 하타는 관리인에게 복사기가 있는지 물었다. 바로 복사해갈 생각이었는데 관리인이 고개를 저었다. 하타는 다자키의 페이지를 수사 자료로 제공해줄 수 있는지 물었다.

"다자키 씨 자료를 하루만 빌릴 수 있을까요? 오늘 경찰서에서 복사하고 내일 돌려드리겠습니다."

복사만 하는 거라면 근처 편의점에서도 할 수 있다. 그러나 복사기에 따라 출력이력이 남는 경우가 있었다. 사건과 관련된 중요 자료의 이력을 외부에 남겨서는 안 된다.

관리인은 며칠이라도 괜찮다며 서류철에서 다자키의 페이지를 빼서 하타에게 내밀었다. 하타는 받아서 나쓰키에게 건넸다. 나쓰키는 지퍼 달린 클리어 파일에 넣은 후 숄더백에 담았다.

하타는 관리인 쪽으로 돌아서더니 재킷 안주머니에 넣어둔 봉투에서 종이를 꺼냈다.

"이걸 좀 보셨으면 하는데요."

노안이겠지. 관리인은 쓰고 있던 안경을 벗고 종이에 코가 닿을 정도로 얼굴을 들이댔다.

"수색 압류 영장⋯⋯."

관리인은 단어를 하나씩 끊어가며 천천히 종이에 적힌 글자를 읽었다.

하타는 수색 압류 영장을 안주머니에 다시 넣고 법원에서 발급한 영장임을 설명했다.

"이게 있으면 가족 또는 가까운 사람의 동의나 입회 없이 피의자나 피해자의 자택에 들어갈 수 있고, 나아가 수사 자료가 될 물건을 압수할 수 있습니다."

의미를 알긴 했을까. 관리인은 하나도 이해하지 못하겠다는 표정으로 하타의 설명을 멍하니 들었다.

"각 집 열쇠는 가지고 계시죠? 507호를 열어주십시오. 다자키 씨의 집을 조사하겠습니다."

"아, 네, 네. 잠시만 기다리세요."

자신이 뭘 해야 하는지 드디어 깨달은 모양이었다. 관리인은 급히 방으로 돌아가 열쇠 하나를 들고 왔다.

"이게 507호 열쇠입니다."

세 사람은 엘리베이터로 5층으로 올라갔다. 엘리베이터에서 내리자 관리인이 통로 가장 안쪽을 가리켰다.

"507호는 복도 끝 집입니다."

하타는 다자키의 집 앞에 섰다.

문패는 없었다. 하타가 바지 주머니에서 하얀 장갑을 꺼내 꼈다. 초인종을 눌렀다. 사람이 나오는 기척은 없었다. 나쓰키도 백에서 장갑을 꺼내 꼈다.

하타는 손잡이를 돌려봤다. 예상대로 잠겨 있었다.

"열쇠를 빌려주십시오."

하타는 관리인에게 열쇠를 받아 문을 열었다. 관리인에게 집 밖에서 기다리라는 말을 남기고 안으로 들어갔다.

방 하나에 거실과 부엌 겸 식당이 있는 구조였다. 현관 오른쪽에 세면대와 목욕탕, 왼쪽에 옷방이 있었다. 통로 끝이 거실이었다. 작지만 키친카운터가 설치돼 있었다. 거실에는 2인용 가죽 소파와 테이블, 32인치 정도의 TV가 있을 뿐 다른 물건은 아무것도 없었다. 거실 옆 방이 침실이었다.

"우편물을 조사해. 공과금이나 신용카드 청구서 같은 거 전부. 그리고 욕실과 세면실도. 특히 여자가 같이 산 흔적이 있는지 주의 깊게 살펴. 나는 거실과 침실을 조사하지."

나쓰키에게 지시를 내렸다. 나쓰키는 고개를 끄덕이고 현관으로 향했다.

하타는 부엌부터 살펴보기 시작했다. 싱크대에 빈 캔맥주 두 개와 먹다 남은 살라미, 접시가 하나 놓여 있었다. 냉장고에는 캔맥주 세 개와 막대 치즈뿐, 식료품이라 할 만한 것은 없었다.

싱크대 밑 수납장 문을 열어봤지만 아무것도 없었다. 뒤쪽의 매립형 식기 수납장에도 컵 하나와 접시 몇 개가 있을 뿐 동거인의 흔적은 없었다.

이어서 거실을 둘러봤는데 가구가 놓였을 뿐 종잇조각 하나 떨어져 있지 않았다. TV 뒤쪽과 소파 틈을 조사했으나 아무것도 나오지 않았다.

하타는 침실로 향했다.

창가에 파이프 침대와 사이드테이블이 놓여 있었다. 테이블 위에는 노트북 컴퓨터가 있었다.

전원을 켜자 화면이 들어오며 암호 입력창이 떴다. 잠겨 있었다. 전원을 껐다. 현경으로 가져가 과학수사연구소에 보내 분석하게 하는 수밖에 없었다.

하타는 붙박이 옷장을 열었다. 세탁된 정장과 셔츠가 옷걸이에 걸려 있었다. 정장 주머니를 죄다 조사했으나 역시 아무것도 들어 있지 않았다.

옷장을 닫고 침대 옆 테이블의 서랍을 열었다.

오호! 이런 소리가 흘러나왔다. 중요한 실마리를 잡거나 사건 해결의 조짐을 느낄 때 저도 모르게 내는 소리였다.

서랍 속에는 도시 은행의 예금통장이 들어 있었다. 명의자는 다자키 본인이었다. 인감도 있었다. 아마도 이 통장을 이용할 때 사용하는 도장일 것이다.

하타는 통장을 열었다. 일 년 전부터 두 달 전까지의 입금과 거래 내역이 기록돼 있었다. 인출내역에는 공과금 외에 부동산 회사 이름으로 세 건, 그리고 '세이아이노소노淸愛の園'라는 이름이 찍혀 있었다. 부동산 관련 세 건 중 하나는 아파트 임대료, 다른 하나는 가마쿠라의 임대 별장일 것이다. 나머지 한 건을 알 수 없었다. 여기 말고 다른 곳도 빌렸다는 말인가. 세이아이노소노라는 것도 모르겠다. 어떤 시설 이름 같은데 매달 25만 엔 정도가 인출됐다.

입금은 한 건뿐이었다. 매달 200만 엔 전후의 금액이 이체됐다. 입금처는 주식회사 컴퍼니 옐로. 아파트 임대 보증인인 회사였다. 다자키는 이 회사의 임원일 가능성이 컸다.

하타가 통장을 닫았을 때 나쓰키가 침실로 들어왔다.

"어떻게 됐어? 뭘 좀 찾았나?"

나쓰키는 들고 있던 우편물을 하타에게 내밀었다.

"우편물은 공과금 청구서와 전단지 외에는 전혀 없었습니다. 탈의실 세면대에는 칫솔 하나가 컵에 꽂혀 있었습니다. 그 밖에는 전기면도기와 드라이어, 빗뿐입니다. 화장실에는 반쯤 쓴 두루마리 휴지와 청소도구가 있었고요."

하타는 건네받은 우편물을 보면서 물었다.

"여자 흔적은 없었나?"

"네. 여성과 동거했다면 화장실에 생리대를 버리는 휴지통이 있었을 겁니다. 칫솔도 하나뿐이고 화장품 종류도 없었습니다."

그렇군, 하고 중얼거리며 하타는 들고 있던 통장을 획획 넘겼다.

"이걸 찾았어. 다자키는 이 아파트와 가마쿠라의 임대 별장 말고도 집을 더 빌린 것 같아. 부동산 회사 세 곳에서 매달 일정액을 빼가. 그리고 세이아이노소노라는 이름의 회사인지 뭔지에서 매달 25만 엔 정도를 빼가고. 입금은 딱 한 군데. 이 아파트의 연대 보증인인 회사야. 거기에서 매달 200만 엔 전후의 돈이 들어와."

"200만…… 거금이네요."

나쓰키가 생각에 잠긴 듯 턱에 손을 댔다.

하타는 통장을 다시 열어 입금처를 읽었다.

"주식회사 컴퍼니 옐로. 어떤 회사인지 조사해야겠어."

"잠깐만요."

나쓰키는 거실에 놓아둔 자기 백에서 관리인에게 빌려온 서류와 스마트폰을 들고 와 화면을 조작하기 시작했다.

"뭐 하는 거야."

하타는 옆에서 스마트폰 화면을 들여다봤다.

"주식회사 컴퍼니 옐로가 어떤 회사인지 찾고 있습니다."

"이걸로 알 수 있어?"

나쓰키는 화면을 보면서 대답했다.

"인터넷에 등기 정보를 서비스하는 사이트가 있어요. 회사 이름과 주소를 입력하면 열람할 수 있어요."

오호! 소리가 새어 나왔다.

하타는 최신 통신기기에 약했다. 휴대전화는 가지고 있으나 통화에만 사용했다. 컴퓨터도 인터넷 검색이나 문서 작성 정도는 할 수 있는데 파워포인트만 돼도 두 손 들었다. 젊은 녀석들이 회의 자료를 만들 때 사용하는 그래프나 영상 같은 건 전혀 쓰지 못했다. 하타는 나쓰키의 손이 화면 위에서 재빨리 움직이는 모습을 감탄하며 바라봤다.

"찾았습니다. 이겁니다."

나쓰키는 스마트폰을 하타에게 내밀었다. 화면에 주식회사 컴퍼니 옐로의 정보가 나와 있었다.

상호, 주식회사 컴퍼니 옐로. 본점 주소, 도쿄 도 신주쿠 구 요쓰야 ××. 대표이사는 다자키 미노루. 업종은 수입품 판매 및 미용 일반에 관한 물품 판매. 자본금 500만 엔. 설립일은 일 년 전이었다.

"주식회사 컴퍼니 옐로는 미용 쪽 회사였나. 그리고 다자키는 그곳 경영자. 그럼 월수 200만 엔도 이해되지."

하타는 고맙다고 말하며 스마트폰을 나쓰키에게 돌려주고 재킷 안주머니에서 자신의 휴대전화를 꺼냈다. 수사1과장 데라사키에게 직통전화를 걸었다. 전화벨이 몇 번 울린 후 데라사키가 받았다.

"하타입니다."

하타는 이름을 대고 현시점에서 파악한 정보를 보고했다.

"다자키는 미용 회사 사장이군."

데라사키가 혼잣말처럼 중얼거렸다.

"새로운 정보 좀 들어왔나요?"

하타가 물었다.

"아, 하타 어머니의 주소를 알아냈지. 아이치 현경 조사로."

데라사키 말로는, 다자키의 어머니 세쓰는 아이치 현의 특별 노인 요양시설인 세이아이노소노에 들어가 있는 상태라고 했다. 세쓰는 올해로 일흔여섯 살. 치매를 앓고 있는데, 사람을 알아보지 못할 정도로 중증이란다. 비용은 아들인 다자키가 내고 있었다.

통장에 찍힌 세이아이노소노는 어머니가 입주한 시설이었나. 다자키는 매달 25만 엔 전후를 내는 것으로 어머니를 돌봐왔다.

"효자였네요."

하타가 중얼거리자 정말 그럴까, 라는 대답이 돌아왔다.

"시설 직원 말로는, 다자키가 마지막으로 어머니를 보러 온 게 오년 전이라더군. 그다음에는 면회 한 번 오지 않았다는 거야. 시설에 맡긴 채 돈만 내고 내버려둔 거지. 그걸 효도라고 할 수 있을까."

맡긴 채 내버려뒀다는 말이 하타의 가슴을 아프게 찔렀다. 하타는 뒷덜미를 두세 번 두드려 기분을 전환했다.

"저희는 바로 주식회사 컴퍼니 옐로에 가보겠습니다. 동거인이 있던 흔적은 없지만, 만약을 위해 지문과 모발을 채취해두는 게 좋겠습니다. 감식반을 보내주시겠습니까?"

"바로 그쪽으로 보내지. 그리고 방금 사법해부 결과가 나왔어."

하타는 휴대전화에 귀를 바싹 붙였다.

"직접 사인은 후두부 충격에 따른 뇌타박상인데, 혈액에서 벤조디아제핀 계열 성분이 다량 검출됐어. 일반 약품명은 트리아졸람정. 속칭 할시온."

"최면진정제입니까?"

데라사키가 그렇다고 대답했다.

"알코올도 검출됐어. 범인은 아마 할시온을 탄 알코올을 다자키에게 먹이고 의식이 몽롱해지길 기다렸다가 병을 휘둘러 죽였겠지."

상대가 약해진 상태에서 흉기를 휘둘러 죽였다는 것으로 보아, 범인은 힘으로는 상대하지 못하는 여자일 가능성이 더 짙어졌다.

"어쨌든" 하고 데라사키가 말을 이었다.

"자세한 내용은 야간 수사 회의에서 알리지. 우선은 그쪽으로 감식반을 보내겠네."

하타는 부탁드린다고 말하고 전화를 끊었다.

뒤에 서 있는 나쓰키에게 우편물과 다자키 명의 예금통장, 인감, 노트북을 챙기라고 지시했다. 나쓰키는 백에서 종이봉투를 꺼내 압수물을 넣고 현관 쪽으로 가서 관리인에게 확인을 요구했다. 지정된 용지에 물품명을 기록하고 관리인 사인을 받은 뒤 가져온 비닐 테이프로 봉투를 밀봉했다.

현관에서 구두를 신은 하타는 문을 잠그고 장갑을 벗은 다음 관리인에게 열쇠를 돌려줬다.

"곧 감식반이 올 겁니다. 그때까지 문을 만지거나 안으로 들어가면 안 됩니다. 부탁합니다."

관리인은 심각한 표정으로 수없이 고개를 끄덕였다.

하타와 나쓰키는 아파트를 나왔다. 차가운 빌딩 바람이 불어와 몸에 닿았다.

다자키가 회사 경영자라는 사실은 판명됐으나 다자키를 둘러싼 인간관계와 살해 동기 등은 아직 찾지 못했다. 돈 문제일까 원한일까. 아니면 다른 무엇일까. 다자키가 경영했다는 주식회사 컴퍼니 옐로를 찾으면 동기와 연결될 정보가 나올지도 모른다.

"회사가 있다는 요쓰야로 가지."

"네."

뒤에서 나쓰키가 대답했다.

둘은 역을 향해 걷기 시작했다.

3

ウツボカズラの甘い息

디너쇼 다음 주 토요일. 후미에는 가마쿠라의 역에 내렸다.

역은 많은 사람으로 혼잡했다. 관광객, 그리고 절이나 신사 참배객일 것이다.

후미에는 역 화장실로 들어가 거울 앞에 섰다. 머리 형태나 화장이 망가지지 않았나 점검했다.

오늘 아침에는 식사 준비를 마치고 화장대 앞에 앉아 꼼꼼하게 단장했다. 평소에는 대강 빗질만 하던 머리를 말았고, 화장도 파운데이션만 칠하고 마는 게 아니라 아이라인까지 그렸다. 립스틱도 평소보다 짙은 걸 발랐다. 이전에 회사 동료에게 해외여행 선물로 받은 립스틱이었다. 너무 화려한 것 같아 한 번도 바른 적 없었다.

옷은 너무 고지식하지 않으면서 그렇다고 너무 캐주얼하지도 않은 것으로 골랐다. 길이가 긴 꽃무늬 튜닉에 하얀 바지를 맞췄다. 오늘을 위해 근처 쇼핑몰에서 산 옷이었다. 고가는 아니었으나 매달 생활비를 생각하면 망설여졌다. 하지만 늘 입던 평상복으로 놀러 가고 싶은 마음은 없었다.

화장대 앞에서 좀처럼 떨어지지 못하는 후미에를 보고, 남편 도시유키는 "데이트라도 가?"라며 실실 웃었다. 앞으로 만날 상대가 어떤 사람인지는 수없이 이야기했다. 후미에가 노려보자 도시유키는 목을 움츠리고 조그맣게 중얼거렸다.

"꾸미는 거 참 좋아한다니까."

후미에는 땀 난 콧등에 파운데이션을 덧칠한 다음, 역 화장실에서 나왔다.

손목시계를 봤다. 곧 11시였다. 백에서 휴대전화를 꺼내 가나코에게 전화했다. 전화는 곧바로 연결됐다.

후미에가 이름을 대기도 전에 휴대전화 너머에서 가벼운 목소리가 났다.

"무타 씨지? 전화 기다렸어."

목소리가 한껏 들떠 있었다. 가나코는 진심으로 후미에의 전화를 기다리고 있었던 듯했다. 방금 가마쿠라에 도착했다고 전하자 에노시마 전철을 타라고 지시했다.

"별장은 시치리가하마에 있어. 시치리가하마 역에서 기다릴게."

당연히 차로 데리러 올 줄 알았기에 조금 실망스러웠다.

후미에는 전화를 끊고 에노시마 전철을 탔다.

만원 전철에 흔들리며 시치리가하마 역에 도착하자 개찰구 밖에 가나코가 있었다. 옅은 파란색 원피스 차림이었다. 틀림없이 실크겠지. 소매가 바람에 나부끼며 우아하게 흔들렸다. 오늘도 얼마 전과 마찬가지로 커다란 선글라스를 끼고 있었다.

"무타 씨, 여기야."

가나코는 후미에를 발견하고 미소 지으면서 손을 들었다.

"와줘서 고마워. 가마쿠라로 데리러 가지 못해서 미안해. 차로 갈까 했는데 주말은 늘 차가 막혀. 전철이 더 빠르고 별장도 여기서 걸어 오륙 분 거리라 여기까지 와달라고 했어."

후미에는 그런 걱정은 할 필요 없다는 표시로 얼굴 앞에서 손을 팔랑팔랑 흔들었다. 어디서 건넬지 망설이던 선물을 그쯤에서 내밀었다.

"대단한 건 아닌데 받아줘. 예전에 회사 동료에게 받은 적 있는데 맛있어서 가끔 사 먹어."

거짓말이었다. 인터넷을 꼬박 하루나 뒤져 찾아낸 유명 디저트 가게의 쿠키였다. 평소 먹는 과자는 근처 슈퍼마켓에서 싸게 파는 감자 칩이나 센베이였다.

가나코는 후미에의 말을 조금도 의심하지 않고 잔뜩 허세 부린 선물을 고맙다면서 받았다.

"가자."

가나코가 앞장서서 걷기 시작했다.

선로를 건너 길게 이어진 완만한 언덕길을 올랐다. 바다에서 불어 오는 바람이 아주 좋았다. 고향의 잔잔한 추억들을 이야기하면서 가나코의 뒤를 따랐다.

역에서 걸어 오 분쯤 거리에 있는 고지대의 호화로운 단독주택 앞에서 가나코가 멈춰 섰다.

"여기야."

눈앞에 있는 집을 보고 후미에는 숨을 삼켰다.

부지는 후미에의 집이 너끈히 세 채는 들어갈 만큼 넓었고, 잔디 깔린 정원에는 다양한 꽃과 나무를 심어놓았다.

3층 건물에 1층은 차고였다. 벽은 하얗고, 2층 튀어나온 창에는 고가로 보이는 꽃병이 놓여 있었다.

가나코는 넝쿨이 새겨진 청동문을 열고 벽돌 디딤돌을 건너 현관 으로 향했다.

차고 옆 계단을 오르면 현관이었다. 나무문 중앙에 백합을 그려 넣은 스테인드글라스가 끼워져 있었다. 건물 스타일은 현대적인데 어딘가 앤티크 감성이 느껴졌다.

가나코는 백에서 열쇠를 꺼내 현관문을 열었다.

"들어가자."

가나코가 안으로 들어오라고 권했다. 후미에는 주변을 살피면서 조심스레 걸음을 옮겼다. 실내로 들어서자 상쾌한 감귤 향이 났다.

"향이 좋네."

후미에가 중얼거리자 가나코가 옆에서 "아로마야"라고 대답하고 신발장 위에 있는 도기 장식을 가리켰다.

"요즘 아로마에 빠졌어. 그날 기분에 따라 향을 바꿔. 오늘은 무타 씨가 온다고 해서 제일 좋아하는 오일을 넣었지. 오렌지와 베르가모트를 기본으로 한 건데 좋아하니 나도 기뻐. 자, 어서 들어가자."

가나코는 힐을 벗고 집으로 들어가 슬리퍼를 내놓았다.

현관 건너편 문을 열자 그곳이 거실이었다. 후미에의 집 거실과 부엌을 합쳐도 크기가 반도 안 될 것이다. 수십 평은 될 듯했다.

가나코가 "잠깐만 기다려. 차를 준비해올게"라고 말한 뒤 거실 안쪽으로 갔다. 대면식 주방이 있었다.

남겨진 후미에는 새삼스레 거실을 둘러봤다.

중앙에 커다란 응접세트가 놓여 있었다. 소파는 짙은 회색 벨벳이고 같은 천으로 만든 쿠션이 두 개 올려져 있었다.

높은 천장에 화려한 샹들리에가 달려 있고 벽 쪽에는 천장에 닿을 듯한 장식장이 있었다. 안에는 고급스러운 브랜디와 위스키가 들어 있었다.

할 일이 없어 무료한 후미에는 창가에 서서 밖을 봤다.

"우아아."

전망을 보자마자 절로 탄성이 나왔다. 고지대에 있는 별장 창밖으로 사가미 만에 뜬 에노시마가 한눈에 보였다.

주방에서 가나코가 고개만 내밀었다.

"경치 좋지? 밤 되면 에노시마의 등불이 정말 아름다워."

후미에가 바깥 풍경에 푹 빠져 있는데 가나코가 홍차와 과자가 놓인 쟁반을 들고 왔다.

"자, 앉아."

가나코가 소파에 앉자 후미에도 테이블을 끼고 건너편에 앉았다.

"이런 상태라 미안해."

가나코는 샤넬 선글라스 테를 손가락으로 올리면서 말했다.

그러고 보니 디너쇼 날에도 같은 선글라스를 끼고 있었다. 밖에서 끼는 거야 이상할 게 없는데 방 안에서도 벗지 않는 건 사정이 달랐다. 무슨 이유가 있겠지.

가나코는 선글라스에 대해 더는 언급하지 않았다. 익숙한 손길로 장미 문양이 그려진 찻주전자를 들어 같은 문양의 찻잔에 홍차를 따랐다.

주위에 꿀 향기가 확 퍼졌다. 디너쇼 날 말한, 영국에서 왔다는 친구의 선물인 애슈비 허니일 것이다.

간식으로 롤케이크도 있었다. 크림 안에 딸기와 멜론 같은 과일이 들어 있었다.

가나코는 홍차와 롤케이크를 권하면서 미안하다는 듯 후미에를 바라봤다.

"그때 이야기한 베이커리에서 크루아상을 사오려고 했는데 갔더니 벌써 다 팔렸더라. 미안해. 그런데 이 롤케이크도 맛있어. 크루아상 다음으로 인기 많아."

먹어보라면서 가나코는 자기 홍차에 입을 댔다.

후미에는 벌써 별장 방문을 후회하기 시작했다.

시치리가하마 고지대에 있는 호화 저택, 아로마 향이 나는 현관, 고가의 가구가 놓인 넓은 거실, 영국산 홍차, 잡지에도 실린 인기 간식. 모든 게 후미에의 일상과는 동떨어져 있었다.

"맛있네. 무타 씨도 먹어봐. 혹시 롤케이크 싫어해?"

손대지 않는 후미에를 보면서 가나코는 걱정스럽게 말했다. 후미에는 서둘러 고개를 젓고 케이크로 손을 가져갔다.

가나코는 즐겁게 중학교 시절 추억을 이야기하기 시작했다. 후미에의 마음은 서서히 가라앉았다. 홍차도 롤케이크도 맛있는지 모르겠다.

고개를 숙인 채 적당히 맞장구쳤다.

'아주 괜찮은 이야기'가 있다는 말에 끌려 여기까지 와버리다니. 성급한 결정을 후회했다.

여기 오면 비참해지리란 사실은 처음부터 알지 않았나. 디너쇼에서 재회했을 때 가나코가 몸에 두르고 있던 고급 정장과 액세서리. 가마쿠라에 별장이 있다는 사실 등으로 낡은 집에서 남편 월급만으로 살아가는 자신과 사는 세계가 다르다는 걸 알았을 텐데.

아침이면 청소와 빨래를 하고, 점심을 먹으면서 근처 슈퍼마켓 전단을 살핀다. 저녁에는 자전거로 슈퍼마켓에 가 광고에 실린 할인 상품을 사서 저녁을 차린다.

그게 후미에의 일상이었다. 유유상종이라는 말도 있으나 가나코는 자신과 같은 무리가 아니니 친구가 될 수 없었다.

—급한 일이 생겼다고 핑계 대고 빨리 떠나자.

가나코는 두 잔째 홍차를 따르면서 차분하게 말했다.

"정말 기뻐. 이렇게 무타 씨를 다시 만나다니. 언젠가 꼭 보답하고 싶었어."

후미에가 고개를 들었다.

맞다. 가나코는 디너쇼 날, 보답하고 싶다고 했다. 무슨 보답받을 일을 했나 내내 생각했지만 도무지 떠오르지 않았다. 후미에는 조심스럽게 물었다.

"미안해. 그날부터 계속 생각했는데, 무슨 도움을 줬는지 기억나질 않아. 내가 뭘 했어?"

가나코는 소파에 기대 추억에 젖은 눈빛으로 먼 곳을 바라봤다.

"내가 중학교 때 왕따당한 건 알아?"

후미에는 고개를 저었다. 수수하고 눈에 띄지 않는 학생이었다는 건 기억하는데 왕따였다는 기억은 없었다.

"밋밋하고 못생긴 데다 음침했잖아. 몇몇 남자애들이 싫어했어. 책상 속에 남은 급식을 넣거나 공책에 비호감이다, 죽어라 같은 말을 써놓았지. 신발장 속 신발에는 자주 압핀이 들어 있었고."

후미에의 가슴이 아파왔다. 초등학교 때의 아픈 추억이 떠올랐다.

"매일, 학교 가는 게 힘들었어. 무엇보다 모두에게 무시당한다는 게 제일 힘들었지. 아무도 나를 보지 않았어. 나는 늘 그 자리에 없는 사람이었고, 유령이 된 듯한 기분이었어. 신발에 압핀이 있거나 공책에 낙서가 있는 게 몇 배 나을 것 같더라."

초등학교 때의 후미에 이야기를 하는 것만 같았다. 등에 식은땀이 흘렀다.

"유일하게 위안이 되는 곳이 학교 뒤에 있던 토끼 우리였어. 기억해? 학교에서 토끼 길렀잖아. 난 사육장 담당이라 우리를 청소하고 돌봤는데 별일 없을 때도 자주 토끼를 보러 갔어."

그러고 보니 분명 학교에서 토끼를 길렀다. 다 해서 대여섯 마리 쯤이었을까.

"귀여운 모습을 보고 있으면 마음이 편안해졌어. 싫은 일도 잊을 수 있고."

그게 나와 무슨 관련이 있는지 물으려는데 가나코가 생각을 알고 있다는 듯 바라봤다.

"중학교 2학년 때였어. 평소처럼 토끼에게 먹이를 주는데 무타 씨가 왔어. 나를 보고 당번도 아닌데 돌보는 거냐고 물었지. 나는 너무 놀라 고개만 끄덕였어. 그랬더니 무타 씨가 감탄했다는 듯이 말했어. 너 참 다정하구나, 라고."

가나코가 선글라스를 낀 채 무릎으로 시선을 떨구었다.

"정말 기뻤어. 무시당하고 놀림당하기만 했지 아무도 나를 칭찬해준 적 없었거든. 학교에서 아이돌 같던 무타 씨가 칭찬을 해주다니 얼마나 기뻤는지……."

가나코는 뭔가를 떨쳐낸 듯 고개를 혹 들었다.

"나 말이야, 실은 그때 죽을 생각이었어. 나 같은 건 살아 있어도 아무 의미가 없다고 생각했어. 어떤 책에 애정의 반대말은 증오가 아니라 무시라고 나와 있대. 그 무렵에는 모두에게 무시당해서 정말 괴로웠어."

가나코가 후미에를 봤다.

"하지만 무타 씨의 그 말 덕분에 조금은 살아야겠다는 기운이 생기더라. 나도 언젠가는 무타 씨처럼 멋진 여성이 되고 싶었어. 무타 씨의 한마디가 없었다면 성형할 용기도 내지 못했을 테고, 계속 못생기고 음침한 사람으로 살았을 거야."

그런 일이 있었나.

후미에는 가나코의 이야기를 남 일처럼 들었다. 가나코가 자신에게 보답하고 싶어 하는 이유는 알았다. 그런데 거기까지 설명을 들어도 그런 일이 있었는지조차 기억나지 않았다. 있었던 것 같기도 하고 사람을 착각하는 것 같기도 했다. 이해가 가는 마음과 석연치 않은 감정이 가슴속에 뒤섞였다.

반응이 둔한 후미에를 보고 기억이 없을 가능성을 깨달았으리라. 가나코가 부드럽게 미소지었다.

"무타 씨가 기억하지 못해도 괜찮아. 내게는 소중한 추억이고 언젠가 무타 씨에게 보답하고 싶었는데 그 소망이 이루어졌으니까."

거기서 가나코는 한 호흡 쉬었다가 한 글자씩 끊듯 말했다.

"고마워."

후미에는 더는 참을 수 없었다.

가나코의 눈에 비친 것은 지금의 자신이 아니었다. 중학교 때 빛났던 무타 후미에다. 과거의 영광을 끌어내 고맙다는 인사를 받아봤자 지금의 뚱뚱하고 추한 자신은 더 비참해질 뿐이었다.

후미에는 두 잔째 홍차를 단숨에 마시고 말했다.

"미안하지만 그런 일은 기억하지도 못하고, 딱히 은혜라고 생각할 필요도 없어."

후미에는 일부러 대놓고 손목시계를 봤다. 벌써 정오가 지났다. 별장에 온 지 한 시간이 흐른 것이었다. 이쯤에서 물러나야겠다.

후미에는 소파에서 일어났다.

"벌써 점심이라 이만 갈게. 롤케이크, 맛있었어. 홍차도. 고마워."

후미에가 소파 위에 놓았던 백을 들었다.

"잠깐만!"

가나코의 절박한 목소리가 거실에 울렸다. 사라지려는 연인을 잡으려는 목소리 같았다.

후미에는 놀라 그대로 멈췄다. 가나코는 자리에서 일어나 후미에를 억지로 소파에 앉히고 옆에 앉았다.

"아직 이야기 안 끝났어. 나는 꼭 무타 씨에게 보답하고 싶어."

가나코의 진지한 말투에 압도됐다.

"보답이라니."

필요 없다고 말하려는데 가나코가 막았다.

"디너쇼 날, 무타 씨에게 부탁이 있다고 했지. 기억해?"

후미에는 고개를 끄덕였다. 자신에게 아주 괜찮은 이야기라고 했다. 그래서 여기까지 오고 만 것이다.

가나코는 안심한 듯 미소지었다.

"그 이야기야. 부탁할 게 있어. 틀림없이 무타 씨에게도 좋은 이야기일 거야. 우선 이걸 보여주고 말하는 게 낫겠다."

그렇게 말하고 가나코는 선글라스를 벗었다.

가나코의 얼굴을 본 후미에는 튀어나오려는 놀라움의 비명을 간신히 삼켰다.

"놀랐어?"

가나코는 얼굴에 늘어진 긴 머리를 어깨 뒤로 넘겼다.

봐선 안 될 것 같은데 가나코의 얼굴에서 시선을 뗄 수 없었다. 속눈썹이 길고 큰 눈에 또렷한 쌍꺼풀이 있었다. 흰자위 부분에 푸른빛이 돌아 눈동자가 더 도드라져 보였다.

하지만 아름다운 눈에 놀란 게 아니었다. 오른쪽 눈 중앙부터 관자놀이까지 반점이 퍼져 있었다. 검붉은 부분과 거무튀튀한 부분이 섞여서 얼룩덜룩했다. 넓은 부위의 피부가 뒤틀려 있었다.

가나코가 다시 선글라스를 꼈다.

"미안해. 이런 걸 보여줘서."

"무슨 일이 있었니?"

이런 반점이 옛날부터 있었으면 가나코를 또렷하게 기억했을 것이다. 기억에 없다는 건 중학교를 졸업하고 헤어진 후 생겼다는 뜻이었다.

가나코는 후미에에게서 시선을 돌렸다.

"나, 성형했다고 했잖아."

후미에는 고개를 끄덕였다.

"성형은 성공했어. 눈에 쌍꺼풀을 만들고 눈두덩도 절개해 크게 만들었지. 코에 실리콘을 넣어 세우고 턱을 깎아 작은 얼굴로 만들었어. 부기가 빠지고 거울을 봤더니 내가 이상적으로 생각하던 얼굴

이 있더라. 정말 뛸 듯이 기뻐서 수술 후 흉터나 부기의 고통 같은
건 금방 잊었어."

가나코는 얼굴을 들고 부드러운 미소를 지었다.

"그 이후로는 매일 즐거웠어. 거리를 걸으면 남자들이 말을 걸고
옷을 사러 가도 점원이 예쁘다며 칭찬하고. 그냥 하는 말이 아니라
진심이라는 걸 알 수 있었지. 모두 내 얼굴을 넋을 잃고 보더라. 하
지만 그런 행복은 이 년 만에 끝났어."

가나코의 목소리가 가라앉았다.

"성형하고 이 년 뒤 가을, 당시 사귀던 남자와 헤어졌어. 헤어졌다
고 해도 내 일방적인 생각이었고 남자는 헤어질 마음이 없었지. 대
학병원 의사인데 자존심이 셌어. 헤어지고 싶지 않다는 마음도 있었
겠지만 그보다는 차였다는 사실을 견디기 힘들었나 봐. 그 남자 아
파트에서 헤어지자고 했는데 이야기가 틀어지면서 감정이 격해졌
어. 헤어질 거면 이렇게 만들어주겠다며 방구석에 놔둔 가방에서 갈
색 병을 꺼내 내용물을 내게 뿌렸어."

그때 기억이 되살아났을까. 가나코는 선글라스 너머로 반점 부위
에 손을 댔다.

"반사적으로 몸을 돌렸는데 얼굴 오른쪽 위로 날아왔지. 통증이
정말 끔찍했어. 신음하면서 정신없이 그 집을 나와 가까운 병원으로
달려갔어. 남자가 뿌린 건 황산이었어. 병원 약품실에서 가져온 거
지. 남자는 그 후 체포됐는데 경찰 조사에서 진짜 뿌릴 생각은 없었
다, 위협이나 할 생각이었다고 울면서 진술했다더라."

가나코는 뭔가를 뿌리치듯 힘주어 고개를 들었다.

"그럴 생각이었다는 말이 통하면 이 세상에 경찰은 필요 없겠지."

가나코는 재미있는 농담이라도 한 듯 소리 내어 웃었다.

"남자는 상해죄로 이 년의 실형을 받았어. 출소한 뒤 상황은 몰라. 반점을 없애려고 여러 성형외과를 돌아다녔지만 진단은 모두 같았어. 지금 상태보다 나아질 가망은 없대."

후미에는 뭐라 해야 좋을지 몰라 입에 손을 댄 채 가만히 듣고 있었다.

"그래서 선글라스를 벗을 수 없어."

가나코는 손가락으로 선글라스 테를 소중하게 쓰다듬었다.

후미에는 의아하다는 생각이 들었다. 가나코에게 일어난 일은 불행이라고 할 수밖에 없었다. 안타까웠다. 그런데 왜 이렇게까지 해서 내가 돌아가는 걸 막으려는 걸까. 그 반점이 내게 하고 싶다는 부탁과 무슨 관계가 있을까.

가나코는 다시 고개를 숙였다.

"반점이 평생 사라지지 않는다는 사실을 알았을 때는 자살도 생각했어. 애써 아름다운 얼굴을 얻었는데 또 추한 모습으로 돌아오다니 나는 왜 이렇게 불행할까 싶어서. 하지만 말이야, 자살을 포기했어. 왠지 알아?"

가나코는 고개를 들어 후미에를 마주 보았다.

"무타 씨의 말을 떠올렸거든."

"내, 말?"

가나코가 고개를 끄덕였다.

"무타 씨가 토끼 우리에서 해준 말. 다정하다는 말 말이야. 그 말 덕분에 살 용기가 생겼어. 그 지독한 왕따를 견뎠지. 그러니까 이 반점이 주는 고통도 틀림없이 이겨낼 수 있을 거라고."

가나코는 기억을 더듬듯 창가로 고개를 돌렸다. 여기가 아닌 먼 곳을 바라보는 듯했다.

"난 증권사 안내 데스크 직원으로 일했는데, 사건이 일어난 후 그만뒀어. 동정이나 연민이 싫기도 했지만 얼굴이 이래서는 거기 계속 앉아 있을 수 없었겠지. 안내는커녕 일반 업무도 할 수 없을 테고. 선글라스 낀 사무직 직원이라니 아무 데서도 고용하지 않겠지."

그렇게 말하고 가나코는 힘없이 웃었다.

후미에는 당황했다. 예전에 왕따를 당하던 동창생이 성형수술로 미녀로 다시 태어나 증권사에서 근무했다. 거기까지는 좋다. 하지만 불행한 사고에 휘말려 얼굴에 저 정도 흉터가 생기고 직업을 잃고 다시 절망의 구렁텅이로 떨어졌다. 그런 그녀가 지금 이렇게 말도 안 되게 호화로운 생활을 하고 있다. 도대체 가나코에게 어떤 행운이 찾아왔을까. 또 그게 자신과 무슨 관련이 있을까. 후미에는 도무지 상상이 가질 않았다.

잠깐 침묵한 후 가나코는 의식적으로 쾌활한 목소리로 이야기를 이어갔다.

"거북한 이야기는 이 정도로 하자. 그 후 여러 일이 일어났으나 심기일전, 과감하게 프랑스로 갔어. 지금을 깨서."

"프랑스?"

후미에는 자기도 모르게 되물었다.

"응. 파리에서 삼 년 있었어. 제2외국어가 불어여서. 그 이유가 전부였지. 외국이라면 어디든 상관없었어. 실은 말이야, 의사인 전 남자친구에게 위자료를 잔뜩 받았거든. 사건이 악질적이라 그 자식은 실형을 받았지만 말이야. 그래도 형량이 반으로 줄었다니까 그쪽도 준 보람은 있었지."

가나코는 거기까지 말하고 벌떡 소파에서 일어났다.

"보여주고 싶은 게 있어. 잠깐만 기다려."

가나코는 거실을 나가 3층으로 올라갔다. 돌아왔을 때는 손에 작은 등나무 바구니를 안고 있었다.

"이거야."

가나코는 후미에 옆에 앉더니 바구니를 테이블 위에 놓았다.

액체가 든 유리병 두 개와 펌프식 플라스틱병 하나가 들어 있었다. 하얀 도기로 만들어진 원형의 평평한 용기도 있었다.

후미에는 유리병을 들었다. 표면에 'LUMIERE'라고 적혀 있었다. 가나코는 또 다른 유리병을 들었다.

"화장품이야. 이름은 뤼미에르. 프랑스어로 빛이라는 뜻이지. 모든 여성을 아름다움으로 이끄는 빛이 되고 싶어서 그렇게 붙였어."

붙였다는 말에 후미에는 미간을 찌푸렸다.

"이름을 붙이다니……."

가나코는 입가를 풀고 우아하게 미소지었다.

"뤼미에르는 내가 만들었어."

"네가?"

후미에는 놀라고 말았다.

화장품 개발이라니. 그런 건 혼자 할 수 있는 게 아닐 터였다.

화장품 제조 과정을 소개하는 TV 프로그램을 본 적 있었다. 전문 기술자가 수없이 품질 검사를 되풀이했다. 상품이 완성돼도 바로 판매할 수 있는 게 아니었다. 화장품 제조 공장의 생산 공정, 상품 유통을 위한 영업, 관청 허가도 필요했다. 상품화를 위해서는 넘어야 할 장벽이 수없이 많았다. 돈 문제도 있다. 인적 투자와 설비 투자만으로도 막대한 돈이 들 것이다.

"뤼미에르를 만들다니, 네가 화장품 회사를 세웠다고?"

의아해하는 표정을 보고 가나코는 바로 정정했다.

"미안해. 표현을 잘못했네. 정확하게는 뤼미에르라는 이름을 내가 지었어."

가나코는 밑에서 선글라스 너머로 후미에의 얼굴을 들여다봤다.

"무타 씨, '라 비주'라는 화장품 알아?"

처음 듣는 이름이었다.

"프랑스 화장품이야. 해외 유명인 사이에서 사랑받고 있어. 일본의 유명인도 많이 사용해. 배우 혼조 카렌이나 메이크업 아티스트 아이자와 준 같은."

아이자와 준은 모르지만 혼조 카렌은 알았다. 사십대가 다가오는데 아무리 봐도 삼십대 초반으로 보이는, 눈길을 끄는 용모의 소유자였다. 광고, 드라마, 영화에서 앞다퉈 찾는 국민 배우였다.

"모든 일은 말이야. 피에르와 만나면서 시작됐어."

가나코는 추억을 흐뭇하게 떠올리는 듯 거기서 말을 끊더니 들고 있던 화장품 병을 쓰다듬었다.

이야기가 너무 중구난방이라 어떻게 흘러갈지 알 수 없었다. 후미에는 난감해하며 이야기가 계속되기를 기다렸다.

가나코에 따르면, 피에르 아자니와는 루브르 박물관에서 '운명적'으로 만났다고 한다. 피에르는 라 비주라는 브랜드로 유명한 아자니 화장품을 창업한 가문의 일원으로, 사교계에서 유명한 플레이보이였다.

"그 사람은 말이야, 페티시즘이 있어. 멍 페티시즘—믿어져? 섹스 중에 내 반점을 핥아. 나랑 할 때는 그런 행위가 없으면 성립 자체가 안 돼."

가나코는 소리 내어 웃었다.

"처음 만났을 때 네 선글라스 너머에 내가 바라던 게 있음을 알았다. 너 같은 여자를 기다렸다. 그런 말을 수없이 했지. 정말인지 거짓말인지는 몰라. 하지만 그의 재력과 인맥은 진짜였어."

피에르 인맥으로 가나코는 라 비주의 일본 독점 대리업자 지위를 손에 넣었고, 귀국 후 라 비주의 판매망을 넓히기 위한 회사를 설립했다. 물론 피에르의 자금 원조를 받아.

"나 말이야, 이렇게 말하긴 좀 그렇지만, 여자로 꽤 괜찮은가 봐. 이제까지 사귄 남자가 다 칭찬해줬어. 그 의사도 그래서 집착했고.

본인이 그렇게 말했어."

"저기, 피에르라는 사람은 독신이야?"

후미에가 제일 먼저 마음에 걸리는 부분을 물었다. 가나코는 당연하다는 듯 설마, 하고 웃었다.

"아내도 있고 아이도 있어. 그러니까 나는 정부지. 플레이보이라고 했잖아. 나 말고 정부가 또 있을걸."

"지금도 그 사람과 만나?"

"물론이지. 후원자야. 요즘도 비즈니스 상담을 겸해 정기적으로 프랑스로 건너가."

재벌 후계자인 프랑스 사람, 루브르 박물관에서 운명적인 만남, 후원자, 회사 설립…… 처음부터 끝까지 믿기 힘든 이야기였다. 그런 영화 같은 이야기가 실제로 일어날 수 있단 말인가. 미심쩍은 부분이 많았다.

후미에는 새삼 거실을 둘러봤다. 가마쿠라의 바다가 보이는 별장, 가나코가 몸에 걸친 액세서리와 옷, 호화로운 가구. 가나코가 말했듯 이 재력은 진짜였다.

가나코는 "그래서 말인데"라고 말하며 후미에의 얼굴을 봤다.

"이제부터 네게 부탁할 일과 관련된 이야기를 할 거야. 아자니 화장품이 은밀히 유럽에서 발매한 신제품이 있어."

"은밀히?"

"맞아. 일반적인 유통에는 절대 드러나지 않는 회원제 상품이야. 아주 비싸거든. 판매 대상은 유명인사 한정."

가나코는 등나무 바구니에서 도기 용기를 꺼내 뚜껑을 열고 안에 든 크림을 찍어 후미에의 손등에 발랐다.

"발라봐. 보습 크림이야."

후미에는 시키는 대로 손등에 크림을 발랐다. 부드럽게 피부에 싹 펴졌다. 끈적끈적하지 않은데 촉촉하게 스며들었다. 확실히 피부에 좋을 듯했다. 어떤 꽃의 향료를 사용했는지 좋은 향이 났다.

"어때? 좋지? 프랑스에서는 플뢰르라는 이름으로 판매해. 꽃이라는 뜻이야."

"아, 멋지네"라고 대답하는 후미에의 가슴에 의문이 떠올랐다.

왜 일본에서는 다른 이름을 쓸까.

의문을 입 밖으로 꺼내자 가나코가 말했다.

"플뢰르는 프랑스에서도 일반에게 알려진 상품이 아니야. 판매 가격도 일반 화장품의 세 배 이상이지. 일본에서 아는 사람이 거의 없어. 나는 말이야, 이 유명인 전용 고급 화장품을 일반 사람도 쓸 수 있게 하고 싶어. 그만큼 좋은 상품이거든. 유명인 같은 한정된 사람만이 아니라 일반인도 아름다워지게 하고 싶어. 그래서 일부러 프랑스 본국과는 다른 이름을 지어 팔려는 거야."

"그렇게 해도 괜찮아? 계약이나……."

잘은 모르지만 대리점과 본사 사이에는 아주 자세한 조항이 담긴 계약이 존재할 것이었다.

"라이선스 계약을 말하는 거야?"

"응, 그거."

가나코는 감탄한 듯 말했다.

"무타 씨는 비즈니스를 잘 아네. 그런 건 전혀 관심 없을 줄 알았는데."

관심이 있는 게 아니었다. 신문이나 잡지를 읽으면 자연스럽게 눈에 들어오는 정보였다. 그렇게 대답하자 가나코는 얼굴 앞에서 가볍게 손을 흔들었다.

"아니, 그게 아니라. 뭐라고 해야 할까. 세상의 복잡한 사정과는 동떨어진 존재랄까, 뭔가 평온한 세상의 존재 같달까……."

요컨대 세상 물정을 모른다고 이야기하고 싶은 것이리라. 후미에는 입술을 꽉 깨물었다. 가나코는 거기서 씩 웃었다.

"미안해. 지금 내 말은 잊어. 이건 완벽한 운명이야. 맞아. 피에르와 마찬가지로, 나와 무타 씨는 만날 운명이었던 거야. 나는 그런 완벽한 사람을 찾고 있었거든."

"무슨 소리야?"

가나코는 진지한 표정으로 돌아와 이야기를 계속했다.

"지금 설명할게."

가나코는 비밀을 밝힐 준비라도 하듯 새로 홍차를 준비했다.

"난 아자니 화장품이 아니라 피에르 개인과 라이선스 계약을 맺었어. 물론 정식으로 계약서는 교환했어. 일본식으로 생각하면 조금 이상하게 여겨질 수도 있겠지만 유럽의 오랜 동족 회사에서는 의외로 많이들 그래. 피에르가 사장은 아니지만 회사 주식의 삼분의 일을 보유한 최대 주주니까 실질적으로 그의 회사인 셈이지."

찻주전자에 뜨거운 물을 넣은 가나코는 모래시계를 뒤집었다. 모래가 사각사각 떨어지기 시작했다.

"지금 사장은 매형인데 언젠가 피에르가 사장이 될 거야. 그런데 피에르와 지금 사장은 사이가 안 좋아. 자주 있는 일이잖아. 법적으로는 문제가 없지만, 나와의 관계를 가족에게 밝히기 싫기도 해서 피에르는 일본 대리점 건을 드러내놓고 진행하기 싫대. 사실은 그래서 이름을 바꾼 부분도 있어."

가나코는 모래가 다 떨어지자 새로 탄 홍차를 후미에와 자신의 찻잔에 따랐다.

후미에는 막 우려낸 홍차를 마시면서 가나코의 이야기를 머릿속으로 정리했다. 가나코의 애인은 라 비주를 설립한 아자니 그룹의 최대 주주이고 언젠가 사장이 될 남자였다. 아자니에서 마침 플뢰르라는 고급 화장품을 개발했다. 그 플뢰르를 이번에 일본에서 뤼미에르로 이름을 바꾸어 판매하게 됐다. 그 라이선스 계약을 가나코가 따냈다.

여기까지는 알겠다. 그런데 한 가지 의문이 생겼다.

틀림없이 뤼미에르는 좋은 화장품일 것이다. 해외 유명인이 애용하는 화장품이라니까 나쁠 리가 없었다.

하지만 상점에서도 잡지에서도 본 적이 없었다. 화장품을 잘 모르는 후미에라도 그만큼 유명한 화장품이라면 이름 정도는 보지 않았을까. 왜 어디에서도 대대적으로 소개하지 않을까.

찻잔을 든 채 잠자코 있는 모습을 보고 후미에가 품은 의문을 깨달았는지 가나코는 보습 크림 용기를 바구니에 돌려놓으며 말했다.

"그렇게 좋은 화장품이라며 왜 상점 같은 데서 못 봤을까. 그렇게 생각하지?"

마음속을 들킨 것 같아 당황했다. 서둘러 부정하려 하는데 허를 찔린 탓에 말이 제대로 나오지 않았다.

가나코가 살짝 웃고는 화장품이 든 바구니를 바라봤다.

"뤼미에르는 프랑스 본국과 마찬가지로, 회원만 살 수 있어."

"회원?"

"맞아. 무타 씨도 상점에 진열된 상품 가격에는 중간 이윤이 붙어 있다는 정도는 알 거야. 제조업체에서 판매점에 도착할 때까지의 수송료와 인건비. 그 밖에도 판매업체의 경비와 인건비도 상품 가격을 올리지. 그 외에 이윤이 더 붙기도 하지만, 이 시점에서 이미 중간 이윤이 발생해. 아무리 제조업체가 상품 가격을 낮춰도 중간 이윤이 생기는 한 상품 가격은 올라가지. 안 그래도 비싼 상품이야. 너무 비싸면 아무리 좋은 상품이라도 엄두가 안 나지."

후미에는 고개를 끄덕였다. 가나코의 말이 맞았다. 상점에 물건을 놓으려면 당연히 상점 측에도 소매 이윤을 더해줘야 했다. 광고를 하면 모델인 연예인 출연료도 상품 원가에 더해질 것이다.

그런데 말이야, 라며 가나코는 의기양양하게 등을 꼿꼿이 폈다.

"뤼미에르는 그런 중간 이윤이 생기지 않는 구조야. 제조자가 직접 소비자에게 상품을 전달하지. 그러면 괜한 경비를 줄일 수 있잖아. 좋은 상품을 싸게 소비자에게 제공할 수 있어."

후미에는 안 좋은 예감이 들었다.

가나코는 보답하고 싶다면서 화장품을 팔려는 게 아닐까.

별장에 초대한 것도 회원 가입을 권유하기 위해서일지 모르겠다.

후미에가 평소에 사용하는 화장품은 드러그스토어에서 파는 싸구려였다. 중간 이윤을 없앴다고 해도 해외 유명인이 애용한다는 고급 화장품을 남편 월급만으로 근근이 사는 자신이 살 수 있을 리 없었다.

무엇보다 지금의 후미에는 화장품이나 옷 같은, 자신을 꾸미는 물품에 관심이 없었다. 아무리 좋은 화장품을 쓰고 명품 옷을 입어도 뚱뚱한 이상 아름다울 것 같지 않았다.

후미에의 가슴에 분노와도 비슷한 억울한 감정이 솟았다.

보답하고 싶다는 둥 듣기 좋은 소리를 하고 있지만, 본인 이익을 위해 옛날이야기를 미끼로 날 불러낸 게 아닐까. 다른 사람에게도 똑같이 말해서 화장품을 팔겠지. 빛났던 과거 추억에 낚여 태평하게 여기까지 찾아온 자신이 한심했다.

후미에는 선글라스 너머 가나코의 눈을 똑바로 보며 선수를 쳤다.

"자기 회사를 세우다니 굉장하네. 크림을 발라보니 좋은 화장품인 건 알겠어. 하지만 미안해. 나는 화장품에 관심이 없어. 고맙지만 회원 이야기는 거절할게."

후미에의 말에 가나코는 놀랐는지 입을 벌렸다. 무슨 소리를 하느냐는 듯 고개를 흔들었다.

"잠깐만. 누가 무타 씨에게 회원이 돼달라고 했어? 그런 이야기는 한 마디도 꺼내지 않았어. 회원이 돼달라고 할 생각은 추호도 없었어. 화장품을 팔다니."

이번에는 후미에가 놀랄 차례였다.

그럼 왜 가나코는 화장품 이야기를 꺼낸 걸까. 약점을 드러내면서까지 돌아가지 못하게 막은 이유는 뭘까.

가나코는 무릎으로 시선을 떨어뜨렸다.

"그렇구나. 화장품과 회원 이야기가 나왔으니 그렇게 생각하는 것도 이상하지 않지. 하지만 말이야."

가나코는 고개를 들고 다시 후미에를 봤다.

"무타 씨에게 부탁하고 싶은 일은 지금부터 이야기할게."

진지한 말투에 후미에의 몸이 굳어졌다. 도대체 무슨 이야기를 듣게 될까.

가나코는 선글라스 너머로 후미에의 눈을 가만히 바라봤다.

"무타 씨가 내가 돼줬으면 해."

―내가 돼줬으면 한다고?

후미에는 마음속으로 가나코의 말을 반추했다. 그러나 무슨 뜻인지 모르겠다.

가나코는 테이블 위 화장품을 바라봤다.

"아까도 말했지만, 나는 이 화장품을 많은 사람이 썼으면 좋겠어. 상품 판로를 넓히려면 좀 더 회원을 늘려야 해. 회원을 늘리려면 장소를 빌려 상품 설명회를 열거나 회원을 위한 세미나를 해야겠지. 그런데 그때 장애가 되는 게 이거야."

가나코는 선글라스를 벗어 후미에가 반점을 잘 볼 수 있도록 긴 머리를 쓸어올렸다.

"화장품은 아름다움을 파는 거야. 아름다움을 파는 사람이 이런 추한 얼굴을 하고 있으면 아무도 사지 않아. 파는 사람이 아름답기에 그 사람처럼 아름다워지려고 상품을 사지. 이런 반점을 가진 내가 사람 앞에 나가 상품을 권할 수는 없어."

가나코는 후미에에게 몸을 내밀었다.

"그러니까 나 대신 무타 씨가 해줬으면 좋겠어. 상품 설명과 회원 세미나의 강사 역할을 맡아줘."

"강사 역할⋯⋯."

가나코가 고개를 끄덕였다.

"물론 거기 해당하는 보수는 줄게. 회사에 근무하는 것처럼 오랜 시간 매여 있는 일도 아니야. 일주일에 사나흘, 두세 시간 정도만 화장품을 설명해주면 돈이 들어와. 그 외에 간단한 잡무도 해야겠지만 그건 집에서 시간 있을 때 하면 돼. 그래서 한 달에⋯⋯."

가나코는 한 손을 들어 펴 보였다.

"이 정도면 어때?"

5만 엔, 이라는 거겠지.

후미에는 바로 계산했다.

편의점과 슈퍼마켓 계산대 아르바이트 시급을 800엔이라 치면, 아이를 학교나 유치원에 보내고부터 돌아올 때까지 약 다섯 시간 일할 경우 한 달에 8만 엔 정도. 절반 이하의 노력으로 5만 엔을 벌 수 있다. 확실히 조건은 나쁘지 않았다.

"이 정도로 괜찮은 조건, 좀처럼 없어. 다른 잡무도 있는데 그건 회사 스태프가 할 테니 걱정하지 마. 무타 씨에게 부담을 주진 않을 거야."

"잠깐만."

후미에가 이야기를 계속하려는 가나코를 막았다. 가나코는 고개를 살짝 기울였다.

"왜?"

후미에는 입술을 깨물었다. 정말 조건은 좋았다. 시간에 얽매이지도 않고 가끔 사람 앞에서 이야기하고 간단한 잡무만 하면 돈이 들어온다.

―하지만.

후미에는 자신을 바라보는 가나코에게서 시선을 피했다.

"안 되겠어."

"왜?"

가나코가 의아하다는 듯 물었다. 후미에는 무릎 위에 얹은 손을 꼭 쥐었다.

"아까 '화장품은 아름다움을 파는 것. 파는 사람이 아름답기에 상품이 팔리는 거'라고 했지."

"응. 그랬지."

가나코가 대답했다. 후미에는 조그맣게 중얼거렸다.

"나는, 아름답지 않아."

나는 추하다. 뒤룩뒤룩해져서 커다란 눈도 오뚝한 코도 살에 파묻혔다. 턱 밑에는 이중 삼중으로 살이 늘어졌다. 이런 내가 아름다움을 팔 수 있을 리가 없다.

후미에는 피했던 시선을 가나코에게로 돌렸다. 그리고 가나코의 반점을 보면서 말했다.

"반점 말인데, 다시 병원에 가보면 어떨까. 의술은 해마다 발전하잖아. 피부 이식 기술도 발전했을 거야. 반점만 없으면 너 스스로 할 수 있잖아."

가나코는 손등을 입에 대고 킥킥 웃었다.

"그럴 수도 있겠지. 하지만 지금 내게는 이 반점이 꼭 있어야 해."

"왜?"

가나코는 얼굴에 요염한 미소를 떠올렸다.

"피에르가 있잖아."

후미에는 조금 전 가나코의 말을 떠올리고 흠칫했다. 맞다. 피에르는 가나코의 반점을 좋아한댔지.

가나코는 깊은 한숨을 쉬었다.

"세상일은 모르는 거라고 하잖아. 한때 죽을 생각까지 할 만큼 증오하던 반점인데 지금은 없어선 안 돼. 이 반점 덕분에 나는 지금 생활을 얻었어. 그래서 내게는 네가 필요해."

가나코는 후미에를 사랑스러운 눈빛으로 바라봤다.

"너는 아름다워. 그건 내가 잘 알아. 중학교 때 넌 눈부시게 빛났어. 지금은 육아에 쫓겨 자신을 돌볼 시간이 없으니 전보다 체중이

붙어 아름다움이 흐려졌겠지. 하지만 네가 가진 아름다움의 자질은 사라지지 않았어. 네 안에, 저 밑에 잠들어 있을 뿐이지. 살을 빼고 다듬으면 옛날처럼 아름다운 너로 돌아올 거야."

옛날처럼 아름다운 너. 그 말에 현기증 같은 유혹을 느꼈다. 살을 빼고 꾸미면 정말 그 무렵의 나를 되찾을 수 있을까.

가나코는 후미에의 손을 잡았다.

"아름다워질 뿐만 아니라 한 달 50만 엔의 수입을 얻을 수 있어. 망설일 필요 없어."

후미에는 귀를 의심했다.

"50만?"

되묻는 후미에를, 가나코는 놀란 표정으로 바라봤다.

"응. 아까 말했잖아. 한 손을 들어서."

"5만 엔이라는 뜻 아니었어?"

가나코는 놀란 듯 눈을 커다랗게 뜬 후 소리 내어 웃었다.

"말도 안 돼. 그런 푼돈으로 부탁할 수는 없지."

푼돈이라는 말에 얼굴이 화끈거렸다. 가나코에게는 5만 엔이 푼돈일 것이다. 하지만 후미에에게는 한 달 식비에 해당하는 큰돈이었다. 가나코는 웃음을 그치고 진지한 표정으로 돌아와 후미에에게 시선을 돌렸다.

"50만 엔이라고는 했지만, 더 늘어날 수도 있어."

더. 몸이 절로 가나코를 향해 돌아갔다.

"그게 무슨 소리야?"

가나코 말로는, 회원이 한 명 늘 때마다 후미에에게 1만 엔이 들어온단다. 회원이 열 명 늘면 한 달에 60만 엔. 스무 명이 늘면 70만 엔. 더 늘면 수입도 그 이상이 된다.

"손님은 아름다워지고, 감사받으면서 수입도 올릴 수 있어. 멋진 일 아냐?"

설명을 듣는 후미에의 머릿속에 어떤 말이 떠올랐다.

다단계 판매.

네트워크 비즈니스라고도 하는데 가입자가 다른 사람을 조직에 넣어, 피라미드식으로 판매 조직을 확대하는 상행위였다.

회원이 되면 다른 사람에게 권유해 자기 아래 단계 회원으로 삼은 뒤 소개료를 챙기거나, 아래 단계 회원이 끌어들인 더 아래 단계의 회원이 상품을 판 금액의 몇 퍼센트를 받는 시스템이었다.

후미에도 같은 유치원 학부모에게서 권유받은 적이 있었다. 건강식품이었다.

분말 영양제인데 몸에 안 좋은 활성산소를 제거해준다고 했다. 회원이 되기 위한 입회비와 첫 달 상품 대금까지 합해서 5만 엔이 필요했다.

다단계 판매 이야기는 신문이나 주간지에서 자주 봤다. 솔깃한 이야기에 낚여 회원이 되는 것까지는 좋으나, 결국 회원을 늘리지 못해 자기 돈만 쓰다가 재고만 잔뜩 떠안아 곤란해지는 일이 끊이지 않는다는 기사였다.

그때는 적당한 이유를 대고 권유를 거절했는데 가나코가 하는 일도 다단계 아닐까.

조심스럽게 묻자 가나코는 그런 것과 같이 취급하지 말라며 고개를 저었다.

"뤼미에르 회원이 될 때는 분명 입회비를 내. 하지만 그 돈은 권유한 회원, 다단계에서 말하는 위 단계 회원에게 가지 않아. 뤼미에르에서는 회사 수입으로 들어가. 화장품 매출액도 마찬가지야. 회원이 늘면 회사 수입이 늘어. 무타 씨에게 지불할 수 있는 돈도 늘지."

가나코는 안심시키려는 듯 쥐고 있던 후미에의 손을 다정하게 쓰다듬었다.

"무타 씨가 얻는 수입은 회원이 내는 게 아니라 회사에서 지출하는 거야. 회원이 늘면 무타 씨의 수입도 는다는 말은 그런 뜻이었어. 다단계나 네트워크 비즈니스와는 근본적으로 시스템이 달라. 그러니까 안심해."

자세한 건 모르겠으나 어쨌든 회원에게 돈을 받는 게 아니라 가나코의 회사에서 주는 거라는 사실은 이해했다. 요컨대 가나코에게 고용되는 형태일 것이다.

가나코는 후미에의 살집 붙은 손을 바라봤다.

"우선 다이어트부터 하자. 그리고 피부도 다듬어야지."

가나코는 테이블 위에 있던 등나무 바구니를 후미에에게 건넸다.

"이 화장품 전부 줄게. 두 달은 쓸 수 있을 테니 오늘 밤부터 써봐. 내일 아침에 피부가 다를 거야. 촉촉하고 탄력이 생길걸."

후미에는 고개를 저었다.

"안 돼. 이렇게 비싼 물건은 못 사. 게다가 아직 네 일을 돕겠다고 정한 것도 아니고."

가나코는 후미에의 손을 잡았다. 손힘이 너무 세 당황스러웠다.

"지금 내가 여기 있는 것은 무타 씨 덕분이야. 아니, 과장하는 게 아니야. 진심으로 그렇게 생각해. 난 무타 씨에게 보답하고 싶어."

가나코의 진지한 눈빛에 마음이 흔들렸다.

"일 이야기는 천천히 생각해도 좋아. 하지만 화장품은 받아줘. 네가 썼으면 좋겠어. 동경하던 무타 씨가 다시 아름다워진 모습을 보고 싶어."

"아름다워진 모습……."

가나코는 고개를 끄덕였다.

"맞아. 너는 아름다워질 거야."

4

ウツボカズラの甘い息

기타시나가와 역에서 전차를 갈아타고 요쓰야로 향했다.

주식회사 컴퍼니 옐로는 지하철 요쓰야 산초메 역에서 걸어서 십 분 정도 거리에 있었다. 큰 도로에서 샛길로 들어간, 다용도 빌딩이 늘어선 지역이었다.

하타는 바로 앞의 빌딩을 올려다봤다.

"이런 곳에 미용 회사라니. 어울리지 않네."

5층 빌딩은 상당히 낡았다. 하얬을 벽은 거무칙칙했고 여기저기 가늘게 금이 갔으며 철제 물받이는 녹슬어 있었다. 옆 빌딩과의 사이에는 다 먹은 편의점 도시락 용기와 캔커피가 버려져 있었다.

출입문 옆에 임대인 명패가 붙어 있었다. 1층이 부동산 회사, 2층이 해산물 회사의 도쿄 지사, 5층에는 결혼상담소가 있었다. 빌딩 이름은 부동산 회사 이름과 같았다. 1층 회사가 빌딩 주인일 것이다. 3층과 4층에는 아무것도 붙어 있지 않았다.

하타는 옆에 있는 나쓰키에게 물었다.

"이봐, 여기 맞아?"

나쓰키는 들고 있던 수첩을 펴고 스마트폰으로 확인했다.

"요쓰야교신 빌딩 3층—이 빌딩이 틀림없습니다."

하타는 건물로 들어가 엘리베이터를 이용하지 않고 계단을 올랐다. 빌딩 안 분위기를 파악해두고 싶었다.

계단은 사람이 서로 간신히 지나갈 정도의 넓이였다. 절전에 신경을 쓰는지 조명도 어두웠다. 층계참에 먼지가 쌓이지 않은 것으로 봐서 청소를 맡기는 듯했다. 따라오던 나쓰키가 발을 헛디뎠는지 조그맣게 소리를 질렀다.

"괜찮아?"

하타는 돌아보지 않고 물었다.

"죄송합니다. 괜찮습니다. 삐끗했습니다."

3층에 도착했다. 앞쪽 도로와 직각으로 복도가 이어졌다. 길이는 10미터 정도. 빌딩의 옆쪽 폭이 8미터 정도였으니 공유 공간을 제외하면 내부는 약 20평일 것으로 하타는 짐작했다.

파랗게 칠한 철제문에 회사 이름은 없었다. 명패를 뗀 흔적이 있었다.

살짝 노크했다. 대답은 없었다.

하타는 하얀 장갑을 꼈다. 손잡이를 돌려봤는데 잠겨 있었다. 혹시나 해서 문 옆 차임벨을 눌렀다. 역시 응답이 없었다. 안에서 인기척이 나지 않았다.

"아무도 없네."

"휴일일까요?"

나쓰키가 의문스럽다는 듯 말했다.

"글쎄, 어떨까? 방을 뺐을 수도 있지."

하타는 문에 남은 흐릿한 접착제 흔적을 만지면서 말했다.

"1층 부동산에 알아보지."

"네."

이번에는 엘리베이터를 이용해 1층으로 내려갔다. 대여섯 명이 타면 꽉 찰 좁은 상자였다. 삐걱삐걱 흔들리면서 천천히 내려갔다. 속도도 느렸다. 도심이라 해도 지하철역에서 걸어서 십 분, 골목에 면한 지은 지 삼십 년 정도 된 5층짜리 빌딩이었다. 임대료는 평당 1만 엔 정도일까. 관리비를 포함해 월 20만여 엔 정도의 물건일 것이다. 다자키의 통장에서 인출된 액수와 일치했다.

일단 빌딩을 나와 부동산 회사의 정면으로 돌아갔다. 창문이 물건 정보로 꽉 차서 자동문 유리에도 빼곡하게 빌딩 임대 정보를 붙여놓았다.

하타는 나쓰키에게 눈짓하고 자동문 개폐 스위치를 눌렀다.

"어서 오세요."

문이 열리자마자 안에서 소리가 났다.

감색 사무복을 입은 여성이 책상에서 고개를 들고 상냥하게 인사했다. 긴 머리에 웨이브를 넣고 딱 봐도 알 수 있는 인조 속눈썹을 붙였다. 립스틱은 옅은 핑크 계열이었다. 그러나 피부 노화는 숨길 수 없었다. 한껏 젊게 꾸몄으나 삼십대 중반일까.

하타는 재킷 안주머니에서 경찰 수첩을 꺼냈다.

"가나가와 현경의 하타라고 합니다. 잠시 여쭙고 싶은 게 있는데 시간 되실까요?"

경찰, 그것도 가나가와 현경이란 소리를 듣고 놀랐으리라. 여성의 얼굴에서 미소가 사라지고 표정이 굳었다. 잠시 기다려달라는 말을 남기고 재빨리 안으로 들어갔다.

일 분 뒤 여성이 나타났을 때는 남자가 함께였다. 키가 크고 말랐다. 검은 테 안경을 썼고 머리숱이 적었다. 남자는 불안한 표정으로 하타와 나쓰키를 번갈아 봤다.

"교신 부동산의 모리야라고 합니다. 경찰분이 저희에게 무슨 일이십니까?"

하타는 모리야의 전체 이름을 확인한 다음 빌딩 입주민에 관해 물었다.

"이 빌딩 세입자를 확인하고 싶습니다. 지금 3층과 4층은 비어 있나요?"

모리야는 고개를 끄덕였다.

"아, 현재 입주사는 2층 후쿠덴 수산과 5층 요쓰야 해피니스 결혼 상담소 두 곳뿐입니다."

하타가 물었다.

"컴퍼니 옐로라는 이름의 미용 회사가 입주하고 있을 텐데요."

모리야는 아아, 하고 소리를 높였다.

"컴퍼니 옐로요. 예, 입주했었죠. 3층입니다."

모리야 말로는, 일 년 전에 임대 계약을 맺었는데 한 달 전쯤 계약 해지를 신청하고는 사무소를 비웠다고 했다. 나쓰키가 스마트폰으로 조사한 회사 설립 시기도 일 년 전이었다. 다자키는 회사 설립과 동시에 이 빌딩에 사무실을 빌린 것이다.

"구체적으로 언제 나갔습니까?"

하타가 물었다.

"그게, 두 주 전쯤이었나. 해약 통보가 너무 갑작스러워서요. 좀 복잡했죠."

"복잡해요?"

"해약 통보는 석 달 전에 하는 게 원칙입니다. 새 입주자를 모집해야 하니까요."

"한 달 전은 계약 위반이란 말씀입니까?"

"뭐 엄격하게 따지면 그렇다는 거죠. 다만 보증금 반환을 요구하지 않아서요."

하타는 나쓰키를 돌아봤다. 나쓰키는 수첩에 열심히 펜을 굴리고 있었다. 당장은 직접 나서서 이야기할 마음이 없는 듯했다. 하타는 질문을 계속했다.

"다른 데로 이사했나요?"

"그런 느낌은 아니었습니다. 이사 당일에 종이상자 두 개만 가져가고 나머지는 처분하는 것 같았어요. 전날에는 파쇄기로 처리한 종잇조각을 쓰레기봉투 몇 개에 담아 버렸고요. 새 사무실을 빌렸다면 사무용품이나 서류를 가져가겠죠."

모리야는 날씨 이야기라도 하듯 담담하게 말했다.

"요즘은 1엔만 있으면 회사를 만들 수 있어요. 이 불경기에 해고 당한 샐러리맨이 심기일전해 회사를 세우는 일도 종종 있습니다. 우 리 빌딩에도 지난 오륙 년 동안 그런 회사가 서너 개 들어왔죠. 하지 만 어차피, 이렇게 말하면 좀 그렇지만 아마추어예요. 대체로 경영 이 힘들어져 곧 망합니다. 꿈도 희망도 잃고 남은 건 빚뿐이죠. 컴퍼 니 옐로도 그런 종류 아닐까요."

모리야는 호기심을 담은 눈으로 하타를 봤다.

"그래서, 그 컴퍼니 옐로 분에게 무슨 일이 있나요?"

하타는 질문에는 대답하지 않고 양복 주머니에서 사진을 꺼냈다. 운전면허증에서 확대한 다자키의 사진이었다.

"임대 계약과 해약을 진행한 사람이 이 남성 아니었나요?"

모리야는 얼굴을 가까이 하고는 안경을 손가락으로 올려 가만히 사진을 봤다. 가볍게 고개를 끄덕이고 안경을 고쳐 썼다.

"조금 더 통통한 느낌은 있는데 이 사람이 분명합니다."

하타는 사진 속 남성이 가마쿠라 별장에서 일어난 살인사건의 피 해자임을 알렸다.

"예? 살해됐다고요?"

모리야는 안경 속 가는 눈을 크게 뜨며 말했다.

"그러고 보니 TV에서 봤습니다. 가마쿠라 살인사건. 그 사람이었는지…… 전혀 몰랐네요. 그래서 범인은 잡혔나요?"

경찰에게 질문받았을 때 보이는 반응은 두 가지로 나뉜다. 귀찮은 일에 얽히기 싫어 관련되기를 피하는 타입, 그리고 다른 사람의 불행을 고소해하며 호기심을 드러내면서 고개를 들이미는 타입.

하타 본인은 전자였다. 타인의 사생활에는 관심이 없었다. 후자 같은 인간을 개인적으로는 한심하다고 생각했다.

하지만 형사 입장에서는 후자에게 고마움을 느꼈다. 형사는 무조건 입을 열게 해야 한다. 별 관계도 없으리라 생각하는 아주 사소한 정보가 사건 해결의 실마리가 될 때가 있다.

하타는 뒷덜미를 두세 번 두드렸다.

"아직입니다. 그래서 이렇게 여러 이야기를 듣고 있습니다. 수사에 협력해주시겠습니까?"

모리야는 미소를 지으며 물론이라고 힘줘 대답했다.

하타와 나쓰키를 안으로 안내했다. 응접세트 소파에 먼저 털썩 앉고는 앞서 대응하던 여성에게 차를 타오라고 소리쳤다.

하타는 소파에 앉자, 모리야에게 나쓰키를 다시금 소개했다.

"동료인 나카가와 순사입니다."

잘 부탁드린다며 나쓰키가 인사했다.

"아니, 형사님이세요? 저는 완전히 배우이신 줄 알았죠."

뻔한 칭찬을 나쓰키는 패스트푸드 가게 직원 같은 영업용 미소로 무시했다. 아마 성가실 정도로 들어왔을 것이다. 확실히 미인이긴 한데 그런 태도 때문에 밉지 않았다.

"그건 그렇고 요즘 드라마에 나오는 미녀 형사 같은 분이 정말 있네요. 아이고, 가나가와 현경은 수준이 정말 높네요."

"아니, 아니에요. 말도 안 됩니다."

나쓰키는 영업용 미소를 유지하면서 손을 내저었다.

하타는 쓴웃음을 지었다. 화제를 돌리기 위해 살짝 헛기침을 했다.

"가마쿠라에서 일어난 사건의 피해자 말입니다만, 이름은 다자키 미노루, 서른여덟 살입니다. 주식회사 컴퍼니 옐로의 대표이사였습니다. 회사 설립 목적은 수입품 판매와 미용 일반에 관한 물품 판매입니다. 맞나요?"

"네. 틀림없이 그렇다고 들었습니다."

여성 직원이 차를 가져왔다.

"드세요."

호기심 가득한 눈빛으로 세 사람 앞에 찻잔을 내려놓았다.

"근무중이라 신경 쓰지 않으셔도 됩니다."

나쓰키가 적절하게 대응했다.

형사는 기본적으로 탐문 수사 중에 향응을 받을 수 없었다. 차 한 잔 정도라면 문제되지 않겠으나 하타는 한 번도 손을 댄 적 없었다.

파출소에서 근무하기 시작했을 무렵, 연배가 있던 순사장에게 이런 이야기를 들었기 때문이다. 폭력대책과 신임 형사가 조폭 사무소에 탐문을 하러 갔다. 차 한 잔이면 넘어갈 수도 있었는데 차 과자에도 손을 댔다가 나중에 선배 형사에게 얻어맞았다. 차 다음은 맥주, 차 과자 다음은 배달 초밥이라고. 일단 틈을 보이면 녀석들은 점점 앞서 나간다. 그러다가 술에 여자에, 점점 파고든다. 도굴꾼 사냥꾼이 순식간에 도굴꾼이 되는 거야. 그렇게 말하고 주먹으로 두들겨 팼다—고 순사장은 온화한 미소를 머금고 훈계했다. 이십 년도 더 된 일이다.

모리야는 자기 앞에 놓인 차를 소리 내며 마셨다.

하타는 본격적으로 탐문을 시작했다.

"다자키 씨에 관해 아시는 게 좀 있습니까? 금전적인 문제가 있었다거나 인간관계 때문에 고민했다거나."

아니—하고 모리야는 고개를 기울이며 팔짱을 꼈다.

"우리야 임대료만 밀리지 않으면 그것만으로도 좋은 손님이죠. 경영이 궁지에 몰렸든 좋지 않은 일이 있든 상관없어요. 그래서 고객의 개인 정보에는 전혀 관여하지 않습니다. 물어보신 부분은 전혀 모릅니다."

"그런 의미에서 다자키 씨는 좋은 고객이었군요. 임대료는 제때 냈나 봅니다."

조금 전 다자키의 아파트에서 통장을 발견했다. 부동산 회사 세 군데에서 임대료로 보이는 금액이 인출됐는데, 그중 한 건이 교신 부동산이었다. 임대료는 매달 24만 엔 정도. 체납되지 않고 꼬박꼬박 나갔다.

어제 일어난 사건인데 하루 사이에 피해자의 임대료 정산 사정까지 아는 데 놀랐으리라. 모리야는 감탄한 듯 하타를 봤다.

"말씀대로입니다. 컴퍼니 옐로는 좋은 고객이었죠. 그래서 나간다고 했을 때 솔직히 실망했습니다. 여기서만 하는 이야기인데, 꼭 나가야 한다면 해피니스가 더 좋거든요. 벌써 두 달이나 임대료를 체납했어요. 아무리 독신 남녀가 늘었다고 해도 결혼상담소 같은 것은 요즘 유행이 아니니까요. 이런 불경기에 말입니다. 우리도 경영하기 힘들어 곤란합니다."

모리야의 불평을 흘려듣고, 하타는 이야기를 본론으로 돌렸다.

"컴퍼니 옐로에는 사원이 몇 명쯤 있었습니까?"

모리야는 "글쎄요"라며 고개를 갸웃하고 책상에 앉아 있던 여성 직원에게 말을 걸었다.

"아사쿠라 씨."

갑자기 이름이 불린 아사쿠라가 어깨를 움찔했다. 아마 몰래 이야기를 듣고 있었을 것이다.

"네, 왜 그러세요?"

"잠깐 이리 와봐요."

모리야는 자기 곁으로 오라고 손짓했다. 아사쿠라가 다가와 모리야 옆에 섰다.

"이쪽은 우리 직원인 아사쿠라 준코입니다. 여기서 일한 지 벌써 십 년쯤 됩니다."

"안녕하세요." 아사쿠라가 고개를 숙였다. 하타는 앉은 채 가볍게 인사했고 나쓰키도 따라 인사했다.

모리야는 소파에 기대어 아사쿠라를 밑에서 올려다봤다.

"아사쿠라 씨, 컴퍼니 옐로 사원이 몇 명이었는지 아나?"

아사쿠라는 배 근처에 손을 가지런히 모으고 고개를 끄덕였다.

"사장님을 제외하고 두 명이에요."

나쓰키가 메모하자 모리야는 의외라는 듯 "그래?"라는 소리를 흘렸다.

"잘도 아네. 나는 입주사의 직원 수까지는 모르는데."

"우연히 알게 됐어요."

아사쿠라는 3층을 드나들던 여성을 본 적이 있었다.

아사쿠라의 아침 일은 계단 청소에서 시작됐다. 8시 전에 출근해 부동산 회사 문을 열고 짐을 자리에 놓은 다음 복도로 나가, 1층 계단 옆 청소도구 보관 장소에서 빗자루를 꺼내 5층부터 1층까지 청소하는 게 일과였다.

전날 부동산 문을 닫은 뒤 걸려온 전화가 부재중 메시지로 남아 있으면 그것부터 처리하고 청소할 때도 있었다. 그렇게 평소보다 늦어졌을 때 컴퍼니 옐로에 근무하는 여성을 본 것이다.

나이는 이십대 초반 정도였다. 여성은 늘 9시쯤 출근했다.

올 초봄에 근처 편의점에서 그 여성을 만났다. 여성이 돈을 내다가 동전을 떨어뜨렸는데 그걸 주워준 일을 계기로 만나면 잠깐 서서 이야기하는 사이가 됐다.

여성의 성은 오가사와라. 이름까지는 듣지 못했다. 컴퍼니 옐로는 뭐 하는 회사냐고 물었더니 화장품 수입대행업자라고 대답했다. 오가사와라는 파견 사원으로, 다른 파견 회사에서 온 여성 직원과 함께 일한다고 했다. 다른 직원은 없어서 사장까지 포함해 세 명이라고 했다.

"그 파견 회사 이름은?"

하타가 물었다.

아사쿠라는 미안하다는 듯 얼굴을 찡그렸다.

"죄송해요. 거기까지는 못 들었어요."

"다자키 씨에 관해서는 무슨 말 안 했습니까?"

아사쿠라는 고개를 저었다.

"오가사와라 씨와 만났다고 해봐야 두세 번이 전부이고, 대화 내용도 지금 말한 것 외에는 날씨 이야기 정도였어요. 그래서 그것 말고는 하나도 몰라요. 다른 여성 직원 한 명도 보면 인사나 하는 정도였고요."

아사쿠라는 다시 죄송하다고 조그맣게 사과했다.

아사쿠라에게서는 더 나올 게 없을 듯했다. 하타는 일을 중단시켜 죄송하다고 말하고 모리야에게 고개를 돌렸다.

"컴퍼니 옐로의 임대 계약서를 보여주시겠습니까?"

모리야는 아사쿠라에게 컴퍼니 옐로의 서류를 가져오라고 지시했다.

아사쿠라가 가져온 서류를 받아 쭉 훑었다.

클립으로 묶은 서류 표지에는 사무소 임대차 계약서라고 적혀 있었다. 임대인은 교신 부동산, 임차인은 주식회사 컴퍼니 옐로 대표 이사 다자키 미노루. 다자키의 주소는 자택인 그 아파트였다. 임대료는 한 달 22만 엔에 관리비가 1만 8000엔이라 총 23만 8000엔,

지급 방법은 계좌 이체였다. 계약 기간은 작년 10월부터 삼 년인데, 임차인이 석 달 전에 신청하면 해약할 수 있었다. 그런데 다자키는 계약을 이행하지 않고 8월 말에 갑자기 해약을 신청하더니 9월에 사무소를 뺐다.

"보증금이 두 달분 임대료이니 상쇄하면 되지 않겠느냐고 하더군요. 9월분 임대료는 8월 말에 이체했으니 사실상 석 달분 임대료를 받은 셈이라 저희도 받아들였죠."

"계약상으로는 9월 말까지 있는 것으로 되어 있네요."

"네. 그런데 다자키 씨는 9월 중순이 되자마자 사무실을 뺐어요. 열쇠를 두고 갔고요."

그렇게 빨리 나간 이유가 뭘까. 그것만 알면 사건 해결의 실마리를 잡을 수 있을 것 같았다.

하타는 사무소 임대차 계약서 복사본을 받고 소파에서 일어났다.

"컴퍼니 옐로가 있던 사무실을 보여주시겠습니까?"

"알겠습니다."

모리야는 자기 자리로 보이는 책상으로 갔다. 서랍 잠금장치를 풀고 열쇠 하나를 꺼내 들었다. 하타와 나쓰키를 재촉해 사무실을 나섰다.

엘리베이터로 3층에 오른 뒤 모리야는 열쇠로 잠긴 문을 열려고 했다. 손잡이를 잡으려는 모리야를 하타가 말렸다. 손잡이에 중요한 지문이 남았을 가능성이 있었다.

하타는 바지 주머니에서 하얀 장갑을 꺼내 꼈다.

"제가 열겠습니다. 모리야 씨는 들어오지 말고 복도에 계십시오."

모리야는 긴장한 표정으로 뒤로 물러섰다.

하타는 건네받은 열쇠로 문을 열었다.

사무실은 어느 층이나 같은 구조일 것이다. 넓이도 창문 위치도, 1층에 있는 부동산과 같았다. 철제 사무책상이 창가에 두 개, 안쪽에도 하나가 놓여 있었다. 출입구 오른쪽에는 서류 책장만 하나 있을 뿐이었다. 그 밖에는 아무것도 없었다.

"저 책상과 책장은 원래 있던 겁니까?"

모리야는 하타의 어깨 너머로 방을 살폈다.

"저건 우리 겁니다. 임차인은 대체로 자기 책상이나 책장을 가지고 있지 않습니다. 그래서 최소한의 사무용품을 원하면 빌려줍니다. 아주 싸게요."

하타가 감탄한 듯 "그래요?" 하고 말했다.

모리야는 씩 웃고 말을 이어갔다.

"원래는 야반도주한 임차인이 남긴 겁니다. 처분하는 데도 돈이 들어서 어떻게 할까 고민하고 있는데 사무용품 대여업체를 찾는 손님을 만났어요. 이거 잘 됐다 싶었죠. ……이후 귀중한 수입원으로 소중히 다루고 있습니다."

하타의 표정이 풀어졌다. 정말 빈틈이 없는 경영자로군. 그러지 않으면 요즘 같은 세상에서 살아남지 못하겠지. 하지만 그 덕분에 지문을 건질 가능성이 생겼다.

하타는 문 앞에 쭈그리고 앉아 바닥을 봤다. 리놀륨 바닥에 먼지가 살짝 쌓여 있었다. 육안으로도 여기저기 남은 족흔을 확인할 수 있었다.

하타는 일어나 뒤에 선 나쓰키를 돌아봤다.

"방에 들어갔다가 남은 족흔을 지울 우려가 있어. 여기는 감식반에게 맡기는 게 낫겠어."

현경본부 감식반의 구보는 처음 출동한 수사1과나 기동수사대 형사들이 무신경하게 현장을 엉망으로 만들어놓는 데 늘 화를 냈다. 술만 들어가면 거의 백 퍼센트라고 할 정도로 초동 수사의 중요성을 설파했다. 구보의 불평을 오랫동안 들어온 하타는 함부로 현장을 망치지 않도록 조심했다.

"바로 감식반을 부르겠습니다."

"위에 먼저 보고하고 허락받아야 한다는 걸 명심해. 위장한 감식 차량으로 요청하고."

알고는 있을 테지만 만약을 위해 못을 박았다.

"알겠습니다."

나쓰키가 백에서 스마트폰을 꺼냈다. "그리고 말이야"라며 하타가 덧붙였다.

"데라사키 과장에게 연락해. 컴퍼니 옐로에 근무한 여성이 어떤 파견 회사에서 왔는지 조사해달라고 해."

나쓰키는 알았다고 대답했다.

하타는 문을 닫고 잠갔다. 모리야에게 감식반이 올 거라고 알린 다음 그때까지 방을 열지 말라고 지시했다. 모리야는 복잡한 표정으로 고개를 끄덕였다.

나쓰키가 연락을 끝내자 하타는 계단으로 향했다.

"3층은 감식반에게 맡기고 우리는 2층과 5층에 입주한 임차인 탐문을 하지."

나쓰키는 "네"라고 대답하고 하타의 뒤를 따랐다.

2층으로 내려온 하타는 후쿠덴 수산의 차임벨을 눌렀다.

문이 열리자 폴로 셔츠 차림의 남자가 나왔다. 아직 젊다. 어깨까지 내려오는 갈색 머리를 하나로 묶었다. 남자는 의아한 표정으로 하타와 나쓰키를 바라봤다.

"누구시죠?"

하타는 경찰 수첩을 보여줬다.

남자는 낯빛이 바뀌더니 긴장한 표정으로 뒤에 대고 소리 질렀다.

"사장님!"

창가 소파에 앉아 있던 남자가 일어나 출입구로 걸어왔다.

"뭐야, 왜 소리를 질러. 내 귀는 아직 멀쩡하다고."

사장이라 불린 남자가 하타 앞에 섰다. 머리에 하얀 머리카락이 섞여 있다. 나이는 하타와 비슷할까. 키가 작고 맥주통처럼 배가 나왔다. 탐색하는 눈빛으로 하타와 나쓰키를 봤다. 젊은 남자가 조그맣게 귀엣말을 했다.

"짭새라는데요."

하타의 귀는 그 말을 놓치지 않았다.

─일반인이 아닌가?

하타는 옆에 있던 나쓰키와 재빨리 눈빛을 교환했다.

—방금 한 말, 들었어?

나쓰키가 살짝 고개를 끄덕였다.

남자는 눈을 깜빡이더니 하얀 셔츠 주머니에서 명함집을 꺼내 안에서 한 장을 뺐다.

"후쿠덴 수산 도쿄 지사장인 미우라라고 합니다. 무슨 일이시죠?"

하타는 명함을 받으면서 가나가와 현경의 하타라고 자신을 소개했다.

위층에 입주했던 컴퍼니 옐로에 관해 좀 듣고 싶다고 하자 미우라의 눈이 깜빡임을 멈췄다. 차분한 목소리로 하타에게 물었다.

"컴퍼니 옐로에 무슨 일이라도?"

하타는 어떤 사건 수사와 관련이 있다고만 대답했다.

"여기는 거의 이 녀석에 맡겨놓아서 난 아무것도 모릅니다."

미우라가 뒤에 선 젊은 남자를 엄지로 가리켰다.

하타는 다자키의 사진을 꺼내 미우라에게 물었다.

"그럼 이 남성을 보신 기억이 있습니까?"

미우라는 사진을 슬쩍 보더니 고개를 갸웃했다.

"글쎄요. 모르겠네요."

"다시 한번 잘 봐주십시오. 만난 적 없나요?"

하타는 미우라를 응시했다. 미우라는 떨떠름하게 사진에 다시 얼굴을 가져갔다.

"역시 모르겠네요. 같은 빌딩을 드나드니까 계단에서 마주쳤을지도 모르죠. 하지만 기억에는 없습니다."

담담한 말투였다. 거짓말인지 진짜인지 알 수 없는 표정이었다.

하타는 시선을 미우라에게서 젊은 남성에게로 옮겼다.

"그쪽 분, 성함은?"

"아? 저요?"

갑자기 자신에게 말을 거니 당황한 모양이었다. 젊은 남자의 눈이 허공을 헤맸다. 미우라는 뒤를 돌아보고 강압적으로 말했다.

"우물쭈물하지 말고 말해."

젊은 남자는 나카노 요헤이라고 이름을 밝혔다.

"나카노 씨는 아시는 게 없습니까?"

"아니, 그게……." 나카노는 고개를 기울일 뿐이었다. 미우라가 나카노의 머리를 툭 때렸다.

"분명히 말해. 아는 게 있으면 형사님들에게 똑바로 말하고."

젊은 남자는 쥐어박힌 머리를 누르면서 고개를 격렬하게 저었다.

"저, 저는 아무것도 모릅니다."

"정말이지?"

미우라가 못을 박았다. 나카노가 울 듯한 표정으로 수없이 고개를 끄덕였다.

"정말이에요. 정말로 아무것도 모릅니다."

미우라는 하타에게 시선을 돌리고 오른쪽 입가를 살짝 올리며 말했다.

"죄송합니다. 쓸모없는 녀석이라."

—이 회사에는 뭔가 있어.

하타는 나쓰키를 앞세워 복도로 나왔다.

"시간을 빼앗고 말았네요. 협력해주셔서 감사합니다."

미우라에게도 잘 들리게 소리를 높였다.

나카노가 문을 닫기 직전, 나쓰키가 입을 열었다.

"생각나는 게 있으면 경찰로 연락주세요."

미우라에게 보이지 않게, 나쓰키가 명함을 내밀었다.

나카노는 순간 망설이는 듯 보였으나 나쓰키의 얼굴을 보며 고개를 끄덕이고 재빨리 명함을 주머니에 넣었다.

—내 명함이었으면 저 녀석이 과연 받았을까.

하타는 마음속에 끓어오르는 의문에 자조의 미소를 지었다.

문이 완전히 닫히자 나쓰키가 나지막이 말했다.

"뭔가 냄새가 나네요."

"너도 그렇게 생각해?"

"네. 이번 사건과 관계가 있는지는 모르겠으나 수상한 냄새가 풀풀 납니다."

하타는 계단으로 향하면서 수긍했다.

"그래. 저거 절대 건실한 회사는 아니야. 본부에 돌아가면 뒤져보자고."

"네."

나쓰키가 입술에 힘을 줬다.

계단을 올라 5층으로 향했다.

요쓰야 해피니스 결혼상담소의 문에는 장미가 장식된 명패가 붙어 있었다.

　차임벨이 울리자 들어오라는 남성 목소리가 났다. 문을 열었다. 바로 앞에 책상이 놓였고 남자 혼자 앉아 있었다. 은회색 머리카락을 깨끗하게 뒤로 넘기고 검정 조끼에 회색 와이셔츠, 빨강 넥타이를 매고 있었다.

　접수 담당 여성 직원을 상상하던 하타는 한 방 먹은 기분이었다.

　남자는 동그란 안경을 한 손으로 추어올렸다.

　"손님이신 것 같지는 않네요."

　하타는 경찰 수첩을 꺼내 소속과 이름을 말했다. 나쓰키도 따라서 자기를 소개했다.

　"오호, 형사님이세요?"

　남자는 별로 놀란 기색도 없이 명함을 꺼냈다.

　하타는 받은 명함을 확인했다.

　ㅡ요쓰야 해피니스 결혼상담소 소장 미야타 게이고, 라고 되어 있었다.

　"우리 회사에 결혼 사기에 나설 만한 회원은 없는데요."

　완전히 오해한 모양이다. 하타는 방문 목적을 알렸다.

　"3층에 입주했던 컴퍼니 옐로에 관해 좀 묻고 싶은데요."

　"컴퍼니 옐로? 아! 그 미인 아가씨가 있던 곳?"

　"미인 아가씨요?"

　그의 말을 그대로 따라 되물었다.

"아침이면 1층 엘리베이터에서 자주 만났죠. 미인 아가씨와 그냥 아가씨."

역시 여성 직원은 둘이었다는 말인가.

"대화를 나누신 적은 있나요?"

하타가 물었다.

아니라며 고개를 젓던 미야타는 갑자기 생각난 듯 "그러고 보니"라며 말을 이었다.

"퇴근길에 한 번, 그냥 아가씨와 같이 엘리베이터를 탔어요. 나는 한 잔 걸친 터라 아름다우시네요, 우리 팸플릿 모델이 돼주세요, 라고 청했죠. 그랬더니 농담하지 말라며 단박에 잘라버리더군요. 그래도 표정이 그리 나쁘지는 않더라고요. 아니, 정말입니다. 그저 술취한 놈의 한심한 농담인데 말이죠. 미인이 아닐수록 자신감 과잉이더라, 사람들이 그런 말을 종종 하던데."

미야타는 재미있는 농담이라도 했다는 듯 씩 웃었다. 나쓰키는 표정을 바꾸지 않고 시선을 떨군 채 묵묵히 펜을 움직였다.

하타는 다자키 사진을 꺼냈다.

"이 남자를 본 기억이 있습니까?"

미야타는 안경을 벗고 사진을 봤다. 대답은 본 것도 같고, 아닌 것도 같다는 것이었다. 선문답처럼 애매했다.

"그게 무슨 뜻입니까?"

하타가 다시 물었다.

"봤을지도 모르겠으나 기억에는 없다는 소리입니다."

미안한 기색도 없이 미야타가 대답했다.

나쓰키가 조심스럽게 끼어들었다.

"관심이 없었다는 말씀인가요. 아니면 그저 상대가 눈에 들어오지 않았다는 말인가요."

"전자예요. 나는 다른 사람에게 관심이 없어요—돈이 안 되는 사람은 말이죠. 그 사람이 왜요?"

뭔가 숨기는 걸까, 아니면 단순히 뒤틀린 사람일까. 하타는 그가 후자인 것 같았다.

"실은 가나가와에서 결혼 사기 신고가 있었습니다. 사진 속 인물이 용의자라는 거죠."

미끼를 던졌다.

미야타는 입을 벌린 채 눈을 커다랗게 떴다. 그런 말도 안 되는 일이—표정이 그렇게 말하고 있었다.

다자키가 살인사건 피해자인 걸 아나. 아니면 사건이 결혼 사기라고 해서 놀란 건가. 하타의 머리에 의구심이 끓어올랐다.

"도움을 못 드려 죄송합니다."

제정신을 차린 미야타가 그만 가달라는 듯한 이야기를 꺼냈다.

"저희야말로 시간을 빼앗았습니다."

하타가 고개를 숙였다.

만약 생각나는 게 있으면 연락해달라며 명함을 꺼냈다.

"연락주십시오."

미야타는 명함을 슬쩍 보고 조금 전보다 더 크게 눈을 떴다.

1과 강력계가 단순한 결혼 사기를 조사하고 다닐 리 없다. 거기서 알아차린 것이다.

이 녀석도 상당히, 수상하다.

사무실에서 복도로 나오자 나쓰키는 어이없다는 듯 입을 열었다.

"그런 거짓말, 괜찮을까요?"

"그냥 미끼야, 미끼."

하타가 태연히 말했다.

"미야타가 미끼를 물면 다른 돌파구가 생길지도 모르지. 그건 그렇고 이 빌딩 입주자는 모두 사연이 있는 녀석들인 듯하네."

나쓰키도 고개를 끄덕이고 웃었다.

"정말 그래요. 요쓰야 해피니스도 한번 뒤져보는 게 좋겠어요."

"응. 본부에 연락해둬."

하타는 그렇게 말하고 감식반을 기다리기 위해 1층으로 향했다.

가마쿠라 경찰서 대회의실에서는 야간 수사 회의가 열렸다.

수사원들이 당일 수사 보고를 차례로 해나갔다. 나쓰키와 하타는 다른 수사원과 함께 앞쪽 오른쪽 끝에 모여 앉아 있었다.

보고는 지역 수사 담당인 이모토 팀부터였다.

이모토를 비롯한 지역 수사 담당은 사건 현장인 시치리가하마 별장 주변을 탐문했는데 유익한 목격 정보는 얻지 못했다. 어제와 마찬가지로 선글라스 낀 여자가 드나들었다는 증언을 여러 이웃 주민에게서 얻었으나 신원을 특정할 정보는 없었다. 여자가 전차를 이용했을 가능성이 있어서 이모토 팀은 에노덴 시치리가하마 역 부근도 탐문했으나 선글라스 여자와 이어질 정보는 나오지 않았다.

"내일도 계속 현장과 역 주변을 탐문하겠습니다."

이모토는 그렇게 말하고 자리에 앉았다. 이모토가 앉자 감식반 구보가 일어났다.

"감식입니다."

구보는 다자키의 아파트 및 컴퍼니 옐로 사무실 조사 결과를 보고했다.

아파트에서는 다자키 본인의 지문과 모발 이외에 쓸 만한 개인 특정 정보는 아무것도 검출되지 않았다. 오래된 미세 지문이 몇 개 나왔으나 이전 입주민이나 부동산 관계자일 것으로 추측됐다. 이에 따라 다자키는 혼자 살았고 동거인 내지 집을 드나든 사람은 없다고 판명됐다.

컴퍼니 옐로 사무실에서는 명료한 지문이 몇 개 채취됐다. 살해 현장에서 채취한 지문과 대조한 결과, 다자키의 지문만 일치하는 것으로 나타났다. 경찰 전체 데이터베이스에서 조회해봐도 '일치 결과 없음'이었다.

바닥에 남은 족흔도 조사했다. 다자키와 동일한 27센티미터 가죽 구두 흔적 외에도 족흔이 몇 개 발견됐다. 23센티미터와 23.5센티미터짜리 하이힐이나 펌프스라고 구보는 보고했다. 아마 파견 사원의 것이리라.

"현장과 동일한 족흔은 발견되지 않았나?"

데라사키가 물었다. 구보는 같다고 특정할 수 있는 것은 없었다며 안타깝다는 듯 말했다.

"방범 카메라는 어떻게 됐나?"

데라사키 옆에 있던 스기모토 관리관이 물었다.

사건이 일어난 뒤 현장 부근의 편의점, 역, 길거리에 설치된 방범 카메라 영상을 분석했다.

구보는 스기모토를 봤다.

"현장 주변에 설치된 방범 카메라 데이터를 모두 수집해 경시청 수사지원 분석센터의 정보지원부에 화상 분석을 의뢰했습니다. 결과가 나올 때까지 시간이 조금 걸린다고 합니다."

"조금이라면 얼마나 걸린다는 건가. 이틀, 사흘?"

구보는 순간 말끝을 흐렸다가 앞쪽 단상을 바라보며 또렷하게 대답했다.

"자세한 내용은 듣지 못했습니다. 수집 데이터가 너무 방대해서 이틀이나 사흘 안으로 결과가 나오진 않을 겁니다."

스기모토는 못마땅한 표정을 지었다.

"늦어지면 닦달해. 우리도 급해."

구보는 알았다고 대답한 뒤 보고를 계속했다.

"가와사키 선생이 사체 검안서를 제출했습니다."

구보는 들고 있는 서류를 넘겼다.

"피해자가 살해된 것은, 9월 22일 밤 11시부터 23일 아침 7시 사이입니다. 시신 발견 당시에는 사후 약 일주일이 지나 있었던 것으로 보입니다. 부패가 진행돼 사망 추정시각에 앞뒤로 오차가 네 시간 생겼습니다. 사망 장소는 병원 이외 기타. 직접 사인은 후두부 강타에 따른 뇌 손상. 부상부터 사망까지는 얼마 걸리지 않은 것으로 보입니다. 흉기는 현장에서 발견된 와인병입니다. 상처에서 현장에 흩어진 와인병과 같은 파편이 발견됐습니다."

구보는 서류를 덮었다.

"이상입니다."

보고를 듣던 스기모토가 툭 내뱉었다.

"와인병에서 지문이 나왔다고 했지."

스기모토의 중얼거림에 구보가 대답했다.

"다자키와 다른 인물, 두 개의 지문이 발견됐습니다. 지문 데이터베이스에 조회했지만 일치 결과는 없었습니다."

흠, 하고 신음하며 스기모토는 눈을 감았다. 다시 눈을 뜬 스기모토가 주변 수사 보고를 지시했다.

하타가 일어나 오늘 하루 얻은 정보를 전달했다.

다자키가 살던 아파트 관리인의 관리 장부를 통해 연대 보증인이 주식회사 컴퍼니 옐로임을 파악했다. 컴퍼니 옐로는 수입품 및 미용 일반에 관한 물품을 판매하는 회사로, 다자키는 대표이사였다. 다자키의 계좌에는 컴퍼니 옐로에서 매달 200만 엔 전후가 이체됐다.

컴퍼니 옐로가 입주한 요쓰야의 다용도 빌딩으로 이동해서 건물 주인 부동산업자, 입주사 두 곳을 조사했다. 컴퍼니 옐로에는 파견 직원이 두 명 있었다는 정보를 얻었을 뿐 다자키 본인이나 사건 관련 정보는 듣지 못했다. 하타는 다만—이라고 말하고는 들고 있던 메모에서 고개를 들고 말했다.

"몇 가지 재미있는 점을 알아냈습니다."

"재미있는 점?"

"네. 첫째, 다자키는 임대 계약을 갑자기 해제했습니다."

하타는 모리야에게서 얻은 정보를 전했다.

"피해자가 어떤 이유로 급히 회사를 접었다는 소리인가. 이야기를 들어보니 돈 문제는 아닌 것 같은데."

스기모토가 끼어들었다.

"그렇습니다. 부동산업자에 따르면 임대료는 매달 꼬박꼬박 냈다고 하고 통장 입출금내역을 봐도 당장 돈이 궁해 보이지는 않았습니다. 원래 다른 사람의 주머니 사정은 모르는 법이니 단정하긴 위험합니다만."

하타는 보증금 이야기도 덧붙인 뒤 보고를 이어갔다.

"둘째, 같은 빌딩에 있는 후쿠덴 수산을 조사한 결과, 규슈 지역 폭력단인 후쿠덴 연합회의 위장 회사, 후쿠덴 흥업 쪽 계열사라는 것을 알아냈습니다."

"후쿠덴이라면 지금 규슈에서 고다 파하고 항쟁사건을 일으키고 있지?"

스기모토가 놀라며 확인했다.

"그렇습니다. 폭력단 대책과에 알아봤더니 후쿠덴 수산의 대표이사인 기시모토 다케시는 후쿠덴 연합회 보스의 옛 부하랍니다. 지금은 은퇴해 건실하게 사는 듯한데 선대 때는 유명한 싸움꾼이었다고 합니다. 도쿄 지사장인 미우라 데쓰야를 조사했더니 하쿠유 파의 하부 조직 구성원이었습니다. 기시모토가 하쿠유 파 출신입니다."

"위장 회사가 수산업이라. 희한하군."

단상에 나란히 앉은 가마쿠라 경찰서의 부서장 나가카와 에이지가 혼잣말처럼 말했다.

"현시점에서 다자키 사건과 관계 여부는 모르겠으나 계속해서 동향을 살펴야 할 것 같습니다."

"그래, 그렇게 해."

데라사키가 메모하면서 말했다. 아마도 인원 배분을 생각하고 있을 것이다.

"세 번째는 나카가와 순사가 알아차린 점인데—."

하타는 옆자리의 나쓰키를 슬쩍 봤다. 자기 이름이 나올 줄 몰랐을 것이다. 시선을 떨군 채 뺨을 붉게 물들이고 있었다.

"사무소 임대료 이체입니다. 매달 24만 엔 조금 못 되는 금액이 다자키의 계좌에서 인출됐습니다. 보통은 회사 계좌를 사용하는데, 왜 다자키는 자기 계좌에서 회사 임대료를 냈을까요. 아무리 자기 회사라고 해도 세금 처리상 있을 수 없는 일입니다."

"그렇지. 임대료는 회사 경비로 처리되니까."

데라사키가 손을 턱에 대고 허공을 노려봤다.

"컴퍼니 옐로의 계좌를 샅샅이 조사할 필요가 있습니다."

하타가 진언했다.

스기모토가 힘껏 고개를 끄떡이고 지시를 내렸다.

"은행에 요청해서 컴퍼니 옐로의 계좌를 철저하게 조사해. 세무 기록까지. 통신 회사도 잊지 마. 컴퍼니 옐로의 통화기록 제출도 요청해. 다음은 파견 회사. 인원을 나눠 수도권 파견 회사를 전부 뒤지도록. 무슨 일이 있어도 다자키 밑에서 일한 직원을 알아내. 이상."

회의를 마친 수사원들은 숙박 장소인 경찰서의 도장으로 향했다.

여성은 함께 잘 수 없어서 나쓰키는 퇴근했다. 내일 정시에 출근하겠다고 했다.

"저는 같이 자도 전혀 문제없는데요."

나쓰키는 이번 사건 해결에 의욕을 불태우는 듯 성별만으로 특별취급되는 것이 불만인 듯했다.

하타는 규칙이라 어쩔 수 없다고 말해주고 나쓰키와 회의실에서 헤어졌다.

하타는 도장 구석에 짐을 놓고 정장을 벗은 뒤 잠옷으로 가져온 운동복으로 갈아입었다.

제복 차림 경관이 도시락과 음료수를 도장으로 가져왔다.

옷을 갈아입은 사람들은 도장 출입구에 놓인 도시락과 음료수를 가지러 갔다. 옷을 갈아입기 전에 샤워하러 가는 사람도 있었다. 하타는 샤워를 뒤로 미루고 먼저 식사를 마치기로 했다. 온종일 돌아다녀서 배가 고팠다.

혼자 도시락을 먹는데 구보가 다가왔다.

"여기 앉아도 돼?"

구보가 물었다. 하타가 대답하기도 전에 맞은편에 앉았다.

하타 앞에 앉아 묵묵히 도시락을 먹어댔다. 반쯤 먹었을 때 구보가 우물거리면서 말했다.

"이 사건 길어질 것 같아."

하타는 "아아" 하며 동의했다. 구보는 입안의 음식을 페트병에 든 우롱차로 넘겼다.

"현재 범인과 관련된 유력한 정보는 선글라스 낀 여자뿐이야. 그밖에는 너무 막막해서 명확한 상이 전혀 떠오르지 않아. 피해자 신원도 아직 분명치 않고 회사 쪽도 정체를 모르겠고."

구보는 말을 이었다.

"흉기에서 지문이 나왔는데 그럴 때는 꼭 전과가 없지. 전과 있는 놈들은 증거를 남길 만한 짓은 하지 않을 테니까."

구보 말이 맞았다. 지금까지의 경험을 통해 하타 또한 장기전이 될 것이라 반쯤 각오하고 있었다.

침묵이 퍼졌다. 둘 사이에는 음식 씹는 소리만 울렸다.

먼저 도시락을 다 먹은 하타가 구보의 사생활로 화제를 옮겼다.

"미키는 건강해?"

미키는 두 살 된 구보의 딸이었다. 마흔이 돼서야 얻은 외동딸을 구보는 한없이 사랑했다. 구보는 하타 앞에서 가족 이야기를 전혀 하지 않았지만 이쪽에서 먼저 말을 꺼내면 기쁜 듯이 표정이 환해졌다.

구보가 자신을 배려해 아이 이야기를 하지 않는다는 건 알고 있

었다. 딸의 성장을 하타에게도 말하고 싶겠지. 그래서 가끔 하타가
먼저 아이에 대해 물었다.

구보가 어색한 듯 머리를 긁더니 예상했던 대로 표정을 풀었다.

"여자는 어려도 여자더라. 이 나이가 돼서야 여자는 어릴 때부터
잔소리가 심한 생명체란 걸 깨달았어. 내가 퇴근하면 벗은 옷은 세
탁기에 넣어라, 담배는 피우지 마라, 하고 얼마나 쫑알대는지."

하타가 웃었다.

"말을 잘하는 건 머리가 좋다는 거야. 좋은 일 아니야?"

"아내의 미니어처를 보는 것 같다고."

구보는 쑥스러운 듯 목을 움츠리고 이야기를 이어갔다.

"그런데 말이야, 이 일을 하면 사치는 생각할 수 없지."

하타는 무슨 소리인지 알 수 없어서 구보를 바라봤다.

구보는 조용히 숨을 내쉬었다.

"올봄부터 미키를 보육원에 맡겨. 장모님 몸이 안 좋아지셔서 아
내가 친정집을 돕게 됐거든."

구보의 처가는 세탁소를 운영했다.

"많이 편찮으셔?"

구보는 고개를 저었다.

"허리를 다치셨어. 심각하신 건 아니고. 근데 통증 때문에 일상생
활도 불편하시대. 벌써 일흔 살이셔. 완치되긴 틀렸지."

일흔이라는 나이를 듣고 사치요를 떠올렸다. 사치요도 올해로 일
흔 살이었다.

구보는 이야기를 계속했다.

"미키가 다닐 보육원에 말이지, 보호자 모임이라는 게 있더라. 한 달에 한 번 보호자가 모여 육아 정보를 교환해. 거기서 공부 이야기가 나왔나 봐. 보육원 때부터 영어회화 교실이나 학원에 보내는 부모가 있대. 그 말을 들은 아내가 우리도 필요하다는 소릴 하더라. 나는 필요 없다고 일축했지."

구보는 눈을 내리깔았다.

"학교 성적이나 학력 같은 것만 따지다니 한심하지 않냐? 학력 같은 건 없어도 괜찮아. 대단한 사람이 안 돼도 상관없어. 그냥 웃으며 살 수 있으면 그걸로 충분해. 나는 그렇게 생각해."

하타도 잠자코 고개만 끄덕였다.

하타는 구보의 마음이 사무치게 이해됐다.

형사 생활을 하다 보면 인간으로 살아가는 데 행복이란 무엇인지 생각하게 하는 일이 종종 일어났다. 고학력에 수입도 많은 사람이 인간관계나 애정 문제로 살인을 저지르는 한편, 공원에 둥그렇게 앉아 술 한잔하며 서로 웃는 일용직도 있다.

쌍방에게 공통된 행복의 정의는 없다. 좋은 대학을 나온다고 행복이 보장되는 것도 아니다. 학력이 낮다고 꼭 불행한 것도 아니다. 어떤 처지더라도 가슴 펴고 웃을 수 있는 사람이 행복한 것이다.

하타는 가방에서 갈아입을 속옷, 수건, 샴푸를 꺼내 일어났다. 먼저 가겠다는 말을 남기고 샤워실로 향했다.

가장 안쪽 샤워 부스가 비어 있어서 옷을 벗고 씻기 시작했다. 그러고는 오 분도 안 되어 샤워실을 나왔다. 빨리 먹고 빨리 싸고 빨리 씻는 것은 형사의 임무였다. 옛날 상사에게 그렇게 배웠다.

도장으로 돌아가 구석에 담요를 펴 잠자리를 만들었다.

벗어둔 손목시계를 머리맡에 놓았다. 시계를 보니 10시 반. 소등은 11시였다.

소등 때까지 각자 자유시간을 보냈다. 휴대전화로 통화하는 사람도 있고 TV 프로그램을 보는 사람도, 잡지를 읽는 사람도 있었다.

하타는 머리 뒤에 깍지를 낀 채 천장을 바라봤다. 하얗게 빛나는 형광등을 바라봤다.

―그냥 웃으며 살 수 있으면 그걸로 충분해.

귓속에서 구보의 목소리가 들려왔다.

"소등."

젊은 남자의 목소리가 나고 불이 꺼졌다. 수런거리던 도장 안이 조용해졌다.

하타는 천장을 향하던 몸을 옆으로 돌렸다.

마지막으로 실컷 웃은 게 언제더라.

생각해봤는데 기억이 나질 않았다.

곧 여기저기서 잠에 빠진 숨소리가 들려왔다. 하타도 결국 기억해내지 못한 채 잠들었다.

5

ウツボカズラの甘い息

집으로 돌아온 후미에는 목욕을 마치고 화장대 앞에 앉았다.

젖은 머리를 말리고 가나코에게 받은 화장품을 집어 들었다. 유리병 용기에 금색 뚜껑이 달렸다. 뚜껑 위쪽에는 백합 문양이 새겨져 있었다.

후미에는 평소에 드러그스토어에서 파는, 하나가 세 가지 역할을 한다는 화장품을 사용했다. 상품 하나로 화장수, 에센스, 보습 크림을 겸하는 것이다. 용기는 묵직한 유리병이 아니라 싸구려 플라스틱이었다.

그걸 얼굴에 대충 바르는 게 피부 관리의 끝이었다. 하지만 오늘은 달랐다. 수분 침투가 잘 되는 화장수, 피부 탄력 효과가 있는 에센스, 보습 효과가 큰 크림을 다 사용하는 것이다.

후미에는 화장수 뚜껑을 열고 내용물을 화장 솜에 덜었다. 백합

향기가 확 퍼졌다. 고급 향수 같았다.

솜으로 얼굴을 두드렸다. 건조한 피부에 화장수가 쫙 스며드는 게 느껴졌다. 비단처럼 매끄러운 에센스를 바른 뒤 아주 적당한 농도의 보습 크림을 발랐다. 손에 남은 크림을 목에 바르는 것도 잊지 않았다. 목 손질도 아주 중요해. 가나코에게 그렇게 들었기 때문이다.

후미에는 화장대에 팔꿈치를 대고 양손으로 뺨을 감쌌다. 싸구려 화장품의 분 냄새가 아니었다. 넋을 놓고 있으니까 이불에 들어가 빈둥대며 스마트폰 게임을 하던 남편이 말을 걸었다.

"어디서 달콤한 향기가 나네."

후미에는 남편에게 화장품을 보여주기가 망설여졌으나 돌아보며 병을 내밀었다.

"화장품이야. 오늘부터 쓰려고."

손을 뻗어 화장품을 받아든 도시유키는 시큰둥하게 바라보더니 바로 후미에에게 돌려줬다.

"그거 얼마나 해? 너무 비싼 거 아니야?"

받았다고 하면 보나마나 안 좋은 얼굴을 할 것이다. 나중에 아주 불쾌한 표정으로 실은 산 거 아니냐고 물을 게 빤했다.

후미에는 가나코가 제안한 일 이야기를 떠올렸다.

가나코 대신 상품 설명을 하고 회원용 세미나 강사 역할을 맡기만 하면 한 달에 50만 엔, 아니 어쩌면 그 이상의 수입이 생길지도 몰랐다. 간단한 잡무를 해야 하지만 재택근무로도 가능했다. 이런 멋진 일이 있을까.

하지만 그 이야기를 하면 도시유키는 대놓고 반대할 것이다.

그렇게 괜찮은 일이 있을 리 없어, 다단계 같은 악덕 상술에 걸려든 거야. 더는 그 사람과 만나지 마. 그렇게 말하리라.

그런 말을 듣는대도 반론은 할 수 없었다. 후미에의 마음속에도 가나코의 말을 믿지 못하는 또 다른 자신이 있었다.

—아직 그 일을 하겠다고 정한 것도 아니야. 받은 화장품을 써보는 것뿐인걸.

그렇게 자신을 다독였다.

후미에는 양손으로 뺨을 가볍게 두드렸다.

"이벤트 경품으로 받은 거야. 역시 비싼 화장품이 좋네. 피부가 촉촉해."

도시유키는 후미에의 거짓말을 아무 의심 없이 믿는 듯했다. 엎드렸다가 똑바로 눕더니 다시 게임을 시작했다.

손가락을 움직이던 도시유키가 하품을 섞어가며 얄미운 소리를 해댔다.

"아무리 좋은 화장품을 쓰면 뭐해. 그 늘어진 배로."

후미에의 고양된 기분이 순식간에 가라앉았다.

거울 속 자신을 본다.

도시유키 말이 맞았다. 아무리 좋은 화장품을 쓴들 뚱뚱한 채로 있는 이상 아름다워질 수는 없었다.

거울에 비친 자신의 모습이 갑자기 일그러졌다. 안개가 낀 듯 눈앞이 부예졌다.

해리 증상이었다.

오늘은 오래 외출한 데다 생각할 게 많아 약 먹는 걸 깜빡했음을 깨달았다.

후미에는 의자에서 일어났다. 벽을 짚으며 부엌으로 갔다. 수도꼭지를 열어 컵에 물을 채우고 병원에서 처방해준 안정제를 먹었다.

싱크대를 붙잡고 눈을 감았다. 부엌에서 낙담하고 있는 자신을 또 다른 자신이 위에서 보고 있었다. 마비된 듯 몸의 감각이 없었다. 관자놀이에 땀이 흘렀다.

—괜찮아. 평소와 마찬가지야. 조금 있으면 나아질 거야.

의식적으로 심호흡을 계속했다.

잠시 후 멀어졌던 TV 소리가 점차 또렷해졌다. 싱크대를 잡은 손에도 감각이 돌아왔다.

갑자기 바로 근처에서 미사키의 소리가 났다.

"엄마."

새된 목소리에 제정신이 돌아왔다. 옆을 보니 미사키가 잠옷 소매를 잡고 있었다.

"엄마, 졸려."

미사키는 졸린 듯 눈을 비비고 있었다.

후미에는 시계를 봤다. 8시. 보통 미사키는 9시에 잠자리에 들었다. 하지만 이번 달 들어서는 9시가 되기도 전에 졸려 했다. 유치원에서 월말에 있을 운동회 때문에 날마다 연습을 했다. 아직 어린 미사키는 운동회 준비가 힘든지 매일 지쳐 돌아왔다.

후미에는 미사키의 머리를 쓰다듬었다.

"이제 잘까. 이 닦고 와."

"그림책 읽어줘."

미사키가 응석을 부렸다.

"한 권만 읽자."

미사키는 고개를 끄덕이고 세면실로 걸어갔다.

후미에는 아직 또렷하지 않은 의식을 각성시키기 위해 머리를 좌우로 흔들었다.

고개를 드니 대면식 식탁에 놓인 탁상 거울이 눈에 들어왔다.

거울은 후미에가 놓아뒀다.

정신과를 찾기 전, 정신이 불안정해 초조할 때가 있었다. 아이들이 엄마는 늘 무서운 얼굴을 하고 있다고 해서 부엌에 거울을 놓았다. 초조해지면 거울을 보며 가능한 온화한 표정을 지으려고 노력하기 위해서였다.

후미에는 거울 속 자신을 봤다.

턱이 두 겹인 뚱뚱한 여자가 자신을 보고 있었다.

귓속에서 가나코 목소리가 들렸다.

―동경하던 무타 씨가 다시 아름다워지는 모습을 보고 싶어.

"다시, 아름다워, 진다."

거울에 비친 자신을 바라보며 주문처럼 중얼거렸다.

머릿속 가나코가 대답했다.

―맞아. 당신은 아름다워질 거야.

다음 날 아침, 세수를 하던 후미에는 깜짝 놀랐다.

피부가 평소와 달랐다. 탄력 있고 촉촉했다. 거친 데 하나 없이 매끄러웠다. 후미에는 얼굴을 거울에 가져다 댔다. 늘어났던 콧등의 모공도 기분 탓인지 줄어든 것만 같았다.

굉장해!

후미에는 세면실 거울에 비친 자기 얼굴을, 고개를 이리저리 돌려가며 보았다.

비싼 화장품은 역시 좋구나. 내가 쓰는 한 병에 1500엔짜리 싸구려와는 수준이 다르네.

가나코는 한 병이면 두 달 동안 사용할 수 있다고 했다. 딱 한 번 썼는데 이 정도 차이가 났다. 두 달 후에는 얼마나 아름다운 피부가 되어 있을까.

몸에 작은 떨림이 찾아왔다. 흥분을 동반한 결코 피할 수 없는 달콤한 유혹이 후미에의 몸을 마구 내달렸다.

—여기에서 살만 빼면 훨씬 더 예뻐질까.

가족들이 나가자 후미에는 곧장 드러그스토어로 달려갔다.

다이어트 상품이 있는 코너로 가서 상품을 살폈다. 진열장에는 온갖 상품이 가득했다. 식사를 열량이 낮은 음료수로 대신하는 타입, 매일 배변을 활발하게 하는 제품, 공복을 느끼지 않게 만들어진 저열량 과자도 있었다.

심각하게 고민한 끝에 식사를 음료수로 대체하는 상품을 선택했다. 단기간에 살을 뺄 수 있다는 광고 문구가 결정적이었다.

14회분에 소비세 포함 2500엔이었다. 조금 비싼 것 같았으나 자신이 먹어대는 과자나 과하게 사들이는 식료품을 줄인다면 생활비도 줄일 수 있었다. 그렇게 남긴 돈으로 다이어트 음료수를 사기로 마음먹었다.

집에 돌아와 점심부터 바로 다이어트 음료수를 마셨다.

초콜릿, 로열 밀크티 등 총 다섯 가지 맛이 있었다. 포장된 분말을 전용 플라스틱 용기에 넣고 물 200밀리리터에 녹여 마시는 방식이었다. 포만감을 주는 성분이 들어 있어서 별 무리 없이 체중 감량이 가능하다고 했다.

맛은 생각보다 나쁘지 않았다. 옅은 우유에 약간의 초콜릿과 홍차 맛을 섞은 느낌이었다. 바륨에 맛이 있는 것쯤으로 생각한 후미에는 먹기 편해서 놀랐다.

이거라면 하루 두 번이라도 괜찮겠어.

후미에는 하루 두 끼를 다이어트 음료수로 대체하기로 했다.

가족 식사와는 별도로 혼자만 밤에 다이어트 음료수를 마셨다. 확실히 공복을 그리 느끼지 못했다. 하지만 몸이 기름기를 원했다. 아이가 먹는 과자를 보면 배가 고픈 것도 아닌데 기어이 손이 나가려 했다.

하지만 견뎠다. 서둘러 이를 닦고 인터넷으로 다이어트 음식을 검색했다. 버섯이나 우무로 만든 열량 낮은 음식을 찾아냈다. 요리 방법을 프린트해 스테이플러로 철했다.

일주일이 지나자 몸에 변화가 나타났다. 몸무게가 1킬로그램 줄어들자 평소 입던 치마가 아주 조금 넉넉해졌다.

사람이란 효과가 눈에 보이면 의욕이 솟는다. 다이어트에 대한 의욕은 더욱 높아졌다. 분발해 계속 노력하자 목욕을 마치고 체중계에 오르는 게 즐거워졌다. 점점 줄어드는 숫자를 보니 너무 기뻐 또 의욕이 생겼다.

후미에는 다이어트에 열중했다.

전에는 제대로 욕조에 몸을 담그지도 않고 대충 샤워만으로 끝내던 목욕을 반신욕으로 바꾸었다. 미지근한 물에 오랫동안 몸을 담가 땀을 뺐다. 목욕을 마친 다음에는 지방 연소 효과가 높다는 푸얼차^{중국차의 일종}를 마셨다. 근처 슈퍼마켓에 장을 보러 갈 때도 지금까지 이용하던 자전거를 버리고 걸었다. 조금이라도 운동량을 늘리기 위해서였다.

채소가 중심인 아침식사, 하루 두 번의 다이어트 음료수, 반신욕과 푸얼차, 적당한 운동. 매일 같은 메뉴를 되풀이한 후미에는 삼 주 동안 4킬로그램 감량에 성공했다.

몸무게가 주니까 그동안 입던 옷이 마음에 들지 않았다.

후미에의 옷은 대부분 꾸미기 위해서가 아니라 지방 붙은 몸을 감추기 위한 것이었다. 커다란 천에 소매를 붙인 듯이 펑퍼짐한 게 많았다. 아랫도리는 치마든 바지든 모두 허리가 고무줄이었다. 전체적으로 어둡고 촌스러웠다.

헐거워진 옷의 허리 부분을 손으로 집어봤다. 전에는 없던 허리 굴곡이 드러났다. 후미에는 오랜만에 자신의 모습을 실컷 바라봤다.

다음 날 근처 옷가게에서 새 옷을 샀다. 허리 부분이 쏙 들어간 셔츠와 단추로 잠그는 치마였다. 두 벌 3900엔의 싸구려였다. 그래도 후미에는 만족했다. 집에 돌아와 새 옷을 입고 거울 앞에 섰다. 거울 속에는 전보다 볼만해진 자신이 있었다.

피부 상태도 좋아졌다. 화장품 품질이 뛰어난 데다 매일 정성껏 관리한 덕도 있을 것이다. 피부 결이 정돈되고 눈가 주름도 옅어졌다. 화장도 잘 받았다.

다이어트를 시작하고 한 달이 지났을 무렵, 밤이 되어 평소처럼 화장대 앞에서 피부를 관리하는데 뒤에서 도시유키의 시선이 느껴졌다.

"왜?"

후미에가 돌아보자 도시유키는 후미에를 보면서 조그맣게 중얼거렸다.

"당신, 요즘 변했어."

"뭐가?"

후미에는 모른 척했다. 자신이 예뻐졌다는 사실은 자각하고 있었다. 도시유키는 후미에의 전신을 훑으며 말을 걸었다.

"오랜만에, 오늘 밤 어때?"

도시유키는 자신이 누워 있던 이불을 가볍게 두드렸다. 관계를 갖자는 거였다. 도시유키와 관계가 없어진 지 꽤 오래됐다.

후미에의 가슴이 뛰었다. 다시 여자로 의식됐다는 데서 오는 두근거림이었다.

미소로 도시유키의 제안을 받아들였다. 후미에의 가슴은 승자의 기쁨으로 가득했다.

한 달 반이 지났을 무렵, 가나코에게서 연락이 왔다. 슬슬 연락해야겠다고 생각하던 차에 휴대전화로 먼저 전화를 걸어왔다. 전화를 받자 가나코는 오랜만이야, 하고 밝게 말했다.

"그 후로 어땠어?"

가나코가 물었다. 후미에는 미안해하며 대답했다.

"연락 못 해서 미안해. 전화하려고 했는데 벌써 이렇게 시간이 가 버렸네."

가나코는 고가 화장품을 받은 뒤로 연락 한 번 없던 후미에를 나무라지 않았다.

"괜찮아. 그보다 화장품은 어땠어? 써봤지?"

후미에는 화장품 이야기에 득달같이 달려들었다. 이야기하고 싶어 몸이 근질댔다. 응, 하고 대답하며 목소리를 높였다.

"받은 날부터 썼어. 뤼미에르, 굉장해!"

후미에는 흥분하며 자신의 피부가 얼마나 변했는지 알렸다. 매끄러워진 피부를 만지면서 뤼미에르 품질의 우수성을 열띠게 말했다.

"사용한 다음 날 아침부터 피부가 달라. 수분을 한껏 머금은 촉촉한 느낌이야. 깜짝 놀랐어."

가나코가 휴대전화 너머에서 안도의 숨을 내쉬는 듯했다.

"다행이야. 반쯤 떠맡기듯 건네서 안 쓰면 어쩌지 하고 걱정했어. 마음에 들었다니 기뻐."

가나코는 진심으로 기쁜 것 같았다.

후미에는 가나코와 이야기하면서 화장대 앞에 섰다. 거울에 비친 자신을 바라봤다. 가나코와 처음 만났을 때보다 날씬하고 아름다워진 자신이 있었다.

—지금의 나를 보여주고 싶어.

후미에는 생각했다.

휴대전화 너머에서 가나코가 제안했다.

"저기 있잖아, 별장에 다시 오지 않을래? 화장품 감상도 듣고 싶고 전에 했던 이야기도 하고 싶어."

전에 했던 이야기라면 일을 도와달라는 말이구나. 후미에는 바로 알아차렸다.

어떻게 할지 아직 결정하지 못했다. 하지만 가나코를 만나고 싶었다. 날씬해진 모습을 보여주고 싶었다. 후미에는 돌아오는 일요일에 별장을 방문하겠다고 약속하고 전화를 끊었다.

일요일의 가마쿠라는 관광객으로 북적였다.

가마쿠라에서 에노덴을 타고 시치리가하마 역에서 내렸다. 오늘은 혼자 별장에 갔다. 역으로 데리러 오겠다는 가나코의 배려를 거절했다. 가나코의 별장은 고지대의 눈에 띄는 장소에 있었다. 일단 가본 사람은 바로 위치를 기억할 수 있다.

어렵지 않게 별장에 도착했다. 현관문 옆 인터폰을 눌렀다. 인터폰 너머로 네, 하는 목소리가 나고 안에서 발소리가 다가왔다.

가슴이 뛰기 시작했다. 어제 후미에는 미용실에 다녀왔다. 넉 달이나 내버려뒀던 머리를 다듬고 살짝 파마했다. 지난번 만났을 때 가나코가 네 아름다운 이목구비에는 화사한 머리 스타일이 어울리니까 길러서 파마하면 좋겠다고 조언을 해줬다. 머리에 볼륨을 넣고 전보다 밝은 색깔로 했다.

머리카락 색깔에 맞춰 밝은 무늬 원피스를 입고 왔다. 늘 다니는 옷가게에서 산 싸구려이지만, 몸에 맞지 않게 된 어두운 옷보다 괜찮을 것 같았다.

가나코는 달라진 모습을 보고 어떤 얼굴을 할까.

반응을 상상하니 절로 얼굴 근육이 풀어졌다. 문이 열림과 동시에 후미에는 표정을 굳혔다.

"어서 와."

현관에 선 가나코가 밝게 말했다. 오늘은 촉촉해 보이는 새먼핑크의 블라우스와 주름치마를 차림이었다. 변함없이 선글라스도 끼고 있었다.

"안녕."

후미에는 갈라질 것 같은 목소리를 간신히 억눌러 애써 평정을 가장했다.

가나코는 후미에를 보고 "어머!" 하고 큰 소리를 냈다. 머리끝에서 발끝까지 훑어보더니 감탄의 한숨을 흘렸다.

"정말 날씬해졌네. 누군가 했어."

후미에는 몸 앞에서 손가락을 꼬고 있었다.

"가나코 씨를 만나고 다음 날부터 다이어트 했어. 덕분에 조금 빠졌어."

가나코는 감탄한 듯 고개를 절레절레 흔들었다.

"조금이 아닌데? 정말 놀랐어. 게다가 정말 예뻐졌어."

얼굴이 화끈거렸다. 가나코는 생긋 웃고는 어서 들어오라며 후미에를 재촉했다.

후미에가 거실 소파에 앉자 가나코가 홍차를 가져와 우아한 손놀림으로 차를 우렸다. 테이블 중앙에는 케이크 스탠드가 놓였다. 위쪽 접시에는 조각 케이크, 아래쪽에는 과자가 올려져 있었다.

가나코는 홍차를 후미에 앞으로 밀어주고 새삼 얼굴을 뚫어지게 봤다.

"그건 그렇고 정말 놀랐어. 현관문을 열었을 때 순간 누군지 모르겠더라. 도대체 얼마나 뺀 거야?"

후미에는 키가 162센티미터였다. 최고일 때는 체중이 73킬로그램이었는데 지금은 60킬로그램까지 줄었다.

"13킬로그램 뺐어."

가나코는 놀라워했다. 후미에는 고개를 끄덕이며 말을 이어갔다.

"하지만 최소한 앞으로 5킬로그램, 가능하면 10킬로그램 정도는 더 빼고 싶어. 아직 배 주위의 살이 신경 쓰이거든."

"지금도 표준 체형에 가깝겠는데. 하지만 좀 더 빼면 몸에 더욱 탄력이 생길 거야."

후미에는 기분이 좋았다. 질문을 받고 어떻게 다이어트에 성공했는지 말했다. 의기양양했다.

한바탕 이야기를 들은 가나코는 한숨을 쉬었다.

"넌 정말 노력파구나. 점점 일을 부탁하고 싶어져."

갑자기 날아든 본론에 활짝 웃던 후미에의 얼굴이 굳어졌다.

날씬해지고 아름다워진 모습을 보여주는 건 좋지만, 제안을 받아들일지는 아직 결정을 못 내렸다.

"일 이야기, 생각해봤어?"

가나코가 후미에의 얼굴을 들여다봤다. 후미에는 시선을 피했다.

"응. 그런데 자신이 없어서……."

후미에는 말을 흐렸다. 가나코는 후미에의 찻잔에 홍차를 따라주면서 말했다.

"왜 망설여? 일주일에 몇 번, 두세 시간쯤 사람들 앞에서 말하고 집에서 간단한 잡무를 처리하는 게 다인데. 그렇게만 하고 최소한 달에 50만 엔을 받아. 게다가."

가나코는 후미에의 눈을 똑바로 바라봤다.

"너의 아름다움을 많은 사람에게 보여줄 수 있어."

"나의, 아름다움."

후미에의 척추에 마비될 정도로 짜릿한 쾌감이 훑고 지나갔다.

가나코는 고개를 끄덕이고 잠시 기다리라고 하더니 3층으로 올라갔다. 돌아왔을 때는 옷을 들고 있었다. 원피스였다. 무늬 없는 옷감에, 가슴께가 크게 벌어져 있었다. 허리 부분이 쏙 들어갔고 허리부터 치맛단까지는 A라인으로 퍼져 있었다. 가나코는 후미에 앞에 서서 원피스를 펼쳐 보였다.

"오늘 원피스도 나쁘지 않은데 넌 피부가 하야니까 더 옅은 색 옷이 어울릴 것 같아. 이거 좀 입어볼래?"

후미에는 황급히 손을 들어 내저었다.

"그렇게 비싼 옷은 무서워서 못 입어. 더러워지면 큰일이잖아."

"괜찮으니까 잠깐 입고 와봐. 틀림없이 잘 어울릴 거야."

가나코는 후미에에게 억지로 원피스를 내밀었다. 후미에는 무릎 위에 놓인 원피스를 바라봤다. 옷감에 실크가 섞였을까. 우아한 광택에 감촉도 아주 매끄러웠다. 피부에 착착 감기는 옷감은 틀림없이 몸매를 아름답게 드러내 줄 것이다.

—입어보고 싶어.

후미에는 군침을 삼켰다.

"복도 끝에 세면실이 있으니까 거기서 갈아입어."

가나코는 거실 문을 열었다. 후미에는 유혹을 이기지 못했다. 원피스를 들고 세면실로 갔다.

원피스는 예상대로 몸에 착 감겼다. 사각으로 파인 목덜미는 쇄골이 보일 정도의 적당한 노출이라 우아했고, 무릎을 가리는 정도인 기장도 딱 좋았다. 이 옷에 높은 힐을 신으면 스타일이 더 좋게 보일 것이다.

후미에는 세면대 거울에 비친 자신의 모습에 넋을 잃었다.

후미에가 좀처럼 돌아오지 않자 조바심이 났을까. 문밖에서 가나코의 목소리가 들렸다.

"어때?"

서둘러 세면실 문을 열었다. 후미에를 본 가나코는 눈을 반짝이며 얼굴 앞에서 두 손을 맞댔다.

"역시 생각한 대로야! 정말 잘 어울려. 짐작한 그대로야."

"그래?"

후미에는 다시 거울을 봤다. 자신이 보기에도 잘 어울리는 것 같았다.

"이 옷, 줄게."

후미에는 놀라 가나코를 돌아봤다.

"두 해 전에 프랑스에서 산 건데 입어보니 디자인이 내게는 너무 귀여워. 결국에는 한 번도 입지 않고 옷장 안에서 잠자고 있었어."

확실히 성형수술을 받아 서양적인 이목구비로 변모한 가나코에게는 옅은 색보다 원색이나 화려한 무늬의 옷이 어울릴 것 같았다.

"그러니까 받아줘."

그 목소리에 제정신을 차린 후미에는 고개를 격렬하게 저었다.

"이 옷감, 실크지? 이렇게 비싼 옷은 못 받아."

"그러지 마. 내가 가지고 있어 봤자 입지도 않아. 이유 없이는 못 받겠다면 취직 축하라고 하자."

"취직 축하?"

후미에가 되물었다. 가나코는 고개를 끄덕였다.

"내 일을 도와주는, 취직 축하."

가나코는 생긋 웃고 세면실에서 나가려고 했다. 후미에는 서둘러 제지했다.

"잠깐만. 아직 하겠다고 말하지 않았어."

"돈만 있으면 그런 원피스는 얼마든지 살 수 있어. 고가의 시계나 명품 가방도 사지. 피부관리실도 다닐 수 있고."

가나코는 세면실 문을 닫으면서 말했다.

"넌 더 아름다워질 거야."

—더 아름다워진다.

가나코가 남긴 말이 후미에의 가슴을 강하게 울렸다.

자신의 옷으로 갈아입고 거실로 돌아오자 가나코는 종이봉투를 준비한 채 기다리고 있었다. 그러고는 원피스를 받아 종이봉투에 넣고 후미에에게 내밀었다. 명품 숍의 쇼핑백이었다.

"자, 어서."

후미에는 받을지 말지 망설였다. 하지만 실크 감촉과 거울에 비춰 본 제 모습이 머리에서 떠나지 않았다. 원피스는 마치 후미에를 위해 만들어진 듯 잘 어울렸다.

—준다니까 그냥 받아도 되지 않을까.

머릿속에서 자신의 목소리가 들렸다.

갑자기 시야가 흔들렸다. 빙글빙글 현기증이 나고 주위 소리가 멀어졌다. 또 해리 증상이 시작됐다.

후미에는 초조해졌다.

—이런 데서 해리가 일어나면 안돼. 정신 차려!

눈을 질끈 감고 자신을 다독였다. 심호흡을 되풀이해 마음을 가라앉혔다. 숨을 크게 쉬면서 이마에 밴 식은땀을 닦았다. 가슴에 손을 얹었다. 가만히 있으니까 멀어졌던 소리가 돌아왔다.

후미에는 후우, 하고 숨을 내쉬었다.

오늘은 안정제를 평소의 두 배나 먹고 왔다. 상태가 나쁠 때나 불안할 때는 한 번에 두 알까지 늘려도 된다고 의사가 말했다. 유치원이나 초등학교 행사에 갈 때는 밖에서 해리 증상이 생기는 걸 막으려고 미리 약을 많이 먹었다.

의식이 멀어진 시간은 삼십 초도 안 됐을 것이다. 하지만 가나코는 알아차렸으리라.

"저기, 괜찮아? 몸이 아주 안 좋아 보여."

아무것도 아니라고 하려다가 입을 다물었다.

앞으로의 일을 생각하면 해리성 장애가 있다고 알려야 할까. 후미에는 망설였다.

말했다가 일 이야기는 없던 게 될 수도 있다. 병이 있는 사람에게 대리를 맡기는 위험을 무릅쓰진 않을 테니까.

하지만 일을 도울 생각이라면 자신의 병을 알려야만 했다. 강연회 중간에 해리가 일어나면 큰일이다. 일을 돕기는커녕 폐만 끼치게 될 것이다. 그렇게 되면 병을 숨긴 후미에를 질책할 것이다.

아니야—정신적 지병이 있다는 걸 아는 시점에서 이 이야기는 없던 일로 하자고 할지 몰라. 가나코는 어느 쪽일까. 둘 중 무엇을 선택할까.

의식이 다시 멀어질 것만 같았다.

안돼, 심호흡하자.

눈을 꼭 감고 의식을 되찾는다.

드디어 호흡이 편해졌다.

가나코는 선글라스를 벗고 불안한 표정으로 후미에를 바라봤다.

"구급차 부를까?"

더는 숨길 수 없어. 밝히는 수밖에 없어. 안 된다면 그걸로 포기할 수 있겠지. 스스로 내리지 못한 판단을 가나코에게 맡기는 게 좋을 수도 있겠다. 여기서 가나코가 싫다면 어쩔 수 없지. 더는 가나코를 만날 일은 없을 것이다. 애당초 내가 원해 어울린 것도 아니니까 상처받을 일도 없어.

후미에는 홍차를 한 모금 마시고 말을 꺼냈다.

"실은 네게 말해둬야 하는 게 있어."

"뭔데?"

각오했음에도 막상 이야기하려니 말문이 막혔다. 거절당해도 상처받을 일 없다고 생각했는데 막상 거절당하는 걸 두려워하는 자신이 있었다.

실크 원피스가 든 종이봉투를 흘낏 바라봤다. 손만 뻗으면 잡을 수 있는 돈과 화려한 세계에 역시 미련이 남았다.

"저기, 말해줘야 한다는 게 뭐야?"

고개 숙인 채 입을 다물어버린 후미에를 보고 초조했으리라. 가나코가 후미에의 얼굴을 밑에서 들여다봤다.

후미에는 각오를 다졌다. 거절할지 아닐지는 가나코가 결정할 일이다. 가나코에게 판단을 맡기자.

후미에는 고개를 들고 가나코를 정면으로 바라봤다.

"저기, 나, 지병이 있어."

"지병?"

후미에는 잠시 사이를 뒀다가 병명을 말했다.

"해리성 장애야."

"해, 리, 성, 장, 애?"

가나코는 한 글자씩 끊어 후미에의 말을 되풀이했다. 아무래도 처음 듣는 병명인 듯했다.

후미에는 병을 설명했다.

갑자기 의식이 멀어지고 주위 소리가 물속에서 듣는 것처럼 흐리게 들린다. 현실감이 사라져 눈앞에서 일어나는 일이 멀리서 일어나는 듯 느껴지기 시작해 자신을 바라보는 또 다른 자신이 나온다. 그동안에는 누가 자신에게 말을 걸어도 대답할 수 없다. 오로지 심호흡을 되풀이하며 증상이 낫기를 기다리는 수밖에 없다.

"이 년쯤 전부터 정신과를 다니고 있어. 지금도 하루에 세 번 약을 먹어. 해리 증상은 일주일에 두 번 정도야. 이것도 아주 좋아진 거야. 발병했을 무렵에는 매일같이 해리가 일어났어."

후미에는 거기까지 단숨에 말하고 눈앞에 놓인 홍차를 마셨다.

─가나코는 자신이 일을 맡기려던 사람이 병을 가지고 있음을 알면, 그것도 정신질환 계통이라는 사실을 알면 어떻게 생각할까. 역시 없었던 일로 할까.

고개를 숙인 채 시선만으로 가나코의 표정을 살폈다. 가나코는 놀란 기색도 없이 물끄러미 후미에를 바라봤다.

침묵을 견디지 못하고 후미에가 먼저 본론을 꺼냈다.

"만약 일을 수락한다면, 미리 알려야 할 것 같아서 이야기한 거야. 강연 도중에 증상이 나오면 큰일이잖아. 돕기는커녕 오히려 폐가 될 테니까."

후미에가 남편 월급만으로 생활을 꾸린 이유 중 하나도 병이었다. 근무중에 증상이 나타나면 어떡하지, 하는 두려움에 밖에서 일을 할 수 없었다.

가나코가 물었다.

"해리가 일어나면 아까처럼 넋을 놓고 있어?"

후미에는 가나코를 보지 않고 고개를 끄덕였다.

"보통은 더 길어. 오늘은 약을 많이 먹고 와서 가볍게 끝났어."

"쓰러진 적도 있어?"

후미에는 고개를 저었다.

"의식을 잃고 쓰러지거나 넋을 놓고 폭주하는 사람도 있다더라. 하지만 나는 그러진 않아. 의식이 멀어져 멍하니 있기는 해도 정신을 놓지는 않아. 현실의 나를 또 다른 내가 멀리서 보는 것 같아. 다른 사람에게는 갑자기 멀거니 딴생각을 하는 것처럼 보이나 봐."

"그렇구나."

가나코는 앞으로 내밀었던 몸을 소파에 기댔다.

가슴이 격렬하게 두근거렸다. 병에 대해 안 가나코는 어떻게 할까. 일 이야기는 끝난 걸까.

가나코가 생긋 웃었다. 이번에는 자연스러운 미소였다.

"갑자기 쓰러져 구급차를 불러야 하면 큰일이지만, 살짝 멍해지는 정도면 괜찮겠다. 걱정될 땐 오늘처럼 약을 많이 먹으면 가볍게 지나가는 거지?"

가나코는 얼굴에서 미소를 지우고 심각한 눈빛으로 후미에를 바라봤다.

"게다가 난 이 일을 너 말고 다른 사람에게 맡길 생각은 없어. 전에 말했잖아. 보답하고 싶다고."

가나코는 몸을 내밀고 이야기를 계속했다.

"오늘 만나고 이 일을 맡길 사람은 역시 너밖에 없다는 생각을 새삼 다시 했어. 보답하겠다는 마음도 있어. 하지만 한 달 반 만에 10킬로그램 이상을 빼는 강한 의지에 감동했어. 너 같은 노력파라면 이 일을 맡길 수 있겠다 싶어."

가나코는 후미에에게 다가와 손을 잡고 말했다.

"이 일은, 오직 너만 할 수 있어."

―너만 할 수 있어.

그 말에 후미에의 가슴이 격렬하게 뛰었다. 눈시울이 뜨거워졌다. 다른 사람이 필요로 하고 인정해주는 기쁨이 가슴에 가득 차올랐다.

일주일에 이틀이나 사흘, 자신이 편한 시간에 일하고 한 달에 50만 엔이라는 거금을 받는다. 상황에 따라 수입이 더 늘 수도 있다. 이런 일을 두 번 만나기는 힘들다.

후미에는 입안에 가득해진 침을 상대가 알아차리지 못하도록 삼켰다.

"내가 할 수 있을까."

그 말을 기다렸다는 듯 가나코의 손에 힘이 들어갔다.

"당연하지. 내가 보증할게."

가나코는 예쁜 입술에 미소를 지었다.

"같이 노력하자."

후미에는 크게 고개를 끄덕였다.

"좀 이르긴 하지만."

가나코의 표정이 진지해졌다.

"일을 시작하기 전에 만나줬으면 하는 사람이 있어."

"만나줬으면 하는 사람?"

가나코는 뺨으로 흘러내린 머리카락을 뒤로 넘겼다.

"앞으로 네 일을 도울 사람이야."

"업무나 사업 파트너야?"

후미에의 질문에 가나코는 긍정도 부정도 아닌 듯 고개를 살짝 기울였다.

"파트너라고 해도 틀린 건 아닌데 정확히는 네 매니저 같은 거야. 설명회 때나 개별 고객에게 상품 소개 때 해당 장소까지 너를 데려가기도 하고 설명에 필요한 자료도 준비할 사람이지."

후미에는 당황했다.

"매니저라니 말도 안 돼. 어딘지만 알면 혼자 가도 되고 자료는 미리 주면 내가 준비할게."

가나코는 고개를 저었다.

"너는 이제 일본 아자니의, 나아가 화장품 뤼미에르의 얼굴이야. 그런 사람이 혼자 영업하며 돌아다니면 체면이 서질 않아. 어떤 일이든 우선은 고객 신용을 얻는 게 중요해. 상품이 아무리 좋아도 신뢰를 얻지 못하면 팔리지 않아."

가나코의 말이 맞을지 몰랐다. 어떤 일이든 신용이 중요했다.

가나코는 홍차를 마시고 테이블 위 휴대전화를 들었다.

"지금 여기로 부를게."

"지금?"

이야기가 너무 빨리 진행돼 당황했다.

가나코는 휴대전화를 귀에 대면서 말했다.

"좋은 일은 서둘러야지. 좋은 사람이고 일도 잘하니까 안심해. 틀림없이 도움이 될 거야."

상대가 전화를 받았는지 가나코가 밝은 목소리로 대응했다.

"여보세요? 나야. 지금 시간 돼? 응. 얼마 전에 이야기한 그거. 맞아. 그 사람이 수락했어. 그래서 말인데, 지금 둘이 별장에 있는데 올 수 있어? 빨리 소개하고 싶어. 그래? 잘됐다. 신주쿠라면 한 시간쯤 걸리겠네. 기다릴게. 조심해서 와."

가나코가 전화를 끊었다.

"지금 온대. 이 사람도 너를 만나고 싶어 해."

말투로 보니 둘은 상당히 친한 듯했다.

"어떤 사람이야?"

후미에가 물었다. 가나코는 바로 대답했다.

"멋진 사람이야. 나이는 우리와 동갑인 서른여섯 살. 인품 좋고 세심하게 배려도 잘해. 아마 너도 마음에 들 거야."

반점만 없으면 모델이라고 해도 믿을 만한 용모를 지닌 가나코가 멋진 사람이라고 하니, 틀림없이 가나코 못지않게 패셔너블한 미인이리라. 조금 긴장했다. 후미에의 어깨에 힘이 들어간 걸 알아차렸는지 가나코가 안심시키듯 밝게 웃었다.

"그렇게 걱정하지 않아도 돼. 싹싹한 사람이니까."

가나코는 어색한 웃음을 지었다.

매니저가 될 인물은 딱 한 시간 후에 도착했다.

거실에 들어온 모습을 보고 놀라고 말았다. 화장품 쪽이라 자연스럽게 여성이라고 생각했는데 상대는 남성이었다.

"처음 뵙겠습니다. 이이다 쇼고라고 합니다."

쇼고가 후미에를 향해 가볍게 인사했다. 소파에서 일어나 후미에도 고개를 숙였다. 후미에는 쇼고의 눈을 똑바로 보지 못했다. 보면 얼굴이 붉어질 것 같았기 때문이었다.

쇼고는 가나코 옆에 앉더니 재킷 안주머니에서 하얀색 가죽 명함지갑을 꺼내 명함 한 장을 후미에에게 건넸다. 명함에는 이름, 신주쿠의 아파트 주소, 휴대전화 번호가 적혀 있었다.

쇼고는 가나코가 탄 홍차를 마시면서 후미에를 뚫어지게 봤다.

"가나코 씨에게 일을 부탁할 분이 아주 매력적이라고 들었는데 정말이네요. 정말 미인이세요."

가나코는 웃으면서 살짝 쇼고를 노려봤다.

"내가 이제까지 거짓말한 적 있어?"

항복이라는 듯 쇼고가 어깨를 움츠렸다. 테이블 위에 놓인 자동차 키에는 벤츠 마크가 달려 있었다.

후미에는 쇼고의 말이 인사치레라는 걸 알면서도 기쁨을 감추지 못했다. 풀어진 입가를 보여주기 싫어 점점 더 고개를 숙였다.

쇼고는 한마디로 표현하자면 쇼난의 바다가 어울리는 서퍼 같은 느낌이었다.

원래 그런 건지 태운 건지, 피부가 거의 갈색이었다. 짧은 머리를 깔끔하게 세우고 하얀색 폴로 셔츠에 면바지, 저지 소재의 재킷을 입었다.

키가 크고 다리가 길었으며 이목구비도 단정했다. 커다란 눈에 코가 오뚝하고 얇은 입술이 탄탄해 웃으면 소년 같은 표정이 됐다.

쇼고가 길에서 여성에게 말을 걸면 대부분은 따라나설 것이다. 가나코는 역시 거짓말하지 않았다. 멋진 사람이었다.

"쇼고는 말이야, 내가 화장품 일을 시작했을 때부터 함께해온 동료야. 피에르도 만난 적 있고 뤼미에르 화장품의 품질과 사용법도 숙지하고 있어. 내가 일본에 없으면 나 대신 일을 처리해. 그러니까 그럴 때는 쇼고를 나라고 생각하고 뭐든 상담해."

"잘 부탁해요."

쇼고는 하얀 이를 드러내며 웃었다.

뭔가 센스 넘치는 말을 하고 싶었으나 너무 상기돼 아무것도 떠오르지 않았다. 간신히 잘 부탁한다는 말만 건네고 말았다.

가나코는 자신과 후미에의 만남, 중학교 시절 에피소드를 즐겁게 이야기하기 시작했다. 쇼고는 고개를 끄덕이면서 들었다. 후미에는 가나코가 말을 시킬 때마다 응 혹은 그렇지 뭐, 하고 적당히 맞장구를 쳤다.

가나코 말은 하나도 귀에 들어오지 않았다. 거금이 들어오는 데다 이렇게 멋진 남성과 같이 일할 수 있다니. 그렇게 생각하니 나잇값도 못 하고 가슴이 두근거렸다.

이런 두근거림을 언제 느꼈더라.

꿈꾸는 심정으로 쇼고를 바라보는데 가나코가 질문을 던졌다.

"저기, 괜찮지?"

쇼고를 넋 놓고 보느라 이야기를 듣지 못했다. 서둘러 되물었다.

"뭐가?"

"그러니까 이제부터 후미에라고 불러도 되냐고 물었어. 같이 일할 사이인데 경어를 쓰는 건 너무 딱딱하잖아. 나도 이름으로 불러."

"가나코……."

후미에가 중얼거리자 가나코는 만족스럽다는 듯 웃었다.

"잘 부탁해. 후미에."

6

ウツボカズラの甘い息

가마쿠라 경찰서 3층 대회의실에 곧 시작될 조례를 위해 수사원이 모여들었다. 하타는 수많은 수사원 사이를 헤치고 앞쪽 자리에 앉았다. 목을 한 바퀴 돌리고 크게 숨을 내쉬었다.

가나가와 현경에 채용된 지 올해로 이십삼 년이 됐다. 파출소 근무, 교통과를 거쳐 형사가 된 것은 십팔 년 전 일이었다. 이후 지역 경찰서와 본부를 수차례 오갔지만, 거의 강력계에 몸을 담아왔다. 살인 수사본부는 수없이 경험했다.

형사가 되자마자인 스물여덟 살 때 살인사건 수사에 처음 참여했다.

사건은 유괴 살인. 다섯 살 다테카와 나루미 양이 집 근처 공원에 놀러 간다고 나간 뒤 행방불명됐다. 그날 밤 피해자 집으로 몸값 3000만 엔을 요구하는 전화가 왔다.

부모 신고를 받고 현경본부는 수사1과 특수반을 출동시켜 바로 수사에 나섰다. 그러나 현금을 건네주기로 한 장소에 범인은 나타나지 않았고, 며칠 뒤 집에서 20킬로미터 떨어진 산속에서 나루미 양의 시신이 발견됐다. 시신 발견과 동시에 담당 경찰서인 가와사키미나미 경찰서에 수사본부가 마련됐고 수사1과 소속이던 하타도 특별수사본부 일원으로 수사에 참여했다.

수사본부에서 일하면서 가장 힘든 점은 도장에서의 숙박이었다.

중학교, 고등학교, 대학교까지 야구부이던 하타는 동아리 합숙이나 원정 등으로 장기간 집단생활에는 익숙했다. 잠자리가 바뀌면 못 자는 예민한 성격은 아니었다. 그렇게 생각했다. 실제로 원정 중에 수면이 부족했던 경험도 없다.

파출소 근무 시절, 하타가 강력계 형사를 지망하고 있음을 안 나이 많은 순사장이 "수사본부에 들어가면 사건이 해결될 때까지, 해결되지 않으면 길게는 석 달씩 담당 경찰서 도장에서 자는 게 일상이야"라고 했을 때도 별로 겁먹지 않았다.

숙박하고 사흘쯤 지났을 때 자신이 안일했음을 깨달았다. 소등 시간이 됐는데도 정신이 맑아 잠들지 못했다. 주위 사람의 잠든 숨소리가 너무 크게 들려 잠을 방해했다.

첫날과 둘째 날은 수사본부에 처음 들어와 흥분해서 그렇다, 몸이 금방 잠을 원할 것이다, 라고 생각했다. 하지만 사흘이 지나고 나흘이 됐는데도 깊은 잠은 찾아오지 않았다. 주위 소리를 차단하기 위해 머리까지 담요를 뒤집어쓰고 눈을 질끈 감았다. 그러면 졸음이 쏟아졌다. 드디어 잘 수 있겠구나 싶을 때쯤 누군가 화장실에 가거나 코를 고는 소리에 잠이 깼다. 가벼운 졸음과 각성을 반복하다가 아침을 맞았다. 몸은 잠을 요구하는데 뇌가 각성해 잘 수 없었다. 태평한 학창 시절에 겪는 여행 분위기의 집단생활과 각 형사가 아침부터 밤까지 사건 해결에 전력을 기울이는 수사본부라는 특수 공간에서의 집단생활은 차원이 달랐다.

물론 담당 경찰서의 젊은 형사는 근처 독신자 기숙사로 돌아가 잘 수도 있었다. 하지만 하타는 동경하는 수사1과 선배들과 같이 자길 희망했다. 수사본부 분위기에, 선배 형사의 행동에 조금이라도 익숙해지고 싶었기 때문이다.

두 달 후, 나루미 양 집 근처에 사는 스물다섯 살 프리터가 체포됐다. 소녀에 대한 변태적인 흥미와 돈 욕심에 저지른 범행이었다.

수사본부 경험이 쌓일수록 장기간 도장 숙박이나 아침부터 밤까지 수사에 쫓기는 감각에 익숙해졌다. 지금은 수십 명과 함께 생활해도 잠들지 못하는 일은 없었다. 하지만 아무리 수사본부를 경험해도 익숙해지지 않는 게 있었다.

조례였다.

일어나 아침식사를 한 뒤 수사본부가 설치된 회의실에서 조례가 열렸다. 간부를 비롯해 수사원 전원이 참석했다.

목적은 전날까지의 정보 확인과 당일의 중점 수사 사항 전달이다. 시간으로 치면 십 분, 길어야 이십 분이면 끝난다. 하지만 하타는 이 짧은 시간이 고통스럽기만 했다.

눈을 뜬 시점에 이미 임전 태세에 들어가 있었다. 전날까지의 사건 정보도, 당일 조사해야 하는 것도 다 머릿속에 완전히 담아뒀다. 재확인할 필요는 없다. 시간 낭비. 조례 시간 동안 하타는 사냥감에 달려들고 싶으나 굵은 밧줄에 묶여 있는 투견 같은 심정이었다.

조례 오 분 전, 회의실 앞쪽 문이 열리고 남자 몇 명이 방으로 들어왔다.

수사본부 본부장인 가나가와 현경 수사1과장 데라사키, 스기모토 관리관, 각 부장급 간부진이었다.

오늘 조례 당번은 하타였다. 간부 전원이 자리에 앉자 하타는 일어나 구령을 외쳤다.

"기립, 경례, 앉아."

회의실에 있는 수사원들이 하타 목소리에 따라 행동했다. 모두 자리에 앉자 데라사키는 손에 든 서류를 보면서 현재까지 파악된 사건 정보와 오늘 특히 주력해야 하는 수사 과제를 전했다. 한 가지는 주식회사 컴퍼니 옐로우에 근무했던 파견 사원을 특정하는 것. 다른 하나는 피해자 다자키가 사용한 휴대전화와 사무소 유선전화의 통화내역을 파악하는 것이었다.

"지역과 주변 수사 담당은 현장과 피해자 주변을 계속 조사해. 감식반은 유류품 해석을 계속하게. 물품 추적 담당은 흉기가 된 와인병의 판매로를 좁혀. 나머지는 조금 전 전달한 두 가지 수사 과제를 빨리 해결하도록. 알겠나? 이상."

"네!"

배 속에서 끓어오르는 강력한 목소리가 울리고 저마다 서둘러 회의실을 나갔다.

자, 해볼까.

하타는 느슨해진 긴장의 끈을 잡아당겼다. 목을 휙 돌리고 자리에서 일어났는데 뒤에서 인기척이 느껴졌다. 나쓰키였다.

"오늘도 잘 부탁드립니다."

나쓰키가 고개를 숙였다. 옅은 립스틱을 칠한 것 외에는 거의 화장하지 않았다. 일부러 꾸미지 않으니 총명해 보이는 이목구비가 더 도드라졌다.

—그래도 주임님. 이번에 팀이 아주 좋던데요. 부러워요.

첫날 수사 회의가 끝나고 도시락을 먹을 때 가네코가 한 말을 떠올렸다.

확실히 아침에 제일 먼저 보는 얼굴로는 나쁘지 않았다. 긴장감 있는 얼굴을 보니 정신이 확 들었다.

"가자."

하타는 의자에 걸쳐놓았던 재킷을 입고 출구로 향했다.

복도로 나오자 나쓰키가 물었다.

"어디로 갑니까?"

"신 요코하마 역."

나쓰키는 놀라지 않고 담담하게 확인했다.

"아이치에 있는 다자키의 어머니에게 가는군요."

하타는 그렇다고 대답했다.

"어차피 유족에게 보고해야 해. 출장 허가는 어젯밤에 받았어."

나쓰키는 눈치가 빨라 좋았다.

하타는 머리 나쁜 녀석이 싫었다. 하나부터 열까지 설명하기 성가셨고 그러는 시간도 아까웠다. 게다가 머리 나쁜 녀석은 자신의 둔한 눈치를 왕왕 다른 사람 탓으로 돌렸다. 설명이 부족했다거나 갑자기 그런 명령을 받을 줄 몰랐다며 불평했다.

그런 불평을 들으면 네 머리가 나빠서 그렇게 한심한 거라고 호통치고 싶었다. 형사라는 직업은 상상력이 꼭 필요하다. 얼핏 연결점이 없어 보이는 점과 점이 아주 사소한 정보 하나로 이어질 때가 있다. 수사원에게는 멀리 떨어진 두 점의 연결 고리를 모든 각도에서 살피고 추측하는 능력이 필수 불가결이다. 상상력 없는 녀석은 형사에 적합하지 않다.

가마쿠라 경찰서를 나온 하타와 나쓰키는 가마쿠라 역에서 요코스카·소부 선의 지바행 전차를 타고 요코하마로 향했다. 요코하마 역에 도착해 JR 요코하마 선으로 갈아타고 신 요코하마로 갔다. 다시 신 요코하마에서 신칸센 노조미를 타고 나고야로 향했다.

나고야 역에는 11시 30분이 넘어 도착했다.

다자키의 어머니가 입주한 시설이 있는 유라이 시까지는 일반 열차로 삼십 분이 걸린다. 인구 6만 명인 나고야의 베드타운이었다. 하타와 나쓰키는 플랫폼을 가로질러 출발을 기다리는 전차에 올라탔다.

유라이 역에 도착해 개찰구를 지나자 양복 차림 남자가 다가왔다. 나이는 나쓰키와 비슷할까. 머리를 단정하게 잘랐고, 살짝 처진 눈을 불안하게 움직이고 있었다. 남자는 하타와 나쓰키를 번갈아 보면서 확인하듯 말했다.

"하타 씨와 나카가와 씨, 되시죠?"

하타가 고개를 끄덕였다. 남자는 긴장한 표정으로 재킷 안주머니에서 경찰 수첩을 꺼냈다. 증명사진 아래쪽으로 아이치 현경 마크가 보였다.

"수고하십니다. 유라이 경찰서 지역과의 호리구치 다모쓰라고 합니다. 오늘 수사에 동행하러 왔습니다."

"신세 좀 지겠습니다. 원래는 저희가 유라이 경찰서까지 가야 하는데 마음대로 역으로 오시게 해서 미안합니다. 오늘 중으로 돌아가야 하니 시간이 없어서."

하타는 고개를 숙였다. 역에서 경찰서까지는 차로 십오 분 걸렸다. 시간이 아까웠다.

나쓰키도 옆에서 깊이 고개를 숙였다.

"아닙니다. 무슨 말씀이세요. 바쁘신 건 다 아는데요." 호리구치는 긴장한 태도로 그렇게 말하고는 오른쪽을 가리켰다. "저쪽에 차를 준비해뒀습니다."

호리구치가 앞장섰다. 역 주차장에 세워둔 하얀 세단의 문을 리모컨 키로 열고 문을 열었다.

"어서 타세요."

하타와 나쓰키는 권하는 대로 뒷좌석에 탔다. 호리구치가 운전석에 앉아 차를 출발시켰다.

"점심은 드셨나요? 아직 안 드셨으면―"

호리구치의 말을 하타가 막았다.

"밥은 됐습니다. 다자키의 어머니가 있는 시설로 가주시죠."

"그러네요. 시간이 없으시니…… 실례했습니다."

호리구치는 미안해하며 핸들을 오른쪽으로 꺾었다. 잘못 입을 열어 부끄러웠으리라. 거울에 비친 호리구치의 얼굴이 벌겋게 물들어 있었다.

자동차는 간선도로를 북쪽으로 달려갔다. 아무도 입을 열지 않아 차 안은 침묵에 휩싸였다.

어색함을 떨치려는 듯 호리구치가 입을 열었다.

"아이고, 바로 만나서 다행이었습니다. 두 분 얼굴은 보내주신 자료로 확인하긴 했는데 잘 찾을 수 있을지 불안했습니다."

아무 말도 하지 않는 하타 대신 나쓰키가 고맙다고 하며 미소지었다.

감정을 숨기지 못하는 타입일 것이다. 긴장했던 호리구치의 얼굴이 환하게 풀어지는 모습이 룸미러로 보였다.

어젯밤, 나고야 출장을 신청하자 데라사키는 바로 아이치 현경에 연락해줬다.

밖에서 보면 경찰은 하나의 조직이겠지만 실제로는 지역별로 독립된 수사기관이다. 현 경계를 넘어 수사할 때는 상대에게 미리 연락하는 게 도리였다.

데라사키에게서 연락받은 아이치 현경 수사1과장은 유라이 경찰서에 지시해 지역을 잘 아는 인원을 안내인으로 보내라는 뜻을 전달했다. 수사 공조는 상부상조였다. 아이치 현경 형사가 요코하마에 올 때는 당연히 가나가와 현경이 협력한다. 사실 형사는 늘 바쁘다. 운전사 겸 안내 역할을 맡는 사람은 그나마 한가한 지역과 소속 사람일 때가 많았다.

유라이 역에서 차로 이십 분 거리에 세이아이노소노가 있었다. 나무로 둘러싸인 넓은 부지에 3층짜리 건물이 있었다. 원래 하얬을 듯한 외벽은 햇볕을 받아 누렇게 변했다. 그래도 시설 내부를 잘 손질해둬서 청결해 보였다. 낙엽을 모은 쓰레기봉투가 북쪽 창고 앞에 여럿 놓여 있었다.

출입문을 지나 하타 일행은 정면에 보이는 접수대로 향했다. 앞장서서 걷던 호리구치는 창구에 있는 여성 직원에게 경찰 수첩을 보여줬다.

"경찰입니다. 여기 계시는 분에 관해 여쭙고 싶은데요."

젊은 직원은 놀란 듯 뒤를 돌아보고 창가 자리에 앉은 여성을 불렀다.

"와타베 주임님."

와타베라고 불린 동그란 얼굴의 여성이 읽던 서류에서 눈만 들어 하타 일행을 봤다.

"이분들, 경찰이시라는데요."

그 말에 와타베의 부드럽던 표정이 굳어졌다. 코끝에 걸린 안경을 고쳐 쓰고 의자에서 일어나 하타 일행에게 다가왔다.

하타는 호리구치가 말하려는 것을 손으로 제지하고 시설을 찾아온 이유를 설명했다.

"여기에 다자키 세쓰라는 분이 계시죠? 얼마 전에 돌아가신 아드님 다자키 미노루 씨 일로 잠깐 여쭙고 싶은 게 있어 왔습니다."

아이치 현경에서 문의해서 대강의 사정은 알고 있었을 것이다. 와타베는 목소리를 낮춰 말했다.

"뒤숭숭한 이야기는 이 자리에서는 피해주시겠어요? 환자분들 귀에 들어가면 모두 동요하시거든요."

하타는 뒤를 돌아봤다. 로비에 있던 몇 사람이 딱딱한 정장 차림의 세 명을 신기한 듯 보고 있었다.

"자세한 이야기는 접객실에서 들겠습니다. 이쪽으로 오시죠."

와타베는 사무실에서 나와 옆에 '접객실'이라고 명패가 붙은 문을 열었다.

"바로 원장님 모셔 올게요."

하타 일행이 소파에 앉자 와타베가 그런 말을 남기고 방을 나갔다. 십 분 후, 와타베는 한 남성과 함께 돌아왔다. 은발이 하얀 가운과 잘 어울리는 남성은 맞은편 소파에 앉은 후 세 명에게 명함을 내밀었다.

"세이아이노소노의 원장 기리사와입니다."

명함에 '사단법인 세이아이노소노 원장 기리사와 히로시'라고 쓰여 있었다. 하타 일행도 명함을 건네며 재차 신원을 밝혔다.

기리사와는 하타와 나쓰키의 명함을 확인하더니 대놓고 미간을 찌푸렸다.

"가나가와 현경…….수사1과 형사이십니까?"

하타는 소파 끝에 살짝 엉덩이를 걸치고 가볍게 몸을 내밀었다.

"이미 아시겠지만, 다자키 세쓰 씨의 아드님이 얼마 전 가마쿠라에 있는 임대 별장에서 시신으로 발견됐습니다. 경찰은 살인사건으로 보고 수사중입니다. 지금 피해자 신변을 조사하고 있는데 어머니인 세쓰 씨와 여기서 일하시는 분들에게 다자키 미노루 씨에 관한 이야기를 들으러 왔습니다."

기리사와는 옆에 앉은 와타베를 슬쩍 봤다. 와타베가 가볍게 고개를 저었다. 기리사와는 잠시 눈을 내리깔았다가 다시 하타를 봤다.

"시설 직원에게서 이야기를 듣는 데는 문제가 없습니다. 다만 세쓰 씨에게서는 듣기 힘들 겁니다."

"치매라서요?"

세쓰가 중증 치매라는 건 이미 알고 있었다. 기리사와는 고개를 끄덕였다.

"그렇습니다. 다자키 세쓰 씨는 오랫동안 치매를 앓고 있습니다. 치매에도 건망증 정도의 경증부터 자기 이름조차 기억 못 하는 중증까지가 있습니다. 세쓰 씨는 후자에 해당합니다. 가령 지금 여기 미노루 씨가 있어도 자기 아들인지 모를 겁니다. 세쓰 씨를 만나도 여러분이 원하는 정보는 얻지 못하리라 봅니다."

말씀대로 세쓰 씨가 질문에 제대로 대답하지 못할 수 있다. 대답은커녕 대화 자체가 되지 않을 가능성도 있다. 하지만 의식하지 않고 하는 이야기 중에 피해자 신변에 관한 정보가 포함돼 있을지 모른다. 아주 짧은 시간이라도 좋으니 면회를 허가받고 싶다.

하타가 그렇게 말하자 기리사와는 잠시 생각하더니 곧 포기한 듯 깊은 한숨을 내쉬었다.

"그렇게까지 말씀하시면 허가해드려야죠. 다만 다른 환자들 눈도 있으니 면회는 병실이 아니라 이 방에서 해주시길 바랍니다."

알았다고 하자 기리사와가 세쓰 씨를 이리로 모셔오라고 와타베에게 지시했다. 와타베는 고개를 끄덕이고는 방을 나갔다.

오륙 분이 지났을 무렵 와타베가 휠체어를 밀며 방으로 돌아왔다. 휠체어에는 할머니가 앉아 있었다. 가슴에 더러운 봉제 개 인형을 안고 있었다. 와타베는 하타 일행 맞은편에 휠체어를 세웠다.

"이분이 다자키 세쓰 씨입니다."

와타베는 하타 일행에게 할머니를 소개하고 허리를 구부려 세쓰의 귓가에 입을 댔다.

"세쓰 씨. 여기 계신 분은 경찰이에요. 아시겠어요? 경찰분이 세쓰 씨에게 할 말이 있대요."

듣는지 안 듣는지, 세쓰는 턱이 떨어진 듯 입을 반쯤 벌린 채 어딘가 먼 곳을 바라보고 있었다. 눈동자에 초점이 없었다.

세쓰의 몸은 휠체어 안에 쏙 들어가 있었다. 위아래로 나뉜 환자복 아래로 세게 쥐면 부러질 듯 앙상한 팔과 다리가 보였다. 하얀 머리는 숱이 적어 속이 훤히 보였다.

세쓰는 끊임없이 덜덜 떨리는 손을 와타베에게 내밀었다. 본능적으로 어머니의 젖을 찾는 갓 태어난 아이 같아 보였다. 와타베가 세쓰의 손을 잡았다.

"왜요? 무서워요? 괜찮아요. 저도 여기 있을게요."

세쓰는 아아, 하고 목구멍을 떠는 듯 신음했다.

와타베가 쥔 세쓰의 손등에 퍼런 멍 자국이 몇 개 있었다. 하타는 주사 자국임을 바로 알았다. 아마도 포도당이나 비타민 주사일 것이다. 팔의 혈관이 주사를 견디지 못할 정도로 약해져 손등에 드러난 혈관을 이용했을 것이다.

하타는 세쓰의 손에서 시선을 돌리고는 지금 하는 말을 모두 적으라고 나쓰키에게 눈빛으로 지시했다. 나쓰키가 고개를 끄덕이고 백에서 수첩을 꺼냈다. 하타는 귀가 잘 안 들릴 것 같아 목소리를 높이면서도 최대한 부드럽게 불렀다.

"다자키 세쓰 씨."

세쓰는 소리가 나자 겁을 먹은 듯 몸을 흠칫했다.

"다자키 미노루 씨가 아드님이죠?"

하타의 질문을 이해하지 못했을 것이다. 세쓰는 고개를 좌우로 저으면서 계속 신음했다. 그래도 질문을 계속했다. 다자키가 언제 마지막으로 만나러 왔나, 다자키와 친했던 친구는 누구인가, 다자키가 원한을 살 만한 일은 없었는가.

어떤 질문을 해도 세쓰는 한 마디도 하지 않았다. 신음하면서 어딘가 먼 곳만 바라볼 뿐이었다. 하타의 일방적인 질문 공세를 와타베는 안타까운 표정으로 바라봤다.

─역시 무리인가.

정보를 캐내기는 어렵겠다고 포기했을 때, 세쓰가 개 인형 머리를 쓰다듬으며 중얼거렸다.

"미노루, 미노루."

관심 없는 태도로 소파에 기대어 있던 호리구치가 놀라 몸을 일으켰다.

"반응했네요."

실험동물을 관찰하는 듯한 호리구치의 말투에 하타는 혀를 차고 싶어졌다. 속을 들키지 않도록 무표정을 유지했다.

세쓰는 주름투성이 얼굴을 찡그렸다. 웃는 건지 화난 건지 모르겠다. 구원의 손길일까, 아니면 일상적인 반응일까. 옆에서 와타베가 끼어들었다.

"맞아요. 미노루 씨, 귀엽죠."

세쓰의 하얗고 탁한 눈이 좌우로 흔들렸다.

"미노루, 애야, 그렇게 뛰면 넘어져. 엄마 손을 잡아야지."

세쓰에게는 개 인형이 어린 아들인 듯했다. 세쓰는 떨리는 목소리로 인형에게 말을 걸었다.

"오늘 메뉴는 미노루가 좋아하는 카레 라이스야. 아주 많이 해놨으니까 한눈팔지 말고 곧장 오너라."

옆에서 나쓰키가 웅얼거려 잘 알아듣기 힘든 세쓰의 말을 필사적으로 받아 적었다.

세쓰의 혼잣말은 한동안 이어졌지만 미노루를 향한 말들 속에서 사건과 관련된 단어는 찾을 수 없었다. 언제까지 계속 이야기하게 할 거냐고 묻듯 와타베가 하타를 쳐다봤다.

더 들어도 소용없으리라. 하타가 이제 됐다고 하려는데 세쓰가 한 이름을 댔다.

"미노루. 노가미 삼촌에게 제대로 인사드렸니? 얼마 전에 용돈도 받았잖아."

하타가 와타베에게 물었다.

"노가미 삼촌이 누굽니까?"

와타베는 곤란한 표정으로 고개를 기울였다.

"글쎄요. 이따금 세쓰 씨가 내뱉는 이름인데 우리도 잘 몰라요. 옛날 이웃에 살던 지인일 수도 있고 친척일 수도 있겠죠."

하타는 세쓰에게 몸을 내밀었다. 천천히, 큰 목소리로 말했다.

"노가미 삼촌이 누군가요? 친척인가요? 이웃이에요?"

세쓰는 하타에게 고개를 돌렸다. 세쓰의 시선은 하타를 넘어 허공을 보고 있었다. 세쓰는 가슴에 안은 개 인형을 더 세게 안고는 아이를 어르듯 몸을 앞뒤로 흔들기 시작했다. 입으로 중얼중얼 읊조리는 건 무슨 노래 같았다.

"세쓰 씨는 졸리면 인형을 안고 저렇게 노래를 시작해요. 아마 옛날에 아이를 안아 재우면서 자장가로 불러줬겠죠."

그러니까 세쓰 씨를 이만 쉬게 해달라고, 와타베가 눈으로 호소했다. 체력도 한계인 듯했다. 세쓰는 휠체어 위에서 꾸벅꾸벅 졸기 시작했다. 하타는 감사 인사를 전하고 그만 쉬게 해드리라고 말했다.

와타베가 휠체어를 밀고 방을 나가자, 하타는 기리사와에게 시간을 빼앗아 미안하다고 사과했다.

그 후 기리사와, 와타베, 시설 직원들에게서도 이야기를 들었으나 특별한 정보는 얻을 수 없었다. 다자키는 세쓰가 시설에 들어온 뒤 딱 한 번 얼굴을 보였을 뿐 계속 무소식이라고 했다.

일행은 차로 돌아왔다. 하타는 시동을 거는 호리구치에게 말을 걸었다.

"다자키 미노루 주위에 노가미와 관련된 사람은 없을까요?"

호리구치는 백미러로 하타를 봤다.

"글쎄요. 다자키 미노루의 신변 조사 자료는 작성돼 있으니 바로 확인해보겠습니다."

호리구치는 재킷 안주머니에서 휴대전화를 꺼냈다. 담당 경찰서에 연락하는 것이리라. 상대가 전화를 받자 빠르게 사정을 전한 뒤 노가미라는 키워드와 이어지는 인물이 없는지 조사해달라고 부탁했다.

호리구치는 전화를 끊고 뒤를 돌아봤다.

"지금 지역과에서 알아보고 있습니다. 조금 시간이 걸릴 것 같으니 그동안 식사라도 하시겠습니까?"

하타가 시계를 봤다. 1시 30분을 넘어서고 있었다.

"그렇게 할까요?"

하타는 호리구치의 제안을 받아들였다.

호리구치는 유라이 역까지 돌아와 근처 양식당으로 안내했다. 호리구치가 추천한 '키친 네코테이'는 낡은 다용도 빌딩 1층에 있었다. 깔끔하다고는 할 수 없는 가게였으나 된장 돈가스가 정말 맛있다고 한다. 호리구치는 앞장서서 낡은 나무문을 열었다.

셋이 나란히 된장 돈가스를 주문했다. 음식이 나오자 나쓰키는 "된장이 까맣네요. 무슨 데미그라스 소스 같아요"라며 눈을 크게 떴다.

하타는 기시감을 느꼈다. 같은 말을 어디선가 들은 것만 같았다. 돈가스를 씹으면서 도대체 어디서 들었을까 생각하는데 호리구치의 휴대전화가 울렸다. 담당 경찰서였다. 휴대전화를 귀에 댄 호리구치는 처음에는 맞장구만 치더니 중간부터 "그래요?" 하고 눈을 반짝이면서 목소리를 높였다. 그러고는 안주머니에서 메모장을 꺼내 재빨리 메모하기 시작했다. 잠시 대화를 이어가던 호리구치는 상대에게 고맙다고 한 뒤 전화를 끊었다.

"노가미가 있네요."

다자키 미노루 조사 서류의 친척 관련 정보에 따르면, 다자키 세쓰에게 오빠가 하나 있다고 한다. 이름은 니오카 쇼헤이. 나이는 여든네 살. 다자키 미노루의 본적지인 유라이 시 노가미초에 살고 있다. 노가미초는 세쓰의 집이 있는 아라오초에서 전차로 두 정거장 떨어진 곳이라고 했다.

"세쓰 씨가 말한 노가미 삼촌은 노가미초에 사는 오빠였네요."

"가면 만나서 이야기를 들을 수 있을까요?"

호리구치는 머리 뒤에 손을 대고는 말하기 힘들다는 듯 대답했다.

"아니, 거기까지는 아직 정보가 없어서…… 죄송합니다."

호리구치가 사과할 일은 아니었다. 피해자가 아이치 현 출신이라고 해서 가나가와 현에서 벌어진 사건에 아이치 현경이 힘쓸 의무는 없었다. 협력 의뢰가 있으면 움직이겠으나 문의하지 않으면 행동하지 않는 것도 당연하다. 어느 경찰이나 담당 지역에서 일어난 사건 처리만으로도 정신없었다.

"밥 먹고 노가미초로 데려다주시겠습니까?"

하타가 말했다. 호리구치는 그러자며 힘차게 고개를 끄덕이고는 남은 된장 돈가스를 급히 먹기 시작했다.

하타는 노가미초가 어두운 마을이라고 생각했다. 마을 남쪽을 달리는 우회도로 변에는 전국 체인의 라면가게나 옷가게가 즐비한데, 도로 하나만 안쪽으로 들어가면 구획 정리가 되지 않은 낡은 마을이 분지 아래 펼쳐져 있었다. 대부분 오래된 주택이라 위에서 보면 늘어선 검은 지붕이 가을 햇살을 둔탁하게 반사했다.

니오카 쇼헤이의 집은 좁은 길을 지그재그 나아가 언덕을 다 오른 곳에 있었다. 지은 지 사십 년은 됐을까. 상아색 벽은 오랜 비바람을 맞아 변색됐고 창에 달린 방충망은 여기저기 구멍 나 있었다. 신축 때는 푸르렀을 정원수도 손질하지 않아 일부가 갈색으로 시들어 있었다. 하얀 모르타르 문패에 니오카의 이름이 있었다.

현관 옆 초인종을 누르자 안에서 무지막지하게 큰 개가 마구 짖는 소리가 들렸다. 이어서 여성의 높은 목소리가 났다.

"마론, 시끄러워!"

개 소리가 안으로 멀어지고 현관문이 열렸다.

"네."

목소리의 주인으로 보이는 여성이 얼굴을 내밀었다. 중간 길이 머리카락을 뒤로 아무렇게나 묶고 빨간 체크 작업복을 입고 있었다. 머리카락 경계에 새치가 두드러졌다.

"저기, 누구시죠?"

여자는 낯선 방문객을 의아하게 봤다.

호리구치가 품에서 경찰 수첩을 꺼냈다.

"경찰입니다. 니오카 쇼헤이 씨, 댁에 계십니까?"

경찰이라는 소리에 놀랐으리라. 여성은 목소리를 막듯 입을 손으로 가리더니 잠깐 기다리라는 말을 남기고 집 안으로 들어갔다.

서둘러 계단 오르는 소리가 났다. 이어서 두 사람의 발소리가 천천히 계단을 내려왔다.

"할아버지, 괜찮아? 구르면 큰일 나요."

안에서 여성 목소리가 났다.

"죄송해요. 기다리시게 했네요."

여성이 현관 앞으로 돌아왔다. 옆에 선 노인이 쇼헤이일 것이다. 허리와 다리가 약해졌는지 여성의 팔에 기대어 간신히 서 있었다. 받쳐주지 않으면 그 자리에 쓰러질 것만 같았다.

"경찰분이시라고?"

쇼헤이는 하타 일행 셋을 순서대로 살폈다. 눈은 아직 보이는 모양이었다. 하타는 자신을 포함한 세 명의 이름과 소속을 전했다.

"다자키 미노루 씨에 관해 여쭙고 싶은데요. 여동생이신 세쓰 씨의 아드님, 그러니까 쇼헤이 씨 조카분이죠?"

쇼헤이 대신 여성이 대답했다.

"네. 그런데…… 왜요?"

"모르셨군요. 미노루 씨가 얼마 전 돌아가셨습니다. 가마쿠라의 임대 별장에서 살해당했습니다."

두 사람이 동시에 숨을 멈췄다. 여성은 설마, 하며 말을 잃었고 쇼헤이는 입을 벌린 채 입술을 덜덜 떨었다. 하타는 이야기할 수 있는 범위에서 사건 개요를 설명했다.

"그래서, 시신은요?"

여성이 떨리는 목소리로 물었다.

"아직 사법해부가 끝나지 않았습니다. 시신 인도는 조금 더 기다리셔야 할 듯합니다."

다자키의 죽음이 현실로 느껴지지 않는지 둘은 멍한 상태였다.

"실례지만 미노루 씨와 어떤 관계십니까?"

하타의 질문에 제정신을 차린 여성이 황급히 이름을 밝혔다.

"죄송해요. 저는 이 집 며느리예요. 나오코라고 해요."

하타 옆에 있던 나쓰키가 백에서 수첩을 꺼내 메모했다. 이야기가 길어지리라는 사실을 깨달은 나오코는 안으로 들어오라고 권했다.

현관 바로 옆 다실로 안내된 하타 일행은 다다미에 앉았다. 하타가 낮은 테이블에 앉고 호리구치와 나쓰키는 그 뒤에 자리 잡았다.

4평 정도 크기인 방에 TV와 찻장 외에는 개 장난감이 굴러다닐 뿐이라 아주 넓어 보였다. 이어진 안쪽 방에는 불단이 있었다. 불단 위편 미닫이 틀에 크게 확대한 영정 사진이 장식돼 있었다. 검은 액자 속에서 나이 든 여성이 웃고 있었다.

"죄송해요. 집안이 좀 어질러져 있죠."

다실과 문 하나로 격리된 부엌에서 나오코가 쟁반에 차를 올려 방으로 들어오며 말했다.

"신경 쓰지 않으셔도 됩니다."

하타는 나오코의 대접을 정중하게 거절했다. 나오코는 테이블에 차를 놓고 쇼헤이 옆에 앉았다. 하타는 다다미에 손을 대고 다시 유감의 말을 전했다.

"정말 큰일을 당하셨습니다. 상심이 크시겠습니다."

뒤에서 나쓰키와 호리구치가 고개를 숙이는 기척이 났다.

나오코는 갑작스러운 부고에 당황한 듯 눈을 격렬하게 움직이면서 답례했다. 쇼헤이는 넋을 놓은 듯 초연한 태도로 앉아 있었다.

"우리는 TV를 잘 안 봐요."

나오코가 입을 뗐다.

"신문도 거의 안 읽고, 읽었대도 설마 살인사건 피해자가 우리 친척일 줄이야……."

둘 다 눈물은 보이지 않았다. 실제로 경찰에게 부고를 들은 유족은 대부분 이렇게 망연자실한 반응을 보인다. 슬픔보다는 경악이 앞서고 나중에 눈물이 나는 법이다.

하타가 물었다.

"다자키 미노루 씨를 언제 마지막으로 만나셨습니까?"

나오코는 자신이 말해도 되는지 망설여지는 듯 쇼헤이를 슬쩍 봤다. 쇼헤이는 나오코의 시선을 받고서야 제정신을 차린 듯 무릎에 손을 올렸다. 무겁게 입을 연다.

"실은, 아주 오랫동안 보질 못했어. 마지막으로 만난 게 그 녀석 고등학교 때 아닐까. 졸업하고 도쿄로 간다며 인사하러 왔지."

쇼헤이의 말을 나오코가 바로 부정했다.

"그랬나? 어머니 장례식 때 왔잖아요?"

생각난 모양이었다. 쇼헤이는 아아, 하고 소리를 높였다.

"맞다. 하루에의 장례식에 왔군. 완전히 어른이 돼서. 먼저 말을 걸 때까지 누군지도 몰랐어."

조금 애매한 부분은 있으나 세쓰와 달리 아직 머리는 온전한 듯했다.

"하루에 씨가 돌아가신 게 언제였습니까?"

하타가 물었다. 나오코는 무언가 생각하는지 천장 끝을 봤다.

"제가 하루미를 낳은 해였으니 팔 년 전이네요."

팔 년 전이면 다자키 미노루가 서른 살 때이다.

"그때 미노루 씨는 어디 살았죠?"

나오코는 글쎄요, 하며 고개를 기울였다.

"미노루 씨를 만난 건 그때가 두 번째였고 장례식이 너무 바빠서 이야기할 기회도 거의 없었어요. 그래서 잘 몰라요. 죄송해요."

니오카의 집을 방문한 뒤 나오코는 벌써 몇 번이나 사과를 했다. 사과하는 게 버릇일 수도 있겠다.

쇼헤이가 떨림이 멈추지 않는 손으로 찻잔을 들어 입술을 적셨다.

"녀석은 옛날부터 자기 이야기를 잘 안 했어. 하루에 장례식 때도 지금 어디서 뭘 하냐고 물어도 도쿄에 있다고만 할 뿐 다른 말은 하나도 없었지."

"미노루 씨는 고등학교 때까지만 고향에 있었습니까?"

하타의 질문에 쇼헤이는 찻잔을 받침에 돌려놓으면서 고개를 끄덕였다.

"고등학교는 어디였죠?"

나오코가 질문에 바로 대답했다.

"도카이 시에 있는 현립 도카이 중앙고등학교예요."

"확실합니까?"

하타가 재차 질문했다.

나오코는 자신 있게 대답했다.

"나도 거기 졸업생이에요. 그래서 또렷이 기억해요."

"그렇군요."

하타는 이해하고 질문을 이어갔다.

"미노루 씨는 졸업 후 대학에 진학했습니까?"

쇼헤이가 고개를 저었다.

"대학에는 안 갔어. 고등학교를 졸업하고 도쿄로 갔지."

"취직한 곳은요?"

쇼헤이는 한숨을 쉬고 굽은 등을 더욱 구부렸다.

"거기까지는 분명하지 않아. 학교를 마칠 무렵엔 도쿄에 있는 인쇄 회사에서 일할 거라고 들었지. 하지만 나중에 세쓰에게 들으니 인쇄 회사는 그만두고 여행사에 다닌다고 했다가, 거기도 그만두고 음식점을 한다고 했다가 하며 매번 바뀌었어. 그러나—."

쇼헤이는 잠시 멈췄다가 자조 섞인 목소리로 말을 이어갔다.

"어디까지가 진실인지는 몰라. 세쓰는 의외로 일찍 여기가 가버려서."

'여기'라고 하면서 쇼헤이가 자기 머리를 가리켰다. 웃으려고 한 것 같은데 하타에게는 우는 것처럼 보였다.

"세쓰에게는 이 일을……?"

쇼헤이가 물었다.

"시설 쪽에는 전했지만 이해하지 못하셨겠죠."

하타는 시선을 떨어뜨렸다.

"불쌍하구먼. 자기 아들이 죽은 것도 모르고."

쇼헤이가 한탄하듯 말했다.

현실을 모르는 게 행복할 때도 있다. 아내의 얼굴이 순간 머리를 스쳤다. 사적인 감정을 떨치고 일을 계속했다.

"미노루 씨가 일하던 회사 이름은 아십니까?"

쇼헤이는 다시 한숨을 쉬고 자기 머리를 가볍게 찔렀다.

"나도 세쓰처럼 되는 건 시간 문제야. 자세한 이야기는 다 잊었어. 들었는지 아닌지조차 기억나질 않아."

"나오코 씨도 모르십니까?"

하타가 나오코에게 시선을 옮겼다. 나오코는 또 죄송하다고 사과하면서 고개를 저었다.

하타는 "그럼 마지막으로"라고 덧붙이며 다시 쇼헤이를 봤다.

"쇼헤이 씨가 보시기에 미노루 씨는 어떤 아이였습니까?"

"어떤 아이…… 평범한 아이였어. 공부는 그다지 잘하지 못했는데 머리가 좋았던가. 말도 잘하고 다소 허영심이 있었지. 언젠가 회사를 세워 사장이 될 거다, 그런 말을 자주 했으니까."

그랬군. 꿈은 이뤘다는 말인가.

니오카의 집에서 미노루에 대한 정보를 더 듣기는 어려울 듯했다. 하타는 다른 루트를 조사하기로 마음을 정했다.

"혹시나 해서 하나만 더요. 미노루 씨와 친했던 친구나 지인을 아십니까?"

쇼헤이도 나오코도 모르겠다고 대답했다. 하타는 나오코의 남편이 뭔가 알지 않겠느냐고 물었다. 나이 비슷한 사촌끼리는 뭔가 교류했을지 모른다. 나오코는 조금 생각한 후 옆에 있는 쇼헤이 얼굴을 들여다봤다.

"아마 모를 거예요. 남편에게서 미노루 씨 이야기를 들은 적이 없어요."

쇼헤이도 그렇지, 하며 동의했다.

"우리 가즈노리는 미노루보다 세 살 위인데 천진난만하다고 할까 순진하다고 할까, 틈만 나면 밖으로 나가 이웃 아이들과 주변을 뛰어다니며 노는 활발한 아이였어. 미노루는 정반대로, 집에 놀러 와도 혼자 게임을 하거나 TV를 보는 아이라서 그다지 밖에는 나가지 않았고. 말도 어른스럽다고 해야 하나 차갑다고 해야 하나, 매사를 삐딱하게 보는 점이 있었지. 그러니 가즈노리와는 성격이 맞지 않아 중학생이 된 뒤로는 집에 오지 않았어."

갑자기 부엌 안쪽에서 개가 격렬하게 짖기 시작했다. 쇼헤이를 제외한 전원의 눈이 부엌 쪽으로 향했다.

나오코가 깜짝 놀라 다실 벽에 걸린 시계를 봤다. 나오코는 시간을 확인하고 미안한 듯 하타를 봤다.

"죄송해요. 아이들이 왔나 봐요……."

아이들에게 뒤숭숭한 이야기를 듣게 하고 싶지 않으리라. 일단 들을 수 있는 이야기는 들었다. 뭔가 더 물을 필요가 있을 때 다시 오면 된다. 하타는 뒤에 있는 호리구치와 나쓰키에게 눈으로 물러나자는 뜻을 전했다. 나쓰키는 볼펜과 메모장을 백에 넣었다.

하타 일행이 일어남과 동시에 현관문이 열렸다.

"다녀왔습니다!"

아이의 씩씩한 목소리가 울리자 집 안 공기가 밝아진 것 같았다.

개 짖는 소리가 더 격렬해졌다.

나오코가 일어나려는데 다실 문이 열렸다. 복도에 핑크빛 책가방을 멘 소녀가 서 있었다. 머리 위쪽에서 머리카락을 둘로 묶었다. 소녀는 낯선 사람이 있어서 놀랐는지 커다란 눈을 더욱 크게 뜨고 하타 일행을 응시했다.

"엄마, 이 사람들 누구야?"

나오코는 소녀 앞을 막아서고 양쪽 어깨에 손을 얹어 몸을 반대쪽으로 돌려 세웠다.

"할아버지 옛날 친구야. 자, 방해되니까 저쪽으로 가자. 방에 가방 놓고 와. 간식 줄게."

소녀는 간식이라는 말에 이끌려 타닥타닥 계단을 뛰어 올라갔다. 소녀가 사라지자 나오코는 하타 일행에게 몸을 돌리고 말없이 고개를 숙였다. 부탁이니 돌아가달라는 의미였다.

하타 일행은 신발을 신고 나와 현관 앞에서 고개를 숙였다.

차로 돌아오니 3시가 넘어 있었다. 슬슬 돌아가지 않으면 7시에 시작되는 야간 수사 회의에 늦는다. 시간이 되면 다자키가 졸업한 학교를 돌며 교우 관계를 조사하고 싶었는데 오늘은 무리겠다.

하타는 호리구치에게 역으로 가달라고 부탁했다.

유라이 역에 도착하자 하타와 나쓰키는 차에서 내려, 안내해줘서 고맙다고 인사했다. 호리구치는 필요하면 언제든 말해달라, 협력하겠다며 미소지었다.

유라이 역에서 전차를 타고 나고야 역으로 향했다.

저녁때의 역은 사람으로 북적였다. 누가 봐도 출장에서 돌아오는 길인 정장 차림의 샐러리맨과 여행이 목적인 사람들로 넘쳐났다. 하타와 나쓰키는 인파를 헤집고 신칸센 플랫폼으로 향했다.

열차를 기다리는 동안 나쓰키는 수첩을 꺼내 오늘 적은 메모를 다시 읽었다.

"오늘 다자키와 직접 연결되는 선은 못 찾았지만, 중고등학교 때 담임과 동급생을 조사하면 주변 인간관계가 다소 드러나겠네요."

"그건 곧 조사해야지."

"네."

나쓰키가 수첩을 백에 넣었다. 몸 앞에서 양손을 깍지 끼고 먼 곳을 응시하며 말했다.

"어머니 세쓰 씨의 기억이 또렷하면 많은 말을 들었을 텐데요."

하타는 재킷 주머니에 양손을 넣은 채 어떤 말도 하지 않았다.

세이아이노소노를 방문한 후 머리에서 떨어지지 않는 광경이 있었다. 세쓰의 손이었다. 파랗게 주사 흔적이 남은 손. 혈관이 너덜너덜해질 때까지 링거를 맞으면서 살아남은 세쓰가 측은했다.

문득 뒤에서 소리가 났다.

"여보."

저도 모르게 뒤를 돌아봤다.

뒤쪽에 나이 든 여성이 서 있었다. 여성은 하타에게서 조금 떨어진 데 있는 남성에게 달려갔다. 둘 다 트렁크를 들고 있다. 편안한 복장과 걷기 편한 신발을 보니 여행중인 모양이다.

하타는 시선을 돌렸다. 교코일 리 없지 않나. 비슷한 목소리를 들었다고 착각한 일은 이제까지 한 번도 없었다. 세쓰를 보고 감상에 젖었나. 가슴속에 끓어오른 유치한 감정에 스스로 혐오감이 들었다.

하타는 씁쓸하게 혀를 차다가 문득 깨달았다.

점심을 먹은 키친 네코테이에서 나쓰키가 한 말. "된장이 까맣네요. 무슨 데미그라스 소스 같아요." 그 말을 어디서 들은 것 같았는데 예전에 교코가 한 말이었다.

몇 년 전, 어떤 일로 간다에 갔을 때 맛있기로 유명한 돈가스 집에 갔다. 가게 이름은 아마 '고베야'였을 것이다. 시험 삼아 추천하는 된장 돈가스를 시켰는데 위에 뿌려진 된장 소스가 까맸고 그걸 본 교코가 한 말이었다.

눈앞으로 신칸센 노조미가 미끄러져 들어왔다. 안전을 위해 노란선 밖으로 나가라는 방송이 플랫폼에 흘렀다.

하타는 음식에 까다롭지 않았다. 만들어 파는 반찬이나 도시락을 싫어하는 녀석도 있는데 하타는 그렇지 않았다. 당연히 맛없는 것보다는 맛있는 게 좋지만, 기본적으로 배만 채우면 그만이었다.

오늘 저녁도 준비된 도시락을 먹을 것이다. 평소라면 아무렇지 않았을 텐데 오늘은 간다의 된장 돈가스가 너무 먹고 싶었다.

가마쿠라 경찰서로 돌아왔을 때 시곗바늘은 7시를 가리키려 하고 있었다. 하타와 나쓰키는 곧장 3층 대회의실로 향했다. 많은 수사원이 회의 시작을 기다리고 있었다.

하타와 나쓰키가 자리에 앉자마자 데라사키와 스기모토를 비롯한 간부가 방에 들어왔다. 하타는 조례 때와 마찬가지로 구령을 붙였다. 수사원이 자리에 앉은 뒤 데라사키는 각 담당에게 현재 수사

상황을 보고하라고 지시했다.

"우선, 지역 수사."

네, 하고 대답하며 강력계 주임 센자키가 일어났다.

현장 부근 탐문을 계속했는데, 임대 별장에 드나드는 모습이 목격된 선글라스 여성은 여전히 행방을 찾지 못했다고 했다.

"근처 주민뿐만 아니라 주변 편의점이나 상가, 시치리가하마 역을 이용한 승객도 조사했습니다. 그런 여성을 봤다는 증언은 있는데, 신원을 특정할 만한 단서는 드러나지 않았습니다."

"다자키 미노루 쪽은 어떤가? 뭔가 나오지 않았나?"

센자키는 수첩으로 시선을 떨구었다.

"이웃 주민 말로는 다자키를 본 적은 거의 없다고 합니다. 있어도 한 달에 한 번 정도였답니다. 다만 이웃 주민이 밤에 별장에 불이 켜져 있는 걸 자주 목격했습니다."

"다자키는 시나가와의 아파트와 요쓰야의 사무실, 가마쿠라의 임대 별장을 오갔군. 언제 어디서 숙박했는지는 몰라. 별장에 불이 켜져 있었다고 해도 그때 다자키가 있었다고 증명하는 건 아니지. 선글라스 여성이 혼자 사용했을 수도 있고, 둘이 함께 있었을 가능성도 있다는 말이지."

데라사키는 확인도 질문도 아닌 말투로 말했다. 센자키는 고개를 들고 그렇다고 대답했다.

"그 외 새로운 목격 정보는 없나?"

센자키는 들고 있던 수첩을 닫았다.

"그 주변은 개를 산책시키는 사람이 많아 이른 아침부터 저녁에 걸쳐 왕래도 많습니다. 근처에 사는 사람뿐만 아니라 현장 주변을 지나가는 사람까지 모두 조사했는데 아직은 피해자, 선글라스 여성, 임대 별장을 정기적으로 청소하는 청소 회사의 구라하시 도모코. 이 렇게 세 명 말고는 목격 정보가 나오지 않고 있습니다."

새로운 정보가 아무것도 없단 소리인가.

데라사키는 계속 수사하라는 말로 센자키의 보고를 끝내고 감식 반에게 차례를 넘겼다.

하타의 대각선 뒤쪽에 앉아 있던 구보가 일어났다. 구보는 다자키의 아파트, 임대 별장, 사무소에서 채취한 유류품을 분석하고 있다고 보고했다. 새로운 발견은 아직 없었다.

구보가 자리에 앉자 하타가 일어났다.

"신변 수사입니다. 다자키의 어머니가 입주한 요양 시설에 다녀왔습니다."

이어서 세쓰가 중증 치매라는 것, 시설에서 나온 후 다자키의 외삼촌 집에 방문했다는 사실을 보고했다.

"외삼촌 니오카 쇼헤이와 며느리 나오코에게서 얻은 정보는 다자키의 출신 학교 정도입니다. 하지만 중고등학교 담임과 동급생을 조사하면 교우 관계가 드러날 겁니다."

다자키는 고개를 끄덕이며 팔짱을 꼈다.

"다음, 물품 추적."

하타 바로 뒤에 있던 남자가 일어났다. 담당 경찰서 수사원이었다. 젊은 수사원은 목소리를 높여 보고했다.

"흉기인 와인병에 관해 말씀드립니다. 감식반에서 라벨을 다시 붙여줘서 상품명을 알아냈습니다. 레 로제 쌍뗴밀리옹, 2006년산이었습니다. 와인전문점에 문의한 결과, 가격은 정가로 2500엔 전후. 저렴한데 맛이 좋아 인기가 많고, 비교적 많이 판매되는 상품이라고 합니다. 국내에는 작년 가을에 들어왔습니다. 와인전문점부터 동네 주류판매점까지 폭넓게 취급하는 상품이어서 판매 루트를 판명할 수는 없었습니다. 가마쿠라 근교의 주류판매점과 백화점, 와인취급점 명단을 작성해 소매점을 모두 샅샅이 뒤질 생각입니다. 다만 대량 유통 상품이라 이를 통해 범위를 좁히기는 어려울 것 같습니다."

하타는 뒷머리에 손을 대고 목을 돌렸다. 소주나 일본 술이라며 조금 아는데 와인 같은 세련된 술은 잘 몰랐다. 혀가 꼬일 듯한 긴 이름을 들었을 때 눈이 튀어나올 만큼 비싼 술일 거라 짐작했는데 자신도 살 수 있는 가격이라 도리어 놀랐다. 가마쿠라의 멋진 별장을 빌릴 정도이니 분명 좋은 술일 줄 알았는데 생활 자체는 검소했단 말인가.

"그쪽으로는 찾을 수 없단 건가."

데라사키는 분하다는 듯이 중얼거리고 방 뒤쪽을 봤다.

"컴퍼니 옐로에 근무했던 파견 사원은 특정됐나?"

"네"라는 소리가 나고 뒤에서 사람이 일어나는 기운이 느껴졌다. 가마쿠라 경찰서 지역과의 미야기노였다.

수사본부에는 지역 수사나 주변 수사처럼 발로 뛰어야 하는 조사

외에, 전화로 조사가 가능해 안에서 일하는 지원팀도 있었다. 전자는 주로 형사 경력 소유자, 후자는 생활안전기획과나 지역과 같은 현장 이외의 사람이 담당했다.

미야기노는 외모와 어울리지 않은 높은 톤의 목소리를 냈다.

"요쓰야교신 빌딩이 있는 신주쿠 구 주변 파견 회사에 다 전화해서 컴퍼니 옐로에 근무했던 여성 두 명을 조금 전에 알아냈습니다."

데라사키가 팔짱을 풀고 몸을 내밀었다.

미야기노는 보고를 계속했다.

"한 명은 신주쿠 구 다카다노바바의 파견 회사 '주식회사 업 커리어'에 등록된 오가사와라 미나, 스물다섯 살. 작년 10월부터 다자키가 빌딩을 나간 올해 9월 15일까지 컴퍼니 옐로에서 근무했습니다. 다른 한 명은 쓰지 요시에, 스물아홉 살. 시부야 구 요요기에 있는 '비스태핑 주식회사'에 등록돼 있습니다. 컴퍼니 옐로 근무 기간은 오가사와라와 동일합니다."

"두 사람에게서 이야기는 들었나?"

옆에서 스기모토 관리관이 질문했다. 미야기노는 아니라며 고개를 저었다.

"오가사와라도 쓰지도 이미 새 파견지에서 근무하고 있어서 부재중이었습니다. 더불어 소재가 확인된 게 저녁때라서 오늘 안으로 조사하는 건 무리라고 판단했습니다. 하지만 상사에게서 연락처를 받았고, 휴대전화로 통화해서 사정을 전했습니다. 오가사와라, 쓰지둘 다 참고인 조사에 응하겠다고 했습니다."

데라사키가 하타를 불렀다.

"네."

하타가 메모하던 수첩에서 고개를 들었다.

"두 사람의 참고인 조사는 자네가 담당해. 다자키의 동급생 쪽은 다른 사람에게 맡기고."

괜찮은 정보를 제공할 중요 참고인은 베테랑 형사에게 맡기겠다는 건가.

알겠다고 답한 뒤 하타는 다시 수첩으로 시선을 돌렸다. 데라사키는 미야기노에게 보고를 계속하라고 지시했다.

"그럼, 다음입니다."

미야기노는 다자키가 쓰던 휴대전화와 사무소 유선전화의 통화 내역을 조사했다고 전했다.

"유선전화의 발신 및 착신이력은 바로 알 수 있었습니다. 휴대전화는 본체가 발견되지 않았지만, 다자키의 예금통장에 본인이 사용한 것으로 추정되는 통신사에 이체한 기록이 남아 있었습니다. 현재 해당 회사에 연락해 이력 복원을 요구하고 있습니다. 이상입니다."

미야기노는 그렇게 말하고 자리에 앉았다.

데라사키는 오늘 하루도 수고했다는 말과 내일 수사에 더 전념하라는 당부를 남기고 회의를 끝냈다.

수사원들이 자리에서 일어나 일제히 방에서 나갔다. 하타는 문으로 향하는 수사원들을 비집고 미야기노에게 갔다. 내일 참고인 조사를 진행할 두 사람의 연락처를 묻기 위해서였다.

사람들 사이에서 미야기노의 커다란 몸을 발견한 하타는 걸음을 멈췄다. 바로 옆에서 나쓰키가 수첩과 펜을 들고 미야기노와 이야기하고 있었다.

나쓰키가 하타를 발견하더니 미야기노에게 인사한 후 다가왔다. 나쓰키는 하타의 눈을 똑바로 봤다.

"미야기노 씨에게 오가사와라, 쓰지의 휴대전화 번호를 받았습니다. 지금 연락해 시간과 장소를 정하려고 합니다. 어떻게 전할까요?"

역시 눈치가 빠르다.

시간은 최대한 빨리, 장소는 상대가 정하게 하라고 대답했다.

"가마쿠라 경찰서로 오겠다면 조사실을 잡아둬. 이쪽으로 오는 게 싫다면 우리가 회사로 가겠다고 하고. 회사 회의실이나 상담실을 사용하지."

나쓰키는 알겠다고 대답하고는 재킷 주머니에서 스마트폰을 꺼냈다. 익숙한 손놀림으로 화면을 조작했다.

"장소와 시간이 정해지면 휴대전화로 연락해."

휴대전화를 귀에 댄 나쓰키가 하타를 보며 크게 고개를 끄덕였다.

하타는 부탁한다는 말을 남기고 방을 나왔다.

하타는 도장으로 이어진 복도를 걸으며 문득 생각했다.

—다른 사람에게 뭘 부탁한 게 정말 오랜만이군.

7

ウツボカズラの甘い息

후미에는 집으로 돌아와 거실로 향했다. 일요일 저녁, 남편 도시
유키는 평소와 다름없이 TV를 켜놓은 채 컴퓨터 화면을 들여다보
고 있었다.

"나 왔어."

웅크린 등을 보며 말을 걸었다. "아, 그래"라는 맥 빠진 대답이 돌
아왔다.

"애들은?"

도시유키는 대답하지 않았다. 후미에의 질문을 무시하고 컴퓨터
만 보았다.

애들은 아마 2층 방에 있을 것이다.

후미에는 거실을 나와 복도 끝에 있는 침실로 들어갔다. 외출복에
서 실내복으로 갈아입고 화장대 의자에 앉았다. 백을 들어 안에서

클리어 파일을 꺼냈다. 클리어 파일 안에는 A4 크기 종이가 몇 장 들어 있었다. 뤼미에르의 성분과 사용법이 적힌 자료로, 가마쿠라 별장에서 가나코에게 받은 것이었다. 가나코는 시간이 있을 때 읽어 보라고 했다.

후미에는 문밖에 귀를 기울였다. 남편이 방으로 오는 기척은 없었 다. 클리어 파일에서 자료를 꺼내 무릎 위에 펼쳤다.

클렌징과 화장수 등 거의 열 종류에 달하는 뤼미에르 상품 사진 이 인쇄되어 있었다. 상품 옆에 개별 화장품의 성분이 적혀 있었다. 콜라겐, 플라센타 등 화장품을 잘 모르는 후미에도 아는 이름이 있 는가 하면, 들어본 적 없는 긴 영어도 있었다. 미백, 보습, 표피세포 와 간세포의 활성 등 각 성분에는 여성이라면 모두 원할 만한 효능 도 있다고 했다.

후미에는 자료를 옷장 위에 놓고 거울을 봤다. 각도를 바꿔가며 얼굴을 세 방향에서 바라봤다. 한 달 반 이전과는 확실히 달랐다. 이 중 턱에 가려졌던 턱 윤곽이 날렵해졌고 눈꺼풀이 무겁게 내려앉아 통통 부었던 눈은 쌍꺼풀이 강조되고 커졌다. 빵빵한 뺨 때문에 낮 아 보이던 코도 본래 높이를 되찾았다.

후미에는 거울 속 자신을 천천히 쓰다듬었다.

아름다워졌어. 살을 뺀 것도 크지만, 지금까지 소홀히 하던 피부 손질에 정성을 들인 덕도 있으리라. 피부 결이 정돈되고 톤이 밝아 졌다. 탄력도 생겼다.

후미에는 화장대 서랍을 열고 뤼미에르 화장수를 꺼냈다. 반투명한 유리병을 가만히 바라봤다. 품질이 얼마나 좋은지는 직접 겪어봤으니 잘 안다. 아름다움을 선사하는 화장품이라고 자신 있게 말할 수 있었다.

후미에는 허공을 바라봤다.

단상에 올라 화장품을 설명하는 자기 모습을 상상했다. 구매자들이 넋 놓고 후미에를 바라본다. 아름답네요. 부러워요. 나도 당신처럼 되고 싶어요. 동경해요. 온갖 찬사가 쏟아진다. 후미에를 둘러싼 구매자들 뒤에는 쇼고가 있다. 조금 떨어진 곳에서 후미에를 보고 있다. 후미에는 쇼고에게 미소 짓는다. 쇼고도 같이 웃는다. 맞아요, 당신은 아름다워요. 쇼고의 눈이 그렇게 이야기한다.

후미에는 눈을 감았다.

더 아름다워지고 싶어. 아름다워진 나를 많은 사람에게 보여주고 싶어. 탐욕이 가슴에 부글부글 끓어올랐다.

—뤼미에르 일을 해야겠어.

후미에는 들고 있던 유리병을 가슴에 꼭 껴안았다.

다음 날부터 후미에는 가나코의 일을 돕기 위한 준비를 시작했다. 사람에게 권하려면 본인이 상품을 잘 알아야 했다. 구매자가 품는 의문에 바로 대답할 수 있을 정도가 아니면 곤란했다. 후미에는 화장품의 성분과 효능을 머리에 때려 넣었다.

도시유키와 아이들이 회사와 학교에 가면, 집안일을 대충 처리하고 식탁 의자에 앉았다. 식탁에는 가족이 공유하는 노트북이 있었다. 공유라고 해도 거의 혼자 사용했다. 도시유키는 전용 노트북이 있고 아이들은 인터넷보다는 TV 애니메이션을 더 좋아했다.

전원을 켜니 익숙한 사이트가 나왔다. 홈으로 저장해둔 이벤트 응모 사이트였다. 전에는 집에 혼자 남으면 노트북으로 이 사이트를 보면서 과자를 허겁지겁 먹는 게 일과였다. 가나코와 만난 뒤로는 다이어트에 열중해 이벤트 사이트를 여는 일도 많이 줄었다.

후미에는 이벤트 사이트를 닫고 검색 사이트를 열었다. 화면 위쪽에 나타난 검색창에 '뤼미에르'라고 쳤다. 어제 별장에서 돌아오는 길에 가나코가 "시간 있으면 인터넷에 뤼미에르를 검색해봐. 홈페이지가 나올 테니까" 하고 말했다.

화면이 바뀌고 한눈에 여성 대상임을 알 수 있는 페이지가 나타났다. 하얀 바탕에 핑크빛 장미를 장식하고, 장미 아래 물 흐르는 듯한 글씨체로 '뤼미에르'라고 적혀 있다.

이게 가나코가 말한 뤼미에르 홈페이지구나. 후미에는 화면을 아래로 스크롤 했다. 클렌징과 화장수 등 상품이 나와 있었다. 더 아래쪽에는 문의처 주소와 전화번호가 적혀 있었다. 주소는 신주쿠 구 요쓰야, 전화는 03으로 시작되는 유선전화였다.

후미에는 아침 대신 다이어트 수프를 먹으면서 화면을 구석구석 들여다봤다. 상품 사진 밑에 가격이 적혀 있었다. 가격을 본 순간 놀라고 말았다. 백화점에서 본 해외 고가 화장품보다 비쌌다. 클렌징부터 마지막 단계인 보습 크림까지 다 장만하면 도시유키의 월급 절반이 날아간다. 비싸다는 건 알았으나 이 정도일 줄은 몰랐다. 일반 여성이 화장품에 쓰는 비용과는 격차가 심했다.

이런 고급 화장품을 살 수 있는 여성이 얼마나 될까. 잡지 광고 등으로 널리 알려진 유명 브랜드 상품이라면 비싸도 사려는 여성이 있을 것이다. 하지만 뤼미에르는 다르다. 이제부터 팔아야 하는 상품이니 인지도는 없는 것이나 다름없었다. 과연 비즈니스가 될까.

하지만, 하고 후미에는 생각을 다시 했다. 촉촉한 뺨에 손을 댔다. 분명 손쉽게 살 만한 화장품이 아니야. 하지만 효과를 실감하면 이 가격도 이해가 된다. 화장품뿐만 아니라 식품이나 의류, 자동차도 마찬가지잖아. 좋은 물건에 그 나름의 가격이 붙는 건 당연해.

아름다워지기 위한 투자를 아까워하지 않는 여성이 많다. 평소 화장이나 패션을 신경 쓰지 않던 사람이라도 계기만 생기면 자신을 갈고닦는 데 몰입한다. 후미에도 그랬다. 아이가 태어난 후 꾸미는 데 무관심했으나 조금씩 아름다워지는 자신을 보고 나니 몸치장에 드는 돈이 전혀 아깝지 않았다. 아름다움을 추구하는 것은 여성의 본능이다. 후미에는 그저 자신에게 투자하고 싶어지는 계기를 만들어주기만 하면 되는 것이다.

컴퓨터 전원을 끄고 노트를 펼쳤다. 성분표를 소리 내서 읽으며 베껴 적었다. 어렸을 때부터 암기는 잘했다. 후미에가 뤼미에르의 성분과 효능을 외우는 데는 그리 많은 시간이 걸리지 않았다.

다음으로는 화법을 공부하기 시작했다. 출산 후 스트레스로 살이 찌자 후미에는 사람들과 교류를 피해왔다. 학부모 모임에서도 구석에 앉아 한마디도 하지 않았다. 길에서 이웃과 만나도 날씨 같은 일반적인 인사나 나눌 뿐 잠깐 서서 수다 떠는 일도 없었다. 세상 돌아가는 이야기조차 피하던 자신이 사람들 앞에서 이야기를 한다. 게다가 상품을 설명하고 청중의 마음을 사로잡아야 한다. 지극히 어려운 일이었다.

어떻게 하면 말을 잘할 수 있을까. 후미에는 집에서 도보로 십 분쯤 거리에 있는 서점에 가서, 책을 몇 권 샀다.《사람의 호감을 얻는 화법》이나《마음을 움직이는 대화 방법》등 전부 화술에 관한 책이었다.

표현에 따라 다소 차이가 있긴 하지만, 말을 잘하는 데 필요하다는 요소는 공통적이었다. 요점을 정리해 말할 것. 항상 미소 지을 것. 너무 느린 게 아닐까 여겨질 정도의 속도로 이야기할 것. 그리고 무엇보다 상대의 눈을 보고 말할 것.

후미에는 아무도 없는 거실에서 강연 연습을 했다. 등을 꼿꼿이 펴고 미소를 잃지 않은 채 모든 참석자에게 골고루 시선을 주듯 주변을 둘러보며 화장품을 설명한다. 화장품의 성분과 사용법을 매끄럽게 이야기할 수 있게 될 때까지는 보름이 걸렸다. 뤼미에르의 성분을 암기해 자연스럽게 말할 수 있을 때까지는 삼 주가 걸렸다. 그동안 몸무게를 4킬로그램 더 뺐다.

쇼고를 소개받은 지 한 달 뒤, 후미에는 별장을 찾았다. 연말을 맞은 가마쿠라는 도심만큼 사람들이 많이 오가서 더욱 번잡스러웠다.

가나코는 얇은 회색 니트에 하얀 바지 차림으로 후미에를 맞았다. 반점을 숨기기 위한 선글라스는 오늘도 끼고 있었다. 현관문을 연

가나코는 체중이 또 줄어든 후미에를 보고 놀라움과 찬탄이 뒤섞인 목소리를 냈다.

"대단하다, 후미에! 더 날씬해졌네."

후미에는 현관으로 들어가 코트를 벗으면서 대답했다.

"전에 만났을 때보다 4킬로그램 더 빠졌어. 날씬해진 건 좋은데 옷이 다 커서 입을 수가 없어. 13호였는데 9호도 남아돌아. 덕분에 옷값이 너무 많이 나가서 큰일이야."

가나코는 손등을 입에 대고 즐거운 듯 웃었다.

"즐거운 비명이네. 돈이라면 앞으로 척척 들어올 거야. 큰돈은 아니지만 한 달에 50만 엔이면 옷 몇 벌 정도는 살 수 있어."

돈의 가치는 사람마다 다르다. 10만 엔을 큰돈이라 생각하는 사람이 있는데 푼돈이라 생각하는 사람도 있다. 가나코에게 50만 엔은 그리 크지 않을 것이다. 하지만 후미에에게는 큰돈이었다.

가나코를 따라 거실로 들어서니 쇼고가 있었다. 소파에 살짝 걸터앉아 음료수를 마시고 있었다. 아마도 늘 가나코가 타주는 홍차일 것이다. 쇼고는 후미에를 발견하고 소파에서 일어나 놀란 듯 양손을 들어 보였다.

"정말 놀랍네요. 처음 만났을 때도 아름다운 분이라고 생각했는데 그 아름다움에 더 빛이 나요."

"계셨어요?"

후미에가 일부러 의외라는 듯 말했다. 쇼고는 가지런한 이를 드러내며 웃었다.

"어제 가나코 씨에게서 후미에 씨가 별장에 오신다는 소식을 들었습니다. 만나길 손꼽아 기다렸습니다. 전에도 멋졌는데 오늘 옷은 더 잘 어울리네요."

후미에는 별장에 쇼고가 있을지는 몰랐다. 사흘 전, 별장으로 찾아가겠다고 전화로 알렸을 때는 쇼고도 부르겠다는 말을 하지 않았다. 다만 자신이 간다고 하면 가나코가 쇼고를 부르리라 예측했다. 매니저 될 사람을 빼고 일 이야기는 불가능하다고 생각했기 때문이다. 그래서 후미에는 일주일 전에 분발해 사들인 상아색 원피스를 입고 왔다. 목둘레가 크게 파인 날렵한 실루엣으로, 요즘 제일 마음에 드는 옷이었다.

쇼고는 후미에의 전신을 바라봤다.

"후미에 씨, 대체 얼마나 더 예뻐지실 건가요?"

머릿속이 저릿했다. 동요가 일어나고 해리와는 다른 현기증을 느꼈다.

칭찬은 이미 후미에에게 마약과도 같았다. 도시유키나 이웃 주민이 요즘 예뻐졌다는 말을 해줄 때마다 엑스터시와도 비슷한 감미로운 취기가 덮쳤다.

―이제 이전의 나로는 돌아갈 수 없어. 추하던 모습으로 돌아가기 싫어.

후미에는 황홀함 속에서 생각했다.

쇼고 옆에 앉아 흘러가는 세상 이야기를 하는데 부엌에 있던 가나코가 거실로 돌아왔다.

"자, 들어."

가나코는 홍차를 후미에 앞에 놓고 건너편 소파에 앉았다. 그러고는 소파에 기대어 감개무량한 듯 후미에를 바라봤다.

"정말 사람 놀라게 한다니까. 볼 때마다 아름다워지네."

"다이어트를 열심히 했으니까."

그렇게 대답하자 가나코는 고개를 저었다.

"그저 다이어트 때문만은 아니야. 몸에서 풍기는 오라라고 해야하나, 분위기가 바뀌었어. 디너쇼에서 만났을 때는 목소리도 작고 상대방 눈을 보지 않고 말해서 조심스러운 분위기였는데 지금은 달라. 시선을 똑바로 맞추고 또렷하게 말하니까 당당해 보여."

화술에 관한 책이 도움이 된 모양이었다.

가나코는 마시던 찻잔을 받침에 놓고 "그런데"라며 진지한 얼굴을 했다.

"전에 준 자료는 봤어?"

후미에는 옆에 놓은 백에서 뤼미에르 성분표를 꺼냈다. 지난 한달 동안 수십 번은 봤다. 자료를 테이블에 내려두고 무릎 위에 손을 가지런히 올렸다.

"봤어. 지금 여기서 어느 상품에 어떤 성분이 있고 효능은 무엇인지 바로 이야기할 수 있을 정도로."

"정말?"

가나코는 고개를 갸웃하며 물었다. 후미에는 고개를 끄덕이고는 클렌징부터 순서대로, 배합 성분과 효능을 설명했다. 연습할 때를 떠올리며 눈앞에 세미나를 들으러 온 손님이 있다고 상상했다. 가나코와 쇼고의 눈을 보면서 책에서 배운 대로 천천히 이야기했다.

가나코와 쇼고는 조용히 듣고 있다가 후미에가 모든 설명을 끝내자 칭찬의 손뼉을 쳤다.

"완벽해! 아무것도 보지 않고 그 정도로 설명하다니 굉장해. 그렇지, 가나코 씨?"

쇼고가 동의를 구하자 가나코는 만족한 듯 미소지었다.

"내가 제대로 봤어. 후미에는 노력파니까 화장품 지식을 열심히 외워 강사 역할을 잘해줄 거라 믿었거든. 게다가 생각한 것 이상으로 훌륭해. 더 뭐라 할 게 없을 정도로."

쇼고가 흥분하며 가나코 쪽으로 몸을 내밀었다.

"이 정도로 뤼미에르의 장점을 알기 쉽게 설명하면 틀림없이 많은 여성이 상품에 관심을 가질 겁니다."

가나코도 "맞아"라고 대답했다.

"설명을 잘하기도 하지만, 역시 후미에라는 존재가 커. 판매하는 사람은 화장품의 간판이야. 고객이 '나도 이렇게 되고 싶다' 하고 동경할 수 있어야 해. 그런 점에서―"

가나코는 말을 끊고 새삼 후미에를 봤다.

"후미에는 완벽해. 세미나에 참석한 여성은 널 보면 뤼미에르를 써보고 싶어질 거야."

두 사람은 후미에가 얼마나 뤼미에르의 강사에 어울리는지 열띠게 이야기했다. 왠지 시험에 합격한 학생 같은 기분이었다.

쇼고와의 대화를 한바탕 끝낸 가나코는 몸을 후미에에게 돌렸다.

"이제 언제든 세미나를 열 수 있겠어."

후미에의 가슴이 기대와 불안으로 크게 뛰었다. 사람들 앞에 나가길 바랐는데 막상 하려니 두려워하는 자신이 있었다.

"내가 정말 할 수 있을까."

그렇게 중얼거리자 가나코가 용기를 주려는 듯 말했다.

"아직도 그런 말을 하네. 너보다 나은 적임자는 없어."

"하지만 사람들 앞에서 실수라도 하면……."

후미에는 무릎 위에 올린 손으로 시선을 떨구었다. 그 손에 커다란 손이 얹어졌다. 놀라 고개를 드니 쇼고였다. 옆에 앉은 쇼고의 손이 후미에의 손에 올려져 있었다. 쇼고는 싱긋 웃었다.

"걱정하지 말아요. 후미에 씨는 강사 역할을 잘 해낼 겁니다. 만에 하나 무슨 일이 있더라도 상관없어요. 그럴 때는 제가 처리하죠. 당신 뒤에는 제가 있어요."

쇼고는 후미에의 손을 꼭 쥐었다. 후미에의 얼굴이 뜨거워졌다. 빨개진 얼굴을 보이지 않으려고 더 고개를 숙였다. 가나코가 후미에의 얼굴을 들여다보며 물었다.

"세미나 강사, 해줄 거지?"

후미에는 고개를 숙인 채 크게 끄덕였다.

별장에서 화장품 설명을 해보인 지 일주일 후, 가나코에게서 연락이 왔다. 빨래를 다 널고 아침에 남은 반찬으로 점심을 먹는데 휴대전화가 울렸다.

화면을 보니 가나코의 이름이 표시돼 있었다. 식탁에 팔꿈치를 대고 휴대전화를 받았다.

"여보세요. 후미에?"

휴대전화 너머에서 가나코의 밝은 목소리가 들렸다.

"오늘은 알려줄 게 있어서 연락했어. 첫 세미나 개최 날짜가 결정됐어."

후미에는 들고 있던 젓가락을 식탁에 놓고 휴대전화를 두 손으로 꼭 잡았다. 장소는 메구로 구에 있는 세미나홀, 이 주 후 토요일 오후 2시부터 한 시간 반 예정이었다.

"괜찮지? 혹시 시간 안 되면 지금은 날짜를 바꿀 수 있어."

후미에는 냉장고 문에 자석으로 붙여놓은 달력을 봤다. 학교나 유치원 행사는 없었다. 도시유키에게는 가나코 집에 놀러 간다고 하면될 것이다.

"응, 괜찮아."

후미에는 식탁 위에 펼쳐놓은 전단 뒷면에 날짜와 장소를 재빨리 적은 다음 물었다.

"몇 명쯤 모여?"

"초대 메일은 여든 명에게 보냈어."

"여든 명이나?"

놀라서 절로 소리가 높아졌다. 갑자기 그 많은 사람 앞에서 이야기할 수는 없었다. 가나코는 웃으면서 후미에의 불안을 잠재웠다.

"아무리 샘플을 받을 수 있다고 해도 다 오진 않아. 와도 서른 명 정도일 거야. 얼마 전에 쇼고하고 미리 가봤는데 마흔 명까지 들어갈 수 있는 곳이니까 예상보다 더 많이 와도 문제는 없어."

서른 명. 초등학교 한 학급 정도였다. 반의 학부모들 앞에서 이야기하는 느낌일까. 후미에가 그렇게 말하자 가나코가 동의하고는 이야기를 이어갔다.

"화이트보드랑 소형 프로젝터도 쓸 수 있어."

후미에는 당황했다. 화이트보드를 사용한다는 말은 듣지 못했다. 프로젝터는 쓰는 방법도 몰랐다. 매달리듯 휴대전화를 움켜쥐었다.

"잠깐만! 도구 같은 걸 사용하는지는 몰랐어. 판서 같은 건 해본 적도 없고 프로젝터도 안 써봤어."

가나코가 웃는 것 같았다.

"괜찮아. 설명할 때 상품 이름이나 주요 성분 이름을 화이트보드에 적으면 돼. 프로젝터는 쇼고가 조작할 거고. 네 말에 맞춰 자료를 스크린에 비출 거야. 아무 걱정하지 마. 지난번에 우리한테 한 것처럼만 하면 돼."

아무리 그래도 진짜로 한다니까 불안했다. 후미에가 그렇게 말하자 가나코는 당일에 근처에서 쇼고와 점심이라도 먹으면서 회의하면 어떻겠느냐고 제안했다.

"사정 설명하고, 네게 연락하라고 전할게."

가나코는 이야기를 끝내고는 일방적으로 전화를 끊었다.

후미에는 휴대전화를 식탁에 놓고 손도 대지 않은 점심을 바라봤다. 정말 내가 강사 역할을 해낼 수 있을까. 모인 사람들이 조용히 내 말을 들어줄까. 지루해서 중간에 돌아가지는 않을까.

불안이 가슴을 짓눌렀다.

깍지 낀 손을 이마에 대고 한숨을 쉬는데 다시 휴대전화가 울렸다. 쇼고였다. 전화를 받자 쇼고의 또렷한 목소리가 들렸다.

"방금 가나코 씨에게서 연락받았습니다. 후미에 씨가 두려워하신다고, 안심시키라고요."

가나코는 후미에와 통화한 후 바로 쇼고에게 연락한 것이다. 후미에는 휴대전화에 대고 고개를 숙였다.

"죄송해요. 막상 하려니까 무서워서요."

휴대전화 너머에서 환한 웃음소리가 들렸다.

"사과하실 필요 없습니다. 누구나 처음 하는 일은 두려운 법이죠. 가나코 씨나 내가 아무리 괜찮다고 해도 소용없겠죠."

후미에는 아니라고 황급히 부정했다.

"가나코와 쇼고 씨에게는 정말 감사해요. 두 사람 말에 얼마나 힘을 얻는데요. 제가 한심해서 불안한 거죠."

쇼고는 부드러운 말투로 용기를 줬다.

"해보시면 용기가 더 생길 겁니다. 세미나 날, 점심 같이 먹을까요? 그때 마지막 준비를 하죠. 드릴 것도 있고요."

줄 게 뭘까.

뭐냐고 묻자 쇼고는 그날 보자는 말만 남기고 장소와 시간을 지정했다. 시간은 정오, 장소는 세미나홀 근처에 있는 '비니탈리아'라는 이탈리안 레스토랑이었다.

"JR 메구로 역에서 걸어서 일 분이면 올 수 있는 레스토랑입니다. 인터넷에 검색하면 바로 나와요. 거기서 식사하고 같이 이동하죠."

후미에는 세미나에 가나코도 함께 오느냐고 물었다. 쇼고는 아니라고 했다.

"가나코 씨는 사람들 앞에 나서지 않습니다. 이유는 아시죠?"

선글라스를 벗은 가나코의 얼굴이 떠올랐다. 오른쪽 눈 중앙부터 관자놀이에 걸쳐 퍼진 검붉은 반점. 피부도 울퉁불퉁했다. 자신의 얼굴에 같은 반점이 있다면, 똑같이 사람들 눈을 피해 살 것이다. 그런 점도 생각하지 못할 만큼 긴장했나. 후미에는 테이블로 시선을 떨구고 쇼고에게 사과했다.

"죄송해요. 조금만 생각하면 알 일인데 긴장해서 머리가 돌지 않나 봐요."

쇼고가 다정하게 말했다.

"가나코 씨는 오지 않지만, 현장에는 제가 있어요. 무슨 일이 생기면 돕겠습니다. 괜찮아요. 반드시 잘될 거예요. 제게 맡기세요."

든든한 말에 가슴이 뛰었다. 후미에는 보이지도 않는 쇼고에게 다시 고개를 숙였다.

"잘 부탁드려요."

"그럼, 그날 봬요."

후미에는 전화를 끊고 식탁 의자에 기대 참았던 숨을 크게 내쉬었다. 이야기를 나누고 나니 긴장이 조금 풀렸다. 쇼고 말대로 그에게 맡기면 된다. 쇼고 말만 들으면 잘못될 일은 없겠지.

불안이 가라앉자 배가 고팠다. 후미에는 젓가락을 쥐고, 식은 된장국을 입에 밀어 넣었다.

세미나 당일, 아침 집안일을 끝낸 후미에는 베이지색 바지 정장을 입고 집을 나섰다. 도시유키에게는 가나코를 만나러 간다고 거짓말했다. 도시유키는 신문을 읽으면서 "아, 그래"라고만 했을 뿐 전혀 의심하지 않았다.

예약해둔 근처 미용실에 들러 머리에 컬을 넣고, 역으로 향해 조반 선을 타고 마쓰도에서 닛포리로 갔다. 닛포리에서 야마노테 선으로 갈아타고 메구로로 향했다.

비니탈리아는 메구로 역 서쪽에 위치한 빌딩에 있었다. 엘리베이터로 3층까지 올라가 가게 이름이 적힌 나무문을 열었다. 손님을 맞는 남자 직원에게 쇼고의 이름을 대자 가게 안으로 안내됐다.

"아! 어서 오세요."

오늘 쇼고는 옅은 보라색 스웨터에 회색 재킷을 입었다.

관상식물에 가려진 테이블에 여성 둘이 앉았는데, 서로 얼굴을 마주하고 쇼고를 힐끔힐끔 보고 있었다. 쇼고가 어떤 사람을 기다리는지 궁금한 모양이었다. 후미에는 트렌치코트를 벗고 건너편에 앉았다. 여성 손님의 시선이 등에 쏟아지는 게 느껴졌다. 사람들이 선망의 눈빛으로 자신을 본 게 언제가 마지막이었던가. 자연스럽게 입가가 올라갔다.

쇼고는 식사하면서 세미나 진행 과정을 설명했다. 접수 준비를 위해 늦어도 1시 30분에는 세미나홀로 가야만 했다. 접수는 자기가 할 테니 후미에는 안쪽 대기실에서 기다리면 된다고 했다.

"몇 명쯤 올까요?"

후미에는 식후 커피를 마시면서 물었다. 쇼고는 옆 의자에 놓은 검은 비즈니스 가방에서 서류를 꺼내 대강 살피면서 대답했다.

"예정으로는 서른 명 전후입니다."

가나코의 예상대로였다. 쇼고는 서류를 가방에 넣고 무언가 꺼냈다. 작은 플라스틱 케이스였다. 그 케이스를 후미에 앞에 놓았다.

"이거 받으세요."

이 주 전에 쇼고가 전화로 이야기한 그것이리라.

후미에는 케이스를 들어 뚜껑을 열었다. 후미에의 이름이 인쇄된 명함이 들어 있었다. 내용을 확인하고는 놀라 쇼고를 봤다.

"이게……?"

쇼고는 깍지 낀 손으로 턱을 받쳤다.

"당신 명함이죠."

후미에는 고개를 저었다.

"그건 알아요. 그게 아니라 여기요. 이게 도대체 뭐죠?"

후미에는 명함에 인쇄된 직책을 가리켜 보였다. 이름 위에 '뤼미에르 화장품 대표'라고 되어 있었다. 케이스를 다시 닫아 쇼고 쪽으로 밀었다.

"제가 대표를 맡는다는 소리는 못 들었어요. 이건 돌려드릴게요."

자신은 사람들 앞에 나서지 못하는 가나코의 대역일 뿐이다. 뤼미에르를 짊어지는 직책을 맡을 생각은 없었다. 당혹하며 주장하는 후미에에게 쇼고가 부드럽게 말했다.

"가나코 씨의 뜻입니다."

"가나코요?"

쇼고는 그렇다고 대답했다. 실제 경영자는 가나코이지만 표면적인 대표는 후미에가 맡아주길 바란다는 것이었다.

"세미나 강사가 직책이 없다는 건 말이 안 되죠. 게다가 세상에는 직책에 약한 인간도 있어요. 그런 사람은 대표가 직접 권하는 상품이어야 안심할 수 있다고 생각하죠. 요컨대 신용 문제입니다."

그런 말을 들었다고 '아, 그런가요' 하며 바로 받아들일 수는 없었다. 대표라는 중요한 자리를 맡을 수는 없었다.

후미에가 그렇게 말하자 쇼고는 웃으면서 고개를 저었다.

"대표라고 해도 형식적인 겁니다. 실제 회사 경영은 가나코 씨가 하고 만에 하나 문제가 일어나도 책임지는 사람은 가나코 씨입니다. 명함 속 주소와 전화번호도 사무소로 되어 있습니다. 후미에 씨에게 폐 끼치는 일은 없습니다."

"하지만……."

후미에는 눈앞에 놓인 플라스틱 케이스를 봤다. 쇼고 말대로 주소와 전화번호는 후미에의 집이 아니었다. 하지만 대표번호 밑에 '모바일'이라고 적고 후미에의 휴대전화 번호를 넣었다. 만약 손님이 전화하면 뭐라고 대응해야 할까.

후미에가 묻자 쇼고는 케이스를 들고 샅샅이 봤다.

"미리 말하지 않고 휴대전화 번호를 기재한 점은 사과드립니다. 모두 휴대전화가 있는 세상이라 긴급 연락처를 알고 싶어 하는 사람이 많아요. 하지만 기본적으로는 후미에 씨에게 연락 가는 일은 없을 겁니다. 상식적인 사람이라면 느닷없이 개인에게 연락하진 않으니까요. 우선 대표번호로 걸겠죠."

들고 보니 그 말이 맞다. 회사에 직접 연락하고 싶으면 대표번호로 전화하리라.

"낮에는 사무실에서 근무하는 직원이 응대합니다. 밤이면 부재중 전화로 넘어가니까 용건을 녹음할 테고요. 그래도 걱정되시면 명함을 줄 때 무슨 일이 있으면 대표번호로 전화하라고, 받지 않았을 때는 이쪽에서 따로 연락할 거라고 덧붙이세요. 그런데도 받기 싫은 전화가 오면 알려주세요. 내가 대응하겠습니다."

쇼고는 테이블 위에 놓인 후미에의 손을 잡고 명함 케이스를 쥐여줬다.

"자, 그러자고요."

쇼고의 눈빛에 아무 말도 할 수 없었다. 이 주 전 통화 때 들은, 자신에게 맡기라던 말이 되살아났다. 그래, 무슨 일이 생기면 쇼고가 해결해줄 거야. 쇼고에게 다 맡기면 돼. 자신을 그렇게 다독이고 후미에는 쇼고의 말을 따랐다.

세미나홀에 도착한 쇼고는 회의용 긴 책상에 배포할 자료를 놓고 프로젝터 준비를 시작했다. 후미에는 쇼고에게 방해가 되지 않도록 안쪽 대기실로 들어가 화장품 성분표를 다시 읽었다.

후미에는 자료를 읽으면서 침착하라고 자신을 다독였다. 오늘을 위해 만반의 준비를 끝냈다. 말하는 법도 배웠다. 가나코도 쇼고도 완벽하다고 했다. 자신을 믿고 연습한 대로 하면 된다.

화장실로 가서 몸단장을 가다듬었다. 2시 오 분 전이 되자 쇼고가 대기실로 들어왔다.

"이제 나갈 시간입니다. 준비되셨어요?"

후미에는 심호흡하고 큰 소리로 "네"라고 대답했다.

마흔 명이 들어올 수 있는 공간에 반 이상이 차 있었다. 모두 여성으로, 아래로는 이십대 후반부터 위로는 환갑이 훌쩍 넘어 보이는 사람도 있었다. 나이대는 다양하지만 몸가짐이 정갈하다는 공통점이 있었다. 센스 넘치는 패션 감각과 잘 손질된 머리를 보니 아름답게 보이려고 노력하는 사람들임을 알 수 있었다.

후미에는 덜컥 겁이 났다. 미의식 높은 저 여성들을 과연 매료시킬 수 있을까. 뤼미에르의 훌륭함을 전달할 수 있을까.

실내에 쇼고 목소리가 울려 퍼졌다.

"여러분, 오늘 뤼미에르 화장품의 설명회에 와주셔서 감사합니다. 세미나를 시작하겠습니다. 그럼 제일 먼저, 오늘의 강사를 소개하겠습니다. 뤼미에르 화장품의 대표, 다카무라 후미에입니다. 모시겠습니다."

쇼고는 단상을 끼고 마주 보는 형태로 선 후미에를 봤다. 모든 시선이 후미에를 향해 쏟아졌다. 후미에는 떨리는 무릎에 힘을 줬다.

―이제 돌이킬 수 없어.

단상에 올라 똑바로 앞을 봤다. 깊숙이 숨을 들이쉬고 배에도 힘을 줬다.

"안녕하세요. 다카무라 후미에입니다. 오늘은 아름다우신 여러분을 더욱 아름답게 만들어드릴, 멋진 상품을 소개하겠습니다."

떨림도 없이 또렷하게 말이 나왔다.

모든 것은 처음에 달려 있다. 막힘 없이 입을 떼어 자신감을 얻은 후미에는 그 뒤로도 연습대로 강연을 진행할 수 있었다. 열중했다. 실패하지 않으려고 필사적으로 노력했다.

정신을 차렸을 때는 강연은 끝나 있었다. 터져 나온 박수 소리에 제정신을 차렸다. 세미나홀에 모인 여성이 모두 뜨거운 눈빛으로 후미에를 바라보고 있었다. 눈동자에 후미에를 향한 동경과 화장품에 관한 관심이 강하게 드러나 있었다. 후미에는 쇼고를 봤다. 만족스럽게 웃고 있었다. 그 미소를 보고 강연이 성공했음을 깨달았다.

참석자 서른 명 중 열다섯 명이 그 자리에서 회원으로 등록했다. 그 여성들은 출입구에서 손님을 배웅하는 후미에에게 다양한 찬사를 보냈다. 머릿속에 떠올리던 공상과 큰 차이가 없었다.

모두 떠난 뒤 대기실로 돌아오자 쇼고가 따라 들어왔다. 쇼고는 후미에에게 재빨리 다가와 바로 앞에 서서 크게 양손을 펼쳤다.

"잘하셨어요. 정말 훌륭했어요."

쇼고는 조금 흥분한 듯했다. 뺨이 붉게 물들어 있었다.

"첫 강연에 절반이 회원이 되는 일은 거의 없어요. 대성공입니다.

역시 후미에 씨는 뤼미에르의 간판으로 어울려요."

후미에는 미소를 지어 보였다. 강연이 무사히 끝난 것도 기뻤으나 쇼고가 기뻐하는 모습을 보니 가슴이 뛰었다.

쇼고가 후미에의 손을 잡았다.

"회원을 더 늘립시다. 강연을 많이 해서 더 많은 사람에게 뤼미에르의 장점을 알리죠."

피부에 닿은 손이 뜨거웠다. 후미에는 손을 잡힌 채 쇼고의 눈을 보며 크게 고개를 끄덕였다.

쇼고와 헤어지고 역에서 집에 가는 전차를 기다리는 동안 가나코에게 전화를 걸었다. 쇼고가 자신이 보고하겠다고 했으나 가나코의 기뻐하는 목소리를 직접 듣고 싶었다.

전화는 바로 연결됐다. 이미 쇼고에게서 세미나가 성공했다는 보고를 들었을 것이다. 전화를 받은 가나코의 목소리가 환했다.

"고생했어. 성공할 줄은 알았는데, 설마 세미나에 온 사람 절반이 회원이 될 줄은 몰랐어. 처음이니까 대충 다섯 명 정도면 괜찮은 수준이라고 생각했거든. 상품의 장점 때문만이 아니야. 네 매력 덕분이지. 내 눈은 틀림없었어. 역시 후미에는 최고야."

가나코는 듣는 사람이 부끄러울 정도의 칭찬을 계속 늘어놨다.

전차가 플랫폼으로 미끄러져 들어왔다. 후미에는 전차가 왔음을 알리며 전화를 끊으려 했다. 가나코는 재빨리 곧 다음 강연을 잡겠다고 말했다.

"너무 간격을 두는 건 좋지 않아. 일이란 건 말이야, 물이 들어왔을 때가 중요해. 지금 물이 들어왔어. 이 기세를 몰아 점점 사업을 확대하자."

가나코는 다음 강연 날짜와 시간이 정해지면 연락하겠다고 전한 뒤 전화를 끊었다.

후미에는 휴대전화를 백에 넣었다. 플랫폼에 차가운 바람이 불어왔다. 하지만 추위가 느껴지지 않았다. 몸이 화끈거렸다. 충만함이나 열정과도 비슷한 힘이 가슴을 가득 채웠다.

후미에는 여전히 격렬하게 뛰는 심장을 진정시키기 위해 가슴에 손을 얹었다.

─뤼미에르 회원을 더 늘리고 싶어. 가나코와 쇼고 씨를 더 기쁘게 해주고 싶어.

후미에는 숄더백의 끈을 세게 쥐고 문이 열린 전차에 올라탔다.

세미나는 이 주에 한 번꼴로 열렸다. 회를 거듭할수록 사람이 많아져서 반년이 흘렀을 무렵에는 매번 오십 명 이상이 참석했다. 회원도 순조롭게 늘어나 쇼고 말로는 8월 현재, 후미에가 유치한 고객은 백 명이 넘는다고 했다.

그 무렵에는 후미에도 뤼미에르의 대표라고 밝히는 데 저항감이 사라졌다. 오히려 자랑스러웠다. 초반에는 명함에 휴대전화 번호를 적어서 무슨 문제가 일어나지 않을까 걱정했는데, 그 번호로 전화한 사람은 한 명도 없었다. 사무적인 절차와 문의는 모두 사무소에서 대응했다.

가나코와 쇼고에게는 감사를 받고 회원들에게는 여성으로서 칭찬을 받았다. 약속한 50만 엔도 매달 들어왔다. 수수료가 든다는 이유로 가마쿠라 별장에서 가나코가 직접 줬다. 회원이 늘어난 만큼의 보수도 곧 들어올 예정이었다.

후미에가 보수를 받으며 고맙다고 하자, 가나코는 웃으며 손을 저었다.

"이 정도는 당연해. 아직 부족할 정도야. 앞으로 회원이 더 늘어나 뤼미에르가 세상에 알려지면 더 많이 사례할게. 맞아, 돈을 좀 모으면 프랑스에 갈래? 피에르를 소개해주고 싶어. 그 사람도 틀림없이 널 좋아할 거야."

해외에는 가본 적 없었다. 국내도 신혼여행으로 오키나와에 간 게 전부이고, 여행다운 여행은 해본 적이 없었다. 하지만 돈만 있으면 프랑스는 물론 호주나 미국도 갈 수 있다. 호화로운 방에 묵으며 유명 관광지를 둘러보고 맛있는 음식을 먹을 수 있다.

한 달에 50만 엔의 수입을 올린다는 사실을 식구들은 몰랐다. 하지만 확실히 가계는 윤택해졌다. 고기는 동네 슈퍼마켓의 할인 상품에서 백화점 고급 상품으로 바뀌었고, 후미에가 입는 옷도 싸구려 옷가게 제품에서 패션잡지 같은 데 소개되는 브랜드로 변했다.

아이 옷도 마찬가지였다. 보수가 들어오기 전에는 새 옷을 거의 사주지 않았고 몇 안 되는 싸구려 옷만 입혔다. 하지만 후미에의 수입으로 미키와 미사키에게 예쁜 옷을 입힐 수 있었다.

사람은 입성이 달라지면 마음가짐도 달라진다. 그건 어른이나 아이나 마찬가지였다. 내성적이고 반 아이들에게 피그차라고 놀림당하던 미키가 점점 변했다. 집에서 대화하는 일이 많아졌고 자주 웃었다.

집 분위기가 밝아지자 도시유키도 변했다. 후미에와 아이들에게 그다지 관심이 없었는데 요즘에는 휴일이면 가족과 외출했다. 근처 놀이공원이나 대형 쇼핑몰에 가서 함께 시간을 보냈다.

어느 휴일, 다 함께 외출했다가 돌아와 침대에서 빈둥거리던 도시유키가 후미에에게 물었다.

"요즘 왠지 좀 풍족해진 느낌이야. 이렇게 돈을 써도 생활비는 괜찮아?"

후미에는 도시유키의 질문을 슬쩍 넘겼다.

"내가 알뜰하게 잘 쓰고 있어."

그렇게 돈 이야기만 나오면 까다롭게 굴던 도시유키가 "그래?"라고만 할 뿐 더는 묻지 않았다.

콧노래를 부르며 스마트폰 게임을 시작한 도시유키를 보면서 돈이라는 게 사람 성격까지 바꾸는구나, 하고 새삼 실감했다.

후미에는 걸으면서 하늘을 올려다봤다. 새파란 하늘에 비늘구름이 둥실 떠 있었다. 8월 말이라 수도권은 아직 더위가 여전한데 가마쿠라에는 한발 앞서 가을이 찾아와 있었다.

백 안에 조금 전 가나코에게서 받은 이달 치 보수가 들어 있었다.

오늘은 고베 소고기로 스테이크를 할까. 아니면 맛있다고 소문난

252

가게에서 초밥을 사갈까.

　—이 행복이 계속되면 좋겠다.

　후미에는 그렇게 기도하며 맑은 공기를 가슴 깊숙이 들이마셨다.

8

ウツボカズラの甘い息

도장에서 저녁 도시락을 서둘러 해치운 하타는 가마쿠라 경찰서를 나섰다.

건물에서 나오다가 아사다와 마주쳤다. 뭘 사러 다녀오던 참인지 편의점 봉투를 들고 있었다.

하타를 알아본 아사다는 푸근한 미소를 지었다.

"주임님도 뭐 사러 가세요?"

안 그래도 동안인 얼굴이 웃으니 더 어려 보였다. 대충 얼버무린 하타는 봉투 속 과자에 시선이 꽂혔다. 최근 들어 나오기 시작한 두둑한 배에 손을 대며 아사다가 쑥스러운 듯 목을 움츠렸다.

"간식은 피하라는데 제 스트레스 해소법은 먹는 거라서요. 집에 가면 아내에게 또 혼나겠어요."

아사다는 반년 전에 결혼해 아직 신혼이었다. 원래 통통한 아사다는 결혼 후 아내에게 체중 조절을 당하고 있었다. 아마 집에서는 과자 같은 건 먹지 못할 것이다. 수사본부에 처박혀 숙박할 때면 지금이 기회라는 듯이 과자를 먹어댔다.

"적당히 해."

하타가 쓴웃음을 지으며 말했다. 아사다는 쑥스러움을 숨길 생각이었는지 가볍게 고개를 숙이고는 불룩한 배를 두 번 두드려 북 같은 소리를 냈다.

아사다와 헤어져 역으로 향했다.

가마쿠라 역에 도착해 요코스카 선을 타고 요코하마로 향했다. 요코하마에서 게이힌도호쿠 네기시 선으로 갈아탔다. 목적지인 오타구 가마타 역에 도착한 것은 8시를 넘어서였다.

개찰구를 지나 남쪽으로 향했다. 미쓰이 생명 빌딩을 오른쪽으로 끼고 돌아 일방통행 언덕길을 오르자 나무로 둘러싸인 부지에 건물이 보였다. 가마타 중앙병원이었다.

하타는 정문 옆쪽 업무시간 이후 출입문을 통해 병원으로 들어가 입원 병동으로 향했다. 병원 면회시간은 대부분 8시까지인데 가마타 중앙병원은 가족에 한해 9시까지 면회를 허락했다. 야근 탓에 평일 8시까지 올 수 없는 샐러리맨이 많기 때문이리라. 하타 같은 일을 하는 사람에게는 고마운 배려였다.

입원 병동은 서 병동과 동 병동으로 나뉘어 있었다. 하타는 동 병동 정면 엘리베이터를 타고 3층 버튼을 눌렀다. 3층에는 뇌신경외과 환자가 입원해 있다. 엘리베이터를 내려 바로 앞에 있는 너스 스테이션으로 갔다. 한가운데 간호사 한 명이 의자에 앉아 있었다. 하타는 창구 너머로 간호사에게 말을 걸었다.

"죄송합니다. 면회하러 왔는데요."

서류에 뭔가 적고 있던 간호사가 하타를 보더니 조금 놀란 표정을 지으며 의자에서 일어났다.

간호사의 이름은 다나카 히사코, 뇌신경외과 간호과장이었다. 처음 병원을 방문했을 때 대응해준 사람이기도 했다. 삼 년이나 지난 지금은 지인에 가까웠다. 다나카가 성큼성큼 창구로 와서 하타를 보며 미소지었다.

"하타 씨, 오늘은 일이 일찍 끝나셨네요."

"네, 뭐."

하타는 애매한 답변으로 응했다. 수사본부에 모인 수사원 중에는 야간 수사 회의가 끝나면 그날 일이 끝난 것으로 여기는 사람도 있었다. 하지만 하타는 아니었다. 수사본부에 있는 동안은 이불에 누워도 일이 끝났다는 생각은 없었다. 본부가 운영되는 내내 신경이 날카로웠다.

게다가 다나카는 하타의 직업은 알지만 일의 내용까지는 몰랐다. 이전에 자연스럽게 묻기에 매일 서류만 작성한다고 대답한 적 있다. 형사 일은 대부분 서류 작성이니 새빨간 거짓말은 아니다. 아마 그로 인해 내근 사무직이라고 여길 테지만 정정할 생각은 없었다.

다나카는 카운터 옆쪽 문을 통해 복도로 나와 하타 앞에 섰다.

"오늘 어머님이 오셨어요. 날이 추워졌으니 교코 씨 여름 속옷을 조금 두꺼운 걸로 바꾸시겠다며 종이봉투를 한 아름 들고요."

몸집 작은 장모가 큰 종이봉투를 든 모습을 상상했다. 젊은 사람에게는 별일 아닐지 몰라도 올해 칠순인 장모가 전차를 갈아타며 들고 오기에는 너무 무거운 짐이었을 것이다. 씁쓸해진 하타는 다나카에게 고개를 숙이고 재빨리 병실로 향했다.

308호실은 복도 끝이었다. 하타는 방 앞에 서서 조용히 문을 열었다.

4인실 침대는 모두 찼고 깨어 있는 사람은 한 명도 없었다.

불 꺼진 방 안은 사람이 없는 듯이 조용했다. 쉭쉭 산소 흡입 소리만 들렸다.

하타는 오른쪽 창가의 침상으로 갔다. 주위를 두르듯 쳐진 커튼을 살짝 열었다.

교코는 평소와 다름없이 누워 있었다. 코에 산소 줄을 끼고 팔에는 영양제 링거 바늘을 달고 있었다.

커튼을 닫고 침대 옆에 놓인 둥근 의자에 앉았다.

침대 옆쪽 등을 켰다. 등불에 드러난 아내의 얼굴은 양초처럼 하앴다.

하타는 아내의 얼굴을 바라봤다. 세 살 아래인 교코는 다음 달이면 마흔두 살이 된다. 건강했을 때는 실제 나이보다 젊어 보였다. 동안이기도 했으나 생김새보다는 구김살 없이 환하게 웃는 소녀 같은 표정이 보는 사람으로 하여금 그렇게 느끼게 했다.

교코의 외모는 자리에 누운 삼 년 동안 크게 변했다. 링거로 몸에 들어가는 영양분은 생명을 유지하는 데만 쓰이지 외모의 아름다움을 유지하게 하지는 못했다. 적당히 살집 있던 몸은 깡말랐고 피부에 윤기가 없어졌다. 일상적인 손질이 되지 않아 유분이 사라진 머리카락은 푸석거렸다. 푸르던 나무가 삼 년 만에 고목이 된 것만 같았다.

삼 년 전 겨울, 교코가 쓰러졌다. 일주일만 지나면 한 해도 마무리 겠구나 싶던 연말 어느 날, 하타가 밤늦게 집에 돌아와 보니 목욕탕 탈의실에 쓰러져 있었다. 목욕을 끝내고 나와 옷을 입다가 쓰러진 듯했다. 속옷만 입은 채 매트에 엎어져 있었다.

놀라 달려가 이름을 불렀으나 눈을 뜨지 못했다. 토한 흔적이 있고 코를 크게 골고 있어서 바로 뇌출혈이나 뇌경색을 의심했다.

사람이 쓰러졌을 때는 함부로 움직이게 하면 안 된다.

교코를 그대로 눕혀둔 채 목욕수건만 덮어주고는 서둘러 구급차를 불렀다. 응급실 검사 결과 하타의 예상대로 뇌출혈을 일으킨 것으로 판명됐다. 즉시 지혈제와 혈압을 낮추는 강압제를 투여해 다음 날에 출혈은 멎었다. 하지만 의사가 완치는 장담할 수 없다고 했다.

혈관이 터진 위치가 좋지 않고 출혈도 많았다. 게다가 적절한 처치를 받기까지 시간이 너무 걸리면서 뇌 안에 흐른 혈액이 굳어 혈종이 생겼다. 혈종이 뇌를 압박해 조직이 파괴됐을 가능성도 극히 컸다. 한번 잃어버린 뇌 기능은 원래대로 회복되는 일이 거의 없다고 의사는 말했다.

하타는 설명을 들으면서 진찰실 벽에 걸린 필름을 봤다. 교코의 뇌 사진이었다. 오른쪽 반 대부분이 출혈 흔적으로 하앴다.

그날 이후 삼 년간, 교코는 내내 병실 침상에 잠들어 있었다. 친구나 친척뿐만 아니라 남편이나 자신의 어머니가 불러도 반응하지 않았다. 배변도 침대에서 했다.

교코가 쓰러진 날부터 간호는 장모인 사치요가 맡았다.

최근에는 하루 걸러 하루씩 오지만, 쓰러진 뒤에 한동안은 매일 딸을 찾았다. 사치요의 건강을 걱정한 하타가 여러 번 간청한 끝에 일 년 전부터 겨우 횟수를 줄인 것이었다. 매일 전차로 두 시간 이상 걸리는 왕복이 몸에 무리를 줬을 것이다. 간호간병 통합서비스 병원이라 사치요가 오지 않아도 대부분의 일은 간호사가 해줬다. 하지만 사치요는 올 때마다 욕창이 생기지 않도록 몸의 위치를 계속 바꾸고, 손발을 주물러주고, 더러워진 자잘한 빨랫감을 빨았다.

원래는 남편인 자신이 해야 하는 일인데 시간이 불규칙한 일이라 간병은 곤란했다.

장인도 형사였기에 사치요는 하타의 사정을 알고 자신이 딸을 돌보겠다고 나섰다. 내 딸이니까 당연하지, 딸이 아기로 돌아왔다고 여기면 되지. 사치요는 그렇게 말하며 씩씩하게 웃었다. 그뿐인가. 교코가 이렇게 돼서 정말 미안하다며 하타에게 수없이 사과했다.

달리 부탁할 사람이 없던 하타는 장모의 말을 따르기로 했다.

사치요와 얼굴을 마주할 때마다 부끄러움이 엄습했다. 교코가 쓰러진 무렵에는 병의 조짐을 조금이라도 알아차렸더라면, 그날 조금만 일찍 집에 왔더라면, 하고 후회하지 않은 날이 없었다. 하타가 후회하면 사치요는 그렇지 않다며 강하게 고개를 저었다. 교코도 형사의 아내니까 남편이 집에 없는 게 당연하지, 그러니 스스로 몸을 더잘 살폈어야지―라고 눈앞의 교코를 꾸짖듯이 말했다.

하타는 담요를 젖히고 교코의 손을 잡았다. 손가락은 조금만 힘을쥐도 부러질 듯 가늘고 손등에는 파란 혈관이 튀어나와 있었다. 서늘하니 차가웠다.

교코의 손을 담요 안으로 돌려놓으려던 하타는 손끝이 시선에 걸려 움직임을 멈췄다. 손톱이 이 주 전에 왔을 때보다 짧았다. 끝이날카로운 걸 보니 자른 지 얼마 안 된 모양이었다. 오늘 병원을 방문한 사치요가 잘랐을 것이다.

교코의 가는 손을 문질렀다. 차가운 손이 살짝 따뜻해졌다. 눈도뜨지 않고 말도 하지 못하고 의식도 없었다. 그래도 교코는 분명 살아 있었다.

"여보."

하타는 교코를 불렀다.

"들려?"

반응은 없었다.

"뭐라고 말 좀 해. 말할 수 없으면 손가락이라도 움직여봐."

올 때마다 하는 정해진 대사였다. 손안에 있는 교코의 손가락은축 늘어진 채 움직일 기미가 없었다.

하타는 아내의 손을 담요 안에 돌려놓고 조용히 병실을 나왔다.

조도를 낮춘 복도에 비상구를 표시하는 초록색 유도등이 빛나고 있었다. 하타는 엘리베이터로 이어지는 리놀륨 복도를 걸으면서 한 손으로 재킷 옷깃을 여몄다. 난방이 들어오는데도 병동 공기가 너무 싸늘했다. 혼자 그렇게 느끼는지 모두 그렇게 느끼는지는 모르겠다.

하타는 복도 중간에 멈춰서 교코의 병실을 돌아봤다.

교코는 언젠가 눈을 뜰까. 눈을 뜨고 말하고 자기 발로 이 복도를 걸어 퇴원할 수 있을까.

복도 끝부터 조명이 꺼지기 시작했다. 오후 9시 소등 시간이었다.

하타는 병실에서 고개를 돌리고 복도를 걷기 시작했다.

하타는 곧 시작될 수사 회의를 위해 3층 대회의실로 향했다.

어젯밤부터 아침까지 제대로 자지 못했다. 교코를 보고 온 밤에는 늘 잠자리가 불편했다. 몸은 잠을 원하는데 머리가 맑았다.

눈두덩을 문지르면서 복도를 걷는데 뒤에서 누군가 말을 걸어왔다. 나쓰키였다.

나쓰키는 아침 인사를 마치자 걱정스럽게 하타를 봤다.

"피곤하세요?"

상사의 건강을 배려하는 말에 하타는 아니라고 짧게 대답했다. 열다섯 살 넘게 차이가 난다지만, 부하가 건강을 걱정할 정도로 자신이 한심해 보였나 싶어 반성했다. 하타는 목을 돌리고 등을 폈다.

"오가사와라 미나의 조사는 9시부터였나."

하타의 옆을 걸으면서 나쓰키는 "네" 하고 힘차게 대답했다.

오늘은 주식회사 컴퍼니 옐로의 파견 사원이던 오가사와라 미나와 쓰지 요시에의 참고인 조사를 할 예정이었다.

어젯밤 병원에서 가마쿠라 경찰서로 돌아오는 도중, 나쓰키에게서 전화가 걸려왔다. 오가사와라와 쓰지에게 연락했더니, 내일 둘 다 가마쿠라 경찰서로 오겠다고 했단다. 시간은 오가사와라가 오전 9시, 쓰지가 점심시간을 끼고 오후 1시부터였다. 소요 시간을 한 명당 세 시간으로 보고 정했다고 보고했다.

"참고인 도착하면 조사실로 보내줘."

나쓰키에게 그렇게 명령하고 하타는 대회의실로 들어갔다.

하타가 자리에 앉자마자 수사를 지휘하는 데라사키 수사1과장, 보좌 역할의 스기모토 관리관이 들어왔다. 하타의 구령에 따라 육십 명에 달하는 수사원이 자리에서 일어나 인사했다. 모두 다시 자리에 앉자 데라사키는 실내를 둘러보고 얼굴 앞에서 깍지를 꼈다.

"어젯밤 수사 회의가 끝난 후 새로운 정보가 두 건 들어왔다. 정보 하나의 출처는 사쿠라다몬의 수사2과야."

수사2과라는 말에 하타는 시선을 들어 데라사키를 봤다. 수사2과는 뇌물수수나 사기, 횡령 등 경제 범죄를 다루는 부서다. 살인사건 등 강력범을 담당하는 1과와는 분야가 완전히 달랐다. 분야가 다른 부서에서 도대체 어떤 정보가 들어왔단 말인가.

데라사키는 들고 있던 서류를 넘기며 엄중히 알렸다.

"이번 사건의 피해자 다자키 미노루가 경영하던 주식회사 컴퍼니 옐로 말인데, 사기 혐의로 조사를 진행하기 직전이었던 것으로 판명됐다."

방 안이 술렁였다.

데라사키 이야기로는, 9월 들어 도내 소비자생활센터에 주식회사 컴퍼니 옐로에 관한 문의가 수십 건 들어왔다. 내용은 모두 같았다. 9월에 컴퍼니 옐로가 주식을 상장한다고 해서 미공개 주식을 샀는데 상장할 조짐이 전혀 없다, 혹시 속은 게 아니냐, 하는 것이었다. 소비자생활센터에서 사실관계를 확인하기 위해 컴퍼니 옐로에 전화를 걸어봤는데, 대표번호가 현재 사용하지 않는 번호여서 연결이 되지 않았다. 센터 측에서는 악질적인 사기일 가능성이 있다고 보고 경시청 수사2과에 신고했다.

"수사2과는 이미 9월 말부터 컴퍼니 옐로 사안을 내사할 예정이었다. 그런데 그 전에 경영자인 다자키가 살해됐다."

데라사키는 말을 이어갔다.

"내사 착수 직전에 관계자가 살해되자, 수사2과는 긴급히 컴퍼니 옐로 관련 자료를 살펴봤다. 보고된 자본금, 연매출, 자산, 고객 수 등을 조사한 결과 주식 상장의 심사 기준을 충족시킬 만한 사업을 하지 않은 것으로 드러났다. 상황을 놓고 보면, 살해된 다자키는 투자 사기 행위에 가담했을 가능성이 큰 것으로 추정된다."

하타는 미간을 찌푸리면서 턱을 문질렀다.

사건은 크게 두 가지 흐름으로 나눌 수 있었다. 움직임이 있는 것과 없는 것이다. 전자는 사건 발생 초기부터 정보가 쏟아져 수사가 물 흐르듯 진행되는 경우이고, 후자는 살해 동기 같은 사건의 원인조차 찾지 못해 수사가 난항을 겪는 경우다.

얼핏 보기에는 전자가 사건을 쉽게 해결할 수 있을 듯 보인다. 그러나 하타는 꼭 그렇지만은 않다는 사실을 경험을 통해 알고 있다. 사건에 관한 정보는 있는 게 당연히 좋다. 하지만 사건을 해결하기 위해 정말 필요한 것은 다량의 정보가 아니라 핵심에 육박하는 확실한 정보이다. 움직임이 없어 미궁에 빠졌다고 여기던 사안이 단 하나의 유력 정보로 단숨에 해결로 향하는 경우가 있다.

이번 사건은 후자에 해당했다.

컴퍼니 옐로의 사기 혐의라는 정보 덕에 전혀 보이지 않던 다자키의 살해 동기가 수사선상에 떠올랐다. 업무상 다툼이다. 다자키에게 속아 재산을 잃은 사람의 원한 혹은 속여 갈취한 돈의 분배를 둘러싼 일당의 분열이라 보는 것이다.

어쨌든 다자키의 동급생보다는 비즈니스 관련 인물을 조사해야 유익한 정보를 얻을 수 있으리라.

이어서 데라사키는 입수한 또 하나의 정보를 설명했다. 다자키 명의의 이동통신사가 드러났다고 한다.

"휴대전화 기기는 아직 발견되지 않았으나 각 관련 기업에 문의한 결과 다자키가 가입한 회사는 판명됐다. 통신사는 도코모, 기종은 SH-××D. 통화내역 제출 및 송수신 문자 복원은 요청했다. 도코모 측 이야기로는 문자 복원은 빠르면 오늘 저녁, 늦어도 내일 중으로 가능하다고 했다. 휴대전화와 더불어 컴퍼니 옐로의 대표전화의 통화내역도 판명됐다. 현재 NTT에 대표전화로 걸려온 번호 및 대표전화에서 발신한 번호를 리스트로 만들어달라고 했다. 이상의 상황을 참작하여, 향후 수사는 컴퍼니 옐로 직원 및 고객에 대한 탐문을 중심으로 진행한다."

서류를 보던 데라사키는 고개를 들고 세부 지시를 내렸다.

"지역 수사팀은 컴퍼니 옐로가 입주한 빌딩에 있는 회사 및 주변주민을 다시 조사하게. 컴퍼니 옐로가 어떤 문제를 안고 있지는 않았는지 알아보고 회사에 드나든 인물은 상세한 정보를 모아. 신변수사 담당은 컴퍼니 옐로의 고객을 조사한다. 소비자생활센터에 문의한 고객 명단을 기초로 차례차례 조사해. 투자액이 큰 손님은 특별히 조사할 것. 피해액이 크면 그만큼 원한도 컸을 테니까. 그리고지원팀. 지원팀은 다자키가 사용한 휴대전화와 컴퍼니 옐로의 유선전화 통화내역이 도착하면 통신사의 협력을 얻어 최대한 빨리 상대를 특정해. 다자키와 연락한 인물을 알아내면 사건 해결에 크게 근접할 수 있을 거다. 휴대전화와 유선전화 통화내역에 사건 관련 인물의 번호가 남았을 가능성이 매우 크다. 이상. 질문 있나?"

손을 드는 사람은 없었다. 데라사키는 펼쳤던 서류철을 소리 내어닫았다.

"사건 해결을 위해 전력을 기울여주게."

수사원이 일제히 자리에서 일어났다.

회의실 밖으로 나가려는데 뒤에서 누가 불렀다. 데라사키였다. 데라사키는 하타와 나란히 걸으며 물었다.

"컴퍼니 옐로에서 파견 사원으로 일하던 여성, 참고인 조사가 오늘이지?"

하타가 그렇다고 대답하자 데라사키는 시선을 앞쪽에 둔 채 긴장
감 담긴 목소리로 말했다.

"조금 전 전달했듯 다자키의 살해 동기로 사업상 문제가 떠올랐
어. 컴퍼니 옐로의 파견 사원이었으면 일의 사정도 자세히 알겠지.
그 여성들의 입에서 사건 해결로 이어질 유력한 정보를 얻을 수 있
을지도 몰라."

데라사키는 하타의 어깨를 잡듯 두드렸다.

"조사, 잘 부탁하네."

가볍게 고개를 숙여 알았다는 뜻을 전했다. 데라사키는 하타의 어
깨에 올린 손을 떼고 하타를 추월해 회의실을 나갔다.

도장 구석에서 참고인 조사를 대비해 자료를 읽고 있는데 나쓰키
가 부르러 왔다. 오가사와라 미나가 경찰서에 도착해 준비를 마쳤다
고 했다. 손목시계를 보니 정각 9시였다. 하타는 다다미 바닥에서
일어나 자료를 들고 조사실로 향했다.

오가사와라 미나는 출입구 반대편 의자에 앉아 있었다. 참고인이
나 피의자가 조사받는, 창가의 안쪽 자리였다. 접객을 담당하는 일
에서 생긴 습관일까. 오가사와라는 하타와 나쓰키가 방에 들어서자
반사적으로 일어나 가볍게 고개를 숙였다.

어려 보이는 얼굴에 몸집이 작고 선이 가늘었다. 밝게 염색한 짧
은 커트 머리를 검은색으로 바꾸고 화장을 지우면 고교생이라고 해
도 통할 듯했다.

나쓰키는 일어선 채 우물쭈물하는 미나에게 앉으라고 권했다. 미나는 시키는 대로 파이프 의자에 앉더니 불안한 듯 무릎 위에 놓은 손을 계속 움직였다.

"그럼 시작하겠습니다."

하타는 미나를 안심시키려고 최대한 부드러운 말투로 조심스레 말했다. 뒤에서 나쓰키가 출입구 옆 소형 책상에 앉아 노트북을 여는 기척이 났다.

하타는 오늘 날짜와 시작 시각을 말하고, 본인 확인을 했다.

"2012년 10월 1일, 오전 9시. 참고인 조사를 시작합니다. 성명, 오가사와라 미나. 스물다섯 살. 신주쿠 구 다카다노바바에 있는 파견 회사 주식회사 업 커리어에 등록."

하타는 서류에 적힌 본적, 현 주소, 연락처 등 개인 정보를 읽었다.

"틀림없습니까?"

미나는 굳은 표정으로 고개를 끄덕였다.

그럼, 하고 하타는 본론으로 들어갔다.

"컴퍼니 옐로에서 근무한 기간은 얼마나 됩니까?"

미나는 간신히 들릴 정도의 목소리로 질문에 대답했다.

"작년 10월부터 올해 9월까지입니다."

"주 업무는 무엇이었습니까?"

"사무였습니다."

하타는 의자 등받이에 몸을 기대고 팔짱을 꼈다.

"더 자세히 알려주시겠습니까? 이를테면 전화 응대를 했다거나."

오가사와라의 말을 요약하면 그녀의 일은 회사에 걸려온 전화 응대, 화장품 구매 고객 명단 관리, 상품 수주와 발송이었다고 한다.

"인터넷이나 전화 주문을 받아 상품을 발송하는 게 주요 업무였습니다."

상품은 사무실 구석에 놓여 있었고 주문을 받으면 발송용 상자에 담아 보냈다고 했다.

"통신판매 화장품은 하루에 주문이 얼마나 오나요?"

미나는 고개를 갸웃하며 잠시 생각한 후 대답했다.

"회사에 따라 다르겠지만 컴퍼니 옐로에서 파는 뤼미에르는 그리 많지 않았어요. 적을 때는 다섯 건 정도. 많아 봐야 서른 건이 채 못 됐어요."

미나가 계속 말을 이었다.

"하지만 뤼미에르는 단가가 높은 화장품이라서 수는 적어도 건당 매출은 컸어요. 한 번 주문에 10만 엔 이상을 사는 손님도 적지 않았거든요."

하타는 너무 큰 숫자에 미간을 찌푸렸다.

TV는 거의 보지 않았으나 요즘 미용 상품 광고가 늘었다는 것 정도는 알았다. TV 화면이나 신문 광고에서 '나이를 가늠할 수 없는 미의 마녀'라고 불리는 여성이 아름다움과 젊음이 얼마나 필요한지 주장하는 모습을 여러 번 봤다.

하타는 아름다움과 젊음을 얻으려는 끝없는 욕망을 알 길 없었다.

인간은 반드시 나이를 먹는다. 나이를 먹으면서 주름이 생기고 피부 탄력도 떨어진다. 남자나 여자나 마찬가지다. 하지만 그래서 어쩌라는 건가. 자연스러운 현상 아닌가. 그런데 수많은 여성이 자연의 이치를 거슬러 미용에 돈과 시간을 쓴다. 때로는 부모에게 받은 몸에 칼을 대면서까지 젊고 아름다워지려 한다. 상품 광고에서는 마치 늙고 나이 드는 게 죄라는 듯 목소리를 높인다. 한 번 주문에 10만 엔 이상의 상품을 산다는 뤼미에르 화장품 고객의 마음을 하타 같은 인간은 도저히 이해할 수 없었다.

하타는 생각을 전환해 조사를 계속했다.

"지난달까지 컴퍼니 옐로에 근무했는데 계약 기간은 처음부터 일년이었습니까?"

미나는 아니라고 대답했다.

"컴퍼니 옐로와의 계약은 반년마다 갱신했습니다. 지난 7월에 또 반년 계약이 연장될 계획이었습니다. 8월 들어 갱신 절차를 밟으려 했는데 갑자기 다음 달로 계약을 끝내겠다고 했어요."

컴퍼니 옐로가 입주해 있던 요쓰야교신 빌딩 1층에는 건물주인 교신 부동산이 있었다. 그곳 경영자인 모리야의 말로는, 다자키는 8월 말에 갑자기 임대 계약을 끝내겠다고 했다. 미나의 진술을 통해, 다자키가 7월에는 회사를 정리할 생각이 없었다고 추측할 수 있었다. 8월에 어떤 이유가 생겨 급히 파견 사원 계약과 사무실 임대 계약을 종료한 것이다. 그 이유란, 주식 상장을 미끼로 한 사기와 관련돼 있으리라. 하타는 그렇게 생각했다.

"갑자기 계약을 끝내는 이유는 들었나요?"

하타의 질문에 미나는 그렇다며 고개를 끄덕였다.

"제가 뭔가 잘못했나 싶었거든요. 저희 같은 사람에게 평가는 사활이 달린 문제예요. 파견 회사에 클레임이라도 넣으면, 얘는 못 쓰겠다는 둥 일도 제대로 못 하는 사람을 파견하면 우리 신용에 문제가 생긴다는 둥 하며 파견 등록이 끊길 수도 있어요."

"다자키 씨는 해약 이유가 뭐라고 했습니까?"

"그다지 분명한 대답은 하지 않았습니다. 다른 데로 이전할 예정이다, 경영을 재정비하겠다, 그런 모호한 말이었어요. 하지만."

미나는 눈을 내리깔았다.

"하지만, 뭐죠?"

생각에 잠긴 듯 입을 다문 미나에게 하타가 계속하라고 재촉했다. 미나는 조금 뜸을 들인 후 자신이 없는 듯 조그맣게 말했다.

"파견 계약을 끝낸 진짜 이유는 다른 데 있을 거예요."

"왜 그렇게 생각하시죠?"

미나는 어디까지나 자기 생각이라고 전제한 후 말을 이었다.

"파견 계약은 9월 말까지였는데 실제로는 9월 중순까지만 일했어요. 다자키 씨가 사무실을 옮기는 일을 도운 게 마지막인데, 사실 9월이 되면서부터 사무실에 이상한 전화가 걸려왔어요."

"이상한 전화요?"

미나가 고개를 끄덕였다.

"그때까지 전화 문의는 대부분 상품에 관한 거였습니다. 주문을 하거나 상품이 언제 도착하느냐고 묻는 거였죠. 하지만 9월 들어서는 컴퍼니 옐로의 경영자를 바꿔달라고 요구하는 전화가 왔어요."

미나의 말에 따르면 전화를 건 사람은 상품 구매 회원으로, 모두 화가 난 상태로 경영자를 바꾸라고 했다. 다자키가 있을 때는 직접 전화를 받기도 했는데 고객 대응은 미나가 듣기에도 한심했다. 책상 위에 앉아 담배를 피우면서 조금만 기다려달라, 지금 절차를 밟고 있다 하며 태평하게 달랬다고 한다.

미나는 안색을 살피듯 고개를 숙인 채 눈으로만 하타를 봤다.

"자세한 건 모르겠으나 다자키 씨, 고객과 무슨 문제가 있는 것 같았어요."

미나는 아마 상품에 대한 불만 같은 문제라고 생각할 것이다. 범죄로 여겨지지 않을 수준을 생각했으리라. 하지만 현실은 달랐다. 컴퍼니 옐로는 사기라는 범죄에 손을 댔을 가능성이 매우 컸다.

하타는 질문을 바꿨다.

"고객 명단을 관리했다고 했는데 그 명단이 남아 있습니까?"

미나는 아니라며 고개를 저었다.

"사무소를 정리할 때 서류는 모두 분쇄기에 넣어 처분했고 보존하던 데이터는 전부 다자키 씨에게 넘겼어요."

다자키의 아파트나 신변에서 고객 명단 데이터를 보관한 USB 메모리, CD 같은 기록 매체는 발견되지 않았다.

서류도 데이터도 사라졌다면 찾을 방법은 하나였다. 수사1과장 데라사키가 지적했듯 소비자생활센터를 뒤지는 수밖에 없었다. 그곳에 컴퍼니 옐로 관련 문의를 한 사람의 정보가 남아 있을 것이다.

하타가 질문을 계속했다.

"다자키 씨가 컴퍼니 옐로가 어디로 이전하는지 말했나요?"

이 질문에도 미나는 고개를 저었다.

"새로운 사무소의 주소와 연락처는 알려주지 않았어요. 저도 계약이 끝나면 컴퍼니 옐로와는 관계가 없어지니까 묻지 않았고요."

하타는 책상에 팔꿈치를 대고 볼펜을 낀 오른손으로 턱을 문질렀다. 다자키는 갑자기 사무소를 닫고 행방을 감췄다. 이른바 야반도주였다.

"조금 전 말씀하신 '무슨 문제' 말입니다만, 특별히 다자키 씨에게 원한을 품을 만한 사람을 아십니까? 집요하게 연락해온 고객이라거나 사무소를 찾아온 사람이나."

미나는 죄송하다는 듯 고개를 숙였다.

"잘 모르겠어요. 문의 전화는 뤼미에르 회원이라고만 밝히는 사람이 대부분이었어요. 이름을 대더라도 성만 말했고 받아 적은 메모도 남기지 않았어요."

미나는 정말 모르는 것 같았다. 거짓말할 이유도 찾을 수 없었다.

하타는 사무소에 드나든 컴퍼니 옐로 관계자가 있었는지 물었다.

"컴퍼니 옐로 직원은 당신과 파견 사원 쓰지 씨뿐이었습니까? 달리 도와주러 온 사람이나 회사와 관련된 사람은 없었습니까?"

"직원이라 할 만한 사람은 둘뿐이었어요."

하타는 그 말이 마음에 걸렸다. 직원을 강조한다는 것은 직원 외에 관련된 인물이 있었다는 말인가.

그 점을 묻자 미나는 그렇다며 고개를 끄덕였다.

"누구죠?"

미나는 고개를 들고 하타의 눈을 똑바로 봤다.

"뤼미에르 화장품 대표님요."

수사선상에 새로운 참고인이 떠올랐다. 뒤에서 나쓰키가 긴장하는 듯한 기척이 느껴졌다.

하타는 기대어 있던 의자 등받이에서 등을 떼고 몸을 내밀었다.

"대표이사는 다자키 씨 아닙니까? 그 밖에 회사 간부가 있었단 말입니까?"

미나는 그렇다고 대답했다.

"다자키 씨는 주식회사 컴퍼니 옐로의 대표이사고, 그 사람은 뤼미에르 화장품 대표였어요."

대표이사 다자키와 뤼미에르 화장품 대표, 컴퍼니 옐로의 경영은 두 사람이 했다는 말인가. 홈페이지를 확인했을 때 뤼미에르 대표 이름은 나오지 않았다.

미나는 긴장이 조금 풀렸는지 살짝 말이 많아졌다.

"뤼미에르는 회원만 살 수 있는 상품이에요. 일반 매장에서 판매하지 않는 대신 화장품 관련 세미나를 정기적으로 열었어요. 거기에서 배합 성분이나 효능을 설명해 장점을 홍보하는 거예요. 대표이사다자키 씨는 상품 매출 등 경영을 담당했고, 뤼미에르 화장품 대표는 회원을 늘리기 위해 개최하는 세미나의 강사를 맡았어요."

미나는 세미나가 있을 때는 장소 예약이나 세팅도 했다고 한다.

"세미나는 대체로 이 주에 한 번 정도 개최했어요. 주로 도내의 연수 센터나 임대 회의실을 빌렸죠."

하타는 세미나를 열었던 장소의 자세한 위치를 물었다. 미나가 몇 군데 연수 센터와 임대 회의실 이름을 댔다. 알고 있는 한자 명칭을 확인했다. 하타의 뒤에서 나쓰키가 리드미컬하게 컴퓨터 자판을 두드리는 소리가 났다. 하타는 질문을 이어갔다.

"뤼미에르 화장품 대표라는 사람은 남자입니까, 여자입니까?"

미나는 여성이라고 대답했다.

"정말 아름다운 사람이에요. 이목구비가 또렷하고 몸매도 좋았어요. 패션잡지에 나와도 이상하지 않을 정도로. 걷는 모습도 정말 아름다웠어요. 높은 하이힐을 신고 가슴을 펴고 걷는 모습이 모델 같았어요."

"키가 얼마나 됐나요?"

하타의 질문에 미나가 바로 대답했다.

"165센티미터인 쓰지 씨와 비슷했으니까 그 정도일 거예요."

"나이는?"

이 질문에도 바로 대답했다.

"지금 서른일곱 살이에요. 세미나에서 처음 만났을 때 너무 예뻐서 다자키 씨에게 저 사람 몇 살이냐고 물었거든요. 나이를 듣고 놀랐죠. 이십대라고 생각했으니까요. 그 정도로 젊어 보였어요."

귓불이 움찔했다. 광맥을 찾았을 때의 습관이었다.

"그 여성의 이름을 아십니까?"

미나는 또렷하게 대답했다.

"다카무라 후미에 씨예요."

"본명인가요?"

"그건 몰라요. 강사 이름에 그렇게 적혀 있었어요."

"어떤 한자를 쓰죠?"

하타가 재차 물었다.

기억을 더듬는지 눈을 치켜뜨며 미나가 말했다.

"높다고 할 때의 고에 마을 촌, 문장의 문에 회화할 때 회요."

"다카무라 후미에, 라는 거죠."

하타는 소리 내어 이름을 되물었다.

"다카무라 후미에의 주소는?"

미나는 말문이 막혔다.

"몰라요."

하타는 뒤를 돌아봤다. 나쓰키와 눈을 맞췄다.

—당장 본부에 보고해서 다카무라 후미에를 찾아.

나쓰키는 상기된 표정으로 고개를 끄덕이고는 재빨리 행동에 옮겼다.

나쓰키가 서둘러 조사실을 나간 후 하타는 미나에게 시선을 돌리고 질문을 계속했다.

"도쿄 도내인지 근처 무슨 현인지 그 정도는 아시겠죠. 사무소나 세미나홀에서 집까지 배웅하지 않았나요?"

미나는 곤혹스러운 듯 의자 위에서 몸을 꼬았다.

"다카무라 씨는 사무소에 온 적 없어요. 세미나에만 나타났어요. 그곳까지는 늘 직접 왔고요. 세미나 시작 삼십 분쯤 전에 다자키 씨와 같이 왔다가 세미나가 끝나면 올 때와 마찬가지로 둘이 갔어요. 그래서 저나 쓰지 씨가 배웅한 적은 없어요. 부탁받은 적도 없고요."

하타는 다자키와 다카무라의 관계를 물었다. 남녀 관계였나, 아니면 회사의 공동 경영자였을 뿐인가.

미나는 크게 고개를 기울였다.

"글쎄요. 확실히는 모르지만 연인이래도 이상할 건 없겠네요."

왜 그렇게 생각하는지 묻자 미나는 입꼬리를 살짝 올렸다.

"그냥 알아요. 눈에 보이지 않는 거리감이라고 할까요. 둘은 아주 가까웠거든요."

여자의 감이라는 말인가.

하타는 목 뒤쪽을 긁었다. 과학적인 근거는 없으나 여자의 동물적인 감을 무시할 수는 없었다. 지금까지 그 감이 맞아떨어진 사건을 여러 차례 봤다.

뇌리에, 다자키가 살해된 임대 별장에서 목격된 선글라스 여성의 존재가 떠올랐다.

추정 나이 서른에서 쉰 살. 키 160센티미터 전후. 표준 체형에 굽 높은 펌프스를 신고 늘 잘 차려입었다.

뤼미에르 화장품 대표를 맡았다는 여성과 별장에 드나들던 여성이 같은 인물일 가능성은 컸다.

치정과 금전 목적―살인의 동기로는 충분하다.

하타가 머리를 굴리고 있는데 나쓰키가 조용히 문을 열고 들어왔다. 인물 수배 요청을 끝낸 모양이다. 지금쯤 본부에서는 운전면허증, 여권 정보 등 모든 사법기관 데이터베이스에 접근을 신청해 다카무라 후미에라는 인물을 찾고 있을 것이다. 본명이라면 곧 주소가 밝혀지리라.

나쓰키가 자리에 앉는 걸 확인한 뒤, 하타는 등을 펴고 미나의 눈을 응시했다.

"다카무라라는 여성의 사진이나 영상은 없나요?"

미나는 잠시 생각하더니 뭔가 생각난 듯 눈을 반짝였다.

"쓰지 씨한테 있을지도 모르겠네요. 홈페이지에 실을 세미나 사진을 쓰지 씨가 디지털카메라로 찍었으니까요."

뤼미에르 홈페이지에 강사를 맡은 다카무라 후미에의 사진이 실려 있다는 말인가. 그렇게 묻자 미나는 고개를 저었다.

"홈페이지에 올리는 건 세미나홀 전체 사진이에요. 강사나 손님 얼굴은 찍지 않아요."

"디지털카메라는 개인 물품이었나요?"

수다스럽던 미나가 입을 다물었다. 미나는 무릎 위에 놓은 손을 정신없이 움직이며 이야기해도 좋을지 망설이는 태도를 보였다. 하타가 눈으로 대답을 재촉하자 미나는 조그만 소리로 말했다.

"회사 비품인데 쓰지 씨가 가끔 몰래 밖에 가지고 다녔어요."

미나의 말로는 화소 수가 높고 성능이 좋은, 최신형 디지털카메라였다고 한다. 쓰지 요시에는 세미나가 없을 때는 빌려도 괜찮을 거라 생각해 이따금 개인적으로 사용했다는 것이다. 자신의 스마트폰 카메라와는 차원이 다르다며 좋아했고, 사무소 철수 며칠 전에도 친구 생일파티가 있다면서 디지털카메라를 가지고 나갔다. 사무소 철수 당일, 쓰지는 디지털카메라를 깜빡 잊고 집에 놓고 왔는데, 다자키도 너무 바빠 잊었는지 내놓으라고 요구하지도 않고 그냥 떠났다고 했다.

"쓰지 씨가 아직 지우지 않았으면, 카메라에 다카무라 씨 사진이 있을 거예요."

하타는 가슴에 담고 있던 숨을 크게 토해냈다.

쓰지가 이미 디지털카메라를 처분했거나 사진을 지웠을 경우, 경시청 수사지원분석센터에 메모리카드 데이터의 복원을 요청할 수밖에 없다. 복원이 힘들면 경시청의 몽타주 수사원에게 협력을 요청해야 한다. 데이터 복원이든 몽타주 작성이든 다카무라 후미에의 얼굴이 드러날 때까지는 시간이 걸린다. 사진만 남아 있으면 괜한 시간과 노력을 들일 필요가 없다.

바로 연락해 세미나 사진을 보관하고 있는지 확인하는 게 좋겠다. 그렇게 생각한 하타는 조사를 끝냈다.

미나가 조사실에서 나가자 나쓰키에게 지시했다.

"당장 쓰지 요시에에게 연락해서 오가사와라 미나가 말한 디지털카메라를 갖고 있는지 물어. 그렇다고 대답하면 오늘 가져 오라고 하고. 사진을 지우지 않았다면 다카무라 후미에의 얼굴을 인쇄해 신원 판명에 쓸 수 있어. 사진이 지워졌으면 경시청 수사지원분석센터에 데이터 복원 요청하고. 복원할 수 없다면 몽타주 작성해."

다카무라 후미에라는 이름이 본명이 아니면 사진이나 몽타주가 사람을 특정하는 데 열쇠가 될 것이다.

사진 확인의 중요성은 나쓰키도 잘 알고 있을 것이다. 기합이 잔뜩 든 목소리로 알겠다고 대답하고는 그 자리에서 쓰지에게 연락했다. 전화는 바로 연결된 듯했다. 마침 경찰서에 오려고 준비하던 차였단다. 쓰지는 컴퍼니 옐로에서 대여한 디지털카메라를 가지고 있었다. 세미나 모습을 촬영한 사진도 지우지 않았단다. 아직 용량이 남았고 무엇보다 나중에 다자키가 돌려달라고 했을 때 기록이 없어졌으면 문제가 되리라 생각했다고 한다.

쓰지의 집까지의 거리를 계산해보니 순찰차로 데려오기보다는 조용히 기다리는 게 빨랐다.

다카무라 후미에라는 인물을 특정했다는 보고는 아직 없었다. 움직임이 있으면 휴대전화로 연락이 올 것이다. 하타는 가마쿠라 경찰서 식당에서 가볍게 메밀국수를 먹고 뒤뜰 흡연구역에서 담배를 한 대 피운 뒤 조사실로 향했다.

문 앞에 나쓰키가 서 있었다. 손목시계를 보니 1시가 되려면 아직 십 분쯤 여유가 있었다.

나쓰키는 하타를 발견하고 자세를 바로잡았다.

"쓰지 요시에는 이미 도착했습니다. 디지털카메라 사진은 바로 뽑아서 본부에 제출했습니다. 본인은 조사실에 대기시켰습니다."

일 처리가 빨랐다. 하타는 고개를 끄덕이고 조사실 문을 열었다.

의자에 앉아 있는 쓰지 요시에는 오가사와라 미나와는 대조적인 외모였다. 나이는 미나보다 네 살 위로, 현재 스물아홉이었다. 그러나 또렷한 이목구비와 차분한 행동 탓에 조금 더 들어 보였다.

그다지 동요하지 않는 성격인지 아니면 배짱이 두둑한 건지, 불안해하던 미나와 달리 쓰지는 하타의 질문에 담담하게 대답했다.

쓰지에게서 알아낸 정보는 미나와 거의 같았다. 업무도 미나가 했던 일과 같았고 다자키와 다카무라 후미에의 관계에 대한 의견도 비슷했다.

미나에게 했던 것과 같은 질문을 끝내고, 하타는 컴퍼니 옐로에서 가져왔다가 반환하지 않은 디지털카메라의 제출을 요구했다.

쓰지는 검은 백에서 소형 디지털카메라를 꺼냈다.

"이거예요."

하타는 디지털카메라를 보면서 쓰지에게 말했다.

"뤼미에르 화장품의 대표라는 다카무라 후미에가 찍힌 사진을 보여주세요."

쓰지는 고개를 끄덕이고 익숙한 손놀림으로 기기를 조작했다. 쓰지는 카메라 뒷면에 있는 액정 화면을 물끄러미 바라보더니 잠시 후 고개를 들고 하타에게 디지털카메라를 내밀었다.

"이 사람이에요."

하타는 디지털카메라를 받아 들고 액정 화면을 봤다.

앞쪽을 보면서 미소 짓는 여성이 찍혀 있었다.

"이 사람이 다카무라 후미에 씨라고요? 틀림없죠?"

다시 확인했다. 쓰지는 틀림없다고 대답했다.

하타는 미나가 말한 정말 아름다운 사람이라는 말을 떠올렸다.

과연 미인이다.

눈이 크고 눈동자가 촉촉해 요염했다. 코가 오뚝하고 입술 형태도 좋았다. 뺨에서 턱으로 이어진 선이 매끄럽고 턱이 날렵했다.

"다카무라 후미에 씨 연락처는 모르십니까?"

하타가 물었다.

쓰지는 어디에 사는지는 모르나 휴대전화 번호는 안다고 했다.

"세미나홀을 정리하다가 고객이 놓고 간 다카무라 씨 명함을 발견하고 주워뒀어요. 파견 회사 선배가 인맥은 어디서 어떻게 쓰일지 모른다며 업무 관계자의 정보는 알아두는 게 좋다고 했거든요."

쓰지는 디지털카메라가 들어 있던 백에서 명함집을 꺼내 한 장을 뺐다.

"이게 그 명함이에요. 주소는 컴퍼니 옐로 사무소로 되어 있는데, 이 번호는 휴대전화 번호니까 다카무라 씨의 전화일 거예요. 걸어본 적은 없지만."

"잠시 빌려도 되겠습니까?"

대답을 기다리지 않고 하타는 몸을 돌려서 나쓰키에게 명함을 건네고 오전과 같은 눈짓으로 지시를 내렸다.

─수사본부에 바로 제출해.

나쓰키가 조사실에서 나가려고 일어난 순간 누군가 힘차게 문을 두드렸다.

나가려는 나쓰키를 손으로 제지하고 하타가 문을 열었다.

주변 수사 담당인 아사다였다. 흥분한 모습을 보고 후미에의 신원이 판명됐음을 알아차렸다.

하타는 조사실 밖으로 나왔다.

"뭐 좀 알아냈나?"

아사다가 크게 고개를 끄덕였다.

"다카무라 후미에의 자택 주소를 알아냈습니다. 지바 현 마쓰도시 ○○초 3초메 2-14-1, 당장 이쪽으로 가시랍니다."

하타는 몸이 뜨거워짐을 느꼈다.

9

ウツボカズラの甘い息

　후미에는 브랜드 로고가 새겨진 종이봉투를 받아 가게에서 나왔다. 긴자에서 지하철로 히비야까지 간 뒤 갈아타고 마쓰도로 향했다.

　종이봉투 안에는 방금 산 재킷, 블라우스, 치마가 들어 있었다. 다음 강연 때 입기 위해서였다. 올해는 더위가 심해 8월이 끝나고도 땀 흘리는 날이 이어졌는데 9월도 반쯤 지나자 밤에는 선선한 바람이 불었다. 슬슬 가을옷이 필요할 것 같아 새 옷을 장만했다. 재킷은 짙은 회색, 블라우스는 옅은 보라색, 치마는 검은색이었다. 블라우스에 달린 커다란 주름 장식이 너무 화려한 듯도 했으나 점원이 강하게 권해 사기로 마음먹었다.

　집에 도착한 후미에는 사 온 옷을 침실 옷장에 넣고, 두 팔을 벌린 채 침대에 몸을 던져 똑바로 누웠다.

　고개를 돌려 옷장을 봤다. 인생이란 무슨 일이 일어날지 몰라. 긴

286

자 매장에서 브랜드 옷을 사다니, 일 년 전의 자신은 상상할 수도 없었다. 도시유키 월급만으로는 양판점의 싸구려 옷을 사는 게 최선이기도 했고, 지금보다 약 15킬로그램 이상의 살을 몸에 달고 살던 자신은 애당초 패션 자체에 관심을 잃고 있었다.

후미에는 옷장에서 시선을 떼고 눈을 감았다.

이제 옛날로는 돌아가고 싶지 않아. 추한 모습을 드러낸 채 10엔, 20엔을 절약하려고 특가품을 찾아다니던 때로 돌아가고 싶지 않아—아니, 돌아갈 수 없어.

후미에는 눈을 뜨고 벽에 걸린 달력을 봤다. 잠시 바라보다가 침대에서 일어나 화장대 의자에 앉았다. 화장품 옆에 놓아둔 휴대전화를 들어 액정 화면을 확인했다. 걸려온 전화나 문자는 없었다.

후미에는 휴대전화를 닫고 다시 침대에 누웠다.

가나코와 쇼고와는 이번 달 6일에 전화로 이야기한 게 다였다. 부엌에서 설거지를 하고 있는데 가나코에게서 전화가 왔다. 내일 프랑스에 간다고 했다. 연인인 피에르를 만나기 위해서, 일본 내 뤼미에르 판매 계약의 갱신을 위해서라고 했다. 비즈니스와 휴가를 겸한 방문이었다.

언제 귀국하냐고 물으니 9월 내내 프랑스에 있을 예정이라고 대답했다.

"나중에 쇼고도 올 거야. 계약서를 교환할 때 입회하니까."

쇼고의 귀국도 9월 말이 될 거라고 했다. 가나코는 이야기를 계속했다.

"나도 쇼고도 한동안 일본을 비우니까 9월에는 세미나도 없어. 조금 늦은 여름휴가라고 여기고 너도 푹 쉬어."

후미에가 조심해서 다녀오라고 하자 가나코는 돌아오면 연락하겠다면서 전화를 끊었다.

오늘은 아직 18일이었다. 가나코와 쇼고가 귀국하는 9월 말까지 아직 시간이 있다. 푹 쉬라고 했으나 후미에는 김이 샌 기분이었다. 다음 세미나 날짜가 정해지지 않으니 활력이 없었다.

지금쯤 둘은 합류해 즐겁게 시간을 보내고 있을까.

천장을 바라보는 후미에의 뇌리에 파리 거리를 나란히 걷는 두 사람의 모습이 떠올랐다. 가나코와 쇼고는 팔짱을 끼고 즐겁게 마주 보며 웃고 있었다.

지금까지 그다지 생각해본 적 없는데 둘은 어떤 관계일까.

가나코에게는 피에르라는 연인이 있다. 피에르는 결혼한 사람이다. 가나코는 그걸 알고도 사귀고 있다. 불륜인 관계를 허용한다는 것은, 파트너가 있는데도 다른 파트너와 사귀는 행위에 가나코가 그리 죄책감을 느끼지 않는다는 뜻일 수도 있다. 그 증거로 자신이 피에르의 정부라고 말하던 가나코에게서 양심의 가책이나 주저를 느낄 수 없었다.

그 말은 피에르라는 애인이 있어도 바람피울 가능성이 있다는 것이다. 아니, 자유분방한 가나코라면 얼마든지 양다리를 걸칠 것이다. 어쩌면 가나코와 쇼고는 사귀고 있을지 모른다.

파리 호텔에서 가나코와 쇼고가 껴안고 있는 모습을 상상했다.

후미에는 몸을 돌려 베개에 얼굴을 묻었다.

둘이 어떤 관계이든 상관없는 일이다. 자신은 강연하고 돈만 들어오면 그만이다. 가나코는 일본에 돌아오면 연락하리라. 평소와 다름없는 밝은 목소리로 말하겠지.

지금 돌아왔어. 휴가도 즐거웠고 비즈니스도 잘됐어. 이제 또 바빠질 거야. 그래서 말이야, 다음 강연은…….

후미에는 다시 사람들 앞에 서서 뤼미에르 화장품을 권하리라. 가나코에게 보수를 받고 풍요로운 나날을 보내리라.

맞아. 이건 비즈니스야. 나는 돈만 받으면 돼. 두 사람 관계 같은 건 관심 없어.

침대에서 일어났다. 후미에는 고개를 흔들고 저녁 준비를 위해 부엌으로 갔다.

저녁을 먹고 치운 뒤 후미에는 침실로 돌아왔다. 아이들은 자기 방으로 돌아갔고 도시유키는 목욕중이었다.

잠옷으로 갈아입으려는데 화장대 위에 놓아둔 휴대전화가 빛나고 있는 걸 발견했다. 전화나 문자메시지가 온 모양이다.

후미에 휴대전화로 연락이 오는 일은 거의 없었다. 아이들 학교 일은 유선전화로 연락이 왔고, 가끔 전화를 거는 도시유키는 지금 집에 있다.

스팸이나 이동통신사의 서비스 메시지일까.

휴대전화를 확인한 후미에는 미간을 찌푸렸다.

이게 뭐야?

휴대전화에 오후 5시부터 세 시간 사이에 다섯 건이나 전화가 왔었다. 주소록에 등록되지 않은 낯선 번호들이었다. 두 번 건 사람도 있었다. 080으로 시작되는 휴대전화 번호도 있고 시외 국번으로 시작되는 유선전화 번호도 있었다.

후미에는 화면에 표시된 번호를 뚫어지게 봤다.

잘못 건 전화이겠지 했는데 그런 것치고는 횟수가 많았다. 번호는 전부 세 개.

누구일지 이리저리 생각해봤지만 쇼고가 아니라는 것밖에 알 수 없었다. 부재중 메시지가 없기 때문이었다. 예전에 가나코나 쇼고의 전화를 받지 못한 적이 있었다. 그럴 때 가나코는 일방적으로 말하는 게 싫다는 이유로 부재중 메시지를 남기지 않았는데 쇼고는 반드시 남겼다.

도대체 누구지. 남은 번호로 내가 걸어볼까.

휴대전화를 들고 망설이는데 갑자기 전화가 왔다. 전화를 든 손이 흠칫 떨렸다. 표시된 번호는 역시 낯선 것이었다.

아이들이 1층으로 내려올 조짐은 없었다. 도시유키도 아직 목욕 중이었다. 침실에 누가 들어올 것 같지는 않았다.

후미에는 조심스럽게 전화를 받았다.

"여보세요. 누구세요?"

자신의 이름을 밝히지 않았다. 상대가 누군지 모르는 이상 함부로 개인 정보를 이야기하지 않는 게 나았다.

후미에가 말을 다 끝내기도 전에, 전화기 너머에서 참고는 있으나 화가 많이 난 듯한 목소리가 겹쳐 들렸다.

"당신, 다카무라 후미에지?"

여성 목소리였다. 느낌상 육십대 전후일까. 너무 험악한 목소리에 망설여졌다. 아니라고 하지 못하고 "그런데요"라고 대답했다.

본인이라는 사실을 확인하자 이번에야말로 가차 없이 분노가 날아들었다.

"뤼미에르 주식 상장 이야기는 도대체 어떻게 되는 거야!"

후미에는 당황했다. 아무래도 뤼미에르에 관한 이야기인 듯했다. 그런데 주식 상장이라니 무슨 소리지? 전혀 짚이는 구석이 없었다.

"저기, 무슨 말씀이시죠?"

"시치미 떼지 마!"

"아뇨. 정말 무슨 말씀이신지……. 조금만 더 자세히 설명해주실래요?"

최대한 정중한 말투를 써서 상대의 기분을 거스르지 않으려 했다.

여성은 조금 진정했는지 자신은 나카무라 리에코라며 이름을 밝히고 경위를 말하기 시작했다. 뤼미에르 화장품 회원이 된 지 반년이 됐다는 리에코는 분노를 억누르지 못한 채 흥분해 마구 떠들었다.

"뤼미에르 쪽 사람이 올해 9월에는 주식이 상장되니까 미공개 주식을 사지 않겠느냐고 제안했어. 지금 뤼미에르의 미공개 주식을 사면, 한 계좌 60만 엔을 투자했을 때 90만 엔 이익을 볼 수 있다고. 60만 엔짜리 미공개 주식이 상장만 하면 150만 엔이 된다는데 누구나 달려들지. 그래서 알려준 은행 계좌로 600만 엔을 보내고 예탁 증서까지 받았는데 아무리 기다려도 주식 상장 이야기가 없잖아. 벌써 9월도 반이나 지났어. 어떻게 된 거야!"

주식 상장, 미공개 주식, 예탁 증서. 도대체 이 사람이 무슨 소리를 하는 걸까. 후미에가 생각하는 동안에도 리에코는 휴대전화 너머에서 어떻게 된 거냐, 대답해라 하며 계속 쏟아부었다.

후미에는 침착하자고 자신을 다독였다. 틀림없이 리에코가 뭔가 착각하는 것이다. 이야기가 어디선가 꼬였나 보다. 일단 주식 상장 이야기가 어디서 나왔는지 아는 게 급선무였다.

"저기, 주식 상장 이야기 말인데요, 어디서 들으셨나요?"

리에코가 바로 대답했다.

"당신네 임원이지. 이이다라는 남자."

쇼고가?

리에코 말에 따르면, 석 달 전쯤 쇼고가 휴대전화로 연락했다고 한다. 자산 운영과 관련해 좋은 정보가 있는데 관심 없느냐고. 일부 고객에게만 알려주는 정보라는 말에 끌려 리에코는 이야기를 들어 보기로 했다. 도쿄 역 근처에 있는 고층빌딩 라운지에서 쇼고와 만나 주식 상장 이야기를 들었다. 쇼고는 올해 9월에 뤼미에르 화장품이 주식을 상장한다, 지금 미공개 주식을 사놓으면 큰 이익을 볼 거라고 했단다.

처음에는 수상쩍게 생각했는데 쇼고가 선수를 쳤다.

"실은 프랑스 본사에서 최고 고객 몇 분께만 정보를 드리라고 지시받았습니다. 앞으로도 계속 사랑해주실 고객에 대한 감사와 사례의 마음이라 생각해주시면 좋겠습니다. 고객 선택은 임원급 각자에게 맡겼는데, 제 몫은 열 분이고 한 분당 열 계좌가 최대입니다. 사실 어떤 분께 말씀드려야 할지 망설였는데 왠지 모르게 제일 먼저 나카무라 씨 얼굴이 떠오르더라고요"라고 말했다. 혹은 그와 비슷한 말을 했다.

"저기, 모두에게 똑같은 소리를 한 거 아니야?" 리에코는 말했다.

쇼고는 설마요, 하며 고개를 흔들고는 웃으면서 말했다.

"단 부탁이 한 가지 있습니다."

"뭐지?" 리에코가 말했다.

"상장해서 60만 엔이 150만 엔이 되면 이익의 십 퍼센트를 소개료로 돌려주실 수 있을까요. 물론 수익이 확정된 뒤에 주셔도 됩니다. 그리고 다 아시겠지만, 이 일은 비밀로—"라고 쇼고는 진지하게 말했다. 혹은 그와 비슷한 말을 했다.

마침 수중에 돈이 있던 리에코는 제안을 받아들였다.

처음에는 한 계좌만 할 생각이었다. 하지만 예탁 증서를 받아들자 쇼고에게 돌려줄 수익금을 빼도 81만 엔이나 이익이 굴러떨어진다는 실감이 몰려들어, 잠자코 있을 수 없었다. 쇼고에게 바로 전화해 남은 아홉 계좌를 살 수 없겠느냐고 부탁했다. 쇼고는 이리저리 말을 돌리며 주저했는데 리에코가 강하게 밀어붙여 총 열 계좌를 확보했다.

그때 들은 말로는 아마도 9월 초, 늦어도 10일경에는 상장 절차가 끝날 거라고 했다.

"그런데 말이야!" 리에코는 분노와 불안을 담아 말했다.

"벌써 9월 중순이 넘었는데 상장할 기미가 전혀 없잖아. 사무소에 전화해도 받질 않아서 대표라는 당신에게 전화한 거야. 저기 말이야, 도대체 어떻게 된 거야? 주식은 언제 상장되는데? ……설마 사기야?"

후미에는 혼란스러웠다. 주식 상장 이야기는 처음 들었다.

리에코가 전화기 너머에서 계속 아우성쳤다. 어쨌든 전화를 끊고 진정하자.

후미에는 확인되는 대로 연락하겠다며 리에코의 말을 중단시키고 전화를 끊었다.

도대체 뭐가 어떻게 된 거지?

일단 가나코와 쇼고에게 연락해보자. 어쩌면 예정보다 빨리 귀국했을지 몰라.

후미에는 휴대전화 주소록에서 쇼고의 연락처를 찾았다. 휴대전화 번호를 불러내 발신 버튼을 누르려고 했을 때 또 모르는 휴대전화 번호에서 전화가 걸려왔다.

후미에는 몸을 흠칫 떨었다.

혹시 리에코와 같은 내용일까? 만약 그러면 어쩌지? 아니야, 가나코나 쇼고일 수도 있어. 뜻밖의 문제가 발생해 어떤 이유로 다른 휴대전화로 걸었을 수도 있지.

쇼고나 가나코였으면 좋겠다.

마음속으로 빌면서 통화 버튼을 눌렀다. 전화를 받자마자 낙담했다. 쇼고도 가나코도 아니었고 낯선 목소리의 여성이었다.

느린 말투로 자신은 다니자키 지에라고 밝혔다. 사십대 중반쯤일까. 전화 내용은 리에코와 같았다. 다른 건 주식을 사들인 액수뿐이었다. 리에코는 열 계좌 600만 엔이었는데 지에는 두 계좌 120만 엔이었다.

지에는 반쯤 포기한 듯 말했다.

"저기요, 주식 상장은 됐으니까 그냥 돈이나 돌려줘요. 그럼 이번 일은 없던 일로 할게요. 난 매사 귀찮은 사람이에요. 그리고 뤼미에르 회원도 관둘래요. 당연하잖아요. 이런 사기 같은 짓을 하는데 믿을 수 있겠어요?."

지에는 어쨌든 돈이나 내놓으라며 후미에를 다그쳤다. 후미에는 지금 담당자와 연락중이니 자세한 내용을 알게 되면 연락을 주겠다고 달래서 전화를 끊으려 했다. 그러자 지에의 목소리가 변했다. 그때까지 평온하던 목소리가 분노와 함께 험악해졌다.

"잠깐, 뭐? 설마 돈 못 돌려준다는 건 아니지? 그럼 경찰에 신고할 거야. 사기로 고소할 거라고!"

지에는 언제 돌려줄지 분명히 말하라고 호통쳤다. 무서워진 후미에는 일방적으로 전화를 끊고 다시 쇼고의 휴대전화에 전화하려고 했다. 도대체 어떻게 된 일이지? 휴대전화를 귀에 바싹 대고 쇼고가 받기를 기도했다. 하지만 연결되지 않았다. 호출음이 몇 번 나더니 부재중 안내로 넘어갔다.

"지금은 전화를 받을 수 없습니다. 삐 소리 후 메시지를 녹음해주세요."

휴대전화 너머에서 신호음이 들렸다. 후미에는 휴대전화를 꼭 쥐었다.

"여보세요? 후미에예요. 저기, 아까부터 뤼미에르 회원이라는 여자분이 제 휴대전화로 전화를 해요. 주식 상장이 어쩌고 하는데 무슨 소리인지 전혀 모르겠어요. 어떻게 하면 되죠? 메시지 들으면 바로 연락 줄래요? 일본에는 언제 와요? 난 도무지 영문을 모르……."

마지막까지 이야기하기도 전에 녹음 시간이 끝났다. 그러는 와중에도 후미에의 휴대전화 호출음이 단속적으로 울려댔다. 아마 리에코나 지에가 다시 걸었겠지. 아니면 제삼자일지도 몰라.

후미에는 확인도 하지 않은 채 이번에는 가나코의 가마쿠라 별장으로 전화를 걸었다. 이제야 새삼스럽게 가나코는 왜 휴대전화가 없는지 의문스러웠다.

전화기 너머로 한없이 호출음만 울렸다. 연결되지 않았다. 부재중으로도 넘어가지 않았다. 역시 아직 귀국하지 않은 모양이다. 어쩔 수 없이 전화를 끊었다. 그와 동시에 전화가 걸려왔다. 너무 무서워진 후미에는 순간적으로 휴대전화 전원을 껐다.

휴대전화를 화장대 위에 거칠게 놓고 얼굴을 묻고 엎드렸다. 이마에 땀이 나고 온몸이 떨렸다. 도대체 무슨 일이 일어나고 있는 거지? 이럴 때 가나코와 쇼고는 도대체 어디서 뭘 하는 거야.

귓속에서 후미에를 질책하는 리에코와 지에의 목소리가 맴돌았다. 목소리를 뿌리치려고 눈을 질끈 감고 고개를 저었다.

그때 침실문이 열렸다. 반사적으로 몸을 굳히며 문 쪽을 바라봤다. 도시유키가 서 있었다. 목에 수건을 두른 채 놀란 얼굴로 후미에를 보고 있었다.

"왜 그렇게 놀라? 내가 더 놀랐네."

후미에는 서둘러 아무렇지 않은 척했다.

"아무것도 아냐. 갑자기 문이 열려서 조금 놀랐어."

도시유키는 그러냐면서 수건으로 얼굴을 닦았다.

"목욕탕 비었어. 식기 전에 가."

후미에는 고개를 끄덕였다. 도시유키는 문을 닫았다. 부엌으로 가는 듯했다. 목욕을 끝냈으니 맥주를 마시려는 것이리라.

후미에는 휴대전화를 들어 전원을 끈 상태로 평소 들고 다니는 백에 넣었다.

도시유키는 후미에가 뤼미에르 화장품 판매에 관여하는 줄 모른다. 만약 아내가 자기 몰래 다단계 비슷한 일에 손댄 줄 알면 격앙할 게 뻔했다. 게다가 문제에 휘말렸다는 것까지 알면 어떤 비난이 쏟아질지 알 수 없었다.

미쳐 날뛰는 도시유키를 상상하자 갑자기 시야가 휘청 흔들렸다. 이명이 생기고 온몸이 훅 공중에 뜨는 감각이 덮쳤다.

해리 증상이다.

—안돼. 정신 차려야 해.

후미에는 뺨을 두드리고 심호흡을 되풀이했다. 시야의 흔들림이 조금 잦아들고 주위 소리도 돌아왔다.

후미에는 화장대 옆 장식장 서랍에서 안정제를 꺼냈다. 해리 증상을 억제하는 약이다.

침실을 나와 세면실로 향했다. 세면대 앞에 서서 수돗물을 잔에 따라 약을 먹었다. 세면대 모서리를 손으로 짚고 잠시 꼼짝 않자 시야가 안정되고 부유하는 감각도 사라졌다. 후 숨을 내쉬고 거울을 봤다. 창백한 얼굴의 여자가 그 안에 있었다.

후미에는 입술을 깨물었다.

도시유키가 뤼미에르 일을 절대 알아선 안 돼. 내일 가나코의 별장에 가보자. 어쩌면 오늘 밤에 귀국해 별장에 있을 수도 있어. 가나코가 돌아왔다면 뭐가 어떻게 된 일인지 따져 묻자. 이야기를 들은 가나코는 틀림없이 웃고 말겠지. 작은 실수로 문제가 생긴 것일 뿐이야. 별일 아니야. 그렇게 말하면서 맛난 홍차를 타주겠지. 그리고 또 평소와 같은 일상으로 돌아오는 거야.

"그래. 별일 아니야. 괜찮아."

후미에는 불안한 얼굴로 이쪽을 바라보는 여자에게 그렇게 말을 걸었다.

도시유키와 아이들이 집을 나가자, 후미에는 휴대전화를 들어 전원을 켰다. 조심스럽게 액정 화면을 확인하니 어젯밤에만 다섯 건이나 전화가 왔다. 한 건은 리에코였다. 후미에의 말을 받아들일 수 없어 다시 걸었으리라. 나머지 네 건은 두 번호가 두 번씩 전화했다.

둘 다 모르는 번호였다. 아마도 용건은 리에코나 지에와 같을 것이다. 모두 착신 거부로 등록했다.

후미에는 다시 가나코의 별장, 쇼고 휴대전화, 그리고 뤼미에르 화장품 사무소에 전화를 걸었다. 어젯밤에 사무소로는 연락하지 않았다. 시간이 늦어서 직원들은 벌써 퇴근했을 것 같았기 때문이다.

아침 9시가 지났으니 이미 출근했으리라. 후미에는 그렇게 생각해 전화를 걸었다. 가나코나 쇼고와 연락은 되지 않아도 사무소에는 직원이 있으리라. 그런데 사무소도 전화가 연결되지 않았다. 호출음만 울릴 뿐 아무도 받지 않았다. 후미에는 벽시계로 다시 한번 시간을 확인했다. 역시 9시가 넘었다. 직원이 지각하나.

도대체 뭐 하는 거야?

속으로 투덜대면서 전화를 끊었다. 더는 가만히 있을 수 없었다. 후미에는 아침 설거지도 하지 않고 집을 나왔다.

시치리가하마 역에서 전차를 내려 가나코의 별장으로 향했다. 마음이 급해 걸음이 절로 빨라졌다.

별장에 도착한 후미에는 라임 화이트의 3층짜리 건물을 바라봤다. 1층 차고에는 셔터가 내려져 있었다. 안에 자동차가 주차돼 있는지는 모르겠다.

현관으로 이어지는 계단을 뛰어 올라가 벽에 붙은 차임벨을 눌렀다. 문 너머에서 벨 소리가 났다. 귀를 기울여봤지만 아무도 나오는 기척이 없었다. 다시 눌렀다. 마찬가지였다. 안쪽은 아주 조용했다.

후미에는 계단을 내려와 거실과 면한 중정으로 돌았다. 밑에서

2층 거실 창문을 올려다봤다. 창문에 커튼이 쳐져 있었다. 사람이 있는 것 같지 않았다.

후미에는 입술을 깨물며 어깨에 멘 백 손잡이를 움켜잡았다.

역시 가나코는 아직 프랑스에 있구나. 여기에 있어 봤자 달라질 건 없어. 뤼미에르 사무소에 가보자. 쇼고는 가나코보다 한발 먼저 귀국했을지 몰라. 쇼고 또한 귀국하지 않았더라도 일하는 직원이 있다. 직원에게 뭔가 사정을 아는지 물어보면 될 것이다.

전차를 갈아타고 도내로 돌아와, 사무소가 있는 요쓰야로 향했다. 지하철 요쓰야 산초메 역에서 내려 명함에 적힌 주소를 찾았다.

컴퍼니 옐로가 있는 요쓰야교신 빌딩을 찾아낸 후미에는 건물을 올려다보면서 눈살을 찌푸렸다. 머릿속으로 그리던 사무소와는 이미지가 너무 달랐다. 너무 낡아서 벽은 누렇게 변해 있고 밖으로 드러난 배수관은 녹슬어 있었다. 아름다움을 판매하는 화장품 회사가 있는 곳이니 훨씬 깨끗하고 청결하고 화사한, 근대적인 빌딩일 거라고 생각했다.

후미에는 빌딩 출입구 옆에 붙은 안내판을 봤다. 3층에 있어야 할 주식회사 컴퍼니 옐로의 이름이 없었다. 후미에는 명함에 적힌 주소를 새삼 확인했다. 틀림없었다. 사무소 소재지는 요쓰야교신 빌딩 3층이라고 되어 있었다.

실수로 안내판을 붙이지 않은 걸까. 의아해하면서 계단을 올라갔다.

3층에 도착한 후미에는 망연자실했다. 복도는 어두컴컴하고 인적이라고는 없었다. 눈앞 철제문에 회사 간판 같은 건 보이지 않았다.

후미에는 문 옆 차임벨을 눌렀다. 대답은 없었다. 다시 눌렀다. 역시 아무도 나오지 않았다.

"죄송해요. 아무도 없어요? 여보세요!"

후미에는 주먹으로 문을 두드렸다. 왜 아무도 없을까? 왜 문에 컴퍼니 옐로라는 이름이 없을까. 쇼고는 도대체 어디에 있나.

정신없이 문을 두드리는데 뒤에서 소리가 났다.

"거기 비었어요."

놀라 돌아보니 초로의 남성이 서 있었다. 은발을 뒤로 빗어 넘기고 회색 와이셔츠에 검은 조끼를 입고 있었다. 손에는 편의점 봉투를 들고 있다. 어두컴컴한 복도에 새빨간 넥타이만 떠 보였다.

잘못 들었나? 남자는 컴퍼니 옐로가 있을 사무실을 빈방이라고 말했다. 후미에는 남자에게 물었다.

"여기가 비다니, 잘못 아신 거 아니에요? 주식회사 컴퍼니 옐로일 텐데요."

남자는 아아, 하고 알겠다는 듯한 목소리를 내고 눈앞에 있는 문으로 시선을 돌렸다.

"얼마 전까지는 있었는데 지금은 나가고 없어요."

남자 말로는, 나흘쯤 전에 다 치워 떠났다고 했다.

후미에는 귀를 의심했다. 회사를 접는다는 소리는 듣지 못했다. 후미에는 남자에게 달려들었다.

"저기, 여기 있던 남자가 지금 어디 있는지 모르세요? 이름은 이이다 쇼고이고, 키가 크고 피부가 그을린 느낌이 있고…… 아, 일했던 직원이라도 괜찮아요. 연락처 모르세요? 제가 꼭 연락해야 하거든요. 저, 저……."

남자는 필사적으로 묻는 후미에를 밀어 제지하려는 듯 손을 앞으로 내밀며 말을 가로막았다.

"죄송합니다만 여기 있던 사람은 전혀 몰라요. 같은 빌딩에 있기는 했는데 교류는 전혀 없었습니다."

―무슨 소리지?

후미에는 비틀거리는 몸을 벽에 기댔다. 컴퍼니 옐로가 이사 간다는 소리는 전혀 듣지 못했다. 가나코와 쇼고는 지금 어디 있을까. 도대체 무슨 일이 벌어진 거지.

혼란스러운 머리로 필사적으로 생각하는데 갑자기 백 안에서 휴대전화가 진동했다. 놀라 휴대전화를 꺼냈다. 조심스럽게 휴대전화를 보니 낯선 전화번호가 화면에 표시돼 있었다.

가나코, 아니면 쇼고 씨인가?

후미에는 둘 중 하나이기를 바라면서 전화를 받았다. 들어본 적 없는 여성의 목소리가 귀에 날아왔다.

"다카무라 후미에 씨? 뤼미에르 주식 상장 때문에 묻고 싶은 게 있는데요."

현기증이 났다. 다리에서 힘이 빠졌다.

후미에는 전화를 끊고 그 자리에 주저앉았다. 남자는 쇼고와 후미에의 사이를 오해한 듯 불쌍하다는 눈빛으로 보다가 말없이 계단을 올라갔다.

　별장과 사무소를 방문하고 열흘 정도 지났다. 가나코와 쇼고의 연락이 끊긴 지는 삼 주가 되었다.

　후미에의 휴대전화에는 연일 낯선 번호로 전화가 왔다. 부재중 메시지를 남기는 사람도 있었다. 확인하면 모두 뤼미에르 화장품의 주식 상장에 관한 민원이었다.

　가나코와 쇼고에게서는 지금껏 아무 연락도 없었다. 후미에는 쇼고 휴대전화에 수없이 전화를 걸었지만 한 번도 연결되지 않았다.

　후미에의 정신 상태는 한계에 도달했다. 휴대전화는 가나코와 쇼고에게서 연락이 없는지 확인할 때 외에는 전원을 꺼놓았다. 전화기를 보는 것조차 두려워 볼 일이 없을 때는 눈에 띄지 않도록 백 안에 넣어뒀다.

　뤼미에르 일을 시작한 후 나아지던 해리 증상도 극도의 긴장과 스트레스 탓에 다시 심해졌다. 하루에 한 번, 많은 날은 두세 번 정도 해리가 일어났다. 증상을 억제하려 약의 양을 늘렸더니 온종일 머리가 멍했다.

　흐리멍덩한 머리로 후미에는 몇 번이나 자문자답을 되풀이했다.

　나는 속았나. 아니, 그럴 리 없어. 후미에의 수중에는 가나코에게서 받은 300만 엔 가까운 돈이 남아 있었다. 무엇보다 자신을 속여도 득이 될 게 하나도 없을 텐데.

　그럼 사기사건 공범이 됐다는 말일까. 가능성은 있다. 하지만 후미에에게는 아무 지식도 기술도 없다. 무엇 때문에 한 패로 끌어들였단 말인가. 만약 이게 사기라면, 가나코와 쇼고 둘이서 해도 충분하지 않은가. 후미에게 매월 50만 엔을 지불할 필요 따윈 없다. 그래, 역시 사기 같은 건 아니다. 뭔가 착각해서 생긴 문제이리라.

　—그건 그렇고, 왜 두 사람과 연락이 안 될까.

　불안과 공포에 시달리던 후미에는 저도 모르게 가족 앞에서 비명을 질렀다.

　갑자기 증상이 심해진 후미에를 보고 도시유키는 무슨 일 있냐, 뭐 고민 있느냐고 물었다. 그때마다 후미에는 적당한 이유를 붙여 얼버무렸다. 거짓말을 할 때마다 가슴에 죄책감이 쌓였다. 진심으로 걱정해주는 도시유키에게 미안했다. 그런 생각이 드니 침울해져 해리 증상이 더 심해졌다.

　침대에 누운 후미에는 벽시계를 봤다. 오늘도 남편과 아이가 나간 후 내내 침대에 있었다. 오후 5시. 이제 곧 아이들이 친구네 집에서 놀다 돌아올 것이다. 돌아오자마자 저녁을 먹고 싶어 할 텐데. 슬슬 저녁식사를 준비해야 한다.

　후미에는 돌덩이를 매단 듯 무거운 몸을 침대에서 일으켰다.

　식당으로 가 TV를 켰다. 적막한 공간에서 식사를 준비하면 괜히 기분이 먹먹해지기 때문이었다.

　식당과 이어진 부엌에 서서 냉장고를 열었다. 어제 채소볶음에 사용하고 남은 고기와 달걀밖에 없었다. 밥솥을 여니 아침에 먹다 남은 밥이 있었다. 지금 만들 수 있는 것은 볶음밥뿐이었다. 저녁 메뉴는 볶음밥으로 결정하고 칼로 고기를 다지기 시작했다.

TV에서 저녁 뉴스가 나왔다.

문득 귀에 들어온 이야기에 식칼을 움직이던 손이 멈췄다. 고개를 들어 화면을 보니 젊은 여자 아나운서가 원고를 읽고 있었다.

"……이에 경찰은 살인사건으로 보고 수사를 진행중입니다."

가마쿠라에서 살인사건이 일어났다는 뉴스였다. 현장은 가마쿠라의 시치리가하마, 피해자는 남성이었다.

후미에는 식칼을 도마 위에 놓고 TV로 달려가 리모컨을 집어 들었다. 급히 채널을 돌리면서 살인사건을 다루는 방송국을 찾았다. 그런데 그 뉴스를 보도하는 방송국은 찾을 수 없었다.

리모컨을 도로 놓고 식당으로 향했다. 식탁 의자에 앉아 노트북을 열었다. 인터넷 뉴스사이트라면 살인사건의 자세한 내용이 실려 있을지 몰랐다.

화면이 켜질 때까지의 시간이 평소보다 길게 느껴졌다. 인터넷 홈페이지로 설정된 검색 사이트가 나오자 뉴스 토픽을 열었다.

화면에 최신 뉴스 일람이 표시됐다. 후미에는 가마쿠라, 살인사건이라고 검색어를 쳤다.

―있다!

사건 관련 페이지에 '가마쿠라에서 남성의 타살 사체 발견'이라는 제목이 있었다. 서둘러 기사를 열어 읽었다.

오늘 오후 2시경 가마쿠라 시치리가하마의 임대 별장에서 남성의 타살 사체가 발견됐다. 피해자는 서른여덟 살, 다자키 미노루. 경찰에서는 주변 탐문 등 범인과 이어질 유력 정보를 얻기 위한 수사를 이어가고 있다고 했다.

피해자 이름을 확인한 후미에는 안도의 한숨을 내쉬었다.

뉴스를 들었을 때 순간적으로 쇼고가 아닐까 하는 불안이 머리를 스쳤다.

오늘은 9월 28일. 가나코와 쇼고가 귀국하는 날이다. 후미에는 지난 열흘 동안 쇼고의 휴대전화에 메시지를 들으면 연락해달라고 수없이 녹음했다. 하지만 쇼고에게서는 아무 연락이 없었다.

연락이 닿지 않는 이유를, 쇼고가 해외에 갔기 때문이라고 생각하려고만 했다. 스스로 괜찮다고 다독이기 위해서였다. 9월 말이 되면 가나코와 쇼고는 일본에 돌아올 거야. 그럼 지금 안고 있는 문제도 해결될 거야. 그렇게 생각하고 싶었다.

그러나 후미에도 그게 이유가 될 수 없다는 사실을 알고 있었다. 해외에서도 휴대전화로 통화가 가능하다. 여행지가 미국이든 프랑스든 연락할 수 있으리라. 하지만 쇼고에게서는 전화도 문자메시지도 없었다. 연락을 하지 못하는, 혹은 할 수 없는 사정이 있기 때문이다.

노트북을 닫고 후미에는 새삼 지금까지 모른 체하던, 연락이 두절된 이유를 생각했다. 쇼고가 연락이 없는 것은 뤼미에르 주식 상장 문제 때문이리라. 혹은 다른 문제를 안고 있는 걸까. 아니면 어떤 사건에 휘말린 게 아닐까. 그도 아니면 이것 역시 사기사건일까.

—경찰에 문의해볼까.

사건에 휘말렸다면 경찰에 무슨 정보가 들어왔을지 모른다. 가나코와 쇼고의 일가친척 중 누군가가 실종 신고를 했을 가능성도 있다. 최악의 경우, 사기 피해가 신고됐을 가능성도 없지 않을 것이다.

하지만 후미에는 경찰에 묻겠다는 생각을 곧장 접었다.

가나코와 쇼고가 사건에 휘말렸다면, 경찰은 곧바로 후미에가 뤼미에르 화장품에 관여했다는 사실을 알아낼 것이다. 그렇다면 도시유키에게도 사정을 물을지 모른다.

안 돼.

후미에는 고개를 흔들었다.

도시유키에게 뤼미에르 화장품 판매에 관여했다는 사실을 알려서는 안 돼. 경찰한테는 갈 수 없어. 그럼 어떻게 해야 좋을지 모르겠다. 휴대전화로는 변함없이 뤼미에르의 주식 상장에 대한 민원 전화가 걸려왔다. 가나코와 쇼고에게서는 아무 연락도 없었다.

─어떡하지?

후미에는 식탁에 팔꿈치를 댄 채 두 손으로 얼굴을 덮었다.

아이들과 도시유키를 배웅한 후미에는 아침식사 정리도 하지 않고 침대에 누웠다.

가나코와 쇼고가 귀국한다던 9월도 끝나고, 오늘로 10월에 들어섰다. 주식 상장 전화가 들어온 지 이 주쯤 지났다. 건수는 줄었지만 전화가 완전히 사라지진 않았다. 하루에 한 건은 부재중 메시지가 들어왔다.

후미에는 똑바로 누운 채 눈을 감았다.

전화가 계속 온다는 것은 주식 상장 관련 문제가 해결되지 않았다는 뜻이다. 아직도 두 사람에게서는 연락이 없었다. 암중모색 상태는 도대체 언제까지 이어질까. 후미에는 안정제를 먹고 다시 침대에 누워 눈을 감았다.

얼마나 잤을까. 현관 차임벨 소리에 눈을 떴다. 벽시계를 봤다. 오후 4시. 아이가 학교에서 돌아왔나.

눈을 뜨고 침대에서 천천히 몸을 일으켰다.

일어나자마자 현기증이 일어났다. 심호흡하고 마음을 가라앉히자. 요즘 해리 증상이 심해진 한편, 약은 잘 듣지 않았다. 내일 병원에 가서 새로 약을 처방받자. 도시유키가 얼른 치료받으러 가라고 강하게 권했다.

다시 차임벨이 울렸다. 후미에는 벽을 짚으며 현관으로 향했다. 복도를 걷는 동안에도 여러 차례 벨이 울렸다.

"그렇게 눌러대지 않아도 들린다고."

미간을 찡그리며 괜스레 투덜댔다.

현관에 도착해 샌들을 신고 문을 열었다.

당연히 아이들이 돌아왔으리라 생각하던 후미에는 눈앞의 낯선 인물을 보고 눈이 휘둥그레졌다.

남녀 한 쌍이 서 있었다. 한 명은 중년 남자, 다른 한 명은 젊은 여자였다.

남자의 눈빛이 쏘아보는 듯 날카로웠다. 뒤에 서 있는 여성의 눈도 강한 빛을 내고 있었다.

"누구시죠?"

후미에가 문을 반쯤 열고 물었다. 나쁜 예감이 들었다. 불안에 목소리가 떨렸다.

"다카무라 후미에 씨, 되시죠?"

남자가 낮은 목소리로 물었다. 이 남자는 어떻게 내 이름을 알고 있을까. 또 현기증이 덮쳐왔다. 당장이라도 이 자리에 무너져 내릴 것만 같았다.

"그런데요……."

간신히 목소리를 쥐어짰다. 남자는 양복 안주머니에서 가죽 수첩 같은 것을 꺼내 후미에에게 내밀었다. 얼핏 보니 사진이 붙은 신분증 같았다.

"가나가와 현경 수사1과의 하타라고 합니다."

—경찰.

남자는 엄지를 세워 등 뒤를 가리켰다.

"뒤에 있는 사람은 가마쿠라 경찰서의 나카가와 순사입니다. 저희는 9월 28일에 가마쿠라 시치리가하마에서 일어난 살인사건을 수사하고 있습니다. 잠시 여쭙고 싶은 게 있어서 왔습니다."

시치리가하마에서 일어난 살인사건. 하타의 말에 후미에는 사흘 전 인터넷으로 찾아본 살인사건을 떠올렸다. 그 사건이 도대체 나와 무슨 관계란 말인가.

멍하니 말을 잃고 있으니 하타가 탐색하는 눈빛으로 바라봤다.

"피해자 다자키 미노루 씨를 아시지 않나요?"

생각지도 못한 질문에 당황했다. 다자키 미노루라는 사람은 몰라요. 그렇게 대답하려는데 입이 생각처럼 움직이질 않았다. 하타는 뒤를 돌아보고 나카가와에게 "사진"이라고 말했다. 그러고는 건네받은 사진을 후미에에게 내밀었다.

"이 남성인데 보신 적 없습니까?"

사진을 본 후미에는 소리를 지를 뻔했다. 양손으로 입을 막았다.

쇼고가 찍혀 있었다. 무슨 증명사진일까. 진지한 표정으로 이쪽을 보고 있다. 표정이 없어 평소의 명랑한 분위기와는 거리가 있으나 틀림없이 쇼고였다.

"……알아요. 아는데…… 이 사람 이름은 다자키 미노루가 아니에요. 내가 아는 이름은 이이다 쇼고예요."

하타는 살짝 눈썹을 올렸다. 하지만 바로 엄격한 표정으로 돌아와 날카로운 눈빛으로 후미에에게 말했다.

"살해된 다자키 씨의 휴대전화 및 다자키 씨가 경영하던 주식회사 컴퍼니 옐로의 유선전화 통화내역을 조사한 결과, 착신이력에서 당신 휴대전화 번호가 나왔습니다. 다자키 씨와 연락하던 당신에게서 사정을 듣고 싶습니다만."

후미에는 혼란스러웠다. 이 형사가 지금 무슨 소릴 하는 거지? 살해된 다자키 미노루가 사실은 쇼고라는 말인가. 그런 말도 안 되는 일이 어딨나. 바라보던 지면이 출렁 흔들렸다.

"서까지 동행해주시기 바랍니다."

멀리서 하타의 목소리가 났다.

"몰라요."

후미에가 중얼거렸다.

"몰라요, 다자키 미노루라는 남자는—"

이명이 시작됐다.

"몰라요. 나는…… 사건과 관계가 없어요."

하타의 목소리가 드문드문 들려왔다.

"이야기…… 서에서 들……다."

후미에는 격렬하게 고개를 흔들었다.

"나는 안 갈래요. 관계없으니까! 아무것도 모른다고!"

정신을 차리고 보니 소리치고 있었다.

땀이 멈추지 않았다. 이명이 더욱 심해졌다.

"다카무라 씨!"

자신을 부르는 나카가와의 목소리가 귓속에서 들리더니 금속음과 섞였다.

지면이 눈앞으로 다가왔다.

후미에는 그대로 깊은 어둠에 떨어졌다.

10

ウツボカズラの甘い息

　마쓰도 시립중앙병원 1층에 있는 응급센터는 분주하기 이를 데
없었다. 대기실에는 네 명이 앉을 수 있는 긴 의자 네 개가 마주 놓
였고, 하타를 포함해 여섯 명이 거기 앉아 있었다.

　한 사람은 젊은 여성으로, 하타의 맞은편에 앉아 있었다. 칭얼대
는 아이를 품에 안고 몸을 앞뒤로 흔들었다. 아이가 울음을 터뜨리
려 하면 일어났다가 진정되면 앉는 동작을 되풀이했다.

　하타 옆 긴 의자에는 허리 굽은 노파와 중년 남성이 있었다. 고개
를 푹 숙인 노파를 살펴보듯 남성이 얼굴을 들여다봤다. 모자 관계
인지 이따금 노인을 "어머니"라고 부르는 남성의 목소리가 들렸다.

　두 사람의 건너편 소파에는 소년이 앉아 있었다. 교복 바지에 하
얀 긴소매 와이셔츠를 입었다. 키는 175센티미터인 하타와 거의 비
슷했으나 몸놀림이 아이 같았다. 선이 가늘어 어쩐지 듬직한 구석이

없었다. 아마도 아직 중학생일 것이다. 누군가가 응급실로 실려 왔는지, 아랫입술을 깨문 채 허공을 노려보고 있었다.

하타는 병원 대기실을 좋아하지 않았다. 물론 병원을 좋아하는 사람은 없으리라. 하타도 병원 자체가 께름칙했지만 그중에서도 대기실의 공기가 정말 싫었다.

입원 병동은 대체로 환자 상태에 따라 병실이 나뉜다. 너스 스테이션에서 가까울수록 증세가 심각한 환자가 입원해 있다.

가장 가까운 입원실에는 항상 중환자가 있다. 환자 상태가 갑자기 변하면 간호사가 바로 달려오기 위해서다. 가장 멀리 떨어진 입원실에는 증세가 가벼워 곧 퇴원할 사람, 교코처럼 다른 의미에서 증세가 안정된 환자가 있다. 입원 병동에서는 어떤 병실에 있는지로 증세를 알 수 있는 것이다.

그러나 응급센터 대기실은 그걸 알 도리가 없다.

어떤 병이고 어떤 상태인지, 본인에게 묻지 않는 한 알 수 없다.

대기실에서 진찰 순서를 기다리다가 문득 시선을 느낄 때가 있다. 이 사람은 무슨 병으로 여기 왔을까. 병은 중할까 가벼울까. 며칠만 투약하면 완치할 수 있을까, 아니면 목숨이 달렸을까. 마치 자신보다 불행한 사람을 찾아내려는 듯한 눈빛을 하타는 견딜 수 없었다.

다행히 지금 응급센터 대기실에는 하타를 그런 눈빛으로 보는 사람이 없었다. 다들 응급실에 실려 온 사람에 관한 걱정만으로 머리가 꽉 찼을 것이다.

역시 대기실 공기는 숨이 막혀 밖으로 나가고 싶어졌다. 하지만 진찰실에 있는 후미에에게서 눈을 뗄 수는 없었다.

자기 집 현관에서 쓰러진 후미에를 구급차에 태워 마쓰도 시립중앙병원 응급센터로 왔다.

후미에를 진찰실로 들여보낸 뒤, 하타는 나쓰키에게 데라사키 경시에게 연락하라고 지시했다. 데라사키는 가나가와 현경 수사1과장으로서 합동수사본부를 지휘하고 있었다.

하타는 손목시계를 봤다. 나쓰키가 대기실에서 나간 지 십 분이 다 되었다. 전화 한 통 하는 데 뭐 이렇게 시간이 걸리나. 하타는 성격이 급했다. 일이 매끄럽게 진행되지 않으면 초조해졌다.

크게 숨을 내뱉었을 때 자동문이 열렸다. 나쓰키였다.

하타는 의자에서 일어나 대기실 구석으로 나쓰키를 데려갔다.

"연락했나?"

나쓰키는 하타의 눈을 보며 고개를 끄덕였다.

"네. '의사 지시를 따라야겠으나, 당장 입원해야 할 만큼 위독하지 않은 한 다소 무리가 있더라도 참고인을 가마쿠라 경찰서로 연행하고 조사해라, 우리는 지금부터 근처 호텔을 수배하겠다'라고 하셨습니다."

호텔은 후미에가 묵게 하기 위한 것이었다.

참고인이 피의자로 바뀔 가능성이 있는 경우, 증거 인멸 우려 때문에 귀가하지 못하도록 조치하는 것이다. 참고인 조사를 하는 경찰서 근처 숙박 시설에 묵도록 한다. 물론 임의동행이므로 본인이 거절하면 그만인데, 그럴 경우에는 이십사 시간 행동 감시를 붙인다.

후미에는 틀림없이 다자키 살해사건에 관해 중요한 정보를 지니고 있을 것이다. 데라사키 말대로 한시바삐 손에 넣고 싶었다.

—의사 진단에 달렸단 말인가.

하타는 나쓰키에게 대기실에서 기다리라고 지시한 뒤, 담배를 피우러 밖으로 나가려 했다.

대기실과 외부를 차단한 자동문이 열림과 동시에 진찰실에서 간호사가 나왔다.

"다카무라 후미에 씨 보호자분 계십니까?"

귀로 들어온 간호사 목소리에 밖으로 걸음을 내딛던 하타는 몸을 돌렸다.

서둘러 달려가 같이 온 사람이라고 알렸다. 간호사는 "선생님이 설명하실 거예요"라고 말하고는 하타와 나쓰키를 진찰실 안으로 안내했다.

진찰 결과, 후미에는 가벼운 빈혈로 쓰러졌다고 했다.

하타는 안도했다. 빈혈 정도면 당장 가마쿠라 경찰서로 연행할 수 있겠다. 하지만 의사는 지금 움직이는 건 무리라고 못을 박았다. 후미에가 링거를 맞고 있기 때문이었다.

의사 말로는, 단순 빈혈뿐이면 다리를 높게 하고 침상에 잠시 누워 있으면 괜찮아지는데 후미에에게는 지병이 있는지 정신적인 혼란이 심각해 진정할 수 있는 링거를 놓았다고 했다.

"지병이 뭡니까?"

진찰실 의자에 앉아 하타가 물었다. 의사는 진료기록부에 펜을 휘

갈기면서 대답했다.

"저는 가족분에게만 말할 수 있습니다. 자세한 이야기는 본인에게 들으세요."

하타와 나쓰키는 의사에게 자신들은 후미에의 집을 방문했던 지인이라고 거짓말했다. 의사는 진료기록부 작성을 끝내고 의자를 돌려 하타 쪽을 보았다.

"링거를 다 맞으면 수납하고 돌아가셔도 됩니다. 다만 오늘 링거는 응급처치이니까 하루라도 빨리 다니던 병원에서 진찰을 받으셔야 합니다."

링거는 얼마나 맞아야 하는지 묻자 의사는 음, 하고 신음했다.

"링거 자체는 이십 분 정도면 끝나는데 이 링거에는 진정 작용이 있어서 졸려요. 잠에서 깨는 데 걸리는 시간은 사람마다 다릅니다. 삼십 분이면 일어나는 사람도 있고 한 시간 이상 자는 사람도 있습니다. 뭐, 그 정도 되면 간호사가 깨울 겁니다."

후미에가 어서 눈 뜨기만을 기다리는 수밖에 없단 말인가.

하타는 인사하고 진찰실을 나온 뒤 나쓰키에게 한 대 피우고 오겠다는 말을 남기고 밖으로 나갔다.

후미에는 오후 5시 30분이 되고서야 나왔다. 병원에 실려 온 지한 시간 반이 지나 있었다.

하타는 넋 나간 표정으로 처치실에서 나온 후미에에게 긴 의자에 앉으라고 권했다. 진찰 순서를 기다리던 환자와 보호자에게 들리지 않도록 가장 구석 자리를 권했다. 후미에는 시키는 대로 의자에 앉았다.

나쓰키는 후미에를 보살피기 위해 옆에 앉았다. 하타는 건너편 소파에 앉았다.

"기분은 어떠세요?"

하타가 목소리를 낮춰 물었다.

후미에는 바닥에 시선을 둔 채 괜찮다고 대답했다. 억지로 괜찮다고 하는 것 같지는 않았다. 병원에 실려 왔을 때 창백하던 얼굴에 핏기가 조금 돌아와 있었다.

"이런 일이 자주 있나요?"

후미에는 살짝 고개를 저었다. 현기증은 종종 일어나는데 쓰러진 적은 없단다.

"조금 전 의사에게 들었는데, 무슨 지병이 있으십니까?"

하타의 질문에 후미에는 말할까 말까 망설이는 듯하더니 툭 내뱉었다.

"해리성 장애가 있어요."

후미에는 지바 현 마쓰도 시내에 있는 사카이 멘탈클리닉에 다니고 있다고 했다.

하타는 해리성 장애라는 말을 처음 들었다. 후미에 말에 따르면 자신이 아닌 듯한 감각을 느끼고 지독한 이명과 현기증이 일어난다고 한다.

"삼 년쯤 전부터 병원에 다녔어요. 약을 먹고 최근에는 정말 많이 좋아졌는데…….”

후미에는 거기서 입을 다물었다. 그만큼 다자키의 일이 충격이었다고 이야기하고 싶은 건가.

“조금 전 저희가 집을 방문했던 일 말인데요.”

하타가 말을 꺼냈다. 후미에가 흠칫 몸을 떨었다.

“가능하시면 지금 이야기를 듣고 싶습니다.”

후미에는 갑자기 양손으로 배를 감싸 안고 몸을 웅크렸다.

“괜찮으세요? 어디 안 좋으세요?”

나쓰키가 후미에의 등에 손을 댔다.

후미에는 간신히 들릴 목소리로 누구에게랄 것도 없이 물었다.

“지금요?”

“그렇습니다.”

하타가 대답했다. 후미에가 떨리는 목소리로 말했다.

“곧 아이들이 학교에서 돌아올 시간이에요. 남편도 곧 와요. 제가 집에 없으면 아이도 남편도 걱정할 거예요.”

“저희가 사정을 설명하겠습니다.”

참고인 조사는 수사본부가 설치된 가마쿠라 경찰서에서 진행한다. 후미에의 집이 있는 마쓰도에서 가마쿠라까지는 멀다. 언제 끝날지도 모르고 아마 내일도 아침부터 재개될 테니까 오늘은 경찰이 준비한 호텔에서 자게 될 거라고 하타는 설명했다.

호텔에 묵게 하는 이유는 집에서 가마쿠라 경찰서까지 이동하는 데 시간이 소요되기 때문이라고 해뒀다. 도주나 증거 인멸 우려가 있어서 집에서 재울 수 없다고 솔직하게 이야기하면 의심받고 있음을 인식하고 소란을 피울지도 모른다. 범인인지 아닌지 아직 심증은 없으나 앞으로 이틀간의 조사로 다 밝혀질 것이다.

하타가 설명하자 후미에는 당장이라도 울음을 터뜨릴 듯한 얼굴로 격렬하게 고개를 저었다.

"안 돼요……!"

작지만 비명에 가까운 목소리였다.

"남편은 제가 화장품 판매를 했다는 걸 몰라요. 경찰에서 조사받는다고 하면 이유를 묻겠죠. 몰래 화장품 판 일을 들킬 거예요."

후미에는 하타에게 몸을 내밀고 필사적으로 간청했다.

"부탁할게요. 제가 판매에 관여했다는 사실만은 남편에게 비밀로 해주세요. 그렇지 않으면 저, 저는……."

그 뒤의 말은 너무 무서워 꺼낼 수조차 없단 말인가. 후미에는 양손으로 얼굴을 덮고 긴 의자 위에서 웅크렸다.

부부는 대개 서로 크고 작은 비밀을 가지고 있다. 남편에게 가격을 속이고 명품 가방을 사는 아내도 있고, 아내 몰래 애인을 두는 남편도 있다. 단순한 부부 싸움으로 끝날 때도 있는가 하면 이혼을 전제로 한 아수라장으로 발전할 때도 있다.

후미에가 남편에게 화장품 판매에 대해 숨긴 일이 이 부부에게 얼마나 큰 문제인지 하타로서는 알 길이 없었다. 하지만 지금 후미에의 모습을 보건대 본인에게는 가정 붕괴로 이어질 만한 큰 문제인 듯했다.

하타는 무릎에 팔꿈치를 대고 후미에에게 몸을 내밀었다. 주위에 들리지 않도록 조그만 목소리로 속삭였다.

"화장품 판매 이야기는 하지 않겠습니다. 남편분에게는 가마쿠라에서 일어난 어떤 사건과 관련해 부인에게 물어보고 싶은 게 있다고만 전하겠습니다."

후미에는 이 말을 배려로 받아들였을지 모른다. 하지만 하타에게 후미에의 가정 사정은 알 바 아니었다. 남편에게 이야기를 하지 않는 것은 정보를 밖으로 흘리지 않기 위한 차단 조치에 불과했다.

후미에는 한동안 몸을 웅크린 채 꿈쩍도 하지 않았다. 하지만 어떤 이유를 대도 조사를 거부할 도리가 없음을 깨달은 것이리라. 둥글게 말고 있던 몸을 천천히 펴더니 포기한 듯 입을 열었다.

"아이에게 연락하게 해주세요."

하타는 의식적으로 입꼬리를 올리며 크게 끄덕였다.

"물론입니다."

대기실에서 나와 운전사 딸린 위장 차량 뒷자리에 탔다. 하타와 나쓰키가 후미에의 양쪽에 탄 형태였다. 피의자나 참고인 이송 때 만일의 도주를 막기 위해 늘 하는 방법이었다.

후미에는 나쓰키에게 빌린 휴대전화로 집에 전화를 걸었다.

"여보세요. 미키? 응, 엄마야."

전화를 받은 모양이었다. 후미에는 애써 밝은 목소리로, 급한 일이 생겨 바로 집에 갈 수 없다. 배고프면 냉장고에 푸딩이 있다. 먹으면서 미사키와 아빠가 올 때까지 기다려라, 하고 짧게 말했다.

전화 너머에서 아이가 무슨 일이냐고 묻는 듯했다. 후미에는 순간 말문이 막혔으나 아빠가 돌아올 때쯤 다시 전화하겠다고 한 후 전화를 끊었다.

후미에는 왼쪽 옆에 앉은 나쓰키에게 전화기를 돌려줬다. 그러고는 고개를 떨군 채 시트 깊이 몸을 기댔다.

"그럼, 가마쿠라 경찰서로 가겠습니다."

교통과에서 응원차 수사본부에 온 젊은 순사가 시동을 걸고 액셀을 밟았다.

가마쿠라 경찰서에 도착하자 하타는 부랴부랴 후미에의 조사를 시작했다.

하타는 배고프면 시작하기 전에 식당에서 저녁을 먹어도 된다고 말했다. 하지만 후미에는 힘없이 고개를 저었다. 식욕 따위 있을 리 없으리라.

아마 지금쯤 지바의 집에 있는 남편 도시유키도 같은 상태일 것이다.

경찰서에 도착한 하타는 후미에의 집으로 전화를 걸었다. 도시유키가 전화를 받았다. 소속을 밝히고 짧게 사정을 설명하자 도시유키는 매우 놀랐다. 어떤 사건이란 무엇이고, 아내와 무슨 관계인지, 왜 아내가 조사를 받아야 하는지 속사포처럼 질문을 던졌다. 하타는 대단한 사건은 아니라며 내용에 대한 설명을 피했다. 이런 경우 혐의가 확정될 때까지 가족에게 밝히지 않는 게 형사에게는 상식이었다.

"걱정하실 일은 아닌데 늦어질 수도 있어서, 사모님은 오늘 가마쿠라 경찰서 근처 호텔에서 주무시게 할 겁니다."

하타는 그렇게 말하고 전화를 끊었다.

도시유키가 당황하는 걸 보니 아내가 경찰에 참고인으로 불려가는 일은 상상도 못 했음을 알 수 있었다. 지금쯤 어쩔 줄 모른 채 거실 안을 오가거나 가마쿠라에서 일어난 최근 사건을 인터넷으로 검색하고 있을까.

나쓰키가 조사실 구석에 놓인 책상에 앉아 컴퓨터를 열자, 하타는 질문을 시작했다.

본인 확인을 한 뒤 사건에 관해 물었다.

"사흘 전인 9월 28일에 가마쿠라 시치리가하마에서 남성이 타살 사체로 발견됐습니다. 이 사건을 아십니까?"

후미에는 무릎 위에 손을 가지런히 모으고 책상에 시선을 떨군 채 "네"라고 대답했다.

"어떻게 아셨습니까?"

"그날 저녁 뉴스에서 봤어요."

"피해자의 이름—다자키 미노루라는 이름을 들어본 적 없으십니까?"

후미에는 고개를 저었다.

"그런 사람 몰라요."

하타는 책상 위에 있는 노트에서 사진 한 장을 꺼내 후미에 앞에 놓았다.

"오늘 저녁에 현관 앞에서 보여드렸는데 이 남자가 피해자인 다자키 미노루입니다. 잘 보세요. 정말 모르시겠습니까?"

후미에는 마치 심령사진이라도 보는 듯 겁먹은 눈빛으로 책상 위에 놓인 사진을 봤다. 잠시 물끄러미 바라보다가 얼굴을 일그러뜨리며 질끈 눈을 감았다.

"사진 속 남자는 알아요. 하지만 제가 아는 이름은 다자키 미노루가 아니에요. 이이다 쇼고예요."

후미에가 쓰러지기 전에 내뱉은 이름이었다.

일련의 행동을 보건대 후미에는 분명히 피해자의 본명을 몰랐다. 즉 다자키는 후미에에게 가명을 사용했다.

하타는 피해자와 알게 된 경위를 물었다. 후미에가 가는 목소리로 가나코의 소개로 알게 됐다고 대답했다.

가나코—처음 듣는 이름이었다.

하타가 전체 이름을 묻자 '스기우라 가나코'라고 대답했다. 후미에가 기후에서 살 때 다니던 중학교의 동창으로, 일 년 전 어느 남성 연예인의 디너쇼에서 우연히 재회했다고 한다.

"중학교의 이름과 장소는요?"

"기후 현 오지로 시의 오지로 제3중학교예요."

"가나코라는 여성의 본가는 어디인지 아십니까?"

후미에는 기억을 더듬는 듯 허공을 바라보다가 죄송하다는 듯 고개를 떨어뜨렸다.

"죄송해요. 옛날에는 그리 친한 사이가 아니었어서 본가 주소나 장소까지는 몰라요. 하지만 같이 하교한 기억이 없는 걸 보면 제가 살던 가네이초 쪽은 아닌 것 같아요."

"지금 사는 곳은 어디죠?"

후미에는 고개를 숙인 채 조그맣게 말했다.

"가나코의 집은 도내에 있는 아파트라고 들었어요. 평일에는 거기 있지만, 주말에는 가마쿠라 별장에서 지낸다고 했어요."

"가마쿠라 별장요?"

후미에가 고개를 끄덕였다.

"가마쿠라 어디죠?"

하타의 질문에 후미에는 느리지만 막힘 없이 대답했다.

"시치리가하마예요. 바다와 산에 둘러싸인 경관이 맘에 들어 사년 전에 사들였다고 했어요."

가마쿠라, 시치리가하마, 별장. 다자키가 살해된 현장과 일치했다.

하타의 귓불이 움찔거렸다.

"스기우라 가나코가 소유했다는 별장 주소는요?"

후미에는 대답할 수 없었다. 번지 같은 상세한 주소는 모르지만 위치는 안다고 했다.

하타는 나쓰키에게 가마쿠라 시 주택 지도와 다자키가 살해된 별장 사진을 가져오라고 지시했다. 나쓰키가 지도를 가져오자 시치리가하마 부분을 펼쳐 책상 위에 놓았다.

"스기우라 가나코의 별장은 어디입니까?"

후미에는 지도를 눈으로 훑다가 에노시마 전철역을 오른손 검지로 짚은 후 길을 따라가다 한 장소에 멈췄다.

"여기예요."

"틀림없습니까?"

하타는 후미에의 눈을 보면서 확인했다. 후미에는 다시 손가락으로 길을 더듬은 후 틀림없다고 대답했다.

"역을 나와 선로를 건너고 언덕길을 올라가서 두 번째 모퉁이를 돌아 세 번째 집…‥. 틀림없이 여기예요."

하타는 책상 위에 덮어놓은, 살해 현장인 별장 사진을 보여줬다.

"그게 이 집입니까?"

후미에는 지도 위에 놓인 사진을 고개를 기울여 들여다봤다. 사진을 보던 표정이 변했다. 공허한 눈을 크게 뜨고 노려보듯 사진을 집어 들었다.

"3층 건물에 1층은 차고이고…‥. 청동 문이 있고 문에 스테인드글라스가 끼워져…‥."

후미에가 고개를 들어 하타를 보더니 거칠어진 숨결 사이로 대답했다.

"여기예요. 여기가 가나코의 별장이에요. 여기서 가나코가 쇼고 씨를 소개해줬어요."

하타는 팔짱을 끼고 미간에 주름을 잡은 채 의자에 몸을 기댔다. 후미에가 가리킨 가나코의 별장은 다자키 미노루의 살해 현장이었다. 다자키 미노루가 일 년쯤 전에 임대 별장을 관리하는 부동산업자에게 빌린 곳이었다. 가나코라는 여자의 소유가 아니다. 가나코가 후미에에게 거짓말을 했다는 이야기다.

하타는 가나코에 대해 질문을 계속했다.

"스기우라 가나코는 이 별장이 자기 소유라고 했나요?"

"네."

"당신은 여기서 스기우라 가나코와 다자키 미노루를 만났고요."

다자키 미노루라는 이름 때문인지, 후미에는 그게 아니라고 말하며 하타를 봤다가 곧 시선을 피하며 그렇다고 읊조렸다.

"스기우라 가나코와 다자키 미노루는 어떤 관계였습니까?"

후미에는 조금 망설이다가 대답했다.

"업무 파트너였을 거예요."

"였을 거라는 말은?"

뼈가 있는 듯한 말투가 마음에 걸렸다.

후미에는 적절한 단어를 찾는 듯 허공을 바라보더니 이윽고 작게 숨을 내쉬었다.

"업무 파트너는 틀림없는데 그 이상의 관계였을지도 모르죠."

"남녀 관계였다는 말입니까?"

후미에는 입술을 오므렸다.

"그, 그래요."

어쩐지 분한 듯한 목소리였다. 혹시 후미에는 피해자를 좋아했던 게 아닐까. 그렇다면 치정일 가능성도 부상한다.

어쨌든 피해자에게 여자가 있었다는 중요한 정보였다. 바로 중요 참고인으로 스기우라 가나코를 불러야 할 것이다.

하타는 스기우라 가나코의 연락처를 물었다.

후미에는 유선전화 번호를 댔다. 가져온 메모지에 재빨리 받아 적었다. 종이 위에 적힌 번호를 다시 본 하타는 미간을 찌푸렸다. 이 번호는 어디선가 본 적 있었다.

잠시 생각하던 하타는 깜짝 놀랐다. 그랬다. 살해 현장인 별장의 유선전화 번호였다.

하타가 뒤를 돌아보았다. 컴퓨터에 조사 내용을 기록하던 나쓰키에게 별장 유선전화와 후미에가 말한 연락처를 대조해보라고 했다. 나쓰키는 앞에 있던 사건기록을 재빨리 넘겨보더니 한 페이지에서 손을 멈추고 하타에게 고개를 끄덕여 보였다.

"같은 번호입니다."

스기우라 가나코의 연락처는 임대 별장의 유선전화 번호였다. 현재 사건 현장이 된 임대 별장은 봉쇄된 채 빈집이 되어 있었다.

"달리 연락할 방법은요? 예를 들어 휴대전화라든가, 도내에 있다는 아파트 유선전화라든가."

후미에는 당황하면서 고개를 저었다.

"가나코는 휴대전화가 없어요. 연락할 때는 쇼고 씨를 통하거나 가마쿠라 별장으로 전화했어요. 아파트 연락처는 물어보지 않았고 주소도 몰라요."

요즘 휴대전화는 한 사람이 한 대, 개중에는 여러 대를 소유한 사람도 있을 만큼 보급되었다. 휴대전화가 없다는 데 의문을 품지 않았느냐고 묻자 후미에는 마치 머리가 나쁘다는 지적을 받은 아이처럼 위축됐다.

"확실히 요즘 사람은 대부분 휴대전화가 있죠. 하지만 휴대전화를 싫어해 아예 사지 않는 사람도 있다고 들었어요. 가나코도 그런가 싶어서……"

후미에는 거기서 순간적으로 입을 다물었다. 하지만 곧 이야기를 계속했다.

"혹시 휴대전화가 있는데 알려주지 않는 거면 싫잖아요. 그래서 묻기 힘들었어요. 게다가 어쨌든 연락은 잘 됐으니까 얼마 전까지는 그다지 불편하지 않았어요."

얼마 전까지는, 이라고 말하는 걸 보면 최근에는 불편했다는 이야기다. 무슨 일이 있었느냐고 묻자 후미에는 입술을 굳게 다물고 침묵했다. 말하기 싫은 일인 듯했다.

하타는 일단 연락처에 관한 질문을 중단하고 가나코의 신변에 관해 물었다.

"스기우라 가나코와 다자키 미노루가 아는 사이였다는 말은 스기우라 가나코도 그, 르미인가 하는 화장품의……"

"뤼미에르예요."

하타의 이 빠진 기억을 후미에가 보충했다. 하타는 네 맞습니다, 하고 긍정하며 질문을 계속했다.

"스기우라 가나코는 뤼미에르 화장품의 판매원이었나요?"

후미에는 "그럴 리가요!"라며 눈을 크게 떴다.

"가나코는 판매원이 아니에요. 뤼미에르 화장품의 대표이사죠."

하타는 미간을 찌푸렸다.

컴퍼니 옐로에서 파견 사원으로 일한 오가사와라 미나, 쓰지 요시에는 후미에가 뤼미에르의 대표라고 했다. 도대체 무슨 소리지?

후미에 말에 따르면, 가나코의 후원자 피에르는 프랑스 고급 화장품 라 비주를 제조 및 판매하는 아자니 사의 최대 주주이고, 가나코는 피에르에게 라 비주의 일본 내 독점 대리업자 자격을 받았다는 것이다. 아자니 사에서 플뢰르라는 화장품 브랜드를 개발했는데 뤼미에르는 일본 판매용으로 이름을 바꾼 것이라고 했다.

"플뢰르 판매의 라이선스 계약은 가나코와 피에르가 개인적으로 맺었어요."

하타는 머리를 긁적였다. 여성복 브랜드도 전혀 모르는데 외국 화장품 이름 같은 걸 알 리가 없었다. 고개를 돌려 나쓰키에게 후미에가 말하는 브랜드를 아느냐고 물었다. 나쓰키는 죄송하다면서 고개를 저었다.

"라 비주는 아는데 뤼미에르 화장품은 들어본 적 없습니다. 화장품 가게에서 본 적도 없고 잡지나 TV 광고에서도 본 적 없어요."

나쓰키의 대답에 후미에가 뤼미에르 화장품의 판매 방법을 설명하기 시작했다. 무슨 말이든 하지 않으면 불안하겠지. 후미에는 고객을 대하듯 활기차게 이야기를 이어나갔다.

뤼미에르는 회원만 구매할 수 있는 화장품이라 광고 같은 건 하지 않는다. 일반적으로 화장품 가격에는 광고비와 판매원 인건비 등이 포함돼 있다. 그런 중간 이익을 없애 최대한 가격을 낮춘 것이라고 했다.

회원제 화장품 판매. 하타 머릿속에 다단계 비즈니스라는 단어가 떠올랐다. 네트워크 비즈니스라고도 불리며 피라미드식으로 판매 조직을 확대하는 상행위였다. 회원이 된 사람이 새 회원을 유치해 자신의 아래 회원으로 삼으면 조직에서 소개비를 받거나 아래 회원이 구입한 상품 액수의 몇 퍼센트를 받는 방식이었다.

하타의 표정을 보고 무슨 생각을 하는지 알아차렸을 것이다. 후미에는 뤼미에르의 판매 방식을 강력하게 옹호했다.

"뤼미에르는 다단계가 아니에요. 뤼미에르 매출액은 회원에게 들어가지 않아요. 모두 회사 수입이 되죠. 저도 가나코에게……."

거기까지 말하고 후미에는 화제를 바꿨다.

"주식회사 컴퍼니 옐로에서 보수를 받았어요. 회원 판매액의 일부를 받은 게 아니에요."

"한 달에 얼마나 받으셨습니까?"

후미에가 망설이다가 조용히 대답했다.

"대체로 50만 엔 정도……."

평범한 주부가 시간제 근무나 아르바이트로 벌 수 있는 액수가 아니었다.

"계좌 이체로 받았습니까?"

후미에는 고개를 젓고 직접 받았다고 했다.

"월말이면 별장에 가서 현금으로 받았어요."

하타는 속으로 혀를 찼다.

계좌 이체면 어떤 은행 지점 혹은 자동인출기에서 이체됐는지 조사해 카드 정보나 방범카메라 데이터로 가나코에 관한 정보를 찾을 수도 있다. 하지만 직접 건넸다면 정보 입수는 곤란하다.

하타는 의자에 기댔던 몸을 일으켜 후미에의 눈을 응시했다.

"컴퍼니 옐로 말씀인데, 사기 피해 신고가 들어온 걸 아십니까?"

후미에는 툭 고개를 떨구고는 입을 굳게 다물었다. 말은 하지 않았으나 겁먹은 표정으로 봐선 알고 있다고 말하는 듯했다.

하타는 이야기를 계속했다.

"살해된 다자키는 '9월에 주식회사 컴퍼니 옐로가 주식 상장한다. 그 전에 미공개 주식을 사지 않겠느냐?' 하고 회원에게 권유했습니다. 돈을 번다는 소리에 혹한 회원은 미공개 주식을 샀죠. 하지만 9월이 됐는데도 상장할 조짐이 전혀 없었습니다. 몇몇 회원이 혹시 속은 게 아닐까 해서 도내의 소비자생활센터에 문의했습니다. 그 건에 관해 아는 게 있나요?"

후미에는 침묵을 지켰다. 고개를 숙인 채 어깨를 떨었다.

다자키가 살해된 이유는 업무상 문제일 확률이 높았다. 치정이라는 가설도 있으나 어느 쪽이든 후미에 혹은 가나코가 범인일 가능성이 컸다.

하타는 목소리에 힘을 주어 재차 물었다.

"컴퍼니 옐로가 회원들과 문제가 있었다는 사실을 전혀 모르셨습니까?"

후미에는 흠칫하며 고개를 들고 격렬하게 고개를 저었다.

"저는 아무것도 몰라요. 회원이 전화해서 그런 말을 했는데 저는 진짜 아무것도 몰라요. 곧장 쇼고 씨와 가나코에게 연락했지만 전화가 전혀 연결되지 않았어요. 어찌 된 일인가 싶어서 별장과 컴퍼니엘로 사무소에도 가봤는데, 가나코는 없고 사무소는 이미 이사했다고 하고 쇼고 씨 행방도 모르겠고…… 너무 무섭고 어떻게 해야 할지 몰라서…… 그러고 있는데 형사님이 찾아와서……"

후미에는 목이 막히는지 다시 고개를 숙이고 오열하기 시작했다.

"스기우라 가나코와 다자키 미노루, 둘과 마지막으로 연락한 게 언제였습니까?"

후미에는 목소리도 제대로 내지 못하면서 간신히 대답했다.

"9월 초에…… 가나코가 당분간 프랑스에 가 있을 거라며 연락한 게 마지막이었어요. 쇼고 씨도 그때부터 연락이 되지 않았어요."

후미에 말로는, 가나코는 뤼미에르의 일본 내 판매 계약 갱신과 휴가를 겸해 프랑스로 간다고 했다는 것이다. 함께 출발하지는 않지만 계약 갱신에 입회하기 위해 쇼고 역시 나중에 프랑스로 건너올 거라고도 했다고 한다.

"그런데 프랑스에 갔어야 할 다자키가 가마쿠라의 별장에서 살해당했다……"

하타가 혼잣말처럼 중얼거리자 후미에는 더 크게 울기 시작했다.

나쓰키가 달려가 진정시키려 등을 쓸어줬으나 후미에의 통곡은 멈추지 않았다. 온몸을 떨며 몰라요, 모른다고요 하고 소리치면서 울었다.

하타는 후미에가 정신과 진료를 받는다는 사실을 떠올렸다. 여기서 더 흥분해 또 쓰러지기라도 하면 곤란했다. 오늘은 일단 접고 내일 다시 조사하는 게 낫겠다.

하타는 오늘은 여기까지 하고 내일 다시 이야기를 듣겠다고 했다.

일단 끝내겠다고 하자, 후미에는 조금 안심했는지 훌쩍이면서도 길게 숨을 내쉬었다.

나쓰키는 조사실에 놓아둔 티슈 상자를 내밀었고 후미에는 몇 장을 뽑아 코를 풀었다.

"아, 맞다."

나쓰키의 안내를 받으며 조사실을 나가려는 후미에를 하타가 불러세웠다.

"스기우라 가나코의 얼굴을 알 수 있을 만한 게 있으십니까? 사진, 휴대전화로 찍은 사진, 뭐든 좋은데요."

후미에는 문 앞에 멈춰 서서 천천히 돌아서더니 붉어진 눈으로 하타를 봤다.

"아뇨, 없어요. 가나코는 사진을 찍기는커녕 사람 앞에 나서는 걸 지독하게 싫어해요."

"왜요?"

하타가 묻자 후미에는 오른쪽 눈 중앙에서 관자놀이까지 부분에 한 손을 댔다.

"가나코는 여기에 흉한 반점이 있고 피부도 쭈글쭈글해요. 옛날에 약품이 닿아 생긴 흉터라고 했어요. 그런 얼굴을 보여주고 싶지 않아서 밖에 나갈 때는 물론 집안에서도 늘 선글라스를 꼈어요."

선글라스—.

하타 머릿속에 별장에 드나들었다는 선글라스 여자가 떠올랐다. 사건 이면에 숨어 있던 여자, 그게 스기우라 가나코였던 말인가.

—스기우라 가나코라는 인물을 빨리 찾아야 해.

하타는 나쓰키를 향해 한 손을 들어 올렸다. 이제 후미에를 데리고 가도 된다는 신호였다. 나쓰키는 고개를 끄덕이고 후미에를 데리고 조사실을 나갔다.

11

ウツボカズラの甘い息

　가마쿠라 경찰서를 나온 후미에는 경찰서에서 자동차로 오 분쯤 떨어진 비즈니스호텔로 보내졌다.

　나카가와가 체크인 절차를 밟는 동안, 후미에는 로비 의자에 앉아 있었다. 하릴없이 주위를 둘러보는데 벽에 걸린 시계가 눈에 들어왔다. 오후 10시 30분. 세 시간 반가량 조사를 했다는 이야기였다.

　나카가와는 프런트에서 방 열쇠를 받아 후미에를 데리고 엘리베이터를 탔다.

　방은 5층의 502호실이었다. 좁은 실내에는 싱글 침대 하나와 작은 소파가 있었다.

　나카가와는 방으로 들어가 창가 옆 의자에 후미에를 앉힌 다음 물었다.

　"편의점에서 먹을거리를 좀 사 올게요. 드시고 싶은 게 있나요?"

후미에는 아무것도 필요 없다고 대답했다. 식욕이 없고, 일단 눕고 싶다고 했다.

나카가와는 걱정스럽게 후미에를 바라보더니 알았다고 말하고는 메모 한 장을 건넸다.

"제 휴대전화 번호입니다. 한밤중이라도 받을 테니 무슨 일이 있으면 연락주세요."

나카가와는 내일 오전 9시에 데리러 오겠다는 말을 남기고 돌아갔다.

후미에는 의자에서 일어나 침대에 누웠다.

긴장이 풀렸는지 몸이 단숨에 나른해졌다. 이어서 유리를 긁는 듯한 이명이 시작되고 현기증이 찾아왔다.

집 현관에서 쓰러진 다음 가마쿠라로 실려 왔기에 약을 가져오지 않았다. 이대로 있으면 해리가 일어나고 만다.

후미에는 침대에서 천천히 일어나 벽을 짚으면서 세면실로 갔다. 세면대에 놓인 수건을 물로 적셔 얼굴에 댔다. 차가운 수건 덕에 현기증이 살짝 가라앉았다.

—집에 전화해야 하는데.

후미에는 세면실에서 방으로 돌아와 침대에 걸터앉았다. 사이드 테이블에 놓인 전화기로 손을 뻗었다. 하지만 손에 들었던 전화기를 그대로 내려놓았다.

도시유키는 반드시 후미에가 경찰에 불려간 이유를 물을 것이다. 몰래 화장품을 팔았다는 이야기는 절대 할 수 없었다.

현기증이 완전히 사라지지 않은 머리로 필사적으로 변명을 생각했다. 하타라는 형사는 가마쿠라에서 일어난 어떤 사건의 참고인으로서 이야기를 듣고 싶은 거라고만 말하겠다고 했다. 도시유키는 인터넷으로 이리저리 조사했을 것이다. 쇼고가 살해된 사건과의 관련성을 이미 의심하고 있을 수도 있었다. 만약 그렇다면 피해자 남성과 자기 아내가 어떤 관계인지 생각하며 고심하고 있을 것이다.

하지만 연락하지 않을 도리는 없었다. 그랬다가는 사태가 걷잡을 수 없이 나빠질 가능성이 있다.

후미에는 크게 숨을 내뱉고 각오를 다진 다음 수화기를 들었다.

도시유키에게 가나코의 존재는 이야기해뒀다. 쇼고는 가나코의 친구이고, 자신은 별장에서 한번 본 적 있다. 경찰은 쇼고와 면식이 있는 모든 사람에게서 사정을 듣고 있는 것이었다. 자신도 그중 하나로, 아는 걸 전부 전하면 집에 돌아갈 수 있다. 그러니까 걱정하지 마라. 그렇게 이야기하기로 정했다.

전화는 바로 연결됐다. 받은 사람은 도시유키였다. 전전긍긍하며 후미에의 전화를 기다렸을 것이다.

"여보세요. 나야."

후미에가 애써 밝은 목소리를 냈다. 전화 너머에서 불안과 분노가 뒤섞인 목소리가 들려왔다.

"도대체 무슨 일이야? 지금 어디야?"

후미에는 방금 참고인 조사를 끝내고 가마쿠라 경찰서 근처 비즈니스호텔에 있다고 전했다.

"아이들은? 벌써 자?"

잠시 침묵이 흐른 뒤 도시유키가 하기 힘든 말을 하듯 대답했다.

"엄마 친구가 갑자기 아파서 병문안 갔다고 했어. 엄마 친구가 입원한 병원이 멀어 오늘은 돌아오지 못한다고. 내일은 올 거라고 해뒀어."

지금까지 외박 같은 일이 없던 엄마가 갑자기 집을 비웠으니 아이들은 무척 놀랐을 것이다. 도시유키의 잠긴 목소리에서 그런 분위기를 느낄 수 있었다.

"그건 그렇고."

도시유키는 화제를 바꿨다.

"뭐가 어떻게 된 거야? 집에 돌아오니 당신은 없고, 연락하려니까 휴대전화는 집에 있고. 걱정하고 있는데, 가나가와 현경 형사가 당신한테 가마쿠라에서 일어난 사건에 관한 이야기를 듣고 싶다며 전화하질 않나. 왜 당신이 참고인으로 조사를 받아야 돼? 무슨 관계인데? 그게 대체 무슨 사건이야?"

도시유키는 호통이 되려는 목소리를 간신히 억누르는 듯했다.

후미에는 미리 준비한 대답을 이야기했다.

"여보, 진정하고 내 말 들어. 실은 어떤 사람이 살해돼서……."

전화 너머에서 숨을 삼키는 기척이 났다.

"살해되다니 설마…… 그 임대 별장 살인사건이야?"

후미에는 황급히 끼어들었다.

"맞아. 하지만 나랑은 관계없어. 그 사람과는 딱 한 번, 가나코의 별장에서 만난 게 다야. 경찰은 가나코와 관련있다고 생각하는 것 같더라. 그래서 사정을 듣고 싶대."

도시유키의 목소리가 조금 부드러워졌다.

"가나코라면 작년에 우연히 다시 만났다는 중학교 동창?"

후미에는 그렇다고 대답했다.

"가마쿠라에서 살해된 남자가 가나코와 아는 사람이야. 그래서 경찰이 가나코의 친구인 내게 온 거고."

도시유키는 후미에의 거짓말을 믿는 듯했다. 자기 아내가 사건과 직접 관련이 없다는 이야기를 듣자 전화 너머에서 안도의 숨소리가 들려왔다.

"그래? 다행이네. 걱정했어."

"미안해……."

미안하다는 말에 거짓은 없었다. 도시유키에게 거짓말을 했다는 찜찜함에 가슴이 아팠다.

어쨌든 안심한 모양이었다. 도시유키는 평소와 다름없는 목소리로 말했다.

"그럼 내일은 돌아오겠네."

후미에는 말문이 막혔다.

자신은 도시유키가 생각하는 것 이상으로 가나코, 쇼고와 관련돼 있었다. 어쩌면 조사가 내일로 끝나지 않을 가능성도 있었다. 하지만 돌아가지 못할지도 모른다는 말은 할 수 없었다.

아마 그럴 거라고 모호하게 대답했다.

자신 없는 대답에 전화 너머에서 도시유키가 웃었다.

"당연히 오겠지. 피해자를 딱 한 번 본 사람을 며칠씩 잡아놓을 리가 없잖아."

도시유키는 내일 경찰서에서 나오면 연락하라고 말했다.

"일단 오늘은 푹 쉬어. 피곤할 테니까."

위로하는 다정한 말에 가슴이 아파 왔다. 후미에는 다시 사과하고 전화를 끊었다.

침대에 똑바로 누워 천장을 바라봤다. 도시유키의 목소리가 되살아났다.

─그럼 내일은 돌아오겠네.

왜 나는 지금 이런 데 있을까. 왜 경찰 조사 같은 걸 받아야 하나.

올려다본 천장이 흐려졌다.

─돌아가고 싶어. 가나코를 만나기 전으로 돌아가고 싶어.

눈가에서 눈물이 떨어졌다.

후미에는 몸을 휙 돌려 베개에 얼굴을 묻고 울었다.

12

ウツボカズラの甘い息

조사실 의자에 앉은 후미에는 달랑 하룻밤 사이에 다섯 살은 먹은 것처럼 보였다. 안색이 나빴고 귀에서 턱에 걸쳐 새겨 넣은 듯한 그늘이 드리워졌다.

나쓰키의 말로는 어젯밤부터 식사를 하지 않았다고 한다. 이렇게 초라해진 이유는 단순히 먹지 않았기 때문만은 아닐 것이다. 본인 주장대로 다자키 미노루 살해범이 아니라면 갑자기 신변에 닥친 재난에 정신이 초췌해졌기 때문이리라.

책상을 사이에 두고 후미에의 건너편에 앉은 하타는 오늘로 세 번째가 되는 질문을 되풀이했다.

"다시 한번 확인하겠습니다. 중학교 동창인 스기우라 가나코에게 화장품 판매 이야기를 들었고, 일을 도와주는 보수로 한 달에 약 50만 엔을 현금으로 받았다. 다자키 미노루와는 스기우라 가나코를 통해 알게 됐고, 같이 일했다. 맞죠?"

후미에는 네, 라고 중얼거리며 고개를 끄덕였다. 긍정이라기보다 머리 무게에 그대로 목이 꺾인 듯한 느낌이었다.

하타 뒤에서 컴퓨터 자판을 두드리는 소리가 규칙적으로 울렸다. 같은 이야기를 여러 차례 입력해서인지 나쓰키의 키 터치는 평소보다 훨씬 기계적이었다.

후미에가 주장하는 내용은 어젯밤과 다르지 않았다.

가나코와는 일 년 전 당첨된 디너쇼에서 약 이십 년 만에 재회했다. 가나코에게서 화장품 판매 이야기를 듣고 망설인 끝에 결국 돕기로 했다. 주요 업무는 세미나에서 강연하는 정도였고 경리나 상품 개발, 프랑스 화장품 회사와의 계약 등 경영에는 전혀 관여하지 않았다. 주식 상장 이야기도 전혀 몰랐다. 자신은 가나코 혹은 다자키가 지시하는 대로 움직였을 뿐이라는 주장을 되풀이했다.

"정말이에요. 왜 쇼고 씨가……."

후미에는 말문이 막혔는지 눈을 내리깔고 침을 삼켰다. 겨우 들릴 정도의 조그만 목소리로 다자키 씨라고 정정했다.

"다자키 씨가 왜 별장에서 살해됐는지 전혀 몰라요."

어젯밤에는 하타 입에서 다자키 미노루라는 이름이 나올 때마다 낯선 외국어를 들은 사람처럼 당혹스러운 표정을 지었는데, 드디어 자신이 알던 남성이 다자키 미노루라는 사람이라는 사실을 받아들인 것 같았다. 하타가 책상에 다자키의 사진을 놓고 끈질기게 "이 남자의 이름은 이이다 쇼고가 아니다. 다자키 미노루이다"라고 반복

했기 때문일 것이다.

어젯밤부터 오늘에 걸친 후미에의 진술 가운데 변한 내용은 살해된 남성의 이름을 쇼고에서 다자키로 바꾼 것뿐이었다. 뤼미에르 화장품과의 관계, 가나코나 다자키와의 관계에 대한 진술은 일관됐고 변함이 없었다.

지금까지 후미에의 진술에 눈에 띄는 모순은 없었다. 적어도 정합성이나 맥락이 없는 진술은 아니었다. 후미에의 동작과 표정에도 거짓의 조짐은 드러나지 않았다.

몸을 푸는 캐치볼은 이 정도면 충분했다. 이제 슬슬 게임을 시작할 시간이다. 하타는 평소대로 어떤 경고도 없이 미트를 향해 직구를 던졌다.

"열흘 전인 9월 22일 밤부터 23일 새벽까지 어디 있었습니까?"

다자키의 사망 추정 시각에 어디서 무얼 했나. 증거를 댈 수 있는 명확한 알리바이가 있다면 후미에는 실행범 용의자 명단에서 벗어날 것이다. 남는 것은 무고인지 공범인지 하는 선택지였다.

뉴스에서 들었을 것이다. 피로에 지친 후미에의 얼굴에 겁먹은 표정이 떠올랐다.

"저를, 의심하세요?"

하타는 조사 관례일 뿐이라고 대답했다.

"피해자와 관계있는 사람 전원에게 하는 질문입니다."

혐의가 풀리지 않았다는 걸 받아들일 수 없는지, 후미에는 당장이라도 울음을 터뜨릴 듯한 얼굴로 아랫입술을 깨물었다. 하지만 하타가 같은 질문을 되풀이하자 포기한 듯 크게 숨을 내쉬었다.

"그날은 집에 있었어요."

"가족과 같이?"

어젯밤에 남편과 두 아이까지 네 명인 가족이라고 했다.

후미에는 두 아이와 같이 있었다고 대답했다.

"남편분은요?"

"추도식으로 집을 비웠어요."

아래를 보며 대답했다.

후미에의 말로는, 9월 22일이 남편 할머니의 17주기여서 본가가 있는 나고야에 가서 잤단다.

"왜 같이 가지 않았습니까?"

하타가 묻자 후미에는 겸연쩍은 듯 무릎 위에서 깍지 꼈던 손을 풀었다가 다시 꼈다.

"가나코가 전화한다고 해서요."

가나코는 도쿄를 떠날 때, 일본 시각 22일에 피에르와 중요한 계약을 한다고 했다. 지금은 말할 수 없으나 신규 사업에 관한 라이선스 문제로, 회사의 장래가 달린 중요한 안건이다. 무사히 계약을 끝내면 파트너인 후미에에게 제일 먼저 보고하고 싶다. 집으로 전화할 테니 기다려달라. 그런 말을 남겼다는 것이다.

"그래서 집에 남아 전화를 기다렸어요. 남편에게는 몸이 좋지 않다고 거짓말했죠."

후미에는 거짓말이 들통나 부모에게 혼나는 아이처럼 의자 위에서 잔뜩 몸을 웅크렸다.

"왜 휴대전화가 아니라 집으로 전화한다고 했을까요. 그때까지 늘 휴대전화로 연락했잖습니까."

후미에가 고개를 들고 바로 대답했다. 해외에서 거는 전화는 전파나 주파수 문제로 휴대전화와는 연결되지 않을 가능성이 있다. 휴대전화로 걸었다가 연결되지 않으면 집 전화로 할 테니까 만약을 대비해 대기하라고 했다는 것이다.

"그래서 집에서 기다렸어요. 가나코의 전화를 계속, 계속 기다렸어요."

후미에는 필사적으로 주장했다. 하지만 곧 미간을 찌푸리고 어두운 표정을 짓더니 울먹이며 말했다.

"그런데 전화는 오지 않았어요."

후미에가 모든 힘이 사라진 듯 고개를 축 늘어뜨렸다.

하타는 의자 등받이에 몸을 기대고 팔짱을 꼈다. 알리바이를 증명할 때 가족이나 친지의 증언은 참고 정도일 뿐이다. 게다가 상대는 아이다. 사실이라 해도 그걸로 알리바이가 증명되는 것은 아니다. 그러나 만약 아이가 거짓말을 강요받았다면, 형사 생활 이십 년이 넘은 하타는 그 거짓을 간파할 자신이 있었다. 아이가 거짓말하면 금방 알 수 있다. 반대로 거짓말이라는 기색이 없다면 적어도 하타 개인에게는 후미에의 알리바이는 입증된 것이나 마찬가지였다.

─어쨌든 후미에의 아이들을 만나볼 필요가 있겠군.

하타가 그런 생각을 하고 있는데 뒤에서 나쓰키가 말을 걸었다.

"현재 10시입니다."

손목시계를 봤다. 조사를 시작하고 한 시간이 지났다.

"잠깐 쉴까요?"

후미에에게 물었더니 곧바로 격렬하게 고개를 저었다. 소리는 작지만 강하게, 계속하자고 말했다. 싫은 일은 빨리 해치우고 빨리 집에 돌아가고 싶다는 뜻일까.

하타 역시 오늘 조사는 그리 길게 하고 싶지 않았다. 어제 후미에의 입으로 해리성 장애를 앓고 있다는 소리를 들었다. 후미에의 상태로 보건대 정신적으로 피로하다는 건 분명했다. 도중에 쓰러지기라도 하면 방법에 문제가 있는 게 아니냐고 내외의 질책을 받게 된다. 신문을 본 높으신 분의 벌레를 씹은 듯한 조바심이 1과장의 입을 통해 전달될 것이다.

휴식을 끼고 시간을 늘릴 것인가, 휴식 없이 빨리 끝낼 것인가.

고민하고 있는데 조사실 문을 노크하는 소리가 났다. 들어오라고 하자 부하인 이모토가 나타났다. 이모토는 서류 한 장을 건네고는 재빨리 방을 나갔다.

서류에는 후미에의 가족 구성이 기록되어 있었다. 신원이 밝혀진 후 지바 현경의 담당 경찰서에 수사 협력을 요청했다.

하타는 기록된 내용을 보고 눈을 의심했다. 후미에에게 시선을 돌리고 가족 구성을 확인했다.

"죄송합니다. 어제 이미 질문했는데, 다시 한번 알려주시겠습니까? 동거하는 가족이 몇 명입니까?"

후미에가 다 아는 이야기를 새삼 왜 묻느냐는 표정으로 하타를 봤다.

"남편과 두 아이, 저까지 네 명이에요."

하타는 튕기듯 의자에서 일어나 나쓰키를 향해 말했다.

"십 분간 휴식하지."

애써 침착함을 유지하려 했으나 목소리가 굳어져 있었을 것이다. 나쓰키는 민감하게 이변을 알아차린 듯했다. 하타를 본 표정이 굳어졌다.

서류를 들고 방에서 나와 수사본부가 설치된 회의실로 향했다. 안으로 들어가자마자 목소리를 높였다.

"이모토!"

회의실 구석에서 컴퓨터를 보던 이모토가 형상기억합금처럼 구부리고 있던 등을 쫙 폈다.

"무슨 일이세요?"

이모토가 벌떡 일어나 출입구에 있는 하타에게 달려왔다. 하타는 서류를 내밀며 손으로 종이를 두드렸다.

"이거 다카하라 후미에 서류가 틀림없나?"

뜻밖의 질문이었을 것이다. 이모토는 안경 속 눈을 부릅떴다.

"네. 조금 전에 다카무라 후미에의 자택이 담당 지역인 마쓰도미나미 경찰서에서 팩스로 보내왔습니다."

하타는 서류를 자기 쪽으로 돌리고 다시 한번 내용을 훑었다. 후미에가 스스로 신고한 성과 이름, 주소, 본적, 전화번호 모두 일치했다. 다카무라 후미에의 서류가 분명하다는 뜻이다.

그런데 이 가족 구성은 뭐지?

서류를 노려보며 침묵을 지키는 하타의 표정을 이모토가 조심스럽게 봤다.

"저기, 무슨 문제라도……."

하타는 서류에서 고개를 들고 이모토를 노려봤다.

"남편에게 연락해 가족 구성을 확인해. 알아내면 바로 내게 알려주고."

범상치 않은 기운을 느꼈으리라. 이모토는 서류에 기재된 도시유키의 휴대전화 번호를 메모장에 적고 회의실에 놓인 전화로 향했다.

하타는 회의실을 나와 조사실로 돌아왔다. 후미에와 나쓰키는 아까와 같은 자세로 의자에 앉아 있었다. 하타는 손목시계로 십 분이 지난 걸 확인하고 조사를 재개했다.

하타는 살짝 숨을 내뱉고 책상에 팔꿈치를 댔다. "그런데"라고 입을 떼며 얼굴 앞에서 손깍지를 꼈다.

"자녀분은 초등학교와 유치원에 다니죠."

후미에는 힘없이 그렇다고 긍정했다.

"몇 살인가요?"

"맏이인 미키는 초등학교 2학년으로 여덟 살이고, 둘째 미사키는 유치원 중간 반으로 다섯 살이에요."

"같이 살고 계시고요."

후미에는 조바심이 나는 듯 고개를 끄덕였다.

"그래요."

"학교와 유치원은 집에서 다니고요."

후미에는 고개 들어 하타를 보며 노골적으로 불쾌하다는 표정을 지었다.

"이번 일과 아이가 무슨 관계죠?"

후미에 눈을 응시하며 정중앙으로 직구를 던지려는데 누군가 조사실 문을 두드렸다. 아마도 이모토일 것이다. 문으로 가려는 나쓰키를 손으로 제지하고 직접 문을 열었다. 역시 이모토였다.

방에서 나와 손을 등 뒤로 돌려 문을 닫은 다음, 조그만 소리로 이모토에게 말하라고 재촉했다.

"어떻게 됐어?"

이모토는 들고 있던 메모를 나지막하게 읽었다.

"다카무라 후미에의 가족 구성은 담당 경찰서에서 보낸 내용과 같습니다. 남편인 도시유키와 둘이 살고 있습니다."

하타는 미간을 찌푸리며 들고 있던 서류로 시선을 떨어뜨렸다. 담당 경찰서에서 보내 온 서류에는 도시유키와 후미에의 이름밖에 없었다.

하타는 신음하듯 말했다.

"어떻게 된 거지? 다카무라 후미에는 아이가 둘이라고 했어."

이모토의 표정이 굳어졌다.

"아이가 '있다'라고 했습니까……."

하타는 조사실 문을 바라봤다.

"첫째는 미키, 둘째는 미사키. 초등학교 2학년이고, 유치원에 다닌다고. 둘 다 집에서 통학하고 있다더군. 나도 어제 병원에서 아이들과 통화하는 모습을 봤어. 거짓말하는 것 같지는 않은데 서류에는 남편과 둘이 사는 것으로 되어 있군."

이모토는 긴장한 표정으로 침을 삼켰다. 뭔가 이상하다는 걸 알아차린 하타가 이모토를 노려봤다.

"뭐야. 뭐 아는 거 있어?"

이모토가 살짝 고개를 끄덕이고 목소리를 낮췄다.

"다카무라 부부네 아이 말인데요, 둘 다 삼 년 전에 죽었습니다."

조사실 의자에 앉은 도시유키는 방으로 들어온 후 내내 깊이 고개를 숙인 채 책상 위만 보고 있었다. 낙담한 모습은 자기 아내가 수사를 혼란에 빠뜨린 점을 사과하는 듯 보였다.

두 아이가 죽었다는 말을 들은 하타는 남편에게 다시 연락하라고 지시했다. 아내의 언동에 관해 들은 도시유키는 회사를 조퇴하고 가마쿠라 경찰서로 달려왔다.

하타는 나쓰키에게 별실에서 후미에를 지켜보라고 한 뒤, 도시유키를 조사실로 데려왔다.

도시유키에게서 한바탕 이야기를 들은 하타는 의자에 기대며 팔짱을 꼈다.

"그럼 부인은 삼 년 전에 죽은 자녀분이 아직 살아 있다고 착각한다는 말이군요."

도시유키는 괴로운 듯 얼굴을 일그러뜨리고 "네"라고 조그맣게 대답했다.

후미에의 두 아이는 사고로 죽었다.

삼 년 전 8월, 도시유키 가족은 지바의 보소 쪽에 해수욕을 하러 갔다. 돌아오는 길, 고속도로를 달리던 중에 자동차 라디에이터에서 냉각수가 새어 나왔다. 도시유키는 차를 비상 주차하고 시설 관리사에 연락하기 위해 200미터 정도 떨어진 비상용 전화로 향했다. 후미에는 뒤편에 삼각 표시판을 놓기 위해 차에서 내렸다.

비극은 직후에 일어났다.

냉동식품을 실은 대형 트럭이 비상 주차중인 도시유키의 차를 들이받았다. 차는 크게 파손됐다. 놀다 지쳐 뒷자리에서 잠들어 있던, 당시 다섯 살과 여덟 살 두 아이가 희생됐다. 경찰 조사에서 트럭 운전사는 너무 피곤해 졸음운전을 했다고 진술했다.

해수욕에서 돌아오는 길, 긴급 정차 차량에 추돌한 사고, 어린아이 두 명 사망―세 개의 키워드에 하타 머릿속에 잠들어 있던 오래된 기억이 되살아났다.

분명 삼 년쯤 전에 다테야마 자동차도로에서 두 아이가 사망한 추돌사고가 있었다. 언론에서는 부모만 살아남고 두 아이 모두 희생된 비극적인 사고를 대대적으로 다루었고, 장거리 운전사에게 가혹한 노동을 강요하는 운송 회사의 행태를 규탄했다.

그 사고로 목숨을 잃은 아이의 부모가 후미에와 도시유키였다는 말인가.

"사고 후 한동안 저도 후미에도 아무것도 손에 잡히지 않았습니다. 아침에도 낮에도 밤에도, 심지어 잠들었을 때조차 딸들이 머릿속에서 떠나지 않더군요. 아이들 목숨을 빼앗은 운전사를 증오하고, 운전사에게 장시간 운전을 강요한 운송 회사를 원망하고, 또래 아이의 손을 잡고 다니는 부모를 부러워했습니다. 그 고통은 후미에도 마찬가지였을 겁니다. 다만 저는 사랑하는 딸을 잃은 정신적인 고통과 직면해서 시간이 걸리긴 했어도 이겨냈는데, 후미에에게는 무리였죠."

도시유키는 눈두덩에서 손을 떼고 벌건 눈으로 하타를 봤다.

"형사님, 사람에게는 방어기제가 있다는 사실을 아세요?"

도시유키는 이야기를 이어나갔다.

"후미에는 예전부터 정신적으로 위태로운 부분이 있었습니다. 좀 별난 면이 있어요. 아주 사소한 일에 불같이 화를 내다가 격렬하게 울기도 하죠. 일로 피곤할 때는 정말 지긋지긋하기도 했지만, 세상에 결점 없는 사람이 어디 있겠습니까. 저도 결점은 있어요. 다소 정신적으로 불안하긴 해도 집을 지켜주고 아이를 사랑하는 후미에에게 만족했습니다. 제 마음이 전해졌는지 후미에도 자기 감정을 조절하려고 매일 노력했어요. 하지만 그 사건에 관해서만은 무리였죠."

도시유키 말에 따르면 사고 후 후미에는 두 달쯤 폐인처럼 지냈다고 한다. 식사도 최소한만 하고, 거실 소파나 침실 침대에 누워 한마디도 하지 않고 먼 곳만 응시했다.

몸무게가 너무 줄어 이대로 가면 병이 생기지 않을까 걱정되던 차에 후미에의 상태가 변했다.

회사에서 돌아왔는데 웬일로 후미에가 현관까지 마중을 나왔다. 입가에 살짝 미소까지 짓고 있었다. 오랜만에 보는 미소에 도시유키도 절로 얼굴이 풀어졌다. 그런데 거실로 들어서는 순간 온몸이 굳어졌다.

거실 바닥에 새 아동복이 흩어져 있었다. 죽은 미키와 미사키에게 딱 맞을 크기였다.

이 옷은 어디서 났느냐고 묻자 후미에는 이제 추워질 것 같아서 새 옷을 샀다며 웃었다. 아내의 기이한 행동에 도시유키는 나쁜 예감이 들었으나 그날은 옷에 대해 더는 언급하지 않고 아무 일 없었던 듯 보냈다.

그런데 후미에의 이상한 행동은 다음 날에도 이어졌다.

아침에 도시유키가 눈을 뜨니 옆 침대에서 자고 있어야 할 후미에가 없었다. 부엌에 인기척이 나서 가보니 후미에가 아침 준비를 하고 있었다. 아이를 잃은 후 후미에가 부엌에 선 모습은 볼 수 없었다. 도시유키는 기뻤다. 아이를 잃은 충격에서 조금은 벗어난 걸까. 싱크대에서 프라이팬을 닦던 후미에는 도시유키를 발견하고 미소를 지어 보였다.

후미에의 웃음을 본 순간 도시유키는 그 자리에 얼어붙었다. 그것은 마치 가면을 쓴 듯한 웃음이었다. 기계적으로 입가를 올리고, 뺨을 이완시키고 있었다. 후미에의 미소에는 감정이라는 게 없었다. 도시유키는 조심스럽게 식탁 위를 봤다.

아이용 식기가 놓였고 4인분의 음식이 준비돼 있었다.

병원에 데려가야겠다―그 순간 도시유키는 생각했다. 그러나 그때까지만 해도 상담 이야기를 꺼내면 완강히 저항했다. 나는 이상하지 않아, 그런 눈으로 보지 마. 냉철한 말투로 그렇게 말하며 도시유키를 노려봤다. 눈동자에는 차가운 분노의 불꽃이 타올랐다. 자칫 잘못하면 후미에 내면에 숨죽이고 있는 광기의 도화선에 불이 붙을 것만 같아 도시유키는 망설였다.

―조금 더 타이밍을 보자. 전에도 이상한 언동을 보였지만, 조금 지나니까 가라앉았잖아.

자기기만에 불과하다는 건 알았다. 그래도 후미에가 원래대로 돌아올 가능성을 믿고 싶다는 마음을 버릴 수 없었다.

그러나 행동은 날로 심해졌다. 처음에는 집 안에서 아이가 살아있는 듯 행동하는 게 전부였다. 한 달쯤 지났을 때는 밖에서도 기이한 행동을 보이기 시작했다. 첫째가 다니던 초등학교에 가서 아이가 있던 반의 수업을 참관하기도 했고, 둘째가 이용하던 유치원 버스가 오는 시간이 되면 버스 승차장에 나갔다. 수없이 말렸으나 들으려 하지 않았다. 왜 수업을 참관하면 안 되냐, 왜 유치원 버스를 맞으러 가면 안 되냐며 오히려 화를 냈다.

초등학교와 유치원에서 아이들에게 혼란을 일으킨다며 양해를 부탁한다고 연락이 왔다. 학부모회에서 친구로 지내던 사람들이 자기 아이가 겁먹어 곤란하다며 민원성 전화도 했다. 후미에가 이상해진 지 두 달쯤 지났을 때, 도시유키는 후미에를 속여 반강제로 정신과에 데려갔다.

"사카이 멘탈클리닉 의사 선생님이 극도의 정신적 스트레스로 인한 해리성 동일성 장애라고 진단했습니다. 매우 희귀한 질환이라더군요. 일시적인 건지 장기적인 치료가 필요한 건지는 알 수 없다고, 한동안 약을 먹으면서 치료하자고 했습니다. 그 병원에는 지금도 정기적으로 다닙니다."

말이 끊어지자 하타가 물었다.

"부인이 자신의 병을 해리성 장애라고 했습니다."

도시유키는 조금 틈을 두고 대답했다.

"의사 선생님 말로는, 정신이 아픈 병의 경우 내과나 외과와 달리 병명을 단정하는 게 어렵답니다. 증상이 하나일 때도 있고 중복될 때도 있다고요. 후미에는 후자여서 망상 장애에 가끔 해리까지 일어납니다. 그러니까 후미에 말도 틀린 건 아니지만 그게 전부는 아닙니다."

거기까지 말하고 도시유키는 진이 빠진 듯 고개를 푹 숙였다.

"당신이 보는 아이들은 환각이라고, 이제 아이들은 없다고 아내를 수없이 설득했습니다. 하지만 인정하지 않았습니다. 도리어 제가 아이들을 사랑하지 않는다고 울며불며 달려들었죠. 자신의 병을 인정하지 않는 데다 약 복용도 꺼려서, 의사 선생님과 상담 끝에 본인에게는 해리성 이인증이라고만 알리고 병원에 다니게 했습니다."

도시유키가 입을 다물자 방 안에 침묵이 퍼졌다. 하타는 질문을 바꿨다.

"9월 22일에 추도식이 있었다고 하던데요."

도시유키는 숙이고 있던 고개를 들고 그걸 왜 묻냐는 표정으로 하타를 봤다.

"네. 저희 할머니의 17주기였는데……."

"부인에게 들었습니다. 그래서 나고야에서 묵고 오셨다고요."

왜 추도식 이야기가 나오는지 모를 것이다. 도시유키는 의아하다는 표정을 지으며 질문에 대답했다.

"네. 추도식이 오후부터였고 그 후에 가족 모임도 있어 당일에 돌아오기는 힘들었죠."

"혼자 간 이유는요?"

"후미에가 몸이 좋지 않다고 했고, 저 역시 그런 상태의 아내를 친척들에게 보여주고 싶지 않았습니다."

하타는 속으로 이해했다. 침대에 누워만 있는 아내 얼굴이 뇌리에 떠올랐다.

"게다가"라며 도시유키가 한숨을 쉬었다.

"참석자 중에 누가 사고 이야기라도 꺼내서 아내를 자극하면 큰일이라 저 혼자 갔습니다."

"밤에 부인에게 연락했나요?"

도시유키는 드러내놓고 불쾌한 표정을 지었다.

"왜 그렇게까지 22일의 행동에 집착하십니까?"

도시유키는 바싹 의자 끝으로 옮겨 앉으며 따졌다.

"지난달 22일이면 가마쿠라 별장에서 남자가 살해된 날이죠? 후미에가 경찰 조사를 받는다고 해서 인터넷으로 찾아봤습니다. 혹시 후미에를 범인으로 의심하십니까? 그렇다면 잘못 생각하신 겁니다. 후미에도 말했겠지만, 죽은 남자는 후미에 동창의 지인이고 후미에 는 딱 한 번밖에 만나지 않았습니다. 그런 남자를 후미에가 왜 죽입 니까?"

도시유키는 아내가 자기 몰래 화장품을 판매한 사실도, 매달 50만 엔의 보수를 받은 사실도, 살해된 남자가 업무상 파트너였다는 사실 도 몰랐다. 아무것도 모르고 아내를 옹호하는 도시유키가 불쌍했다.

하타는 수사상 필요한 확인이라고만 대답하고 같은 질문을 되풀 이했다.

자기 주장에 귀를 기울이지 않는 하타에게 불만을 품었을 것이다. 도시유키는 입을 굳게 다물고 받아들일 수 없다는 표정을 지었다. 그러다가 결국 포기했다는 듯 한숨을 쉬고는 질문에 대답했다.

"아내에게 연락하지 않았습니다. 후미에는 요즘 불면증이 있어요. 무슨 일이 생기면 아내가 연락할 테고 저는 특별한 용건이 없었습니 다. 간신히 잠들었는데 깨우면 안 될 것 같았습니다."

"집에는 다음 날 몇 시쯤 돌아왔습니까?"

"1시쯤입니다. 점심을 먹지 않고 기다리던 후미에와 함께 근처 메 밀국수 가게에 갔습니다."

"즉 22일 밤부터 23일 낮까지 부인은 혼자 있었다는 말이군요."

도시유키는 유감스럽다는 듯 볼을 부풀렸다. 목구멍에서 단어를 밀어내듯 말했다.

"그렇습니다."

하타는 속으로 신음했다.

후미에는 다자키의 사망 추정시각인 22일 밤에 아이들과 같이 집에 있었다고 진술했다. 그러나 사실이 아니었다. 아이들은 후미에의 망상 속 산물이며 남편은 부재중이었다. 후미에에게 알리바이는 없었다. 다시금 후미에가 다자키 살해의 실행범일 가능성이 부상했다.

팔짱을 끼고 생각에 잠긴 하타에게 도시유키가 물었다.

"시간이 얼마나 더 걸립니까? 아내는 지칠 대로 지쳤을 겁니다. 빨리 집에 데려가고 싶습니다."

도시유키와 복도에서 만난 후미에의 모습을 떠올렸다. 창백한 얼굴이 더 하얘졌고 눈에 눈물이 차올랐다. 눈물의 의미가 남편이 자신을 데리러 왔다는 안도감인지, 남편 몰래 화장품을 판매했다는 자책감인지는 알 수 없었다. 하지만 간신히 서 있는 후미에를 보며 저런 위태로운 정신 상태로 더는 조사를 견뎌낼 수 없으리라고 하타는 생각했다.

하타가 의자에서 일어나 도시유키에게 가볍게 인사하고 말했다.

"수고하셨습니다. 오늘은 돌아가셔도 좋습니다. 또 무슨 일이 있으면 협력을 부탁드립니다.."

또, 라는 말에 도시유키는 쓸쓸한 표정을 지었다. 조사라면 더는 사양하고 싶다고 말하는 듯한 표정이었다.

하타는 기후 역 나가라구치 개찰구를 나와 손목시계를 봤다. 오전

9시 20분. 예정대로였다.

나쓰키와 함께 오른편에 있는 주차장으로 향했다.

주차장이 보이기 시작할 즈음 그쪽에서 젊은 남자가 달려왔다. 회색 정장에 감색 넥타이. 들은 그대로의 복장이었다.

남자는 둘 앞에 멈춰 서서 번갈아 얼굴을 봤다.

"하타 씨와 나카가와 씨죠?"

계급을 붙여 부르지 않는 이유는 만에 하나 다른 사람이면 곤란하기 때문일 것이다. 하타는 고개를 끄덕이고 다시 이름을 댔다.

"가나가와 현경 수사1과 하타입니다. 이쪽은 가마쿠라 경찰서 강력계의 나카가와 순사입니다."

남자는 자세를 바로잡았다.

"기후 현경 교통과 홋타입니다. 멀리 오시느라 수고하셨습니다. 오늘은 제가 운전을 맡겠습니다."

어제 후미에가 집으로 돌아간 후, 하타는 데라사키 과장에서 기후 출장 서류를 제출했다. 후미에가 말한 스기우라 가나코라는 인물을 찾기 위해서였다. 참고인 조사 내용을 보고받은 데라사키는 기후행을 허가하고 기후 현경에 수사 협력도 요청했다.

홋타는 두 사람을 주차장에 세워둔 하얀 세단에 태우고 시동을 걸었다. 역 앞 도로를 직진해 국도로 들어간 차가 주행차선에 오르자 홋타는 룸미러로 하타를 봤다.

"오지로 시로 가면 될까요? 과장님이 시립 제3중학교라고 하셨는데요."

운전석 바로 뒤에 앉은 하타는 몸을 살짝 앞으로 내밀어 시트 사이로 얼굴을 내밀었다.

"그렇습니다. 오지로 시까지 전차로 가도 되는데 기후 역까지 오게 해서 미안합니다."

홋타는 아니라며 황송한 듯 말했다.

"기후 시에서 오지로 시까지는 전차든 차든 시간은 비슷하게 걸립니다. 사십 분 정도죠. 환승 운이 나쁘면 전차가 더 걸리기도 합니다. 도시라면 모르겠으나 시골에서는 전차보다 차가 편리하죠."

잠시 나가라 강변을 달리고 나지막한 산 사이를 빠져나오니 오지로 시에 도착했다. 아침 출근 시간대가 지나서인지 삼십 분밖에 걸리지 않았다.

산에 둘러싸인 인구 7만 명 정도의 시내에는 높은 건물이 거의 없었고 검은 기와를 얹은 민가가 눈에 띄었다. 이 부근은 기후 시의 베드타운인 듯했다.

국도에서 옆길로 빠져나와 한동안 달리니 주택가 일각에 나무가 울창한 넓은 부지가 나타났다. 부지 안에 가로로 긴 4층짜리 건물이 보였다. 저게 제3중학교라며 홋타가 건물을 가리켰다.

정문 옆 주차장에 차를 세우고 하타와 나쓰키가 차에서 내렸다. 홋타는 차에서 대기하겠다고 했다.

방문객 출입구는 정면 공동현관 바로 옆에 있었다. 그 문도 방문객 출입문도 굳게 잠겨 있었다. 방범 대책인 듯했다.

출입문 옆 인터폰을 누르자 여성이 응대했다. 가나가와 현경에서 왔다고 하자 인터폰 너머에서 숨을 삼키는 기척이 났다.

인터폰이 끊기고 출입문이 열리더니 안경 쓴 중년 여성이 나타났다. 하얀 가운을 입은 걸 보니 보건교사인 듯했다. 여성은 놀라움과 동요가 뒤섞인 눈빛으로 하타와 나쓰키를 번갈아 봤다.

하타는 양복 안주머니에서 경찰 수첩을 꺼내 직함을 밝힌 다음, 사건 이야기는 꺼내지 않고 방문 목적을 전했다.

"가마쿠라에서 작은 사건이 일어나서, 이 학교 졸업생의 연락처를 파악하고자 합니다. 지금은 고향을 떠나 도쿄 부근에 산다는데, 연락처를 몰라 여성의 본가를 방문하러 왔습니다."

여성은 잠깐 기다리라고 대답하고 슬리퍼 소리를 내면서 길게 이어진 리놀륨 복도 안쪽으로 달려갔다.

학교라는 곳은 어디나 똑같은 냄새가 났다. 복도 광택제, 소독약, 그리고 젊은 체취가 섞인 냄새였다.

주위를 둘러보는데 응대했던 젊은 여성이 잰걸음으로 돌아왔다. 하타와 나쓰키 앞에 방문객용 슬리퍼를 놓고는 이쪽으로 오시라며 안으로 안내했다.

액자에 걸린 상장과 트로피를 곁눈질하며 여성을 따라 복도를 걸어갔다. 막다른 방 앞에 왔다. 방문객 응접실이었다.

두 사람을 방 안으로 안내한 여성은 여기서 기다려달라는 말을 남기고 사라졌다.

창가에 서서 운동장에서 축구하는 학생들을 바라보는데 문이 열리고 한 남자가 들어왔다. 감색 양복을 입고 은테 안경을 썼다. 흰 머리카락이 섞인 짧은 머리, 깊은 주름으로 보건대 나이는 예순에 가까울 듯했다.

"제3중학교 교장, 고가 겐이치로입니다."

고가는 명함을 내밀었다. 명함 교환이 끝나자 하타와 나쓰키에게 소파에 앉으라고 권했다.

앉자마자 사무원으로 보이는 여성이 차를 가지고 왔다. 여성이 나가기를 기다렸다가 하타는 용건을 꺼냈다. 이야기를 들은 고가가 복잡한 표정으로 물었다.

"그 여성에게 무슨 일이 있었나요?"

하타는 자세한 이야기는 피하고, 어떤 사건의 참고인으로 조사중이라고만 말했다.

"수사에 협력해주시길 부탁드립니다."

나쓰키와 함께 고개를 숙였다.

고가는 여전히 뭔가 궁금한 표정이었으나 하타의 단호한 말투에 더는 물어도 대답해주지 않으리라 깨달은 모양이었다. 포기한 듯 한숨을 쉬었다.

"그분 성함은?"

나쓰키가 백에서 메모 한 장을 꺼냈다.

"이 사람입니다."

고가는 메모를 받아 들고 내용을 소리 내어 읽었다.

"스기우라 가나코, 쇼와 50년1975년 출생……이면."

주판 튕기는 흉내를 내더니 헤이세이 2년1990년 졸업생이겠군요,

하고 중얼거렸다. 의자에서 일어나 방구석에 놓인 코너 테이블로 갔다. 테이블 위 전화기로 손을 뻗어 수화기를 들고 내선전화를 걸었다. 전화를 받은 상대에게 응접실로 오라고 지시했다.

고가가 다시 소파에 앉자 노크 소리가 나고 조금 전 차를 가져온 여성이 들어왔다.

고가는 여성에게 메모를 건네며 서고에 있는 졸업생 명부에서 이 사람의 기록을 찾아달라고 했다.

"찾으면 해당 부분을 복사해주게. 최대한 빨리 부탁하네."

여성은 메모를 받아 재빨리 방을 나갔다.

십오 분쯤 뒤 여성이 돌아왔다. 그동안 하타는 기후의 명소와 명물에 대해 물으며 자연스럽게 대화를 이어갔다.

여성이 고가에게 복사용지를 내밀었다.

"같은 이름을 가진 사람이 없었으니 이 사람이 틀림없을 겁니다."

고가가 고맙다고 하자 여성이 방에서 나갔다.

내용을 쭉 훑어본 고가는 하타에게 종이를 건넸다.

"이 인물이 찾으시는 여성일 겁니다."

하타는 받은 종이로 시선을 떨어뜨렸다. 스기우라 가나코의 졸업 앨범 사진과 개인 정보가 복사돼 있었다. 헤이세이 2년, 48회 졸업생. 생년월일, 쇼와 50년 8월 3일. 성별, 여성. 본적, 기후 현 오지로 시 데라노우치초 ××1-×. 현재 주소, 동일. 그 뒤에 자택전화로 보이는 번호가 적혀 있었다.

"도움이 되셨습니까?"

고가가 딱딱하게 굳은 표정으로 말했다. 경찰이 자료를 요구하는 인물은 피해자나 피의자일 거라고 미루어 짐작했을 것이다.

"네, 덕분에."

하타는 복사용지를 클리어 파일에 끼워 가방에 넣었다. 고가에게 감사 인사를 전하고는 응접실을 나왔다.

학교를 벗어나 정문 옆 주차장으로 가 세워둔 차에 탔다. 클리어 파일을 꺼내 훗타에게 보여줬다.

"이 주소로 가주시겠습니까?"

어려움 없이 정보를 입수했다는 사실에 훗타는 일이 잘 풀린다고 생각했는지 명랑하게 말했다.

"알겠습니다."

내비게이션에 주소를 입력하고 신중하게 차를 출발시켰다.

가나코의 본가가 있는 데라노우치초는 시내 중심부에서 자동차로 이십 분 정도 걸리는 곳에 있는 마을이었다. 이름 그대로 마을 곳곳에 신사와 절마을 이름의 '데라'가 절을 뜻한다이 보였고 좁은 골목이 복잡하게 얽혀 있었다. 오래된 주택가를 지켜내려다 보니 일방통행과 막다른 도로가 곳곳에 포진하게 된 동네 같았다.

스기우라 가나코의 자택은 완만한 언덕 중간에 있었다. 옆은 절이라 경내에 심은 은행나무 가지가 담을 넘어와 있었다. 1층의 검은 기와지붕이 은행나무 낙엽으로 여기저기 노랗게 물들어 있었다.

훗타는 100미터쯤 떨어진 앞쪽 거리에 차를 세웠다. 탐문을 하려는 곳과 떨어진 장소에 차를 세우는 것이 경찰 수사의 상식이다. 하타와 나쓰키는 차에서 내려 스기우라 가나코의 집으로 향했다.

근처까지 간 하타는 집을 보고 미간을 찌푸렸다. 현관 주변 길이 낙엽으로 가득했다. 한동안 청소하지 않은 듯했다.

하타는 낙엽을 밟으면서 미닫이 격자문 앞에 섰다. 문기둥에 '스기우라'라고 새긴 나무 문패가 걸려 있었다. 하타는 문패 밑의 차임벨을 눌렀다. 대답은 없었다. 다시 눌렀으나 역시 사람이 나오는 기척은 없었다.

몇 걸음 물러나 문 위로 보이는 2층을 올려다봤다. 창문 두 개 모두 커튼이 쳐져 있었다.

"사람이 없나 보네요."

하타와 같이 2층을 올려다보면서 나쓰키가 혼잣말처럼 말했다. 그때 절에서 한 여성이 나왔다. 회색 치마에 하얀 니트 옷을 입고 있었다. 외모만 보면 삼십대로 보였는데 눈가 주름과 머리에 섞인 흰 머리를 보니 실제로는 열 살은 더 많을 듯했다. 여성은 꼬리가 동그랗게 말린 시바견을 데리고 있었다. 절 관계자이거나 이웃 주민인 듯했다.

여성은 하타 일행이 있는 언덕 아래가 아니라 언덕 위를 향해 걷기 시작했다. 하타는 여성에게 달려갔다. 나쓰키가 뒤를 따랐다.

"죄송합니다. 잠깐 시간 좀 내어주시겠습니까?"

여성이 걸음을 멈추고 뒤를 돌아봤다. 동그란 얼굴에 코와 눈 부분이 아담했다. 눈꼬리가 아래로 처져서 얼핏 보기에는 사람 좋아 보이는 인상이었다.

하타는 양복 안주머니에서 재빨리 경찰 수첩을 꺼내 여성이 볼 수 있도록 내밀었다. 경찰 수첩을 본 사람의 반응은 크게 둘로 나뉜다. 겁을 먹거나 흥미를 드러낸다. 여성의 반응은 후자였다. 몸을 쭉 내밀어 경찰 마크를 뚫어지게 봤다.

"가나가와 현 경찰?"

하타는 머리를 긁으며 미소를 지어 보였다.

"가마쿠라에서 작은 사건이 일어나서 수사로 탐문중입니다."

"어머, 어떤 사건인데요?"

호기심을 숨기지 않은 말투로 여성이 물었다.

"그건 좀……."

하타는 미소지은 채 대답을 얼버무리고 질문을 꺼냈다.

"이 근처에 사십니까?"

여성은 그렇다고 대답했다. 이름은 구라타 히로미. 언덕을 끝까지 올라가 막다른 곳에 있는 집에서 친정어머니, 남편과 셋이 살고 있다고 했다.

"엄마 이야기를 전하려고 고엔지에 다녀오던 길이에요."

수다를 좋아하는 모양이다. 뜻하지 않게 훌륭한 탐문 상대를 만났다. 개도 주인을 닮아 사람을 좋아하는지 짖지도 않고 처음 보는 하타와 나쓰키에게 꼬리를 흔들었다.

하타는 스기우라의 집을 보면서 물었다.

"저 집이 스기우라 씨 집인가요?"

"네. 스기우라 씨 집이었어요."

과거형이다. 하타는 속으로 혀를 찼다. 여기 살던 스기우라 부부는 삼 년 전에 집을 그대로 둔 채 이사했고, 지금은 빈집이라고 구라타가 말했다.

하타는 다시 집을 바라봤다. 검은 기와지붕은 반짝반짝 빛났고 벽에도 두드러진 흠은 없었다. 왜 그냥 두고 갔을까—.

하타는 구라타에게 시선을 돌렸다.

"여기에 스기우라 가나코라는 여성이 살았을 텐데요. 지금은 어디 사는지 아시나요?"

구라타는 입에 손을 대고 미간을 찌푸렸다. 쾌활하던 표정이 확연히 어두워졌다.

"혹시, 모르세요?"

그 한마디에 하타의 안테나가 찌릿찌릿 흔들렸다. 중대한 정보를 앞둔 조짐이었다.

"무슨 말씀이신지."

흥분을 누르며 이야기를 재촉했다.

"가나코는 오 년 전에 세상을 떠났어요."

땅에 뭔가 떨어지는 소리가 났다. 돌아보니 나쓰키가 떨어뜨린 수첩을 줍고 있다.

"괜찮으세요?"

구라타가 나쓰키를 걱정했다. 나쓰키는 서둘러 일어나 죄송하다며 고개를 숙였다. 구라타의 걱정에 대한 답인지, 대화를 중단시켜 하타에게 하는 사과인지는 알 수 없었다.

후자라면 필요 없었다. 담배라도 물고 있었으면 자신 또한 떨어뜨렸을지 몰랐다. 충격을 받는 게 당연했다.

나쓰키가 수첩을 고쳐 들고 메모 준비를 마치자, 하타는 구라타를 보며 다시 확인했다.

"여기 살던 스기우라 가나코 씨가 오 년 전에 죽었습니까?"

구라타는 얼굴 앞에서 두 손을 꼭 모아쥐고 고개를 끄덕였다.

자세한 사정을 묻자 스기우라 가나코의 부모가 이 땅을 떠나기까지의 경위를 이야기하기 시작했다.

가나코의 가족은 이십여 년 전에 이곳으로 이사 왔다. 지금 건물은 나중에 다시 지은 것이고, 당시에는 매물로 나온 주택을 가나코의 부친이 구입해 가족과 함께 살기 시작했다.

부친은 은행원으로, 이름은 가쓰토시. 당시 이미 오십대 중반이었다. 가나코는 늦게 얻은 외동딸이라 가쓰토시는 딸을 끔찍이 아꼈다. 정년을 앞둔 그가 마지막 거처로 조용하고 차분한 이 동네를 선택한 것이었다.

가나코의 모친 나오미는 남편과 띠동갑이었으나 전형적인 부창부수 타입의 아내였다고 한다.

"언제나 생글생글 웃어서 느낌이 좋은 사람이었어요."

추억에 젖은 듯한 말투로 구라타가 말했다.

"딸 가나코 씨는 여기 학구인 제3중학교에 다녔죠?"

하타의 질문에 구라타는 그렇다고 했다.

"틀림없나요?"

재차 확인하자 구라타가 대답했다. 본인이 제3중학교 졸업생인데 가나코도 똑같은 교복을 입고 다녔고, 무엇보다 이 동네에서 사립 중학교에 다니는 학생은 없다고.

하타는 뒤에 선 나쓰키에게 조금 전 학교에서 입수한 가나코의 사진을 보여주라고 했다. 사진이 담긴 복사물을 내밀자 구라타가 한눈에 아아, 하며 감개무량한 듯한 목소리를 냈다.

"맞아요. 이 아이예요. 가나코."

─틀림없군. 가나코는 이미 죽었어. 그럼 가나코 역시 후미에의 환각인가.

하타는 냉정하려고 애쓰며 물었다.

"가나코 씨는 몇 살 때까지 이 집에서 살았습니까?"

구라타는 의외의 질문이라는 듯 의아한 표정을 지었다.

"몇 살이라니……. 세상을 떠날 때까지 여기 살았는데요."

하타는 미간을 찌푸렸다. 집을 떠난 적이 한 번도 없단 말인가.

구라타 말에 따르면, 가나코는 중학교를 졸업한 후 시내에 있는 현립 고등학교에 입학했다. 고등학교 졸업 후에는 기후 시의 전문대학을 거쳐 병원이나 호텔 등에 침구류를 대여하는 회사에 취직했다는 것이다.

"회사가 오지로 시내에 있어서 가나코는 집에서 통근했어요."

후미에는 자신에게 화장품 판매를 권한 가나코는 증권사의 안내 데스크 직원이었다고 했다. 그 후 프랑스로 건너갔다가 다시 일본으로 돌아왔다고.

"집을 떠나 산 적은 한 번도 없군요."

구라타는 고개를 크게 끄덕였다.

"이삼 일 정도 여행으로 집을 비운 적은 있지만, 가나코는 세상을 떠날 때까지 내내 집에서 살았어요."

구라타는 그리운 듯한 눈빛으로 지금은 빈집인 스기우라의 집을 바라봤다.

"이전 집도 괜찮았는데 이사온 지 십 년쯤 지났을 때 집을 다시 지었어요. 데릴사위를 바랐는지 나중에도 같이 살겠다며 두 세대가 동거할 수 있게 지었죠. 밖에서는 보이지 않지만 안으로 이어지는 진입로 옆에 현관이 하나 더 있어요. 시보 같은 걸 전해주다가 알았죠. 스기우라 씨 내외는 딸 부부랑 손자들에 둘러싸여 평온한 노후를 보내길 바랐을 텐데……."

구라타는 허리를 숙여 동의를 구하듯 개의 머리를 쓰다듬었다.

하타는 직접적인 사망 이유를 물었다. 수다스럽던 구라타가 입을 다물었다. 입 밖에 꺼내기 주저되는 사정이 있는 듯했다.

"뭐든 아시는 게 있으면 말씀해주십시오. 정보원은 밝히지 않습니다."

정보원이라는 말에 하타 일행이 경찰임을 새삼 실감했을 것이다. 구라타는 주위에 아무도 없는지 확인하고 목소리를 낮춰 말했다.

"자살했어요."

메모하던 나쓰키의 손이 멈추는 기척이 났다. 하지만 바로 다시 펜을 움직이는 소리가 들렸다.

"자살한 이유를 아십니까?"

구라타는 허공을 바라봤다.

"아뇨, 거기까지는……."

거짓말이야. 하타는 직감했다. 구라타는 자살 원인을 알고 있다. 왜 숨길까.

다른 각도에서 변화구를 던져볼까 생각하는데 모퉁이에서 커다란 개를 끌고 초로의 남성이 나타났다. 구라타의 개가 남성의 큰 개를 향해 짖어대기 시작했다.

"그만, 밀크!"

시바견의 이름인 듯했다. 구라타는 팽팽해진 목줄을 가까이 당겼다. 밀크는 제지를 당해도 주인 말을 듣지 않았다. 부모의 원수라도 되는 듯 계속 짖었다.

구라타가 자기 개를 나무라면서 하타를 봤다. 얼굴에 대화가 중단돼 다행이라고 적혀 있었다.

"죄송해요. 이제 됐나요?"

정식 경찰 조사가 아닌 이상 말릴 수 없다. 하타는 협력해주셔서 고맙다며 고개를 숙였다.

구라타가 언덕 위로 사라져 보이지 않자 하타는 옆에 있는 고엔지를 찾아갔다. 옛날부터 이 자리에 있었던 절 사람이라면 지역 정보를 가지고 있으리라 생각했다.

본당 옆 주거 공간의 차임벨을 누르자 여성이 나왔다. 쉰 살 전후로 보이는 몸집이 작은 사람이었다. 하타가 경찰 수첩을 보여주며 이웃에 살던 스기우라 가나코에 관한 이야기를 듣고 싶다고 했다. 여성은 작고 동그란 눈을 커다랗게 뜨고 "아니, 저"라며 어쩔 줄 몰라 했다.

여성은 주지의 아내로, 이름은 다카나시 요코라고 했다. 남편 겐쇼는 종파 모임이 있어서 아침 일찍 교토로 갔고 내일 늦게야 돌아온다고 했다.

하타는 알고 있는 범위면 충분하니 스기우라 가나코에 대해 알려 달라고 부탁했다. 요코가 현관 앞에서는 그러니까 안으로 들어오라고 권했는데 하타는 후의를 정중하게 거절했다. 요코는 당황한 상태로 어정쩡하게 가나코에 대해 말했다.

이야기는 구라타와 거의 같았다. 다른 점은 가나코 부모의 나이 차이가 띠동갑이 아니라 열 살이라는 것 정도였다.

"가나코 씨의 자살 이유 말인데요."

하타는 일단 직구를 던졌다.

그 공에 요코가 구라타와 같은 표정을 보였다. 입에 담아도 괜찮을까, 하는 망설임이었다.

하타는 강한 어조로 다시 한번 똑같은 볼을 던졌다.

"저희는 자살 원인을 알 필요가 있습니다."

이번에는 적당히 하지 않았다. '저희'라는 말에 힘을 주어 경찰 공무라는 사실을 강하게 어필했다.

자신이 말하지 않더라도 언젠가는 누군가의 입에서 새어 나가리라 각오한 모양이었다. 요코는 스스로 이해하려는 듯 몇 번이나 고개를 끄덕이더니 얼굴을 들어 하타를 바라봤다.

"나쁜 상행위에 걸렸어요."

"무슨 말씀이시죠?"

하타는 차분한 말투로 계속 이야기하라고 권했다. 요코는 간신히 알아들을 수 있는 듯한 목소리로 말했다.

"다단계 판매요."

하타는 숨을 멈췄다.

가나코의 자살, 다단계, 뤼미에르 화장품, 경시청 수사2과의 내사, 다자키의 사체.

일련의 가능성이 하나로 이어져 있는 걸까. 그 끝은 아직 보이지 않았다. 그러나 가나코의 자살과 다자키의 살해가 인과 관계로 이어졌을 가능성은 컸다.

하타는 남몰래 몸을 떨었다.

요코에 따르면, 가나코는 자살하기 일 년 전부터 다단계에 빠졌다. 이웃 주민이나 회사 사람에게 반드시 돈을 벌 거라면서 상품을 권했다는 것이다.

"건강식품이었어요. 아토피나 알레르기 같은 게 좋아진다는 음료수였죠. 나한테도 권했는데, 보시다시피 나이 든 세대라 아토피나 알레르기와는 관련이 없죠. 그래서 거절했는데, 이웃 중에는 회원이 된 사람도 있었어요."

가나코의 자살 이유를 물었을 때 보인 구라타의 불안한 표정이 뇌리에 떠올랐다.

가나코는 다단계에 빠져 시내 세미나홀에서 강연도 했다.

"건강식품 판매도 한때는 순조로웠던 모양이에요. 스기우라 씨네 남편분도 자주 자랑했거든요. 몸도 건강해지고 돈도 들어온다고. 수입이 조금 더 늘면 가나코는 일을 관두고 건강식품 판매에 전념할 수도 있다고. 잔뜩 신이 나 말했죠. 그런데 얼마 안 가 일이 잘못돼 엄청난 빚을 안은 것 같아서……."

"그게 자살 원인인가요?"

요코는 서둘러 고개를 저었다.

"아뇨, 저도 다른 사람에게 들은 이야기라 사실인지는 모르겠어요. 하지만 그런 이유가 아닐까 하는 생각은 했어요. 다 큰 아가씨였으니 연애 같은 다른 고민도 있었을지 모르겠지만……."

가나코의 흔적이 남은 집에 사는 게 괴로웠을 것이다. 빚도 갚아야 했는지 부모는 집을 매각한 뒤 이사했다고 요코는 말했다.

요코는 거기서 말끝을 맺고 불안한 모습으로 하타와 나쓰키를 번갈아 봤다.

"죄송해요. 제가 드릴 수 있는 말씀은 이 정도예요. 신자분들이 오실 시간이라서 이만 가봐도 될까요?"

충분했다. 하타는 시간을 빼앗아 미안하다고 사과한 뒤 현관문을 닫았다.

하타가 보고를 마치자 3층 대회의실은 정적에 휩싸였다. 야간 수사 회의에 참석한 수사원 전원이 너무 놀라 어떤 말도 하지 못하는 듯했다. 모두 복잡한 표정으로 생각에 잠겨 있었다.

"보고는 이상입니다."

하타는 수첩을 닫고 조용히 자리에 앉았다.

요코에게 이야기를 들은 후, 하타와 나쓰키는 진술의 진위를 확인하기 위해 이웃을 돌아다녔다. 탐문 결과, 가나코가 자살한 주요 원인은 다단계가 분명한 듯했다. 가나코에게 상품 구매와 회원 가입을 권유받았던 이웃 주부는 입술을 일그러뜨리며 내뱉듯 말했다.

"죽은 사람을 험담하고 싶진 않지만, 자업자득 아닌가요? 내가 낸 80만 엔은 물거품이 됐다고요."

팔짱 낀 채 허공을 바라보던 데라사키 과장이 미간 주름을 더 깊게 만들며 하타의 보고를 정리했다.

"다카무라 후미에에게 화장품 판매 이야기를 꺼낸 스기우라 가나코라는 인물은 오 년 전에 죽었다. 즉 존재하지 않는단 말인가?"

하타는 살짝 일어나 대답했다.

"저와 나카가와 순사가 조사한 결과로는 그렇습니다."

"사람을 착각한 건 아닌가?"

데라사키 옆에 있던 스기모토 관리관이 끼어들었다. 하타는 확신에 찬 눈으로 스기모토를 봤다.

"스기우라 가나코의 모교인 제3중학교에서 정보를 입수해 본가 이웃 주민에게 확인했습니다. 틀림없습니다."

회의실이 술렁이기 시작했다. 후미에의 진술 신빙성이 단숨에 무너졌다. 화장품 판매를 권했다는 스기우라 가나코는 처음부터 존재

하지 않았다. 혹은 누군가가 스기우라를 사칭해 후미에에게 접근했
다. 둘 중 하나였다.

"조용히!"

데라사키가 일갈하자 회의실은 다시 고요해졌다. 데라사키는 가
나코에 대해 더는 언급하지 않고 다음 보고를 재촉했다.

"다음, 다카무라 후미에의 신변 탐문을 담당한 지역 조사."

네, 하고 대답하며 하타의 부하인 아사다가 일어났다. 아사다는
후미에의 아이가 다녔던 유치원의 보육사와 이웃 주민에게서 들은
이야기를 보고했다. 남편 도시유키의 말을 증명하는 내용으로, 두
아이를 사고로 잃은 후미에는 상식을 벗어난 행동이 두드러졌다고
한다. 죽은 아이가 여전히 살아 있는 듯 행동해 유치원 버스를 기다
리거나 초등학교 행사장에 나타났다고 했다.

이어서 다른 수사원이 후미에가 다닌 사카이 멘탈클리닉 주치의
가 한 이야기를 보고했다. 이 역시 도시유키의 진술대로였다. 후미
에는 경증이라고는 할 수 없으나 다른 사람에게 위해를 가할 위험은
없었고, 무엇보다 도시유키가 입원을 꺼려 통원 형태로 치료를 계속
했다는 것이다.

수사원이 자리에 앉자 데라사키는 회의실 중간쯤에 앉아 있던 지
원팀의 미야기노를 봤다.

"다카무라 후미에가 다룬 화장품 쪽은 어떻게 됐나?"

미야기노가 천천히 의자에서 일어났다. 라 비주를 취급하는 아자
니 사에 뤼미에르에 대해 문의한 결과, 가나코와 일본 독점 판매권

계약을 체결했다는 남자는 존재하지 않으며 일본인에게 독점 대리
업자 자격을 준 적도 없다는 회답이 왔다.

데라사키는 혼잣말처럼 중얼거렸다.

"역시 스기우라 가나코는 존재하지 않는다는 건가."

스기모토가 농담으로도 진담으로도 들리는 말투로 말했다.

"나는 유령이나 초현실 현상 같은 건 안 믿어요."

데라사키는 하타에게 시선을 돌렸다.

"다자키 살해 당시 다카무라 후미에의 알리바이를 증명할 수 있
는 사람은 전혀 없군."

하타가 자리에서 일어나 대답했다.

"네. 후미에 본인은 아이들과 함께 집에 있었다고 진술했는데, 보
고대로 아이는 없습니다. 다카무라 후미에의 환각 망상에 기인한 겁
니다."

이어서 데라사키는 감식반의 구보를 봤다.

"현장에서 다카무라 후미에의 지문이 발견된 게 확실한가?"

구보가 벌떡 일어났다.

"네. 거실문, 벽 등에서 채취한 지문과 일치합니다."

다카무라 후미에의 지문은 참고인 조사 때 감식반에서 임의로 채
취했다. 지문 조회가 완료된 것이다.

스기모토가 뒷덜미를 두드리면서 심각한 표정으로 말했다.

"다카무라 후미에의 병명은 감정 혼란을 동반하는 환각 망상형
정신장애였지."

환각 망상형이라는 말을 강조하는 것으로 미루어, 스기우라 가나코라는 인물은 망상의 산물이고, 화장품 판매도 다자키 살해도 다카무라 후미에에 스스로 저지른 짓이라고 판단하는 게 틀림없었다. 알리바이도 없고 현장에서는 지문이 나왔다. 수사원 대다수는 스기모토와 같은 생각일 것이다. 하타 역시 그 추정이 거의 틀리지 않으리라 생각했다.

그러나 어디까지나 '거의'였다. 백 퍼센트 다카무라 후미에의 범행이라는 확신이 없었다. 참고인 조사 때 후미에의 눈은 취한 듯 초점이 맞지 않았다. 그러나 그 눈빛에는 희미하나마 진실을 이야기하는 듯한 강렬함이 있었다.

팔짱을 끼고 잠시 생각에 잠겼던 데라사키는 뭔가 결단한 듯 고개를 끄덕인 후 수사원들을 바라봤다.

"수사는 계속 이어간다. 다만 지금부터는 다카무라 후미에를 범인으로 보는 방향으로 진행한다."

데라사키는 별장 근처 거리와 역에 설치된 방범카메라에 찍힌 선글라스 여성에 대한 추가 증거 확보, 후미에와 가나코와 만났다는 디너쇼의 주관 이벤트 회사 탐문, 그리고 살해 당시 후미에의 알리바이 조사를 지시하고 수사 회의를 끝냈다.

많은 수사원이 명확한 피의자를 확보했다는 사실에 후련한 표정으로 회의실을 나갔다. 그러나 하타는 팔짱을 긴 채 수사원이 거의 사라진 회의실에 가만히 앉아 있었다.

머릿속에는 기후에서 번뜩인 스파크의 잔상이 남아 있었다.

가나코의 자살, 다단계, 뤼미에르 화장품, 경시청 수사2과의 내사,
다자키의 사체―.

이 사건의 뒤에는 상상을 초월하는 뭔가가 있다.

오랫동안 갈고 닦인 형사의 감이 하타에게 그렇게 알리고 있었다.

13

ウツボカズラの甘い息

　수사 회의 다음 날, 스기모토는 후미에의 체포 영장을 청구했다. 컴퍼니 옐로의 미공개 주식에 관한 증권거래법 위반 및 사기 공모 혐의였다. 별건으로 신병을 확보한 후 거기서부터 핵심을 공격한다. 상투적인 수사 방식이다.

　당일에 체포 영장이 발부돼 후미에는 가나가와 현경에 구속됐다.

　하타는 현경으로 가서 후미에를 다자키 살해의 중요 참고인으로 조사했다. 후미에는 무슨 질문을 해도 초췌한 얼굴로 자기는 모르는 일이라고만 했다. 미상장 주식 사기의 수사에 나선 가나가와 현경 수사2과의 조사에서도 후미에는 같은 진술을 되풀이했다.

　체포 이틀 뒤, 하타는 후미에의 조사를 끝내고 유치관리과에 들렀다. 담당 직원에게 유치장 안에서 후미에의 상태는 어떤지 물었다. 거의 먹지도 않고 잠도 제대로 못 잔다고 했다.

"보시는 대로 심신이 모두 상당히 쇠약해져 있습니다. 상황에 따라서는 입원 조치를 해야 할지도 모르겠습니다."

직원은 심각한 표정으로 말했다.

정말로 치료가 필요할 만큼 정신적으로 쫓기고 있을까. 아니면 연기일까.

현시점에서 판단을 내릴 수는 없지만 어쨌든 본인이 쓰러지지 않는 한 입원을 고려할 필요는 없다. 하타는 그렇게 마음먹었다. 아픈 게 연기가 아니더라도 형사가 피의자 건강까지 일일이 고려할 수는 없었다. 제일 중요한 일은 사건 해결이다. 설령 나중에 문제가 되더라도 지금은 피의자의 알리바이를 철저히 조사해 후미에가 범인이라는 증거를 잡는 데 전력을 기울여야 했다.

하타는 유치관리과 직원에게 시간을 빼앗아 미안하다고 인사한 뒤 현경을 떠났다.

미상장 주식 사기 피해자의 증언을 얻은 현경 수사2과는 체포 사흘 후, 증권거래법 위반 혐의로 후미에를 검찰에 송치했다. 현경 수사2과와 가마쿠라 경찰서 수사본부는 은밀히 손을 잡고 컴퍼니 옐로 사기 사안의 입건과 살인사건의 전모 해명을 위해 합동수사본부를 설치했다.

알리바이 수사 결과가 거의 갖춰진 것은 체포 일주일 뒤였다.

가마쿠라 경찰서 수사본부에서는 후미에 진술에 의거하여 목격 증언을 수집하고 거리에 설치된 방범카메라를 분석했으며, 사건 당일 후미에의 알리바이를 면밀하게 확인했다.

하타는 2과에서 후미에를 조사하는 동안 나쓰키와 함께 가나코를 만났다는 디너쇼를 조사했다. 계기가 된 이벤트의 유무를 확인하고, 목격 증언을 찾아 수사했다. 그런데 이벤트 사이트나 잡지를 샅샅이 뒤져도 디너쇼 표를 줬다는 사업자는 없었다. 디너쇼가 열린 호텔의 직원에게서 후미에와 가나코로 보이는 인물이 있었다는 명확한 증언도 얻을 수 없었다.

컴퍼니 옐로의 파견 사원이던 쓰지 요시에와 오가사와라 나미에게서도 다시 이야기를 들었다. 후미에의 진술로 작성된 스기우라 가나코의 몽타주를 보여주며 본 적이 있는지 물었다. 선글라스를 낀 얼굴과 오른쪽 눈 중앙에서 관자놀이에 걸쳐 흉터가 남은 얼굴 두 종류였다. 두 사람의 대답은 '양쪽 다 본 적 없다'였다.

"이런 흉터는 한번 보면 절대 못 잊죠."

쓰지가 그렇게 말했다.

"이 사람, 흉터만 없으면 상당한 미인일 텐데……."

뒤이어 시작된 미나의 참고인 조사는 오후 3시가 지났을 무렵에야 끝났다. 백을 들고 의자에서 일어나던 미나가 책상 위에 놓인 몽타주를 다시 보고 툭 내뱉었다.

"이 그림, 다카무라 후미에 씨와 살짝 닮았네요. 머리 스타일이나 화장 분위기나."

그렇게 듣고 보니 확실히 두 사람 윤곽이 뚜렷한 얼굴이고, 눈과 코가 단정했다. 후미에가 선글라스를 끼면 몽타주 속 여자처럼 보일 것도 같았다.

미나가 조사실을 나가자 하타가 나쓰키에게 물었다.

"조금 전 오가사와라 미나의 말, 어떻게 생각하지?"

나쓰키는 살짝 고개를 기울인 채 잠시 말없이 있다가 고개를 끄덕였다.

"요즘 인터넷 동영상 사이트에는 화장만으로 유명 연예인이나 아이돌과 똑같아질 수 있다는 동영상이 다수 올라와 있습니다. TV 버라이어티 프로그램에서도 다룬 적이 있는데 화장법만 바꿔도 자신이 되고 싶은 얼굴에 제법 가까워집니다. 한 대학생은 멀리서 보기에는 인기 아이돌로 보일 만큼 달라지더군요."

하타는 나쓰키에게 수사본부에서 찍은 후미에의 사진을 프린트하게 했다. 몽타주 복사본과 같은 A4 크기였다. 그 사진에 볼펜으로 선글라스를 그렸다.

"어때?"

이번에는 나쓰키가 곧장 말했다.

"닮았네요."

몽타주는 사건 현장 부근의 주민에게 확인을 끝냈다. 임대 별장의 왼쪽 집 주민은 여러 번 본 선글라스 여성 같다고 증언했다. 이 여성이 현장에 드나든 것만은 확실했다.

문제는 후미에가 말하는 스기우라 가나코가 실재하느냐였다. 진술이 사실이라면 이름은 어떻든 목격 증언이 있는 이상 제삼의 여성은 실재한다. 그 여성이 진범일 수도 있다. 하지만 진술이 거짓이라면 후미에가 선글라스 여성이라고 생각해도 모순은 없을 것이다.

그러나—하타는 턱에 손을 댔다.

후미에가 선글라스 여성이라면 왜 자신과 닮은 여성의 특징을 몽타주 수사관에게 진술했을까. 애당초 현장 부근 주민의 목격 증언은 모자 쓰고 선글라스 낀 여자를 멀리서 봤다는 것뿐이었다. 얼굴 특징까지 파악한 건 아니었다. 그 여성 또한 누구도 가까이에서 자기 얼굴을 보지 않았다는 자각이 있었으리라. 그렇다면 머리 스타일과 생김새 정도는 얼마든지 얼버무릴 수 있었을 것이다.

하타는 턱에서 손을 떼고 몽타주와 후미에의 사진을 번갈아 손가락으로 치면서 크게 한숨을 내쉬었다.

"이쪽은 어떻게 생각하나?"

하타는 이쪽이라고 말하면서 자신의 머리를 가리켰다.

"그 여자에게 증권사기를 꾸밀 정도의 머리가 있을까?"

"후미에 말입니까?"

나쓰키는 조금 망설이는 듯하더니 단호한 말투로 대답했다.

"없을 겁니다. 그쪽은 다자키의 담당이었을 겁니다."

하타도 긍정했다.

"그렇겠지. 동기는 치정이나 돈일 거야. 조사받을 때 안절부절못하던 모습을 보면 사람을 죽일 배짱은 없어 보이고."

나쓰키는 허공을 노려보며 잠시 생각한 후 입을 열었다.

"사람을 겉만 보고 판단할 수 없습니다. 특히 여자는요."

하타가 설핏 웃었다.

"그야 그렇지."

진지한 얼굴로 돌아와 말했다.

"가마쿠라 임대 별장 말인데, 빌린 사람은 다자키였지?"

나쓰키는 그렇다고 대답했다.

"임대 명의는 다자키로 되어 있었습니다."

"다자키가 별장을 왜 빌린 것 같나?"

"밀회 장소로 쓰기 위해서 아닐까요."

"독신이고 자기 아파트가 있는데?"

나쓰키는 말문이 막혔다.

"게다가 단순한 밀회라면 러브호텔이면 충분하지."

나쓰키가 천천히 고개를 저었다. 모르겠습니다, 하는 표시였다.

"후미에는 수사에 혼란을 주기 위해 제삼의 여성이 있다고 주장하고 있다. 그렇게 생각해봤는데 도무지 앞뒤가 맞질 않아. 임대 별장도 그렇고 몽타주도 그래. 왜 몽타주를 자신과 비슷하게 했을까. 현장 주민은 분명히 얼굴을 보지 못했는데."

나쓰키는 시선을 떨구고 잠시 숙고했다. 하타의 이야기를 깊이 생각하는 것이리라.

이윽고 고개를 들었다. 침을 삼킨 듯 목울대가 움직였다.

"주임님은 제삼의 여성이 실재한다고 생각하십니까?"

하타는 입술을 굳게 다물었다가 말했다.

"모르겠어. 그걸 이제 알아봐야지."

수사가 진행되면서 후미에의 증언은 뒷받침될 수 없다는 사실이 판명됐다.

다자키가 살해된 9월 22일 밤부터 23일 낮까지 알리바이가 확인되지 않았다. 본인은 집에서 한 걸음도 나가지 않았다는데 그것을 증명할 수 없었다. 한편 후미에가 외출한 모습을 봤다는 이웃의 목격 정보도 나오지 않았다.

후미에가 사용하던 휴대전화와 자택 유선전화의 분석 결과도 나왔다. 증언대로 다자키의 휴대전화, 임대 별장의 유선전화, 컴퍼니 옐로 사무실, 뤼미에르 주식 상장에 관한 민원 전화 등의 통화내역은 나왔다. 그런데 가나코로 여겨지는 인물과의 통화를 뒷받침하는 내역은 없었다.

후미에는 열심히 제삼의 여성이 있다고 주장했으나 어디에도 스기우라 가나코라는 여자가 존재했다는 증거가 없었다. 수사본부에서는 스기우라는 가공의 인물이라는 견해가 굳어지고 있었다.

지휘를 맡은 스기모토는 수사 회의에서 열변을 토했다.

"피의자 신병은 이미 확보했다. 끈질기게 계속 수사해. 증거는 반드시 나온다. 아니, 어떻게든 찾아내!"

대다수 수사원은 스기모토의 다카무라 후미에 진범 주장에 이론이 없는 듯 보였다. 의도적이든 병이 일으킨 망상이든, 스기우라 가나코는 후미에가 만들어낸 허구에 지나지 않는다. 수사에서 얻은 모든 정보가 제삼의 여성의 존재를 부정하고 있었다.

하타는 수사 회의에서 임대 별장과 몽타주 이야기를 꺼내며 의문을 제시했지만 완전히 무시당했다. 그런 의문은 피의자가 완전히 항복하면 모두 밝혀진다는 게 간부의 생각이었다.

하지만 하타는 석연치 않았다. 임대 별장과 몽타주 외에도 목에 걸려 넘어가지 않는 의문이 있었다.

가나코의 본가 옆에 있는 고엔지 주지의 아내, 다카나시 요코에게서 들은 한마디였다.

—다단계 판매요.

가나코가 자살한 이유를 요코는 그렇게 말했다.

후미에는 다단계에서 비롯된 증권 사기에 연루돼 파멸로 내몰리고 있다. 후미에의 진술이 사실이라면 후미에를 파멸로 이끈 가나코도 다단계로 목숨을 잃었다. 두 여성의 인생이 수상쩍은 사기 사안으로 크게 변해버렸다.

단순한 우연으로 치부하기에는 너무 기가 막힌 우연이었다.

사건에 우발은 있을 수 없다. 사건은 일어나야만 했기에 일어난다. 그게 오랫동안 형사로 일해온 하타가 경험에서 얻은 결론이었다.

야간 수사 회의가 끝난 가마쿠라 경찰서의 회의실에는 사람이 뜸했다. 수사본부 설립 초기에는 수사 방침의 확인과 정보 교환을 위해 회의가 끝나도 대부분이 남았다. 그러나 지금은 달랐다. 후미에가 별건으로 체포됐고 진범이라는 견해가 강해졌다. 아직 풀리지 않은 수식의 답을 찾는 단계에서, 지금은 이미 해답은 얻었고 그 답에 이르는 증명이 요구되는 단계로 수사 상황이 바뀌었다.

답은 나왔다. 피의자가 체포됐으니 더는 초조해할 필요는 없다. 수사원은 대부분 야간 수사 회의가 끝나면 집으로 돌아갔다. 아직도 여기서 숙박하는 사람은 하타와 젊은 형사 정도였다.

나쓰키는 회의가 끝났는데도 회의실 구석에서 노트를 펼치고 뭔가 적고 있었다. 항상 수사 회의에서 입수한 각 수사원의 보고를 꼼꼼하게 적었다. 아무리 사소한 정보라도 빠뜨리지 않았다. 모두 노트에 적어 그날 안으로 정리했다.

하타는 나쓰키가 노트를 덮을 때를 기다렸다가 불렀다. 서둘러 달려온 나쓰키에게 내일 기후로 가겠다고 전했다. 나쓰키는 조금 놀란 얼굴이 되었으나 바로 표정을 고치더니 스기우라 가나코의 신변을 다시 한번 조사하는 거군요, 라고 질문이자 확인 같은 말을 했다.

스기모토에게 이미 출장 허가를 받아뒀다.

가나코는 후미에가 만들어낸 망상이라는 쪽으로 수사 방침이 굳어지고 있었다. 그런데도 이미 죽은 스기우라 가나코에게 집착하는 하타에게 스기모토는 그리 좋은 얼굴을 보이지 않았다.

그래도 기후로 가겠다는 뜻을 막지는 않았다. 답이 나왔다고 여겨지는 문제에 놀랄 만한 다른 해답이 있다는 전개는 불가능하다. 그저 해치워야 하는 문제는 철저히 해치운다. 그게 수사의 철칙이었기 때문이다.

하타는 의자에서 일어나 나쓰키에게 말했다.

"다시 스기우라 가나코가 졸업한 중학교로 가서 동창 정보를 입수한다. 정보를 얻으면 찾아가 이야기를 듣는다."

나쓰키는 힘차게 고개를 끄덕였다.

다음 날, 하타는 나쓰키와 함께 기후로 향했다. 지난번과 달리 기후 현경에 지원은 요청하지 않았다. 가나코가 다닌 제3중학교 위치도 아니까 번거롭게 할 필요는 없었다. 인사와 출장 보고만 해뒀다.

오지로 시까지 전차로 가서 제3중학교까지는 택시를 탔다.

한번 방문한 적 있어서인지 교장인 고가와 바로 만날 수 있었다.

사정을 전하고 가나코의 동창 중 연락되는 사람이 없는지 물었다. 고가는 가나코가 학교에 다닌 것은 자신이 부임하기 이전이라 자세한 사정은 모른다며 미안해했다. 그러면서 당시 학생 주임이던 아사이에게 연락을 해줬는데, 이미 정년퇴직해 지역 자원봉사 활동에 힘을 쏟고 있다고 했다.

하타는 고가에게 수화기를 건네받았다. 자세한 이야기는 하지 않고 용건만 전했다.

아사이는 지역 활동에 참여하는 터라 현지에 사는 졸업생을 잘 알았다. 곧바로 가나코의 동창이자 지금도 오지로 시내에 사는 사람을 두세 명 알려줬다. 특히 그중에서도 니시키 다카시를 만나보라고 권했다. 니시키는 학생회장이었던 터라 가나코가 졸업한 48회 졸업생을 모으는 역할을 맡아왔으니 정보를 가장 많이 알 거라고 단언했다. 친절하게도, 하타 일행이 찾아갈 거라는 말을 전해두겠다고 했다.

학교에서 나와 택시를 타고 니시키가 있는 곳으로 향했다. 그는 오지로 역 서쪽에서 '니시키 부동산'을 운영하고 있었다.

자동문을 지나 접수대에 있는 여성 직원에게 이름을 댔다. 이미 이야기가 되어 있는지 여성 직원은 잠시 기다리라는 말을 남기고 사무실 안으로 사라졌다.

조금 있다 돌아온 직원은 하타와 나쓰키를 접수대 옆 접객실로 안내했다.

응접세트 소파에 앉아 기다리자 일 분쯤 후 새치가 난 남자가 방에 들어왔다.

나쓰키를 보고 조금 놀란 듯했다. 여성 형사는 처음 봤으리라. 낮은 테이블을 끼고 맞은편 소파에 앉아 이름을 밝히며 조심스럽게 명함을 내밀었다. 아주 흥미진진하다는 표정이었다.

니시키는 명함 교환을 끝내자 무릎을 크게 벌리고 몸을 앞으로 내밀었다.

하타는 단도직입적으로 용건을 꺼냈다.

"중학교 동창 스기우라 가나코에 대해 아시는 게 있으면 알려주십시오."

니시키는 예상이 빗나갔는지 눈을 커다랗게 떴다. 사뭇 의외라는 표정이었다.

"스기우라 가나코요? 무타 후미에가 아니라?"

무타는 다카무라 후미에의 결혼 전 성이다.

하타가 놀라 되물었다.

"왜 그렇게 생각하셨죠?"

니시키는 후미에가 증권거래법 위반 및 사기 공모 혐의로 체포된 사실을 알고 있었다. 언론에서는 다자키 살인사건과의 관련성을 다루며 연일 크게 보도중이었다. 이름만 보고는 몰랐는데 인터넷 사이트에 공개된 사진을 보고 동창임을 알아차렸다고 니시키는 말했다.

"중학교 때와 비교하면 나이는 들었더군요. 하지만 여전히 미인이고 생김새도 그대로여서 바로 알아봤습니다."

신문이나 인터넷에 실린 후미에의 사진은 최근 촬영된 것이었다. 뤼미에르 화장품 회원이 강연회 때 찍은 사진을 언론에서 입수했으리라. 후미에는 정장 차림으로 뭔가를 열심히 이야기하는 듯한 표정이었다.

니시키와 후미에는 고등학교도 동창이었다. 고등학교 때 친구를 통해 몇 번 같이 놀기도 했는데 후미에가 대학 진학으로 기후를 떠난 뒤에는 멀어졌다. 주위에서도 소식이 들려오지 않아 사건 보도가 있기 전까지 어디에 사는지조차 몰랐다고 했다.

"오 년 전에 동창회를 열었는데 그때 무타의 연락처를 알아봤죠. 하지만 연락하고 지내는 사람이 없어서 결국 모른 채 끝났습니다. 여성은 결혼으로 주소와 성이 바뀌니 연락처를 알 수 없게 되는 일도 제법 있잖습니까. 무타도 그렇겠거니 했는데 정말 놀랐습니다. 도대체 무타에게 무슨 일이 있었나요?"

후미에가 범죄자로 타락한 경위를 묻는 니시키의 눈에는 강한 호기심이 어려 있었다.

하타는 질문을 무시하고 다시 물었다.

"아까 말씀드린 동창생 스기우라 가나코 씨에 대해서는 아시는 게 있습니까?"

니시키는 과장되게 자기 이마를 손바닥으로 두드렸다.

"아아, 예. 스기우라 가나코 말이죠. 기억합니다. 보통 스기가나라고 불렀죠."

가나코와는 중학교 3학년 때 같은 반이었는데, 화려하고 반에서 중심인물이던 후미에와 정반대로 수수하고 눈에 띄지 않는 학생이었다고 했다.

"중학교 때도 그랬는데 사회인이 돼서도 그다지 친구가 많지 않은 듯했습니다. 제가 동창생을 대표해 장례식에 참석했죠."

니시키는 거기서 말을 끊고는 탐색하는 눈빛으로 하타와 나쓰키를 번갈아 바라봤다.

"저기, 형사님은 자살 이야기……."

하타는 안다고 대답했다.

"그것 때문에 오늘 찾아온 겁니다."

"그 자살과 무타의 사건이 무슨 관계가 있나요?"

니시키가 호기심을 확연히 드러내며 말했다.

"그에 관해서는 아무것도 말씀드릴 수 없습니다."

냉정하게 말했다.

니시키는 어깨를 움츠리고 중단한 이야기를 계속했다.

"스기우라의 장례식은 고향에서 치렀는데도 사람이 적었습니다. 학창 시절 친구가 저를 포함해 대여섯 명이었습니다. 죽은 이유가 그래선지 향 올리는 것조차 주저한 사람도 있었을 겁니다."

그렇군요─라고 가볍게 고개를 끄덕이고 하타는 본론을 꺼냈다.

"스기우라 씨가 자살한 이유, 아시는 게 있습니까?"

니시키는 소파 등받이에 몸을 기대고 가볍게 웃었다.

"저한테 물을 필요도 없이 형사님이 아실 거 아닙니까?"

"뭐든 괜찮습니다. 말씀해주시겠습니까?"

하타는 니시키의 말을 무시하고 다시 재촉했다. 이쪽이 먼저 말을 해서 상대에게 선입견을 심어버리는 경우가 있다. 우선은 상대가 말하게 하고, 그 다음에 이쪽이 아는 정보를 던져 더 많은 정보를 끌어낸다. 그게 수사의 철칙이었다.

니시키는 뭔가 생각하는지 잠시 말이 없다가 포기한 듯 길게 한숨을 내쉬었다.

"제가 말하지 않아도 조사하면 누군가의 입을 통해 듣게 되겠죠. 스기우라가 자살한 이유는 두 가지입니다. 엄청난 빚과 사람에 대한 불신이죠. 스기우라는 악질적인 다단계에 걸렸어요."

요코에게서 들은 말과 같았다.

"스기우라는 그 다단계에 상당히 빠져 있었죠. 저한테도 회원이 되라고 권유한 적 있어요."

니시키는 시간이나 때우려고 들른 카페에서 가나코를 봤다고 했다. 또래의 아름다운 여성과 함께였는데, 두 사람은 테이블을 사이에 두고 대화에 열중하고 있었다. 잠시 후 아름다운 여성이 먼저 일어나 가게에서 나갔고, 이어서 가나코도 계산서를 들고 일어섰다. 니시키는 그 참에 말을 걸었다. 가나코는 오랜만에 이루어진 동급생과의 재회를 기뻐했다.

─또래의 아름다운 여성.

안테나에 미약한 전파가 흐르는 게 느껴져 하타가 자기도 모르게 끼어들었다.

"같이 있던 여성이 누군지 아십니까?"

니시키는 모른다며 고개를 저었다.

"이 지역에서 본 적 없는 사람입니다. 세련된 느낌의 여성이었죠. 선글라스가 잘 어울렸어요."

나쓰키가 불쑥 질문을 던졌다.

"어떤 선글라스인지 기억하십니까?"

"외국 유명인이 쓸 법한, 테가 커다란 선글라스였습니다."

—선글라스 여성.

나쓰키가 숨을 삼키는 기척이 느껴졌다. 몽타주를 꺼내라고 눈으로 지시했다.

"이 여성 아닌가요?"

목소리가 뒤집히지 않도록 배에 힘을 줬다.

나쓰키가 테이블에 놓은 그림을 보더니 니시키가 살짝 고개를 끄덕였다.

"네. 비슷한 것 같기도 하고."

무릎에 놓은 손에 힘이 들어갔다. 냉정한 척하며 계속 물었다.

"이 여성에 관해 달리 기억나는 건 없으신가요?"

니시키는 의기양양하게 말했다.

"워낙 아름다운 여성이라 저도 관심이 생겨서 같이 있던 사람은 누구냐고 물었죠. 그랬더니 갑자기 가방에서 팸플릿을 꺼내 건강과 돈을 동시에 얻을 수 있는 일을 해보지 않겠느냐고 했습니다. 건강식품 팸플릿이었는데, 선글라스 여성은 그걸 함께 파는 파트너라고 하더군요. 나중에 생각해보니 그 여자도 다단계의 한패였어요."

"이름은? 이름은 물어보셨습니까?"

하타는 심장 소리가 빨라지는 걸 느끼면서 되물었다.

하얀 이를 드러내며 니시키가 고개를 끄덕였다.

"소노베, 분명히 소노베라고 했어요."

학창시절 여자친구와 성이 같아 기억한다고 했다.

"전체 이름은요?"

니시키는 잠시 고민한 후 고개를 저었다.

"못 들었는지 듣고 잊었는지 모르겠어요. 기억이 안 납니다."

"소노베라는 여성의 신원은 아십니까?"

하타는 무릎을 짚고 몸을 앞으로 내밀었다. 바지가 축축했다. 어느새 손에 땀이 나고 있었다.

니시키는 소노베의 이름은 기억하지 못했으나 신원은 잊지 않았다. 가나코가 소노베는 초등학교 동창이라고 했단다.

경찰 조사를 통해 가나코는 오지로 시로 이사 오기 전, 후쿠이 현 후쿠이 시에서 살았음이 판명됐다. 가나코가 졸업한 초등학교의 졸업 명부에서 소노베라는 여성을 찾아내면, 스기우라 가나코를 다단계 판매로 끌어들인 여자에게 도달할 수 있다.

—역시 제삼의 여성은 실재하는 건가.

하타는 니시키 부동산을 나와, 흥분 때문인지 뺨이 붉게 물든 나쓰키에게 제3중학교로 전화하라고 지시했다. 스기우라 가나코가 졸업한 초등학교를 조사하기 위해서였다.

학교에 재학생과 졸업생의 기록을 보관하고 있어서 가나코가 졸업한 초등학교는 금방 알아냈다.

후쿠이 시에 있는 미나미마쓰에 초등학교. 미나미가와 초등학교와 마쓰에 초등학교 통합으로 생긴, 아직 역사가 짧은 초등학교였다.

본부에 연락해 스기모토의 재가를 구했다. 말없이 이야기를 들은 스기모토는 숨을 한 번 내쉬고 할 수 있는 데까지 해보라며 허가를 내렸다. 후쿠이 현경에 이야기는 해두겠다고 했다. 고개를 숙이고 전화를 끊은 하타는 나쓰키의 얼굴을 봤다.

"바로 후쿠이 시로 가지."

하타는 택시 안에서도 흥분을 주체하기 힘들었다. 갈아타고 대기하는 시간을 포함해도 세 시간이면 후쿠이에 도착할 것이다.

─소노베라는 여성이 사건의 열쇠를 쥐고 있어.

빨간 신호를 기다리는 시간이 길게만 느껴졌다. 후쿠이까지의 거리가 너무 멀었다. 흥분과 초조함이 뒤섞인 뜨거운 덩어리가 하타의 속을 휘젓고 다녔다.

미나미마쓰에 초등학교는, 시가지와 전원 지대 사이에 있었다. 학교 건물 남쪽으로는 새로운 큰 도로가 달리고, 도로 양쪽에 전국 체인의 가게가 늘어섰다. 그런데 건물 뒤쪽에 해당하는 북쪽으로는 논밭이 펼쳐졌다.

안내를 받아 응접실에서 기다리고 있으니 오 분도 되지 않아 교장이 들어왔다. 오십대 여성이었다. 사바 하루코라고 웃는 얼굴로 자신을 소개하며 명함을 내밀었다. 하타와 나쓰키는 일어나 고개를 숙이고 갑작스러운 방문을 사과했다.

사바는 명함 교환이 끝나자 소파에 앉아 웃으며 물었다.

"일부러 요코하마에서 오셨다고 하던데 무슨 용건이시죠?"

하타는 여기서도, 쇼와 62년도 졸업생 중에 소노베라는 성을 가진 여성에 대해 알고 싶다며 곧바로 본론을 꺼냈다.

"어느 사건의 참고인으로 추적중입니다. 알아봐주시겠습니까?"

모든 학교가 졸업생과 재학생의 기록을 보관하고 있어, 조금 기다리니 사무직원이 해당 서류를 가져왔다.

쇼와 62년도 졸업생 가운데 소노베라는 성을 가진 학생은 두 명이었다. 한 명은 남학생이니 필연적으로 나머지 한 명이 찾고 있는 소노베였다.

사무직원에게 서류를 받아 쭉 훑어보던 사바의 표정이 흐려졌다.

"왜 그러시죠?"

하타가 물었다.

가만히 서류를 바라보던 사바가 제정신을 차린 듯 고개를 들고, 하타에게 서류를 내밀었다.

하타는 종이 위로 시선을 떨어뜨렸다.

'학생 번호 5078'이라고 적힌 아래 칸에 소노베 아쓰코라는 이름이 쓰여 있었다. 주소는 후쿠이 시 나카코지마초이고, 0776으로 시작되는 전화번호는 자택 유선전화일 것이다.

하타는 나쓰키에게 서류를 건네며 메모하라고 시킨 뒤 다시 사바에게 몸을 돌리고 물었다.

"교장 선생님은 이 소노베 아쓰코라는 학생을 기억하십니까?"

사바는 당혹스러운 표정을 지으며 학생으로서는 모르나 아쓰코에 대해서는 안다고 대답했다. 안다는 건지 모른다는 건지 도통 알 수 없었다.

의아한 시선을 던지는 하타에게 사바는 자신의 경력을 말했다.

사바는 오 년 전에 미나미마쓰에 초등학교 교장으로 부임했다. 교사로 시내 여러 학교에서 일했는데 미나미마쓰에 초등학교는 처음이었다. 그래서 이 학교 학생이던 아쓰코에 대해서는 모른다고 했다.

"하지만 소노베 아쓰코에 대해서는 안다고 하셨는데요."

하타가 의문을 꺼냈다.

사바는 말해야 할지 말아야 할지 망설이는 모습이었다. 잠시 시선이 이리저리 방황하더니 마침내 자신을 다독이듯 숨을 한번 내쉬고 말했다.

"이곳에 오래 산 사람이라면 대체로 아쓰코를 알 겁니다."

"여기서는 유명한 사람입니까?"

그렇게 묻자 사바는 하타의 얼굴을 보고 에치젠 낫을 아느냐고 물었다.

사바의 입에서 갑작스럽게 튀어나온 질문에 하타는 당황했다. 하지만 일단 이야기에 응하기로 했다. 후쿠이 현 특산물인 걸로 안다. 그렇게 대답하자 사바도 고개를 끄덕였다. 후쿠이는 기타마에 선박에도 시대부터 동해 쪽 뱃길을 운항하던 화물선 사업으로 번창한 땅이었다. 기타마에 선박의 등장으로 귀중품 보관함이나 화선지 같은 상품이 여러 지방으로 퍼져나가 후쿠이의 특산품이 됐다. 그런 특산품 중 하나가 에치젠 낫이었다.

"소노베 가문은 낫 도매상을 운영하는 명문가였어요. 시내 향토 자료관에 후쿠이의 명문가 자료가 보관돼 있는데 거기에 소노베 가문 이름이 나올 정도죠. 아쓰코 씨는 그 집의 마지막 직계였어요."

였어요, 라는 과거형이 마음에 걸렸다. 그 이유를 묻자 사바는 말하기 힘든 듯 눈을 내리깔았다.

"아쓰코 씨가 돌아가셨으니까요."

하타는 숨을 삼켰다. 옆에서 메모하던 나쓰키도 손을 멈추고 고개를 들었다.

"소노베 아쓰코 씨는 돌아가셨습니까?"

잘못 들은 게 아님을 확인하기 위해 하타는 다시 물었다. 말해버린 이상 더는 숨길 도리가 없다고 결심했으리라. 사바는 후련한 표정으로 그렇다고 힘껏 고개를 끄덕였다.

"칠 년 전에 자살했습니다. 자택 욕실에서 손목을 그었죠."

심장이 크게 뛰었다. 가나코가 다단계 판매에 관여한 시기는 육 년 전이었다. 그런데 아쓰코는 칠 년 전에 자살했다. 가나코가 아쓰코를 만났을 때 아쓰코는 이미 고인이었다는 이야기다.

나쓰키 또한 아쓰코가 칠 년 전에 죽었다는 사실이 무슨 의미인지 이해한 듯했다. 무서울 정도로 심각한 눈으로 사바의 얼굴을 살피고 있었다.

사바의 말에 따르면, 옛날 소노베 가문은 후쿠이에서도 손꼽히는 거상으로 유명했는데 메이지 이후 근대 산업의 여파에 밀려 에치젠 낫이 쇠퇴 일로를 걸어 명문가도 점차 몰락했다고 한다. 아쓰코의 아버지 소노베 게이이치로가 가문의 이름을 이은 유일한 직계였다.

게이이치로는 십 년 전에 병으로 타계했다. 아쓰코의 어머니이자 게이이치로의 아내인 기쿠에는 게이이치로가 세상을 떠나기 이 년 전에 역시 병으로 세상을 떠났다. 형제가 없던 아쓰코는 게이이치로가 남긴 유산을 모두 상속했다. 몰락했다고는 해도 과거 향토사에 이름을 남긴 명문가였다. 소노베 가문에는 선조가 남긴 산과 토지가 있었다. 대충 따져도 3억 엔 이상으로 추정되는 유산을 외동딸 아쓰코가 물려받았다고 했다.

—3억 엔.

하타의 생활과는 동떨어진 금액이라 현실감이 들지 않았다. 하지만 여자 혼자 사는 데 충분한 돈이라는 사실만은 이해할 수 있었다. 거액의 유산을 손에 넣었는데 왜 아쓰코는 죽음을 선택했을까.

하타의 의문에 사바는 심각한 표정으로 대답했다.

"종교예요."

"종교요?"

하타가 말을 되풀이하자 사바가 고개를 끄덕였다.

"아쓰코 씨는 어떤 신흥종교에 빠져 다양한 사람에게 권유했다고 합니다. 제가 친하게 지내는 교사 사이에서는 유명한 이야기죠."

그 동료 교사의 옛 제자 중에 아쓰코와 동급생이던 사람이 몇 명 있었다. 동료 교사는 그 제자에게서 아쓰코가 집요하게 종교를 권유해 곤란하다는 상담을 받았다고 한다.

"소문에 따르면 아쓰코 씨는 그 종교에 유산을 전부 기부했다더군요."

아쓰코는 비정상으로 보일 만큼 종교에 몰입했다. 유산을 전부 기부한 데서 끝나지 않고 사채업자에게 빚까지 냈다고 했다. 그 후 종교 관계자는 자취를 감췄고 아쓰코에게는 거액의 빚만 남았다.

"유일한 가족인 아버지를 잃고 마음이 약해졌겠죠. 아쓰코 씨가 믿은 종교 관계자는 약해진 그 마음을 비집고 들어와 전 재산을 속여 빼앗은 겁니다."

사바는 슬픔과 분노를 품은 표정으로 당시를 떠올린 듯 눈을 감았다.

"그 종교의 이름을 아십니까?"

사바는 하타의 질문에 잠시 생각한 뒤 말했다.

"'빛의 은혜'인가 '빛의 구원'인가, 그런 이름이었던 것 같습니다."

둘 다 들어본 적 없었다. 아마 신자 수가 얼마 되지 않는 소규모였을 것이다. 공안이 사이비 교단으로 감시하는 대규모 단체라면, 분야는 달라도 하타의 기억에 있을 터였다.

"그 교단에 관여했던 사람을 모르십니까? 일테면—"

하타가 목소리에 힘을 줬다.

"선글라스를 쓴 여성이라거나."

나쓰키가 움직임을 멈췄다. 방 안 공기가 팽팽해졌다.

사바는 살짝 고개를 흔들었다.

"글쎄요. 저는 아쓰코 씨나 아쓰코 씨에게서 종교를 권유받은 사람을 직접 아는 게 아니라서⋯⋯."

거기까지 말하고 사바는 뭔가 생각난 듯 살짝 목소리를 높였다.

"베쓰시 씨라면 알지도 모르겠네요."

베쓰시 마나부는 사바의 먼 친척에 해당하는데, 시내에서 행정서사로 일하고 있다고 했다.

"아쓰코 씨 아버지가 타계했을 때 유산 상속 절차를 도운 사람입니다. 베쓰시 씨 아버지가 게이이치로 씨와 지인이었던 터라 관계했다고 들었어요."

개인적으로 연락하는 사이가 아니라 휴대전화 번호 같은 건 모르지만, 시청 옆 베쓰시의 사무소로 연락하면 본인과 연락이 될 거라고 사바는 말했다.

사바에게 얻은 정보는 거기까지였다.

하타는 시간을 빼앗아 미안하다고 한 뒤 밖으로 향했다.

교문을 나오자마자 나쓰키가 격앙된 표정으로 말을 쏟아냈다.

"다카무라 후미에를 다단계 비슷한 증권사기에 끌어들인 스기우라 가나코는 이미 죽었고, 그 스기우라 가나코에게 다단계 판매를 권한 소노베 아쓰코도 이미 죽었어요. 믿을 수가 없네요."

"믿을 수 없는 일이 일어나는 게 세상이지."

하타는 냉정함을 가장하고 타이르듯 말했다. 하지만 속으로는 나쓰키와 마찬가지로 흥분에 몸을 떨고 있었다.

택시를 잡기 위해 대로 쪽으로 걸었다.

누군가가 죽은 여자로 위장하고 있다. 죽은 사람의 이름을 쓰며 그 여자로 둔갑해 나쁜 짓을 벌인다. 달콤한 향기로 사냥감을 끌어들인 뒤 양분을 전부 빨아먹는다. 그러고는 다시 탈바꿈한다.

—찾아내고야 말겠어.

하타는 도로로 몸을 내밀어 택시를 잡았다. 나쓰키와 함께 차에 몸을 싣고 베쓰시의 행정서사 사무소로 향했다.

베쓰시의 사무소는 후쿠이 시청 남쪽에 있었다. 국도변 빌딩을 임대한 곳이었다.

하타와 나쓰키가 사무소를 방문했을 때 베쓰시는 부재중이었다. 직원 말로는 볼일 때문에 거래처를 방문하고 있다고 했다. 저녁 5시쯤 돌아올 예정이었다. 한 시간 반이나 기다려야 했다.

하타는 경찰 수첩을 제시하고 어떤 사건의 관계자와 관련해 듣고 싶은 이야기가 있으니 돌아올 때까지 기다리겠다는 뜻을 전했다. 느닷없이 방문한 남녀가 경찰이라는 사실을 알고 젊은 직원은 서둘러 접객실로 안내했다.

내놓은 차에 손도 대지 않고 소파에 앉아 있는데, 베쓰시가 예정보다 한 시간 빨리 돌아왔다. 직원이 연락했을 것이다. 베쓰시는 방에 들어오자마자 과장돼 보일 정도로 고개를 숙였다.

"기다리시게 해서 죄송합니다."

목소리가 갈라졌다. 상당히 긴장했으리라.

하타도 일어나 고개를 숙였다. 나쓰키도 따라 했다.

"아닙니다. 저희야말로 갑자기 찾아와 죄송합니다."

허둥지둥 소파에 앉자마자 베쓰시는 이마의 땀을 닦았다.

"직원에게 경찰분이 찾아오셨다고 연락이 와서 급히 일을 처리하고 돌아왔습니다."

나이는 하타와 비슷할까. 마른 체형인데 운동을 하지 않아선지 배만 볼록 튀어나왔다. 안경 속 시선은 사람의 값을 매기듯 번뜩였다. 계산이 빠르고 교활해 보이는 눈이었다.

명함 교환이 끝나자 하타는 단도직입적으로 이야기를 꺼냈다.

"칠 년 전에 자살한 소노베 아쓰코 씨를 조사하고 있습니다. 미나미마쓰에 초등학교의 사바 교장 선생님에게 아쓰코 씨가 어떤 종교를 믿었다고 들었습니다. 그 교단에 대해 아시는 게 있습니까?"

베쓰시는 조금 놀란 표정을 지었으나 수사 내용을 묻지는 않았다. 어떤 사건을 수사하느냐고 물어봤자 대답해줄 리 없다는 사실을 알 것이다.

직원이 차를 새로 준비해 테이블에 놓았다. 직원이 나갈 때까지 기다렸다가 베쓰시는 품에서 담배를 꺼냈다. 피워도 되냐고 물어본 후 불을 붙였다.

크게 한 모금을 빨아들였다. 니코틴이 폐에 도달하기를 기다렸다가 한바탕 연기를 토해냈다. 베쓰시는 재떨이에 재를 한 번 털고 이야기를 시작했다.

"소노베 아쓰코 씨는 빛의 은혜라는 신흥종교를 믿었습니다."

아쓰코가 이상한 종교에 빠졌다는 사실을 베쓰시가 안 것은, 게이이치로가 죽고 반년 후였다. 유산 상속 절차가 모두 끝나고 보고차 자택을 방문했는데, 아쓰코가 물려받은 땅 중 한 곳을 팔고 싶다고 했다. 당시 주택설비 회사에서 근무중이었고, 게이이치로가 죽은 뒤 아쓰코로 명의가 변경된 계좌에는 상당한 금액이 들어 있었다. 당분간 생활이 어렵진 않을 터였다. 왜 땅을 팔아야 하는 걸까.

매각 이유를 묻자 지인에게 곤란한 사정이 생겨서 도와주고 싶다고 아쓰코는 대답했다.

"나쁜 남자에게라도 걸렸나 싶었죠. 돈 냄새 잘 맡는 녀석은 어디든 있으니까요. 자연스럽게 충고할까 생각도 했는데 저는 아버지끼리의 친분으로 유산 상속 절차를 도와줬을 뿐이었어요. 개인적으로 친한 것도 아니니 사생활에 참견할 권리는 없었죠. 아무 말도 못 하고 토지 매각은 좀 더 생각하는 게 좋다고만 일러뒀죠."

베쓰시는 재떨이 테두리에 담배를 비벼 끄고 이야기를 계속했다.

그 후로도 아쓰코와는 세금 처리 문제로 몇 번쯤 대면했다. 그때마다 토지 매각 문제를 상담했는데 베쓰시는 상대해주지 않았다. 그러던 중 아쓰코가 더는 이야기하지 않아서 남자와 헤어졌다고 생각했다. 그런데 매각에 대해 상의한 지 두 달 후, 게이이치로가 소유하던 땅이 매물로 나왔다는 소리를 들었다. 단골 바에서 부동산을 하는 지인을 만났는데, 좋은 물건이 나왔다며 의기양양하게 말한 땅이 아쓰코의 소유지였다. 역에서는 좀 떨어져 있지만, 이 년 전에 교외형 대형 쇼핑몰이 진출해 당시 평당 단가가 시내에서 가장 비싼 지역이었다.

세상은 불경기라고 하나 돈이 있는 데는 있기 마련이었다. 환경이 좋아 편리성이 뛰어난 땅은 비싸도 바로 팔린다. 아쓰코가 내놓은 땅도 내놓은 지 한 달 만에 살 사람이 나타났다고 한다.

"아버지에게 이야기했더니 정말 걱정하시더군요. 제 아버지와 아쓰코 씨 아버지는 오래된 지인이라 그 댁에 갈 때마다 아쓰코 씨를 봤죠. 아들인 제가 할 말은 아니지만, 아버지는 정말 정이 많은 분입니다. 지인의 딸이 어딘가 나쁜 녀석들에게 얽혔을지 모르는 상황을 그냥 넘길 분이 아니었죠. 아쓰코 씨 신변을 좀 조사해보라고 하시더군요."

베쓰시가 아버지의 말을 듣고 조사해보니 아쓰코가 신흥종교에 빠졌다는 소문이 들렸다. 그게 빛의 은혜였다.

"알면 알수록 수상쩍은 종교였습니다. 일주일에 한 번, 시내에 있는 작은 세미나홀을 빌려 집회를 여는데 아쓰코 씨는 교단 간부가 되어 지인에게 모조리 권유했답니다."

많을 때는 신자 쉰 명 정도를 모아 교주 남자의 설교를 들었다고 한다. 아쓰코는 교단에 거액을 기부했다.

"그 사실을 안 아버지는 교단과 연을 끊게 하라고 했습니다. 저는 아쓰코 씨도 이제 다 컸고 그 정도로 관여할 사이도 아니라며 반대 했죠. 하지만 아버지는 듣지 않았어요. 결국은 제가 뜻을 접고 딱 한 번 직접 아쓰코 씨를 설득했습니다."

빛의 은혜에 대해 할 말이 있다고 연락하자, 아쓰코는 베쓰시가 입교를 원한다는 걸로 착각하고 밤이라도 좋으니 만나자고 했다.

"마침 그날은 할 일도 없었고 귀찮은 일은 빨리 해치우고 싶은 마음이었던 터라 저도 동의했습니다."

아쓰코가 정한 곳은 시내에 있는 호텔 라운지였다.

약속은 8시. 십 분 전에 라운지에 도착해 보니 구석 테이블에 아쓰코가 있었다. 한 여자와 함께였다. 여자는 밤인데도 커다란 선글라스를 끼고 있었다. 눈매는 보이지 않았으나 얼핏 봐도 이목구비가 단정해 보였다.

"선글라스……."

하타는 저도 모르게 말을 내뱉고 말았다.

하타가 왜 선글라스에 반응하는지 의아했을 것이다. 베쓰시는 의외라는 표정으로 되물었다.

"네, 그런데요. 선글라스가 왜요?"

하타는 니시키 다카시 때와 마찬가지로 눈짓을 했다. 나쓰키가 고개를 끄덕이고 백에서 몽타주를 꺼내 내밀었다.

"이 여성이었나요?"

하타가 물었다. 베쓰시는 받아든 그림을 가만히 바라본 다음 대답했다.

"닮긴 했네요."

아쓰코와 여자는 아주 친해 보였다. 베쓰시는 특별히 바쁜 일도 없었고 괜히 대화를 방해해선 안 된다는 생각이 들어, 조금 떨어진 테이블에 앉아 만나기로 한 시간이 될 때까지 두 사람을 바라봤다.

여자와 마주 보는 형태로 앉은 베쓰시 자리에서는 여자의 얼굴이 잘 보였다. 이목구비가 단정했을 뿐만 아니라 태도도 세련됐다. 한마디로 표현하자면 화려한 여성이라고 베쓰시는 생각했다.

8시가 조금 못 되었을 때 여자는 자리에서 일어나 출구를 향했다. 여자의 모습이 라운지에서 사라지자 아쓰코는 주위를 둘러보다가 베쓰시를 발견했다.

아쓰코는 서둘러 베쓰시에게 왔다. 건너편 자리에 앉아 미소를 지었다.

커피를 주문하는 아쓰코에게 같이 있던 여성이 누구냐고 물었다. 아쓰코는 성모라고 대답했다. 빛의 은혜 교주 밑에는 교주를 돕는 성모가 있고, 그 밑에 성모를 돕는 성모자라는 간부가 세 명 있는데 아쓰코는 성모자 계급이었다. 성모자에 뽑힌 것은 큰 명예라고 아쓰코는 자랑스럽게 말했다.

베쓰시에게는 성모자라는 단어 뒤에 돈줄이라는 글자가 훤히 보였다.

아쓰코는 쉴 새 없이 빛의 은혜에 대해 떠들었다. 그 모습을 보니 교단에서 탈퇴시키기는 불가능하다는 걸 깨달았다. 하지만 아버지와의 약속을 깰 수는 없어서 적당히 말을 꺼내 탈퇴를 권했다.

예상대로 아쓰코는 이야기를 듣자마자 눈썹을 치켜세웠다. 탈퇴라니 말도 안 된다는 표정이었다. 거친 목소리로 빛의 은혜가 얼마나 훌륭한 종교인지를 뭔가 씐 사람처럼 떠들어댔다. 베쓰시에게도 집요하게 입교를 권했다.

두 시간 남짓 설득했으나 이야기는 평행선을 달렸고 아쓰코와 어떤 합일점도 없는 상태로 헤어졌다.

"그게 아쓰코 씨와 마지막으로 만난 겁니다. 그리고 일 년 뒤, 아쓰코 씨는 스스로 목숨을 끊었습니다."

이야기를 끝낸 베쓰시는 새 담배에 불을 붙였다.

하타는 담배 연기 너머로 베쓰시의 눈을 똑바로 응시했다.

"소노베 아쓰코 씨가 호텔 라운지에서 만난 여자 말인데요, 신원은 모르십니까? 직업이나 타던 차, 출신지, 아무리 사소한 거라도 괜찮습니다."

베쓰시는 고개를 숙이고 잠시 생각하더니 가만히 중얼거렸다.

"그룹홈 시로하토노소노."

그룹홈이란 장애인 시설이나 노인요양시설일 것이다. 시로하토노소노는 '흰 비둘기의 뜰'이라는 뜻일까.

베쓰시는 재떨이에 재를 털더니 고개를 들고 하타의 눈을 봤다.

"여자가 돈을 이체한 곳입니다."

아쓰코 설득에 실패하고 보름 후, 베쓰시는 사무소에서 집으로 돌아오는 길에 은행 자동화 코너에 들렀다. 오후 7시를 넘어서고 있었다. 수수료가 든다는 생각이 머리를 스쳤으나 이튿날 아침에 아내에게 축의금 봉투를 부탁해야 해서 목돈이 필요했다.

자동문을 들어서자 자동인출기 두 대에 모두 사람이 있었다. 하나는 나이 든 남자, 다른 하나는 스타일 좋은 여자가 사용중이었다. 두 사람에게서 조금 물러나 자리가 비기를 기다렸다. 남자는 조작 방법을 잘 모르는지 몇 번이나 처음부터 다시 했다. 여자는 이체를 끝낸 듯 지폐 투입구에 돈다발을 넣고 있었다.

여자가 먼저 기기 사용을 끝냈다. 여자는 자동인출기에서 나온 명세서를 쭉 훑어보더니 입고 있던 재킷 주머니에 넣었다. 그런데 깊숙이 들어가지 못한 얇은 명세서가 여자가 주머니에서 손을 뺄 때 딸려 나와 떨어졌다. 여자는 명세서가 떨어진 걸 모르고 돌아봤다.

베쓰시는 여자의 얼굴을 보고 깜짝 놀랐다.

호텔 라운지에서 본 여자였다. 그날과 마찬가지로, 밤인데도 선글라스를 끼고 있었다. 시선을 보내는 남자는 신경도 쓰지 않은 채 여자는 베쓰시 옆을 지나 자동화 코너에서 나갔다.

여자가 사라진 후 베쓰시는 여자가 떨어뜨린 명세서를 주웠다. 어디에 돈을 보냈는지 알아봤자 도움 될 게 없다는 사실은 잘 알지만 아름다운 여성의 사생활을 들여다보고 싶다는 마음이 동했다.

베쓰시는 돈을 인출하고 자동화 코너에서 나온 뒤 주운 명세서를 펼쳤다. 이체한 곳은 도시 은행의 나가노 지점, 수취인은 그룹홈 시로하토노소노라고 적혀 있었다.

"집에 돌아와 인터넷으로 시로하토노소노라는 곳을 찾아봤습니다. 나가노에 이름이 같은 곳은 딱 하나로, 노인요양시설이었습니다. 화려한 여성과 노인요양시설이라는 조합이 어쩐지 어울리지 않아 지금도 기억이 납니다."

명세서를 아직 가지고 있느냐고 하타가 묻자 베쓰시는 미안해하며 고개를 저었다.

"이체한 곳을 안 뒤로는 흥미가 사라져 그대로 집 쓰레기통에 버렸습니다. 하지만."

베쓰시가 하타를 봤다.

"그 명세서에 기재된, 보낸 사람 이름은 기억합니다."

하타는 저도 모르게 몸을 다시 가누었다.

베쓰시가 또렷하게 말했다.

"마노 도모요입니다."

14

ウツボカズラの甘い息

"마노 도모요."

하타는 무언가를 씹듯 이름을 복창했다.

베쓰시가 하타와 나쓰키의 얼굴을 번갈아 보면서 조금 부끄러운
듯 웃었다.

"그 마노 도모요는 아닙니다."

마노 도모요는 다카라즈카여성으로만 이루어진 가극에서 여배우로 전업
한 연예인이었다. 평소 보도 프로그램이나 야구 이외에는 TV를 보
지 않는 하타도 그녀가 나오는 광고 정도는 본 적 있었다.

마노 도모요라는 이름을 보고 베쓰시는 선글라스 여성과 이름이
같은 유명 여배우를 떠올렸다. 그래서 팔 년 전에 본 이름을 지금까
지 또렷이 기억한다고 했다.

다만 명세서에는 이름이 가타카나로 인쇄돼 있었기에 한자까지

는 모른다고 했다.

"그 뒤로는 선글라스 여성에 관해 조사하신 게 없나요?"

하타의 질문에 베쓰시는 어깨를 움츠렸다.

"아뇨. 조사하지 않았습니다. 명세서를 쓰레기통에 버린 게 끝이었습니다."

한 여성을 죽음으로 몰고 간 마노에 대해 좋은 인상을 품지는 않았다. 그렇다고 누구인지 찾아내 아버지 지인의 딸을 파멸시킨 악행에 대해 따져 물을 생각도 없었다고, 베쓰시는 선선히 대답했다.

마침 이야기가 끊어졌을 때 누군가 접객실 문을 노크했다. 직원이 조심스럽게 고개를 내밀고 베쓰시에게 급한 문의가 들어왔다고 알렸다.

더는 베쓰시에게 알아낼 정보는 없을 듯했다. 하타는 시간을 빼앗았다며 사과하고 사무소에서 나왔다.

지나가던 택시를 잡아타고 후쿠이 역으로 향했다. 나쓰키에게 나가노 현에 있다는 그룹홈 시로하토노소노를 인터넷으로 찾아보라고 했다.

나쓰키가 옆에서 스마트폰을 조작했다. 문자를 치고 손가락으로 화면을 조작하더니 이거네요, 라며 하타에게 스마트폰을 내밀었다.

화면에 시설 사진이 나와 있었다. 제일 위에 '사회복지법인 겐세이 복지회, 그룹홈 시로하토노소노'라고 쓰여 있었다. 베쓰시가 말한 대로 노인요양시설이었다. 소재지는 나가노 현 우에다 시였다.

사이트를 눈과 손가락으로 훑었다. 현재도 운영중인 듯했다.

하타는 스마트폰을 돌려주고 우에다 시까지 갈 수 있는 길을 검색하게 했다.

실마리와 실마리가 이어졌다. 그 끝에 선글라스 여성이 있다―.

스마트폰을 조작하던 나쓰키가 한숨을 내쉬었다.

"이동에만 꼬박 다섯 시간이 걸리네요. 지금 가면 우에노에 밤 10시가 넘어야 도착합니다."

"아무래도 오늘은 무리겠군."

"네. 어쨌든 일단 도쿄로 돌아가는 게 빠르겠습니다."

"첫차를 타면 나가노에 몇 시에 도착하나?"

"6시 20분 신칸센을 타면 8시 전에 도착합니다."

이미 조사했을 것이다. 나쓰키는 화면을 보면서 대답했다.

"그래야겠군."

하타는 흥분을 억누르면서 혼잣말처럼 중얼거렸다.

후쿠이 역에 도착하자 마침 교토행 특급이 와서 탔다. 신 요코하마까지는 교토에서 신칸센으로 두 시간이었다.

하타는 특급 선더버드 좌석 시트에 몸을 기대고 앉아 차창 밖을 바라봤다.

후미에를 다단계로 이끈 가나코. 가나코를 마찬가지로 다단계 판매로 이끈 소노베 아쓰코. 두 사건에는 세 가지 공통점이 있었다. 첫 번째는 선글라스 여성, 두 번째는 다단계에 참여한 여성이 둘 다 자살했다는 점. 세 번째는 자살 시기였다. 후미에와 가나코가 다단계에 참여했을 때 둘을 끌어들인 가나코와 아쓰코는 이미 저세상 사람이었다. 즉 죽은 사람에게 권유를 받았다는 소리이다.

죽은 여자로 위장한 여자가 있다.

—마노 도모요.

하타는 옆에 앉은 나쓰키에게 지시를 내렸다.

"본부에 연락해서 나가노 현경에 조회해. 가나코 또래 중에 마노 도모요라는 이름의 여성이 실재하는지. 무엇보다, 살아 있는지."

만약 자살했다면 수사는 다시 가느다란 실마리를 더듬어 쫓는 작업으로 돌아가야 한다. 죽음의 연쇄였다. 어디까지 실이 이어져 있을지 상상도 가지 않았다.

하타의 속내를 알아차렸으리라. 나쓰키는 심각한 표정으로 스마트폰을 들고 연결 통로로 사라졌다.

전차가 사바에 역에 정차했을 때 나쓰키가 자리로 돌아왔다.

"자세한 내용은 알아내는 대로 연락하겠답니다."

그렇게 말하며 캔커피를 내밀었다. 반대쪽 손에는 우롱차 페트병이 들려 있었다. 자동판매기나 객차 내 판매원에게서 샀을 것이다.

고맙다고 인사하면서 하타가 양복 안주머니로 손을 넣자 좌석에 앉은 나쓰키가 손을 저었다.

"괜찮습니다. 올 때 얻어먹었잖아요."

오는 전차 안에서 나쓰키에게 캔커피를 사줬다. 그러나 상사와 부하는 처지가 다르다. 부하에게 얻어먹을 수는 없는 노릇이었다.

하타가 그렇게 말하자 나쓰키는 곤란한 듯 미소 지으며 페트병을 양손으로 감쌌다.

"도무지 그런 게 익숙해지질 않아요."

하타는 말없이 나쓰키의 얼굴을 봤다.

죄송하다고 고개를 살짝 숙이고 나쓰키는 말을 이어나갔다.

"남성이니까 여성이니까, 상사니까 부하니까―그런 말을 들으면 어쩐지 제가 한심한 존재로 느껴집니다. 아무리 시간이 지나도 보호를 받아야 하는 것 같고, 언제까지고 제구실을 하지 못하는 것 같습니다."

경찰 사회는 상하 관계가 엄격했다. 게다가 지금도 남존여비 풍조가 없다고는 말할 수 없었다. 나쓰키는 전부터 자신의 처지에 답답함을 느끼고 있었을 것이다.

하타는 안주머니에서 넣었던 손을 꺼내 캔커피를 땄다.

"그래? 그럼 맘 놓고 마실게."

"건방진 부하라 죄송합니다."

나쓰키는 안심했다는 표정을 짓고 고개를 숙였다.

"내가 자네들 나이 때는 더 건방졌어. 입 좀 다물어라, 주제넘은 짓 좀 하지 마라. 상사에게 그렇게 자주 혼났지."

나쓰키가 페트병 뚜껑을 열면서 웃었다.

"지금 주임님을 보면 상상이 가요."

나쓰키의 옆얼굴을 보면서 하타는 쓴웃음을 지었다.

"건방지지 않으면 좋은 형사가 못 돼. 상사 낯빛만 살피는 녀석은 경찰이 아니지. 그건 그냥 공무원이야. 하지만 말이야."

하타는 진지한 얼굴로 돌아와 자조 섞인 목소리로 말했다.

"주제넘은 녀석은 결국 상사에게 밉보이기 마련이지. 내가 좋은 표본이야."

저기─나쓰키가 어렵게 말을 꺼냈다. 고개를 움츠리고 단숨에 쏟아냈다.

"밉보였을지는 모르나 스기모토 관리관에게 나가노 출장 허가를 받아뒀습니다. 내일 나가노행 차표도 인터넷으로 수배하겠습니다."

나쓰키는 거기서 말을 끊고 우롱차를 마셨다. 한숨 돌리고 나서 다시 고개를 숙였다.

"주제넘은 짓을 해서 죄송합니다."

주제넘은 것과 재치가 뛰어난 것은 별개였다. 나쓰키는 후자였다.

"수고했어."

나쓰키는 좀처럼 고개를 들지 않았다. 나쁜 짓이라도 한 듯 들고 있는 페트병에 시선을 떨구고 있었다. 하타에게 혼날 거라고 생각해 겁먹은 걸까.

착각한 채 낙담하고 있는 부하의 모습에 웃음이 치밀었다. 웃음이 터지려는 걸 참기 위해 입가를 단속했다. 차창으로 고개를 돌리면서 낮게 말했다.

"너는 좋은 형사가 될 것 같군."

"고맙습니다."

톤이 올라간 나쓰키 목소리에 숨길 수 없는 기쁨이 배어 있었다.

하타는 차창 밖 경치에 의식을 집중했다.

멀리 보이는 산이 가까워지더니 터널로 들어갔다. 거울처럼 변한 창문에 선글라스 여성이 떠올랐다. 마노 도모요는 어떤 여성일까. 시로하토노소노에는 왜 돈을 보냈을까. 가족이나 관계자가 시설에 있는 걸까.

옆에서 매너 모드의 스마트폰이 진동하는 소리가 났다. 나쓰키가 스마트폰을 들고 황급히 일어나 연결 통로로 갔다. 본부에서 온 연락일 것이다.

과연 도모요는 살아 있을까.

일 분 후에 돌아온 나쓰키가 입을 일자로 굳게 다물고 선 채 하타의 얼굴을 봤다. 눈으로 묻자 고개를 크게 끄덕였다.

"마노 도모요는 실재합니다."

심장이 크게 뛰었다.

"소재는?"

하타가 재촉했다.

"주민등록으로는 나가노 시, 현재 주거는 불명입니다. 고등학교 졸업 후 도쿄로 나갔다고 하는데 자세한 사정은 아직 모릅니다. 하지만 적어도 죽었다는 기록은 없습니다."

"좋았어!"

낮게 쾌재를 불렀다.

"마노는 진실할 때 진에 들 야, 도모요는 지식할 때 지에 세상의 세를 씁니다. 나이는 서른일곱. 후미에와 동갑입니다. 본인이라고 생각해도 틀림없지 않을까요."

환영처럼 실상이 없던 선글라스 여성이 단숨에 실체를 가지고 나타났다.

하타는 나쓰키에게 고생했다고 말해줬다.

"내일을 위해 오늘은 푹 쉬어."

나쓰키는 알았다고 대답한 뒤 각오하는 듯 입을 굳게 다물고 자리에 앉았다.

—반드시 정체를 밝혀내 체포해주지.

전차가 터널을 빠져나왔다. 하타는 차창으로 흐르는 산간 지역의 경치를 바라보면서, 창틀에 놓인 주먹을 꼭 쥐었다.

우에다 역에 내린 하타는 이른 아침의 차가운 바람에 재킷 앞섶을 한 손으로 여몄다.

시가지를 이룬 분지 안쪽에 낮게 이어진 산맥이 보였다. 간토 지역보다 서쪽은 이제 단풍철일 텐데 신슈에서도 거의 중앙에 해당하는 이 지역은 이미 초겨울 공기가 감돌았다.

택시를 타고 그룹홈 시로하토노소노로 향했다.

시가지에서 차로 이십 분 정도 가야 하는 외곽에 있었다.

편도 2차선 국도 양쪽으로 논, 밭, 과수원이 펼쳐졌다. 수확을 끝내 한적한 땅 가운데 하얀 건물이 보였다. 택시 운전사가 그 건물을 가리키며 저게 시로하토노소노라고 했다.

이 주변에서 가장 시설이 잘 정비된 노인요양시설로, 입주한 사람은 모두 기업경영자, 자산가 같은 부유층이라고 했다.

"이렇게 멋진 곳에서 여생을 보내다니 정말 부럽네요. 우리에게는 꿈같은 일이죠."

머지않아 정년을 맞을 나이로 보이는 운전사는 씁쓸한 웃음을 지으면서 승하차장에 택시를 세웠다.

하타 일행을 입주 희망자의 가족 정도로 생각했을 것이다. 요금을 내면서 하타는 애매하게 쓴웃음을 지었다.

택시에서 내린 하타는 눈앞의 건물을 올려다봤다. 3층짜리 벽돌 건물은 한눈에 봐도 얼마나 많은 돈이 들어갔는지 알 수 있었다. 창틀에는 청동으로 보이는 고풍스러운 장식이 되어 있고 입주자 담화 공간으로 보이는 곳은 다각형의 반원 형태였다. 탑 같은 지붕에는 창끝을 연상시키는 장식이 하늘을 향해 치솟아 있었다. 한마디로 유럽 전원에 있을 법한 세련된 서양식 건물이었다.

양쪽으로 열리는 자동문을 통해 안으로 들어가자 넓은 플로어가 보였다. 하얀 소파가 군데군데 놓였고 관상식물이 적당히 배치돼 있었다. 바닥은 대리석을 연상시키는 리놀륨이었다. 외관만이 아니라 실내 장식에도 돈을 들였다. 플로어에는 아무도 없었다.

나쓰키가 잰걸음으로 접수대를 향해 걸음을 옮겼다. 여성 직원에게 신원을 밝히고 수첩을 제시했다. 가나가와 현경이라는 말에 직원의 표정이 단숨에 변했다. 뺨이 굳어지는 모습이 하타에게도 보였다.

"어떤 인물에 관해 여쭙고 싶은 게 있어서 왔습니다. 원장님이나 사정을 아실 만한 분이 시간을 내주실 수 있을까요?"

나쓰키가 솔선해 움직이고 있었다. 상사에게 인정받기보다는 좋은 형사가 되겠다고 각오한 모양이었다. 하타는 끼어들지 않고 둘의 대화를 지켜봤다.

직원이 옆에 있는 안경 낀 여성을 봤다. 하얀 가운을 입은 걸 보니 간호사이리라. 직원보다 나이가 많은 듯했다.

간호사는 긴장한 목소리로 기다려달라고 한 후 탁상 위 전화를 들었다. 전화를 받은 상대에게 경찰에서 찾아왔다고 알렸다. 간호사는 전화를 손으로 가리고 속삭이듯 말하면서 몇 번이나 맞장구를 치더니 전화를 끊고 접수대에서 나왔다.

"이쪽으로 오세요."

간호사가 하타와 나쓰키를 1층 안쪽 응접실로 안내했다.

가죽 소파에 앉아 기다렸다. 호화로운 건물과 달리 어디에나 있을 법한 소박한 응접실이었다. 사무적인 회의를 하는 방인 듯했다.

일이 분쯤 지났을 때 조금 전 간호사가 한 여성을 데리고 돌아왔다. 테이블을 끼고 맞은편에 앉은 여성은 "시설 책임자인 이케다 게이코입니다" 하고 이름을 밝혔다. 그러고는 "이쪽은 간호과장인 스모리 아키코입니다"라고 옆에 앉은 간호사도 소개했다.

은발과 포동포동한 얼굴에 새겨진 주름으로 보건대 이케다는 시설 입주자들과 나이가 비슷해 보였다. 그러나 현역다운 활동적인 태도와 꼿꼿하게 세운 등 때문인지 나이 든 느낌은 들지 않았다.

하타는 명함 교환을 마치고 갑작스러운 방문을 사과했다.

"갑자기 찾아와 죄송합니다."

가볍게 고개를 숙이고 재빨리 본론으로 들어갔다.

"모 사건의 참고인으로, 마노 도모요라는 여성을 찾고 있습니다. 마노 씨는 팔 년 전, 이 시설에 은행 자동인출기로 일정액을 이체했습니다. 이체가 한 번뿐이었는지 정기적이었는지는 모릅니다. 마노 도모요라는 이름에 짐작 가는 게 있으십니까."

이케다가 깜짝 놀라며 옆에 앉은 스모리를 봤다. 뭔가 동의를 구하는 눈빛이었다. 이케다의 생각을 알아챘는지 스모리가 마주 보며 고개를 끄덕였다.

이케다는 하타와 나쓰키에게 고개를 돌린 채 "아마도"라고 말하면서도 확신에 찬 말투로 대답했다.

"마노 오사무 씨 따님일 겁니다."

"마노 오사무 씨는 이곳에 입주해 계십니까?"

하타가 몸을 내밀며 물었다.

보통은 개인정보보호법 때문에 입주자 정보를 외부에 밝힐 수 없을 것이다. 이케다는 순간 대답을 주저했다.

하타가 틈을 주지 않고 말했다.

"중요한 사건입니다."

이케다는 침을 삼키고 고개를 끄덕였다.

"그렇습니다. 마노 오사무 씨는 이곳 입주자입니다."

예상대로였다. 이제 가족 입에서 정보를 끌어낼 수 있다.

하타는 흥분을 억누르며 나쓰키에게 몽타주를 꺼내보라고 했다. 다카무라 후미에의 진술에 근거해 작성한, 죽은 스기우라 가나코를 사칭한 여자의 얼굴이었다.

나쓰키가 백에 넣어둔 파일에서 몽타주를 꺼내 테이블에 놓았다. 선글라스를 낀 얼굴과 벗은 얼굴, 두 장이었다.

"이 그림을 봐주십시오. 마노 도모요 씨 아닙니까?"

이케다는 몽타주를 번갈아 바라보고 스모리 씨와 눈을 마주친 후 고개를 끄덕였다.

"따님과 정말 닮았네요."

옆에 앉은 나쓰키가 오른손 주먹을 불끈 쥐는 게 보였다.

이케다의 말에 따르면, 마노 오사무는 현재 일흔일곱 살. 십 년 전부터 시설에 입주해 있다. 딸 도모요는 오사무가 입주했을 때와 일 년쯤 뒤 근처까지 온 김에 보러 왔다며 갑자기 들렀을 때, 딱 두 번 시설에 모습을 보였다고 한다.

이케다는 가나코의 몽타주를 다시 들고 감개무량하게 바라봤다.

"마노 씨가 입주할 당시 따님은 이십대 중반이었어요. 아직 젊은데 아버지를 혼자 돌봐야 하다니, 안타깝게 생각한 기억이 납니다. 오래전에 보고 다시 만나진 못했으나 아버님과 정말 닮아서 지금도 또렷이 얼굴이 떠오릅니다."

옆에서 스모리가 동의하듯 턱을 당겼다. 이케다는 손에 든 그림을 보면서 말했다.

"눈가와 콧날이 아버지를 그대로 빼닮았죠."

하타는 오사무의 면회를 요청했다.

"본인에게 직접 도모요 씨 이야기를 듣고 싶은데요."

"그건……."

스모리가 당혹스러운 표정으로 이케다를 봤다. 얼굴을 마주 본 두 사람 사이에 침묵이 흘렀다.

면회를 허락해야 하는지 망설이고 있었다. 하지만 숨을 한 번 내쉬더니 이케다가 결단한 듯 일어났다.

"좋아요. 안내하겠습니다."

네 사람은 엘리베이터를 타고 위로 올라갔다. 3층에 내려 앞장선 스모리를 따라 복도 끝까지 갔다.

엘리베이터 안에서 생각했다. 십 년 전이라면 오사무는 예순일곱 살이었다. 옛날이라면 만년이라고 했겠으나 지금은 사정이 다르다. 고희를 넘기고도 혼자 건강하게 사는 사람이 많다. 예순일곱에 노인 요양시설 입주는 너무 빠르지 않나.

복도를 걸으면서 의문을 이야기하자 스모리가 멈춰 서서 하타의 얼굴을 봤다.

"맞아요. 요즘 세상에 예순일곱은 아직 젊죠. 혼자 건강히 사시는 분도 많을 겁니다. 하지만……."

스모리는 말끝을 흐렸다. 이케다가 이어받아 말했다.

"만나면 아실 겁니다."

나쁜 예감이 머리를 스쳤다.

—혹시 치매인가.

나쓰키가 곁눈질로 시선을 보냈다. 심각한 표정이었다. 하타와 같은 생각을 했을 것이다.

방문객이 찾는 1층은 장식에 심혈을 기울였으나 입주자가 머무는

3층은 장식보다는 위생과 간호에 신경을 쓴 구조였다. 곳곳에 고령자 배려 장치가 되어 있고 세탁 공간과 화장실, 개인실 문 등의 설비는 청소하기 쉬운 의료용이 사용됐다.

스모리는 복도 가장 끝방 앞에 멈추더니 가져온 열쇠로 슬라이드 문을 열었다.

안쪽은 5평 크기의 침실이었다. 방 옆에는 화장실, 샤워실 등 물을 쓰는 공간이 있는데 세면대에 컵이나 칫솔 같은 물품이 하나도 보이지 않았다.

창가 침대에 한 남자가 누워 있었다.

"마노 오사무 씨입니다."

스모리는 그렇게 말하고 방을 가로질러 침대 곁에 섰다.

이케다가 권해 침대로 향하던 하타의 발걸음이 도중에 멈췄다.

가까이 가서 보지 않아도, 설명이 없어도, 오사무가 어떤 상태인지 알 수 있었다.

오사무는 치매가 아니었다. 식물인간 상태였다. 같은 상태인 환자를 가족으로 둔 사람의 직감이었다.

돌아보니 이케다 옆에 선 나쓰키가 숨을 죽이고 있었다. 입가를 손으로 막고 쥐어 짜내듯 말했다.

"마노 씨는……."

나쓰키의 말이 끊어졌다. 오사무의 상태를 어떻게 표현해야 좋을지 모르는 듯했다. 아니, 알고는 있는데 가혹한 현 상황을 입에 담기가 주저되는 것일지도 몰랐다.

하타는 침대 옆으로 가서 오사무를 내려다보면서 말했다.

"이런 거였군요."

침대 위 오사무는 늙은 나무를 연상시켰다. 살짝 벌어진 눈꺼풀 사이로 보이는 눈동자에는 생기가 없고, 환자복 사이로 보이는 피부는 오랫동안 튜브로만 영양을 섭취해서인지 바싹 말라 있었다.

하타 옆에서 나쓰키가 중얼거렸다.

"스모리 씨 말씀대로 눈가와 콧날 느낌이 몽타주와 비슷하네요."

성별과 나이 차이는 있으나 확실히 몽타주 속 여성과 오사무의 이목구비는 비슷했다. 눈두덩부터 눈가를 잇는 눈꺼풀의 선이나 오뚝한 콧날이 두 사람이 피로 이어져 있음을 보여줬다.

이케다의 말에 따르면 오사무는 나가노 시내에서 자동차 도장업체를 운영했다. 그러나 전국 규모의 정비기업이 진출하는 바람에 경영난에 빠져 부채를 안고 말았다. 빚을 갚기 위해 빚을 내다가 부도가 나 도산했다. 인생을 비관한 오사무는 차 안에서 연탄으로 자살을 시도했다. 일찍 발견돼 목숨은 건졌으나 일산화탄소 중독 후유증으로 뇌세포는 이미 괴사했다. 이후 오사무는 의식과 시간이 없는 인생을 보내고 있었다.

응접실로 돌아온 하타는 다시 이케다에게 물었다.

"식물인간 상태가 된 아버지를 도모요 씨가 여기에 입주시켰다는 말입니까?"

이케다는 그렇다고 대답했다.

"죄송하지만" 하고 나쓰키가 수첩에 메모하면서 물었다.

"여기 입주비는 얼마인가요?"

"입주 때 입주금으로 2000만. 필요 경비는 별도로 받습니다."

"2000만."

하타는 저도 모르게 입을 벌렸다.

"그렇습니다."

이케다는 그 정도는 당연하다는 듯 선선히 대답했다.

입주금은 한꺼번에 내게 되어 있으며, 그 외 관리비와 식비와 냉난방비 등 매달 들어가는 비용은 해마다 일괄로 받는다고 했다. 또 의료기관 치료비 등 임시로 발생하는 경비는 그때그때 청구되는 식이었다.

나쓰키가 몸을 내밀고 임시 경비의 처리는 어떻게 하느냐고 묻자, 도모요가 한 달에 한 번씩 시설로 전화를 걸어온다고 했다.

"언제부턴가 통화가 안 돼서 계약서에 적힌 주소로 우편물을 보냈습니다. 그래도 감감무소식이라 곤란하던 차에 전화가 왔어요. 지금 해외에 있으니 당분간 본인이 정기적으로 연락하겠다고요. 만에 하나 문제가 생기면 곤란하니까 체류지 주소라도 알려달라고 부탁했는데, 이동이 잦아서 힘들겠다고 하더군요. 가지고 있는 휴대전화도 국제전화가 되지 않는 기종이라면서요. 만약의 경우는 포기하겠다, 어차피 의식이 없으니 임종에 입회하든 안 하든 마찬가지라고 했어요."

이케다는 사무적인 말투로 설명했다. 시설에는 친지가 없는 입주자도 있었다. 시설 입장에서는 연체만 되지 않으면 입주자와 계약을 끊을 이유는 없다고 했다. 요컨대 돈만 제대로 내면 돌봐준다는 소리였다.

"비용이 연체된 적은 없습니까?"

하타의 질문에 이케다가 고개를 끄덕였다.

"한 번도 없습니다."

십 년 전, 도모요는 이십대 후반에 아버지를 이 시설에 넣었다. 2000만 엔이라는 거금을 어떻게든 손에 넣었다는 뜻이었다.

식물인간 상태라고는 해도 사망은 아니니 보험금은 나오지 않는다. 어차피 오사무가 보험을 들었다 해도 빚에 쫓기는 인간은 돈이 될 만한 것은 모두 돈으로 만든다. 보험은 아마 제일 먼저 해약했을 것이다. 당연히 집과 대지, 공장도 모두 저당 잡혔을 것이다. 도모요는 물려받을 재산이 없었으리라.

"도모요 씨 직업이 뭔지 아십니까?"

스모리가 옆에서 끼어들었다.

"당시는 분명 모델이었어요."

"에이전시는 어딘지 아세요?"

나쓰키가 바로 확인하듯 물었다.

말하기 어려운 듯 스모리가 고개를 저었다.

"그게, 프리랜서 모델이라고 해서……."

하타는 미간을 찌푸렸다.

"실례지만 그 정도 신원 확인으로 입주가 가능합니까?"

이케다가 살짝 얼굴을 붉히며 말했다.

"이례적이긴 하나 입주금을 다 내면……."

하타는 한숨을 쉬었다.

나쓰키가 재빨리 다시 물었다.

"지금도 모델 일을 계속하고 있을까요?"

스모리는 고개를 갸웃거리며 "거기까지는 잘……"이라고 중얼거렸다.

하타는 입주 당시 작성한 계약서와 지금까지의 이체기록을 보여달라고 부탁했다.

이케다는 알겠다고 말하고는 방에서 나갔다. 십 분쯤 지나 돌아온 이케다의 손에는 바인더가 있었다.

"마노 오사무 씨의 계약서와 월 경비 이체기록입니다."

바인더를 건네받은 하타는 초조하게 표지를 넘기며 바인더를 펼쳤다.

첫 번째 장에는 오사무가 입주할 때 작성한 계약서가 있었다. 계약일은 십 년 전 5월 23일이었다. 입주자, 마노 오사무. 계약자, 마노 도모요. 관계는 딸이라고 되어 있다. 본적은 나가노 현 나가노 시 가라스기초 지카와바타 ××. 당시 도모요의 주소는 도쿄 도 세타가야 구 다이시도 ×-×로 되어 있었다.

계약서 뒤에는 입주한 달부터 이달까지의 이체기록이 있었다.

입주금은 그해 4월에 일시불로 치렀다. 월 경비로 20만 엔. 이건 매년 4월에 일 년분을 합쳐 냈다. 첫해에는 날짜별로 계산해 약 103만 엔이었다. 소비세까지 합쳐 그해 4월에 도모요가 낸 금액은

2300만 엔 정도였다. 임시 경비는 평균 잡아 두 달에 한 번꼴이었다.

이케다의 설명에 따르면 오사무의 상태에 따라 보통 때 사용하던 영양제를 좀 더 영양가 높은 것으로 바꿀 때가 있는데, 그럴 때 임시 경비가 발생한다고 했다.

"이걸 복사해도 될까요? 가능하면 복사기도 좀 빌리고요."

이케다가 고개를 끄덕이자 스모리가 일어났다.

나쓰키도 같이 일어나 고개를 숙였다.

"제가 같이 가겠습니다. 팩스도 빌릴 수 있으면 감사하겠습니다."

지시하지도 않았는데 자료를 본부에 보낼 생각을 한 것이다. 하타는 조용히 입가를 올렸다.

이케다가 눈으로 스모리에게 승낙의 뜻을 전했다.

"그럼 이쪽으로 오세요."

스모리가 문으로 향했고 나쓰키는 그 뒤를 따랐다.

두 사람이 나가자 이케다는 한숨을 쉬면서 하타에게 물었다.

"도모요 씨가 도대체 무슨 사건과 연관된 건가요?"

이케다가 보기에 도모요는 아버지를 완벽한 시설과 간호 서비스를 갖춘 유료 노인요양시설에 입주시킨 효녀일 것이다. 하타는 질문에 대답하지 않은 채 또 무슨 일이 있으면 협력해달라며 고개를 숙였다.

가마쿠라 경찰서로 돌아왔을 때는 오후 3시가 넘어 있었다.

합동수사본부가 설치된 3층 대회의실에는 여덟 명 정도의 수사원이 있었다.

하타와 나쓰키가 방에 들어가자 이모토와 가네코가 달려왔다.

이모토와 가네코는 출장에서 돌아온 상사에게 인사했다.

고개를 끄덕여 답한 하타가 물었다.

"마노 도모요의 신변 수사는 어떻게 됐나?"

이모토가 대답했다.

"가마쿠라 경찰서 사와무라 팀이 도모요의 십 년 전 주거지인 다이시도로 가서 탐문중입니다. 아주 오래전에 이사한 것 같습니다."

가네코가 이마에 깊은 주름을 잡으며 물었다.

"전화로 하신 말씀, 정말입니까?"

이모토도 가네코의 옆에서 복잡한 얼굴로 크게 숨을 토해냈다.

"선글라스 여성이 실재하다니 믿기지 않습니다. 그렇게 조사했는데 흔적도 없었잖아요."

"상대는 그만큼 계획적이고 용의주도했다는 소리야."

하타는 자기 자리에 앉아, 여전히 석연치 않은 표정을 짓고 있는 두 사람을 번갈아 봤다.

"마노 도모요라는 여자가 이번 사건에 어떻게 관련돼 있는지 아직은 판단할 수 없어. 하지만 중요 참고인일 가능성은 매우 커. 호적은 조사했나?"

둘에게는 전화로 지시를 내려뒀다.

가네코가 그렇다고 대답한 뒤 준비해둔 복사용지로 시선을 떨어뜨렸다.

"어머니 미쓰코는 도모요가 중학교 2학년 때 이혼했습니다. 일단 결혼 전 성인 사사모토로 돌아갔으나 일 년 후 재혼해 가토 미쓰코가 됐습니다. 그런데 이 년 뒤에 사망했습니다."

"도모요에게 형제는 있나?"

가네코는 곧바로 없다고 대답했다.

하타는 어금니를 악물었다. 예상한 일이었다. 유령의 소재는 그리 쉽게 잡히지 않는 법이다.

하타는 정신을 가다듬고 말했다.

"아사다와 소네는?"

남은 부하의 이름을 댔다.

둘에게는 다자키 미노루, 스기우라 가나코, 소노베 아쓰코의 사망 일시와 이체일시를 조회하라고 명령했다.

"아직 돌아오지 않았습니다."

이모토가 고개를 저었다.

그때 출입구에서 하타를 부르는 목소리가 울려 퍼졌다.

"반장님!"

아사다가 달려왔다.

"찾았습니다. 유령의 흔적."

아사다는 숨을 헐떡이면서 말했다.

"나왔나?"

하타도 기대감에 부풀었다.

뒤늦게 달려온 소네가 씩씩대면서 수사자료를 펼쳤다.

"이걸 보세요. 빨갛게 표시한 부분을."

소네가 가리킨 부분에는 다자키가 사망한 장소와 일시가 기록돼 있었다. 사망일시는 9월 22일부터 23일. 현장은 가마쿠라의 시치리가하마였다.

"다음에는 이걸 보세요."

이번에는 오사무의 입주 비용 이체기록 중 붉은 줄이 쳐진 곳을 가리켰다.

"지난달 이체내역인데 9월 10일에 가마쿠라에 있는 도시 은행의 자동인출기에서 이체됐습니다. 그리고 여기."

다시 세 사람의 사망일시가 적힌 자료를 가리켰다.

"이번에는 파란 줄입니다. 스기우라 가나코의 사망일시 칸을 보세요. 호적으로 확인했는데 가나코는 오 년 전 6월 15일에 사망했습니다. 그때 시설로 금액을 이체한 장소는 여기입니다."

오 년 전 6월, 기후 현 기후 시에서 시설로 돈을 보냈다.

하타는 두 서류를 빼앗듯 손에 들고 노란색으로 칠해진 부분을 번갈아 봤다.

노란색은 소노베 아쓰코의 사망에 관한 부분이었다. 소노베의 사망일시는 칠 년 전 3월 8일. 그 일주일 전, 후쿠이 현 후쿠이 시의 자동인출기에서 시설로 비용이 이체되었다.

다자키, 가나코, 소노베의 사망 전후, 도모요는 세 사람이 죽은 장소 인근에서 시설로 돈을 이체했다. 세 사람이 사망했을 때 그 땅에 있었다는 이야기다.

―유령의 정체는 마노 도모요가 틀림없어.

하타는 서류를 책상 위에 내던졌다.

"무슨 일이 있어도 마노 도모요의 소재를 파악해 신병을 확보한다. 나는 바로 스기모토 관리관에게 보고하러 간다."

하타가 자리에서 일어나려 했을 때 아사다가 소매를 붙잡았다.

"반장님, 잠깐만요. 중요한 보고가 더 있습니다."

아사다는 다른 자료를 가방에서 꺼냈다.

"이걸 보세요."

종이에는 오늘 날짜와 호주의 해밀턴 아일랜드라는 이름이 적혀 있었다.

"도시 은행에 시로하토노소노 계좌의 최근 한 달 이체내역을 제출하게 했습니다. 그랬더니 마노 도모요라는 인물이 오늘 이체를 했더군요. 이체한 곳은 해밀턴 아일랜드의 은행이었습니다."

나쓰키가 옆에서 숨을 멈췄다. 다른 부하들도 몸을 내밀었다.

하타는 천천히 숨을 내쉬었다.

"마노가 현재 호주에 있다는 건가?"

아사다가 고개를 끄덕였다.

"도시 은행에서 이체내역을 입수한 후 바로 도쿄출입국관리소에 연락했습니다. 마노 도모요라는 이름과 본적을 알리고 출입국기록을 알아봐달라고 했습니다. 마노는 9월 24일에 나리타 공항을 통해 호주로 출국했습니다."

9월 24일. 다자키가 살해된 다음 날이었다.

하타의 뇌리에 한 식물이 떠올랐다. 가늘고 길게 뻗은 잎 끝부분에 항아리 같은 모양의 자루가 달려 있다. 예전에 TV에서 본 식충식물이다. 달콤한 꿀로 벌레를 끌어들여 안으로 떨어진 벌레를 먹으면서 산다. 이름이 떠올랐다.

─네펜테스.

다른 사람으로 둔갑해 감언이설로 먹잇감에 다가가 돈을 최대한 빼앗고 모습을 감춘다. 아마 도모요는 후미에를 다자키 살해범으로 만들어놓고 해외에 몸을 숨겼으리라. 세간의 관심이 사라질 무렵 돌아와 새로운 먹잇감을 찾을 작정일 것이다.

하타는 주먹을 꼭 쥐었다.

인간의 욕심은 끝이 없다.

이를테면, 아이가 태어날 때 부모는 무사히 태어나기만 기원한다. 무사히 태어나면 건강하게 자라길 바라고, 그게 이루어지면 머리가 좋기를 바라고, 그다음은 명문대학에 진학하기를 바란다. 욕심은 끝없이 커진다.

자신이 너무 많은 걸 바랐다는 사실을 깨달을 때는 당연하다고 여기던 걸 잃을 때이다.

당연한 건강, 당연한 세 끼 식사, 당연한 잠자리. 그때까지 당연하다고 생각하던 모든 게 무너져 내렸을 때, 사람은 정말 소중한 게 무엇인지 깨닫는다.

병원 침상에 누워 있는 아내 모습이 떠올랐다.

걷지도 말하지도 못하고, 의식을 잃은 채 계속 잠들어 있는 아내를 생각하자 당연한 걸 가지고 있으면서도 더 많은 사욕을 채우기 위해 다른 이의 목숨을 차례로 빼앗은 여자에게 격렬한 분노가 끓어올랐다.

마노 도모요가 어떤 이유로 범죄에 손을 댔는지는 모른다. 하지만 도모요가 저지른 죄는 한없이 무거웠다. 법의 심판을 받고 자신의 죗값을 치러야 한다.

하타는 회의실에서 튀어나와 스기모토의 방으로 달려갔다.

상황을 보고하자 스기모토가 흥분을 억누르지 못하며 말했다.

"마노 도모요의 체포 영장을 요청하지. 자네와 나카가와는 준비해서 바로 나리타로 가. 영장은 나오는 대로 나리타로 보낼 테니까."

하타는 이야기를 들으면서 자신의 얼굴이 뜨거워지고 있음을 깨달았다.

스기모토가 자리에서 일어나 하타 곁으로 오더니 어깨에 손을 얹었다.

"호주로 가. 인터폴 통해서 현지 경찰에게 마노의 신병을 구속해달라고 요청해두지."

스기모토는 하타의 어깨에 올린 손에 힘을 줬다.

"마노 도모요를 반드시 체포해!"

하타는 스기모토의 눈을 똑바로 보면서 크게 고개를 끄덕였다.

15

ウツボカズラの甘い息

덥다.

오전인데 바깥 기온은 이미 30도를 넘어선 듯했다.

햇빛을 피하려 쓰고 있던 밀짚모자를 푹 눌러썼다. 공항에 도착해 산 구찌의 하바나 모자였다.

일본은 단풍이 들 무렵일 것이다. 홋카이도에는 이제 곧 첫눈이 관측될 것이다. 그러나 남반구에 위치한 해밀턴 아일랜드는 한창 여름을 맞으려고 했다.

투명하게 보이는 푸른 하늘에서 눈부신 햇살이 쏟아지고, 옅은 코발트블루 빛깔 바다에서는 휴가차 찾은 관광객이 수상스키를 즐기고 있었다.

수영복 차림으로 눈 아래 펼쳐진 해변을 바라보면서 호텔 방의 개인 수영장에서 물놀이를 한다─같은 물놀이라도 부자만이 누릴 수 있는 특권이다.

　방의 차임벨이 울렸다. 수영장에서 나와 벽 쪽으로 향했다. 선 데크 벽면에 설치된 인터폰을 눌렀다. 작은 화면에 제복을 입은 젊은 호텔 직원이 비쳤다.

　직원이 예의 바른 미소를 지으며 고개를 숙였다.

　"음료수 가져왔습니다."

　완벽한 발음의 미국 영어다. 오성급 호텔은 과연 교육이 잘 되어 있다.

　"고마워요."

　젖은 몸에 가운을 걸치고 문으로 가 잠금장치를 풀었다. 한 손에 쟁반을 든 직원이 하얀 이를 드러내며 생긋 웃었다.

　나도 모르게 반할 듯한 미소였다. 자연스럽게 미소가 흘렀다.

　"수영장까지 가져다줘요."

　자신의 뒷모습을 의식하면서 수영장으로 돌아왔다.

　하얀 선베드에 누웠다.

　옆으로 온 직원은 과일과 남국의 꽃이 장식된 트로피컬 칵테일을 테이블에 놓았다.

　"달리 필요한 건 없으신가요, 미즈 료코?"

　호텔에는 혼다 료코라는 이름으로 숙박했다. 직업은 모델이라고 밝혔다.

　칵테일잔에 입을 대며 직원에게 말했다.

　"침실 테이블 위에 노트북이 있어요. 가져다줘요."

직원은 가볍게 고개를 숙이고 침실로 사라졌다가 곧바로 소형 노트북을 들고 돌아왔다.

호텔에서 빌린 컴퓨터였다. 자신의 컴퓨터와 휴대전화는 이미 처분했다.

컴퓨터를 받아들고 직원에게 팁을 건넸다.

직원은 공손하게 감사 인사를 전하고 다른 용건이 없는지 눈으로 물었다.

"이제 됐어요. 고마워요."

직원은 아쉽다는 듯 한쪽 눈썹을 올리더니 고개를 숙였다. 그대로 뒤로 물러나 방을 나갔다.

칵테일을 반쯤 맛본 다음 무릎 위에 컴퓨터를 놓고 열었다.

일본의 뉴스사이트를 열었다. 첫 페이지 검색창에 '다카무라 후미에'라고 입력했다.

수천 건의 기사가 나왔다.

후미에가 체포된 지 오늘로 열흘이 지났다. 언론은 지극히 평범한 주부가 다단계 판매에 빠져 치정 끝에 동업자를 살해한 이 사건을 '돈과 남자에 빠진 주부의 타락' '아이를 잃은 슬픔인가. 흉악 범죄로 달려간 주부'라는 제목으로 보도하고 있었다. 검찰이 기소했다는 발표는 아직 없는데 시간문제일 것이다.

예상대로였다. 이번에도 완전범죄에 성공할 자신이 있다.

컴퓨터를 무릎에서 내려놓고 칵테일잔도 옆에 둔 다음 선베드에 누웠다.

맑은 하늘을 올려다봤다. 구름 한 점 없다. 선글라스를 쓰지 않고 보는 하늘은 더욱 아름다웠다.

하늘을 바라보면서 후미에의 얼굴을 떠올렸다.

경찰이 찾아왔을 때는 정말 놀랐겠지. 사업상 파트너이던 남자가 살해되고 믿어 의심치 않던 친구는 연락은커녕 행방조차 묘연하다. 다자키 살해 피의자로 체포라니. 예기치 못한 사태에 얼마나 혼란스러울까. 지병인 해리성 장애가 나빠질 우려도 있다.

—당연하지. 후미에는 다자키를 죽이지 않았으니까.

세상은 무슨 일이 일어났는지 모른다. 그건 자신만이 안다. 십사 년 전까지 그날그날의 생활을 지탱하는 것만으로도 정신없던 자신이 지금은 이렇게 고급 리조트에서 사치를 누리고 있다. 아버지 오사무도 마찬가지다. 죽음을 결심하고 자살을 시도한 아버지는 자신이 의식이 없는 채 계속 살 거라고는 생각지 못했을 것이다.

테이블에 놓은 칵테일을 바라봤다. 파라솔 그늘에 놓인 잔에 얼굴이 비쳤다. 긴 속눈썹에 가늘고 긴 모양의 또렷한 눈매, 오뚝한 콧날, 적당한 두께의 아름다운 입술. 그 모든 이목구비가 조그만 얼굴 안에 균형적으로 놓여 있다. 피부는 하얗고 팔다리는 길다. 거울을 보면, 집안 선조가 홋카이도 출신이라 러시아 피가 섞여 있다던 아버지 말이 새빨간 거짓말은 아닌 듯했다.

자신은 아버지가 마흔, 어머니가 서른세 살 때 낳은 아이였다. 나이 들어 간신히 생긴 딸을 아버지는 끔찍이 사랑했다. 기억 속 아버지는 늘 자동차용 페인트로 더러워진 작업복을 입고 있었다.

부모님은 아버지가 일하는 자동차 수리공장에 어머니가 수리를 맡기러 오면서 사귀게 되었다고 들었다. 아버지가 서른, 어머니가 스물세 살 때였다.

당시 아버지는 고향인 나가노를 떠나 도쿄에서 일하고 있었다. 어머니 미쓰코는 도쿄 태생이었고, 고등학교를 졸업한 뒤 보험사에 일하고 있었다. 어머니는 성격이 밝고 사교적이었다. 지사에서 영업 성적이 가장 좋았다고 자랑하던 기억이 난다.

두 사람은 만난 지 오 년 만에 결혼했고 임신을 계기로 고향인 나가노로 돌아왔다. 아버지는 이십 년간 일한 조그만 공장을 그만두고 퇴직금을 자본으로 자동차 도장 회사를 차렸다. 고향으로 돌아온 이유는 혼자 살던 할머니가 치매에 걸린 것도 있었지만, 무엇보다 염원하던 아이를 공기 좋은 시골에서 기르고 싶기 때문이었다. 아버지는 결혼 초부터 아이가 생기면 자연이 풍요로운 고향에서 키우고 싶다, 그렇게 어머니에게 말했다고 한다. 할머니는 아버지가 나가노로 돌아온 이듬해에 뇌출혈로 돌아가셨다. 술을 마실 때마다 아버지는 좀 더 효도하고 싶었다며 안타까워 했고, 그러고는 반드시 잠시라도 같이 살아서 다행이라며 스스로 위로했다.

아버지가 세운 유한회사 다이요 도장은 사장인 오사무, 경리를 맡은 미쓰코, 젊은 남성 사원 한 명이 전부인 조그만 회사였다.

거품 경기를 타고 한동안은 경영이 순조로웠다. 그러나 호조는 오래가지 못했다.

초등학교 고학년 무렵부터 회사가 기울기 시작했다. 거품 경제로 대형 자동차 정비사가 지역에 진출한 게 원인이었다. 거래처가 속속 떠나면서 수입이 줄었다.

설상가상으로 그 후 거품이 터졌다. 은행에서 대출을 회수해 자금난에 빠졌다. 직접 영업에 나서기도 하고 수리비를 깎는 등 회사를 다시 일으키기 위해 온갖 시도를 해봤다. 그러나 제대로 되지 않아 하나뿐인 직원의 월급조차 줄 수 없었다. 직원이 없어진 후로는 부부 둘이 일했다.

중학교 2학년 때 부모님이 이혼했다. 헤어졌다는 사실은 어머니가 짐을 싸서 나간 후 아버지에게 들었는데 그리 놀라지 않았다. 돈이 없으면 싸움이 는다. 회사가 기우는 가운데 부모님 사이가 돌이킬 수 없이 나빠졌다는 것 정도는 어린아이도 느끼고 있었다.

어머니가 집을 나간 뒤로도 아버지는 혼자 일했다. 인생을 건 회사를 버릴 수 없다며 필사적으로 지키려 했다.

고등학교 졸업 후, 아버지를 돕기 위해 다이요 도장에서 일하는 수밖에 없었다.

영업에 나섰더니 아버지를 도우려 일하는 딸을 어여쁘게 여겨 일을 주는 회사가 몇 군데 있었다. 하지만 담당자는 점점 치근거렸고 에둘러 육체관계를 요구했다. 거절하면 바로 일이 끊겼다.

그냥 자면 됐을 텐데. 지금은 그렇게 생각한다. 하지만 그 무렵에는 남자를 몰랐을 뿐 아니라 이용하는 방법도 몰랐다.

일을 미끼로 호텔에 끌고 가더니 울면서 필사적으로 저항하는 스무 살도 채 안 된 어린 여자를 강제로 범한 남자의 얼굴을 떠올렸다.

입술 끝을 일그러뜨리고 관자놀이에 핏줄이 튀어나온, 뚱뚱한 중년 남자. 부녀 사이만큼이나 나이 차가 나는 어린 여자의 몸에 악착같이 달려들던 짐승 같은 놈.

―죽여버릴까.

행위중에 입술을 깨물면서 생각했다. 지금이라면 아무 주저 없이 덫을 놓아 먹잇감으로 삼았을 것이다.

다이요 도장은 스물세 살 봄에 도산했다. 살아갈 의욕을 잃은 아버지는 그해 가을에 자살을 시도했다. 도산 정리를 끝내고 공장 토지와 건물을 은행에 넘기기 전날이었다.

아버지는 산에서 차 안에 연탄을 피우고 죽으려 했다. 산행하던 노인에게 발견돼 목숨을 건졌지만 의식은 영원히 잃었다.

아버지의 자살 소식은 아르바이트하다 들었다. 도산 후 아르바이트하던 슈퍼마켓 점장이 당장 시내 병원으로 가보라고 했다.

병원으로 향하는 택시 안에서 왜 슈퍼마켓으로 연락이 왔을까 하고 혼란스러운 머리로 별 도움도 되지 않을 생각을 했다. 나중에 경찰에게 들은 바로는, 아버지가 가지고 있던 면허증으로 바로 신원을 알아냈는데, 집에 연락해도 아무도 받지 않았다. 경찰에서는 근처 파출소를 통해 경찰관을 집으로 보냈고 이웃 주민에게서 딸이 슈퍼마켓에서 아르바이트하고 있다는 사실을 들었다고 한다.

병원 침대 위, 온갖 의료기기에 튜브로 연결된 아버지를 보자 슬픔이나 연민보다 허탈함과 분노가 밀려왔다.

어머니가 집을 나간 후로 구 년간 같이 고생하며 살아왔다. 회사를 잃은 아버지에게 자신도 열심히 일할 테니까 둘이 살아보자며 위로했다. 그런데 딸과 살기보다 회사와 함께 죽기를 선택했다. 배신당했다는 생각과 동시에 지독한 고독감을 느꼈다.

아버지가 자살을 시도한 지 한 달 후, 주치의에게서 예후에 대해 설명을 들었다. 상태는 안정됐으나 뇌 손상이 심각해 앞으로 의식이 돌아올 확률은 제로에 가깝다고 했다. 이른바 식물인간 상태였다.

자금난에 허덕이던 아버지는 보험도 해약하고 연금도 내지 않았다. 거액의 의료비가 자신의 부담으로 돌아왔다.

아버지가 미웠다. 딸에게 온갖 고통을 떠넘기고 아무것도 모른 채 병원 침대에 잠들어 있는 아버지가 미워 견딜 수 없었다. 그렇게 생각하는 한편에는 미워하지 못하는 자신이 있었다.

이제부터 자신이, 그리고 아버지가 어떻게 될지 알 수 없었다. 한 가지만은 분명했다.

―돈이 필요하다. 거액의 돈이.

슈퍼마켓 아르바이트비로 충당할 수 있는 액수가 아니었다. 자릿수가 달랐다.

가장 빨리 돈 버는 방법을 선택했다. 물장사였다.

낮에는 아버지를 돌보고 밤에는 호스티스 클럽에서 일했다.

나를 버린 어머니, 나를 저버린 아버지―그런 부모님에게 감사할 일이라면 아름다운 용모로 낳아준 것이었다. 주위 사람은 모두 미모를 칭찬했다. 남자들에게서는 늘 뜨거운 시선을 받았고 여자들은 질투와 선망이 담긴 눈길을 보냈다.

호스티스 클럽에서는 미모뿐만 아니라 싹싹한 성격도 도움이 됐다. 부모에게 물려받은 외모와 손님을 접대하는 솜씨로 곧 가게에서 넘버원이 되었다. 팁과 가게에서 주는 성과급으로 한 달에 40만 엔 넘는 돈을 손에 쥐었다. 손님에게서 받은 가방이나 귀금속을 팔아 60만 엔이 넘는 달도 있었다. 지방 호스티스로는 상당한 수입이었을 것이다.

일한 지 석 달쯤 됐을 때 가게를 그만두고 자기 애인이 되지 않겠느냐고 제안하는 남자가 나타났다. 오카다라는 초로의 남자로, 부동산 회사 회장이었다. 도쿄 아카사카에 빌딩을 여러 채 소유하고 있다고 자랑했다. 출장으로 나가노에 왔다가 거래처 사람에 이끌려 가게를 찾았는데, 그때 지명돼 처음 만났다.

오카다는 도쿄로 오라고 권했다. 롯폰기에 자기 아파트가 있으니 그 집에 살게 해주고 다달이 30만 엔을 주겠다고 했다. 애인 수당으로는 타당한 금액이었을 것이다. 하지만 아버지를 보살펴야 해서요, 하고 거절했다. 병원비를 생각하면 30만 엔 정도로는 도무지 고개를 끄덕일 수 없었다.

아버지가 식물인간 상태라는 말을 처음에는 거짓말이라고 생각한 모양이었다. 그런데 어떻게 알아냈는지 사실이란 걸 알고는 더욱 집착했다.

수없이 나가노에 찾아와 온갖 구실로 꼬드겼다. 그래도 거절했다. 의도한 건 아니었는데 거절할수록 제시하는 금액이 올라갔다.

한번 해보자는 심정이 됐으리라. 오카다는 마침내 매월 100만 엔을 제시했다. 한 달에 한 번은 아버지를 보러 가도 된다는 조건으로, 오카다의 정부가 됐다.

정부 생활은 즐거웠다. 고가의 옷을 사고 명품을 들고 미슐랭 별 세 개를 받은 레스토랑과 고급 음식점에서 식사했다.

한번 호화로운 생활을 경험한 사람은 원래 생활로 돌아갈 수 없는 법이다. 애인이 되고 삼 년이 지났을 때는 슈퍼마켓 할인 도시락을 먹던 시절로 돌아갈 수 없었다.

하지만 그 무렵 오카다의 마음이 떠나기 시작했다. 사흘도 못 되어 아파트를 드나들던 게 곧 일주일에 한 번이 됐다. 침대 안에서도 전처럼 뜨겁지 않았다. 처음에는 질리지도 않고 수없이 요구했는데 이제는 관계가 끝나면 지루하다는 듯 담배를 피워댔다.

다른 여자가 생겼다는 건 알았다. 여자의 직감이었다.

오카다에게 다른 여자가 생겼다는 걸 알았는데도 질투는 나지 않았다. 다만 호화로운 생활을 잃을까 불안했다.

오카다가 헤어지자는 말을 꺼내기 전에 어떻게 돈을 받아낼지만 생각했다.

대다수 기혼 남성이 가장 두려워하는 일은 가정이 깨지는 것이다.

헤어지면 모든 일을 아내에게 털어놓겠다. 그렇게 위협했다. 오카다는 눈을 부릅뜨고 한숨을 쉬었다.

"얼마나 원해?"

"3000만."

그냥 불러봤다. 사실 1000만 엔만 받아도 충분하다고 생각했다.

그러나 오카다는 두말없이 3000만 엔을 준비했다. 노는 일에 익숙한 오카다는 헤어질 때 질척대는 걸 아주 싫어했다. 전의 여자에게도 그 정도는 준 듯했다. 애당초 오카다에게 3000만 엔 정도는 큰 돈도 아니었을 것이다.

그때까지의 저금과 합쳐 4000만 엔 가까운 돈을 거머쥐었다.

병원에서는 이전부터 암암리에 퇴원을 요구했다. 그 돈으로 과감히 아버지를 간호 서비스가 제공되는 노인요양시설로 옮겼다. 입주할 때 내는 돈은 2000만 엔, 관리비와 식비와 광열비 등 다달이 내는 돈은 20만 엔. 이 밖에 그때그때 내야 하는 돈도 있었다.

아버지에게 애정은 없었다. 돌보는 데 시간도 노력도 들이고 싶지 않았다. 돈을 쓰더라도 반영구적으로 아버지를 돌보지 않을 수 있는 방법을 선택했다.

아버지를 시설에 입주시킨 후부터 돈을 구할 방법을 생각했다. 시설에 보내는 돈이 일 년 동안 약 250만 엔. 거기다 혼자 살 돈도 필요했다. 오카다의 정부일 때 생활에서 수준을 떨어뜨리고 싶지 않았다. 그렇게 생각하니 일 년에 적어도 500만 엔 이상이 필요했다.

가장 빠른 길은 물장사였다. 구인 정보를 보고 긴자의 클럽에 면접을 보러 갔다.

그 자리에서 채용돼 그날부터 보조 호스티스로 고객을 맞았다.

클럽 '연'은 일류라고는 할 수 없었다. 그러나 30평 정도인 가게에 항상 칠십 퍼센트쯤 손님이 차는, 잘나가는 가게였다. 호스티스는 총 열여섯 명. 매일 출근하는 사람은 열 명 정도였다.

넘버투가 되기까지 반년이 걸렸다.

시골 호스티스 클럽과는 달리 외모만으로 올라갈 수 있는 세계가 아니었다. 출근부터 손님과 함께하라거나 애프터나 손님의 외상 회수 등 이전과는 비교할 수 없을 만큼 엄격한 할당량이 주어졌다. 옷값과 미용실 비용도 두 배 이상 들었다. 아파트 임대료도 높았다. 반년이 지나도 손에 쥔 돈은 200만 엔을 밑돌았다.

그때 나타난 사람이 구로다 고스케였다. 고스케는 삼십대 초반으로, 자신을 IT 관련 기업의 창업자라고 소개했다. 헬스클럽과 태닝 전문점에 다녀 근육질 몸을 늘 까맣게 태우고 있었다. 의치처럼 보이는 새하얀 이가 매력적이었다.

어쩌다 보조로 나갔는데 마음에 들어해 일주일에 세 번씩 지명해줬다. 그리고 곧 단골이 됐다. 육체관계에 이르기까지 그리 많은 시간이 필요하지 않았다. 돈도 잘 쓰고 늘 현금이라 외상이 밀릴 걱정도 없었다. 원래 귀족이던 집안이라 규슈에 조상이 물려준 방대한 토지가 있다고 늘 자랑했다.

하지만 모두 거짓말이었다.

자신의 아파트에서 동거 비슷한 생활을 시작하고 한 달쯤 지나자 고스케는 돈을 뜯어내기 시작했다. 거래처 입금이 예상보다 늦어져 자금난에 빠졌다. 5000만 엔은 준비했는데 딱 200만 엔이 부족하다. 부모님에게 부탁하고 싶지 않으니 일주일만 융통해달라. 그렇게 말했다.

고스케의 말을 그대로 믿지는 않았다. 그러나 그 무렵에는 정이

들었다.

자신에게는 진정한 의미의 가족이 없었다. 있는 건 행방을 알 수 없는 어머니와 식물인간 상태인 아버지뿐이었다. 도쿄에서 친하게 지내는 친구도 없었다. 직장 동료와도 친해지지 못해 항상 거리를 됐다. 의지할 수 있는 사람은 고스케밖에 없었다.

동거를 시작하고 석 달 뒤, 저금은 100만 엔을 밑돌았다. 툭하면 폭력에 시달렸다. 얼굴은 때리지 않았으나 복부와 가슴을 계속 때렸다. 목이 졸린 적도 있었다.

그 무렵에는 고스케에게 다른 여자가 생겼다는 사실을 알았다. 직장이라고 알려준 주소는 완전히 엉터리였다. 출근한다며 집을 나서기에 뒤를 밟아보니 여자를 만났다. 이십대 후반의 뚱뚱한 금발 여자로, 온몸을 싸구려 브랜드로 휘감고 있었다. 노출 심한 옷을 입고 저급하게 웃어댔다. 나중에 안 사실인데 변두리에서 몸을 파는 여자였다.

뒤를 밟은 날 고스케는 집에 돌아오지 않았다. 다음 날 아침, 돌아오자마자 따졌더니 벌컥 화를 내며 털어놓았다.

"나는 여자로 먹고살아. 돈을 받아 생활한다고. 이게 내 일이야. 불만 있으면 나가!"

아연실색했다. 너무나 분해 힘껏 노려봤다.

"그 눈은 뭐야? 이제 네 저금도 바닥을 드러냈겠지. 통장 다 봤어. 딱 빠지기 좋을 때지."

고스케에게 자신은 좋은 돈줄이었다. 알고 있었지만 인정하고 싶지 않았다.

"처음부터 돈이 목적이었어? 나를 좋아한 게 아니었어?"

고스케에게 물었다. 알고 있었어도 확인하지 않을 수 없었다. 미모만은 누구에게도 지지 않는다는 자존심이 허락하지 않았다.

고스케는 한심하다는 듯 코웃음 쳤다.

"넌 말이야, 얼굴 반반하다고 나대지 좀 마. 너같이 뻣뻣하기만 한 여자를 누가 좋아서 안겠냐?"

순간 머릿속이 불끈했다.

다음 일은 잘 기억나지 않는다. 정신을 차렸을 때 고스케는 거실 바닥에 쓰러져 있었다.

눈을 허옇게 뜨고 입을 벌리고 있었다. 머리에서 피가 흘렀다.

자신의 오른손을 보니 재떨이를 쥐고 있었다. 지름 20센티미터짜리 크리스털 유리 재떨이였다.

망연자실해 그 자리에 주저앉았다.

얼마나 그러고 있었을까. 문득 창밖에서 들려오는 자동차 경적에 제정신을 차렸다. 벽에 걸린 시계를 보니 두 시간이 지나 있었다.

조금씩 정신이 돌아왔다. 그 뒤로는 시체 처리만 생각했다.

자신이 아는 한 고스케에게 친한 친구는 없었다. 설혹 있더라도 자신의 먹잇감인 여자에 관해 시시콜콜 이야기했을 것 같지는 않았다. 경력을 속이고 교제 상대에게 돈을 뜯어내는 행위는 범죄였다. 어디서 발목이 잡힐지 모른다. 여자를 속이는 데 노련하던 고스케였다. 누구랑 사귀고 있는지 괜히 흘렸을 리 없었다.

자신 또한 고스케의 존재를 누구에게도 밝히지 않았다. 현실은 다르더라도, 가게에서 표면상으로는 손님과 교제를 금지하고 있었다.

고스케는 자신의 존재를 누구에게도 말하지 않았다. 자신도 마찬가지였다. 고스케와의 접점은 없었다. 이 집에 고스케가 있다는 걸 인지한 사람 또한 없을 것이다.

시체만 처리하면 괜찮아. 잡히지 않아—.

곧바로 할인점에서 몸을 접어 넣을 만한 크기의 대형 여행가방을 사 왔다. 돌아왔을 때 이미 사체는 사후 경직이 진행되고 있었다. 한참 씨름한 끝에 사체를 가방에 넣었다. 그러고는 대형 공구점에서 삽과 손전등을 샀다. 렌터카를 빌려 고향인 나가노로 향한 것은 해가 막 떨어질 무렵이었다.

나가노 산속에 시신을 묻은 후 도쿄로 돌아와 그날 바로 아파트를 해약했다. 가구는 업자에게 맡겨 전부 처리했다. 50만 엔에 산, 새것과 다름없는 이탈리아제 소파를 15만 엔에 팔았다. 너무 낮춰 잡는 듯했으나 급한 건 자신이니 뭐라 할 수 없었다. 업자가 매기는 가격에 모두 팔아치우고 바로 처분할 수 없는 옷이나 보석류는 위탁 서비스에 맡겼다.

일하던 클럽은 아버지 상태가 갑자기 나빠져 당분간 고향에 가야 한다며 그만뒀고, 당장 쓸 것만 챙겨 비즈니스호텔에 몸을 숨겼다.

수중에 80만 엔밖에 없었다. 당장 돈 벌 방법을 찾지 않으면 아버지가 입주한 시설 비용도 낼 수 없다.

물장사로 돌아갈 마음은 당분간 없었다. 도쿄에 있고 싶지 않았다. 어디서 어떻게 고스케와 이어질지 모른다. 그렇다고 사체를 묻은 나가노로 돌아갈 수도 없었다. 좀 잠잠해질 때까지 위험을 무릅쓰고 싶진 않았다.

—돈이 필요해. 어쨌든 돈이 없으면 아무것도 안 돼.

비즈니스호텔 방에서 그 생각만 했다.

고스케에게 속아 빼앗긴 돈이 1000만 엔에 가까웠다. 돈을 뜯긴 것도 분했지만, 속았다는 게 더 분했다.

깍지 낀 두 손을 꼭 움켜쥐며 다시는 속지 않겠다고 맹세했다.

—다음에는 내가 속여야겠어.

문득 옛날 손님이 했던 말이 떠올랐다.

호스티스 클럽에서 일할 때 손님 중에 종교법인을 세운 남자가 있었다. 남자는 입성이 좋았고 하룻밤에 수십만 엔을 아무렇지 않게 쓰기도 했다. 가게의 VIP 손님이었다.

남자는 종교는 세금을 내지 않으니 신자가 늘수록 훨씬 많이 번다고 침대에서 자랑스럽게 말했다.

말을 잘하니 사람을 구워삶아 종교에 입문시킬 자신이 있었다. 지독하게 고생해본 만큼 불행에 직면한 사람이 안식처를 찾는 심리를 누구보다 잘 이해했다. 자신에게 딱 맞는 일이라고 생각했다.

신자를 등친 돈으로 흥청망청 노는 남자를 보면서 신흥종교라는 건 어차피 사기구나 생각했다. 사기지만 돈이 된다.

인터넷으로 신흥종교를 검색하자 후쿠이 시에 거점이 있는 '빛의 은혜'라는 종교단체가 걸렸다. 후쿠이 현에는 친척은 물론 친구나 지인 하나 없었다. 신원이나 이름을 숨기기에 적당했다. 돌아오고자 하면 나가노로 금방 돌아올 수 있었다

다음 날 후쿠이 시로 향했다.

빛의 은혜의 교주는 우라에 다이슈라는, 돼지처럼 뚱뚱하고 수염을 기른 중년 남자였다. 이야기를 듣고 싶다며 집회 장소를 방문했더니 한눈에 마음에 들었는지 먼저 자료를 보여주며 권유했다. 나중에 안 사실인데 우라에가 직접 설득하는 것은 매우 드문 일이었다.

망설이는 척, 비즈니스호텔에 머물면서 여러 번 집회에 참석했다. 그때마다 우라에가 별실로 불러들여 치근덕거렸다.

기름진 장발에서는 머릿기름 냄새가 났다. 무슨 씨름선수에게 눌리는 기분이었다. 노인의 쉰 냄새와 썩은 흙탕물 같은 구취가 끔찍했다.

물장사에서 배운 애타게 하는 기술을 구사해 마지막 순간까지 고개를 끄덕이지 않았다.

흥미가 있는 것 같으면서도 계속 거절하자 결국 우라에는 간부지위를 줄 테니 꼭 입회해달라는 말까지 꺼냈다.

처음부터 자신의 몸이 목적이라는 건 알았다. 그러나 쉽게 줄 생각은 없었다. 버티고 버텨서 마지막까지 안달 나게 해줄게. 그렇게 결심했다.

취직과 달리 종교단체에 입회하는 데는 이력서나 주민등록 같은 게 필요하지 않다. 가명을 이용해 빛의 은혜에 들어갔다.

자신이 들어간 후 신자는 두 배가 됐다.

새로 들어온 신자 중에 소노베 아쓰코가 있었다. 현지 명문가의 외동딸은 좋은 돈줄이었다. 세상 물정 모르고 쉽게 남을 믿었다. 아쓰코는 교리에 푹 빠져 주위를 돌아보지 않았다. 최종적으로는 거액의 돈을 기부했다. 액수는 대략 3억 엔에 달했다.

그때는 이미 교주인 우라에에게 전폭적인 신뢰를 얻고 있었다.

그 무렵에는 판돈으로 걸어놓은 신체를 미끼로 '성모' 지위를 손에 넣었다. 교단의 고위 간부로, 교주에 이어 이인자 자리였다. 교단에 오래 몸담은 간부는 우라에가 시키는 대로 했다. 실질적으로 교단을 차지할 때까지는 일 년도 걸리지 않았다.

신자가 내는 헌금은 은행에 맡기지 않고 현금으로 쌓아뒀다. 그러는 게 더 좋다고 제안했다. 돈의 출처가 드러나는 게 싫었고, 다른 간부에게 돈이 얼마나 모였는지 모르게 하고 싶기도 했다. 돈은 자신이 관리했다.

우라에는 모은 돈으로 대규모 시설을 지으려고 했다. 신자를 더 많이 모집하겠다는 목표였다.

처음부터 종교에는 관심 없었다. 애당초 신 같은 건 믿지 않았다. 오직 현금만 믿었다.

모아둔 기부금 대부분을 건설비로 쓰려는 우라에를 사고로 보이게 해 죽였다. 사용하던 수면제를 몰래 입수해 우라에의 아파트에서 마시던 술에 탔다. 그 후 완전히 곯아떨어진 상태에서 욕조에 빠뜨려 입욕 중 사고로 위장했다.

방범카메라에 찍히지 않도록 출입할 때는 비상계단을 이용했다. 만에 하나를 대비해 가발과 마스크를 쓰고 화장도 바꾸는 등 변장도 했다.

사법해부 결과, 경찰은 사고로 판단했다. 사정 청취 때는 퉁퉁 부은 눈으로 비탄에 잠긴 듯 연기했다. 스스로 생각해도 정말 잘하는구나 싶었다.

가명은 세례명 같은 종교상 이름이라고 설명했다. 사고로 결론 내리려고 서두르던 경찰은 선선히 설명을 받아들였다. 방범카메라에 수상한 인물의 출입이 찍히지 않았다는 점, 우라에가 평소에도 수면제를 복용했다는 점이 결정적이었던 듯했다.

교주가 사라진 신흥종교는 순식간에 와해했다.

3억 엔의 비자금을 1억 엔이라고 속이고 간부 다섯 명에게 분배했다. 현금 2000만 엔 앞에서 의문을 말하거나 불평하는 사람은 아무도 없었다.

교주가 죽고 간부가 흩어진 빛의 은혜는 흔적도 없이 사라졌고 교단에 가장 몰두한 아쓰코는 자살했다.

억대의 돈을 손에 넣은 뒤 한동안 해외에서 생활했다. 하지만 돈은 쓰면 없어진다. 돈이 반으로 줄었을 때 다음 돈줄을 찾을 계획을 세웠다.

우라에 때와 같은 방법을 사용하겠다는 생각은 하지 않았다. 경찰이 그렇게 바보는 아닐 터였다.

방침은 정해져 있었다.

―다른 사람으로 위장해 접근한 뒤, 상대가 믿게 만들고 돈을 뜯어낸다. 그리고 입을 막는다. 완전 범죄를 저지르고 모습을 감춘다.

그러려면 위장할 인물의 정보가 필요했다. 그것도 정확한 정보. 속일 상대와 본인이 친하면 계획이 성립되지 않는다. 친하지 않지만 이름 정도는 알고, 과거에 연결 고리가 있는 사람이 가장 적합했다.

무엇보다 접점이 중요했다. 얼굴은 기억나지 않는데, 분명히 그런 일이 있었다는 기억을 가진 상대여야 한다.

―일테면 초등학교 동창이라거나.

반이 달랐으면 얼굴은 기억하지 못한다. 게다가 여자는 화장에 따라 완전히 달라 보인다. 여차할 땐 성형수술을 받았다고 하면 된다.

위장할 사람은 이미 이 세상에 없는 사람이 좋다. 그럼 본인과 부딪힐 우려가 전혀 없다.

머리에 떠오른 사람이 자살한 아쓰코였다. 아쓰코는 자신이 어떻게 살아왔는지 '성모'인 자신에게 모조리 이야기했다. 아쓰코에 관해서라면 본인 일처럼 알고 있었다.

아쓰코는 모든 지인에게 종교를 권유했다.

하나라도 많은 사람에게 권유하는 게 신앙심을 드러내는 행위라고 교리로 가르쳤다. 그래서 아쓰코는 아는 사람은 모조리 찾아다녔다. 하지만 딱 한 사람 포기한 사람이 있었다. 초등학교 졸업 직후 기후로 이사한 동창이었다.

이름은 스기우라 가나코라고 했다. 내성적이라 친구가 없어 후쿠이를 떠난 뒤 아무와도 연락하지 않았단다. 입회를 권유하고 싶은데 주소를 모른다, 이 사람은 어쩔 수 없이 포기해야겠다. 그렇게 말하며 아쓰코는 신앙심이 부족해 부끄럽다는 듯 입술을 깨물었다.

다음 먹잇감은 스기우라 가나코로 정했다. 주소는 탐정을 고용해 알아냈다.

주소를 알아내자마자 바로 기후로 날아갔다.

아쓰코로 위장하는 일은 아주 쉬웠다. 자세한 이력은 본인에게 들었고, 교우 관계도 알고 있었다. 이목구비 차이는 성형했다는 말로 대충 넘겼다.

우연을 가장해 길에서 말을 걸었다.

약 이십 년 만에 동창과 재회한 가나코는 당황했다. 하지만 자신을 소노베 아쓰코라고 믿고 그리운 듯 옛날이야기에 흐뭇한 표정을 지었다.

문제는 어떻게 돈을 뜯어낼 것인가였다.

생각해낸 게 다단계 판매였다. 그렇다고 실제로 회사를 세울 생각은 없었다. 투자액과 위험부담이 너무 컸다. 너무 많은 사람을 속이면 발각됐을 때 꼬리가 잡혀 체포될 가능성이 컸다. 목적은 다단계로 돈을 버는 게 아니었다. 가나코를 속여 돈을 뜯어내는 것이었다. 안심할 수 있는 일이라고 생각하게 하기만 하면 그만이었다. 설득에는 자신이 있었다.

가나코에게 자신은 전국을 돌며 품질 좋은 건강식품을 판매하는 일을 한다고 전했다.

그럴듯한 거짓말로 조금씩 마음을 열었다. 인간은 자신의 이야기를 들어줄 때 가장 기뻐한다. 무슨 일이든 끈질기게 들었다. 특히 교우 관계는 더 열심히 귀를 기울였다. 우라에, 아쓰코, 가나코에 이은 다음 표적을 늘 물색했다.

한편 팸플릿을 만들고, 필요할 때는 임시로 이벤트용 인력을 고용해 상품 설명회를 열었다.

충분히 신용하게 한 뒤 가나코를 말로 구워삶아 실체도 없는 다단계를 권유했다.

돈을 쭉쭉 뜯어냈다. 속았다는 걸 깨달았을 때 가나코가 이미 쏟아부은 돈은 3000만 엔에 달했다.

경찰에 고소하겠다고 아우성치는 가나코를 꾀어내 건설중인 빌딩 옥상에서 떨어뜨렸다. 경찰에서는 가나코가 거액의 빚에 몰린 끝에 자살했다고 판단했다.

나중에 안 사실인데 의심스러운 죽음을 사고나 자살로 치워버리려는 게 일본 경찰의 악습이라고 했다. 어느 지역이든 경찰은 떠안은 사건이 산적해 있었다. 명백히 의심스러운 상황이 아니면 가능한 한 범죄로 다룰 마음이 없을 터였다.

가나코를 죽인 후 우라에 때와 마찬가지로 한동안 해외에 몸을 숨겼다. 유럽 각지를 여행하며 돌아다녔다.

실컷 호화로운 생활을 누리다가 돈이 떨어질 때쯤 다음 표적을 생각했다.

가나코와의 대화를 메모한 수첩을 보면서 이 정도면 되겠다 싶은 인물을 골라냈다.

가나코를 알지만 그리 친하지는 않고, 오랫동안 만나지 않은 사람—무타 후미에였다.

후미에는 가나코가 기후에서 다닌 중학교의 동급생이었다. 그 지역에서 중학교와 고등학교를 졸업한 후 도쿄의 대학으로 진학했다.

후미에는 지역에서 아름답기로 유명한 소녀였다. 그러나 대학에 진학한 후 정신적 스트레스로 과식증을 앓았다는 소문이 있었다. 그래서인지 중고등학교 시절 친구나 지인들과 연락이 두절됐다. 성인이 된 후 중학교 동창회를 열려고 연락했는데, 전해 들은 주소에 살지 않았고 휴대전화 번호도 바뀌어 통화할 수 없었다. 그 후로는 후미에가 어디서 어떻게 사는지 아무도 모른다고 가나코는 말했다.

곧바로 탐정을 써서 조사했다. 후미에는 결혼해 다카무라 후미에가 되어 있었다. 사는 곳은 지바 현 마쓰도 시였다.

사진 속 후미에는 상당히 뚱뚱했다. 하지만 가나코가 말한 대로, 이목구비가 또렷해 예전에는 상당히 미인이었음을 쉽게 상상할 수 있었다.

탐정 조사에 따르면 이 년쯤 전에 두 아이를 사고로 잃고 현재 정신과에 다니고 있었다. 증상이 심해서 정동 장애에 환각 망상도 있었다. 아이가 죽었는데 여전히 살아 있다고 우긴다고 했다.

보고서를 읽으면서 이보다 좋은 먹잇감은 없겠다 싶었다.

후미에의 환각 망상을 잘 이용해 덫을 놓는다.

이번에는 대대적인 사기를 계획했다. 사람을 셋이나 죽였는데도 잘만 하면 체포되지 않는다는 현실이 자신감을 더해줬다. 수많은 사람을 속이고 책임은 모두 후미에에게 전가하자. 자신의 존재는 결단코 드러내지 않으며 일이 끝난 후에는 홀연히 모습을 감춘다. 후미에가 속았음을 깨닫고 주위 사람에게 아무리 설명해도 스기우라 가나코는 이미 이 세상에 없는 사람이니 전부 환각에 의한 망상으로 여길 것이다. 후미에를 희생양으로 삼아 평생 돈에 쪼들리지 않을 정도의 거금을 벌어들이자.

방법은 화장품 다단계 판매로 정했다.

다단계라고 해도 단순한 다단계여서는 안 된다. 비책이 있었다.

파리에 반년간 체류할 때 다자키 미노루라는 남자를 알게 됐다. 같은 호텔에 묵은 남자로, 레스토랑에서 몇 번 보게 되어 친해졌다. 다자키는 건강식품과 정수기 등의 판매를 생업으로 하고 있었다. 자신에게도 미용 보조식품을 권했다.

다자키는 자신과 마찬가지로 말을 잘했다. 다단계 판매에 정통한 사람이 아니라면 대부분 그의 말에 솔깃할 것이다. 하지만 자신은 다자키와 같은 인간—속이는 쪽의 인간이었다.

먹잇감을 정한 후 후미에를 함정에 빠뜨리는 계획에 다자키를 끌어들였다.

자신이 표면에 드러나지 않기 위해 세운 꼭두각시였다.

후미에를 다단계 판매의 대표자로 내세워 모든 죄를 짊어지게 한다. 나중에 가나코의 존재를 필사적으로 주장해도 본인을 다단계로 끌어들인 여자는 이미 죽었다. 관계자도 가나코라는 여자를 본 사람은 없다. 가나코는 후미에의 상상 속 존재로 여겨질 것이다.

그러려면 협력자가 필요했다.

최종적으로는 다자키도 죽이고 그 죄 역시 후미에에게 뒤집어씌우는 계획을 세웠다.

귀국한 다자키에게 제안하자 바로 달려들었다. 후미에를 끌어들이는 계획에 열심히 귀를 기울이더니 해보겠느냐고 묻자 조금의 망설임도 없이 고개를 끄덕였다.

초기 투자금을 반씩 부담하고 버는 돈 역시 반씩 나누는 조건이었다.

디너쇼를 재회 장소로 준비했다. 탐정 조사에 따르면 후미에는 거의 외출을 하지 않는데, 유일한 취미가 이벤트 응모라고 했다.

빛의 은혜에 있던 시절, 역시 이벤트 응모가 취미인 여자가 있었다. 그런 사람은 대부분 눈에 띄는 이벤트는 닥치는 대로 응모하는 탓에 정말 원하는 상품 말고는 자신이 어디에 응모했는지도 모른다고 했다.

도내에서 열리는 인기 남성 연예인의 디너쇼 티켓 두 장을 입수해 가공의 이벤트 사이트 이름으로 후미에에게 보냈다.

구십 퍼센트 확률로 후미에가 디너쇼에 올 거라 예상했다. 상품을 받기 위해 이벤트에 응모하는 사람이 받은 상품을 그냥 날릴 리 없었다. 나머지 십 퍼센트라면 다음 방법을 생각하면 된다.

예상대로 후미에는 디너쇼에 왔다. 말을 걸고 스기우라 가나코라는 이름을 댔다. 다른 사람에게 얼굴이 드러나지 않도록 선글라스를 꼈다. 밤인데 선글라스를 낀 이유는 흉터 때문이라고 설명했다. 무대나 영화 촬영에서 사용하는 특수 메이크업으로 만든 흉터를 후미에는 진짜라고 착각했다.

가마쿠라의 임대 별장으로 불러 시간을 들여 믿음을 얻었다.

보수를 미끼로, 흉터 때문에 사람들 앞에 나서지 못한다는 이유를 대며 회원 전용 화장품 판매를 도와달라고 부탁했다.

뚱뚱하다는 사실을 신경 쓰고 마음의 병이 있는 후미에는 얼핏 보면 내성적으로 보였다. 하지만 일단 긍정적인 마음이 되자 놀랍도록 활력 있게 판매에 나섰다. 다이어트에 힘써 미모와 자신감을 되찾았다.

설립한 다단계 화장품 판매 회사는 후미에의 능력도 더해져 서서히 회원을 늘렸다.

다자키도 잘 움직여줬다. 후미에의 마음을 매료시켜 일에 몰두하게 했고 손바닥 안에서 놀게 만들었다.

일 년쯤 지나자 단골이 생겼다. 돈과 욕망을 지닌 여자들이었다.

미리 세운 계획대로 타이밍을 계산해 그들에게 떡밥을 뿌렸다. 회사가 주식을 상장하는데 미공개 주식을 사지 않겠느냐고 제안한 것이다.

보통은 다단계 판매를 경계할 손님도 계속 권유하는 게 아니니까 안심하고 미끼를 덥석 물었다. 그중에는 혼자 9000만 엔어치나 사들인 사람도 있었다.

최종적으로 거둬들인 금액은 4억 엔에 달했다.

예상보다 훨씬 큰 성과였다.

다자키는 가마쿠라의 임대 별장에서 거금을 보고 상기된 얼굴을 드러냈다.

모든 죄를 후미에에게 뒤집어씌우고 이 돈으로 멀리 날아가 해외에서 산다. 세간의 관심이 식으면 또 같은 방법으로 돈을 벌면 된다.

다자키는 그렇게 말하면서 바싹 다가와 몸을 붙였다.

—앞으로도 잘 부탁해.

다자키가 귓가에 대고 말했다.

저도 모르게 웃음이 터지려 했으나 간신히 참았다.

우라에, 아쓰코, 가나코, 다자키. 왜 사람들은 이토록 다른 이를 잘 믿을까. 사람을 너무 믿는다. 아니, 다자키는 남을 의심하는 마음보다는 돈에 대한 집착이 강해 눈이 멀었을지도 모른다.

현금을 반으로 나눈 다음, 수면제 탄 와인을 마신 다자키가 의식이 몽롱해지기를 기다렸다가 뒤에서 와인병으로 뒷머리를 내리쳤다. 첫 번째 강타에 비틀거리더니 두 번째에는 바닥에 쓰러졌다. 와인병이 깨졌다. 순식간에 와인과 다자키의 머리에서 흘러나온 피로 카펫이 물들었다.

다자키가 숨을 거둔 걸 확인하고 자신의 흔적을 지운 후 별장을 나왔다.

후미에가 집에 혼자 있는 날짜와 시간은 이미 확인해뒀다.

남편이 추도식으로 집을 비운 9월 22일부터 23일에 걸쳐 혼자일 것이다. 알리바이를 증명해줄 사람은 아무도 없었다. 만약의 만약까지 대비해 후미에가 그날 밤 집에서 나오지 않도록 해뒀다. 휴대전화가 되지 않을 때는 집 전화로 연락하겠다고 말해뒀다. 자신은 지금 해외에 나온 걸로 되어 있다. 후미에는 집에서 한 발짝도 떼지 않은 채 오지 않을 전화를 기다릴 것이다.

다자키를 살해한 다음 날, 호주행 비행기를 타고 일본을 떠났다.

다음은 계획대로 진행됐다. 화장품 회사의 대표를 맡은 후미에는 다자키 살해 혐의 및 투자 사기 혐의로 체포됐다.

후미에가 아무리 스기우라 가나코의 존재를 이야기해도 그 여자는 이미 이 세상 사람이 아니었다. 가나코로 보이는 여자의 흔적도 없다. 모든 게 후미에가 만들어낸 망상으로 처리되고 후미에는 죄를 짊어질 것이다.

크게 숨을 내쉬고 쏟아지는 햇살에 눈을 가늘게 떴다. 야자 잎이 바람에 흔들렸다.

—계획은 완벽했어.

황홀한 생각에 취했다.

사람을 속이고 죽이는 일에 더는 죄책감을 느끼지 않았다. 죄를 저지르는 것은 자신이 아니라 위장한 그 사람이라고 생각하게 됐다.

세상은 돈이 모든 걸 좌우한다.

식물인간 상태인 아버지가 쾌적한 시설에서 살 수 있는 것도, 자신이 호화롭게 사는 것도 돈이 있기 때문이다. 세상은 약육강식이다. 잡아먹는 자가 있으면 먹히는 자가 있기 마련이다. 자신은 잡아먹는 쪽으로 돌아섰다. 앞으로도 진짜 이름을 버리고 다른 사람으로 변신해 살아갈 것이다.

후미에의 재판이 끝나고 죄가 확정되면 귀국하자. 돈은 이미 스위스 은행에 송금했다. 오륙 년은 충분히 살 수 있는 돈이었다.

그렇다. 분명히 후미에는 대학 시절, 짧은 기간이지만 교류하던 지인이 있다고 했다. 다음 먹잇감은 그 여자가 좋을까.

선베드에서 일어나 입고 있던 가운을 벗었다. 수영장에 뛰어들려는데 차임벨이 울렸다.

미간을 찌푸렸다.

칵테일 말고 룸서비스를 시킨 기억이 없었다. 누구지?

인터폰 화면을 들여다보니 조금 전 칵테일을 가져온 직원이 서 있었다.

"뭐죠? 부탁한 게 없는데."

화면 속에서 직원이 착실한 표정으로 말했다.

"미즈 료코. 죄송합니다. 실은 조금 전 칵테일이 주문하신 것과 달라 새로 가져왔습니다."

직원은 쟁반에 올린 새 칵테일을 보여주면서 고개를 숙였다.

"그래요? 지금 열게요."

문을 열었다.

복도에 있는 인물을 보고 미간을 찡그렸다. 직원 뒤로 남자 세 명과 여자 한 명이 있었다.

남자 둘은 백인이고 나머지 한 명과 여자는 일본인 같았다. 네 명 모두 정장 차림에 경직된 자세였다.

백인 남성 하나가 문을 잡고 활짝 열었다. 금발 남자를 선두로 일본인으로 보이는 남녀가 방으로 밀고 들어왔다.

정신을 차리고 소리쳤다.

"당신들, 뭐야!"

갈색 머리 남자가 영어로 물었다.

"쉬시는데 죄송합니다. 이 호텔에 숙박중인 혼다 료코 씨죠? 잠깐 시간 좀 내주시겠습니까?"

말하면서 현지 경찰 배지를 제시했다.

—경찰?

머리가 혼란스러웠다.

—경찰이 왜 왔지?

갈색 머리 남자는 일본인으로 보이는 남자와 시선을 교환하고 뒤로 물러났다.

바로 정면에 선 일본인으로 보이는 남자가 예리한 눈빛을 던지면서 일본어로 물었다.

"다시 묻겠습니다. 이 호텔에 체류중인 혼다 료코, 본명 마노 도모요 씨죠?"

—마노 도모요.

오래전에 버린 이름이었다.

남자는 재킷 안주머니에서 경찰 수첩을 꺼냈다.

"가나가와 현경 수사1과 강력수사계 하타라고 합니다. 이쪽은 가마쿠라 경찰서의 나카가와 순사. 뒤의 두 사람은 ICPO의 수사에 협력해준 현지 경찰관입니다. 주식회사 컴퍼니 옐로에 관한 투자 사기 및 다자키 살인사건의 피의자로 즉시 귀국을 요청합니다."

하타가 말을 끝내자 나카가와라는 여성 형사가 들고 있던 서류 가방에서 종이 한 장을 꺼냈다.

"체포 영장입니다."

나카가와가 내민 종이를 뚫어지게 봤다.

자신의 체포 영장이었다.

ウツボカズラの甘い息

에필로그

　호텔에서 공항으로 연행돼 시드니로 향했다. 시드니 공항에 도착하자 일본행 비행기에 태워졌다.

　창가에서부터 나란히 붙은 세 좌석 자리로 끌려갔다. 하타와 나카가와 사이, 가운데 자리에 앉혀졌다.

　비행기는 정각에 이륙해 순조롭게 고도를 높였다.

　비행기가 일본 영해로 들어서자 하타가 수갑을 채웠다. 다른 승객들이 보지 못하도록 나카가와가 수갑 위에 담요를 덮었다.

　멀거니 시선을 떨어뜨리고 있는데 곁에서 인기척이 느껴졌다. 고개를 드니 승무원이 온화한 미소를 지으며 내려다보고 있었다.

　"음료로 뭘로 드시겠습니까?"

　왜건에 커피와 생수 등 음료가 즐비했다.

　옆에 있던 나카가와가 물었다.

"마노 씨, 뭐든 괜찮으니 말씀하세요."

이름이 불리자 가벼운 현기증을 느꼈다.

마지막으로 본명이 불린 게 언제였는지 열심히 생각했다. 아무리 기억을 더듬어도 생각나지 않았다. 아주 먼 과거처럼 느껴졌다.

"마노 씨."

나카가와가 다시 이름을 부르며 대답을 재촉했다.

고개를 저어 필요 없다는 뜻을 전했다.

승무원은 가볍게 인사하고 자리를 떴다.

창밖으로 시선을 돌렸다.

하늘은 한없이 푸르렀고 해운이 펼쳐져 있다.

끝없이 이어진 구름의 파도가 보였다.

본명으로 불린 게 언제였더라. 도모요는 한없이 그 생각만 했다.

죄 없는 자, 이 여성들에게 돌을 던져라

민경욱

《달콤한 숨결》은 여성들의 이야기이다. 선 굵은 작품 세계로 이른바 '남성적'인 세계관을 지녔다는 평가를 받아온 작가 유즈키 유코가 여성 이야기를 전면에 내세웠다는 사실 자체가 신선하다. 그렇다고 특유의 분위기가 사라진 것은 아니다. 굵직한 흐름과 문체에 여성의 생활이라는 새로운 디테일이 더해지면서 이야기가 훨씬 다채로워졌다.

남편이 벌어온 생활비로 두 아이를 키우며 근근이 생활을 꾸려가던 전업주부 후미에는 어느 날 중학교 동창을 만나며 인생의 전기를 맞는다. 초라한 지금과 달리 화려하던 중학교 시절을 떠올리며, 그 화려함을 되찾기 위해 분투한다. 그렇게 제2의 전성기가 찾아오는 듯했으나 결국 신기루로 드러나며 살인사건 용의자 신세가 된다.

한편 별장 저택에서 벌어진 살인사건을 수사하게 된 베테랑 남성 형사 하타와 신입 여성 형사 나쓰키. 이 콤비는 용의자 후미에가 범인으로 굳어지는 과정에서 그녀가 시종일관 존재를 주장하는 '선글라스 여성'의 자취를 쫓아 긴 여정에 오른다.

그 여정에는 욕망이 들끓고 있었다. 아름다운 얼굴, 날씬한 몸매, 명품 옷과 가방, 풍족한 생활, 사람들의 인정, 앞서고 싶은 마음, 선망 어린 시선을 받는 나⋯⋯. 욕망 앞에 좌절하면서도 그걸 손에 쥐기 위해 수단과 방법을 가리지 않기도 한다. 이 욕망은 어디서 비롯됐을까. 본능일 수도, 사회가 우리에게 넣은 압력일 수도, 어떤 처지에 몰려 선택할 수밖에 없었던 것일 수도 있다. 그리고 바로 그 자리에 여성들이 있다. 자신의 불행 앞에서 고통받는 여성, 불행에서 더 나아가 무시무시한 길로 들어서는 여성, 어두운 그림자의 정체를 쫓는 여성.

사건의 실마리를 주도적으로 쫓는 사람은 베테랑 형사 하타이다. 그는 승진 따위는 돌아보지 않고 범인 수사에만 세월을 바친 형사의 감으로 수사를 끌고 간다. 그러나 개인적으로는 자신이 집을 비운 사이에 쓰러져 식물인간이 된 아내를 제대로 돌보지 못하는 한심한 처지다. 대신 아내를 돌보는 칠순 장모가 보여주는 강단 있는 모습 앞에서 늘 작아질 뿐이다.

이 작품에서 단연 시선이 가는 인물은 하타의 파트너 나쓰키다. 남성 위주 사회, 남존여비가 당연시되는 사회에 뛰어들어 형사로 살기 시작한 나쓰키는 총명하고 명석한 두뇌에도 불구하고 사람들은 빼어난 외모에만 시선을 둔다. 그녀는 본질과 관계없는 관심에 묵묵히 저항하고 편견을 깨부수며 어엿한 형사로 자리매김한다. 그 활약을 계속 볼 수 있으면 좋겠다는 바람이 들 정도다.

후미에라는 캐릭터에서는 작가의 개인적인 이력이 어렴풋이 느껴진다. 왕따로 괴로워하던 후미에가 전학을 통해 새 삶을 모색하는 부분은 아버지의 전근으로 계속 지역을 옮기며 살아야 했던 작가 개인의 경험이 모티프가 됐으리라. 두 아이를 키우며 단절된 경력을 찾고 싶어 하는 후미에의 간절함 역시 육아중에 소설가가 된 작가와 오버랩 된다.

《달콤한 숨결》에는 아이를 키우는 과정에서 여성이 느끼는 고통과 좌절도 생생하게 그려진다. 다시 한 인간으로, 여성으로 사회 안에 서기를 바라는 희망도 절절하다. 그런 소망에 쉽게 감정이입할 수 있게 리얼하게 묘사된 탓에 이후 후미에의 궁지와 그녀가 겪은 불행을 알았을 때 읽는 이의 마음도 크게 흔들리고 만다.

가나코 역시 마찬가지다. 그녀가 매우 잘못된 선택을 했으며 당연히 대가를 치러야 한다는 것은 안다. 허나 그런 선택을 하기까지 그녀를 둘러싼 사회는 어떠했는가. 모두 손 놓고 비판만 할 수 있을까.

이 지점에서 유즈키 유코의 시선은 다시 사회로 돌아온다. 작품에 그려진 사건은 여성들의 욕망이 자아낸 단순한 해프닝이 아니다. 그 뒤에는 여성들의 욕망을 집요하게 조련하는 사회적 시선과 커다란 범죄가 있다.

조금만 뚱뚱하면 가차 없이 놀리는 아이들, 여성에게는 아름다움만이 최고라고 알려주는 온갖 신호, 불행에 빠진 여성을 성적 대상으로만 착취하는 남성, 가련한 영혼을 탐닉하는 가짜 종교, 누군가를 살인자로 몰아가는 과로 등 언제든 우리를 피해자 혹은 가해자로 만들 수 있는 덫이 도처에 널려 있다. 작은 듯하나 중대한 범죄가 제대로 단죄되지 않았기에 어떤 여성은 피해자로, 어떤 여성은 가해자로 우리 앞에 나타난 게 아닐까.

그래서인지 마지막 장을 덮는 손길이 무겁기만 하다. 범인이 잡혔다고 끝난 게 아니다. 이 이야기는 지금도 어디선가 계속되고 있다. 달콤함을 풍기며 우리를 유인해 잡아먹으려는 덫으로 도처에 존재하고 있다.

옮긴이 **민경욱**

고려대학교 역사교육학과를 졸업했다. 일본문학 전문번역가로 활동하며 히가시노 게이고의 《몽환화》《미등록자》《추리소설가의 살인사건》《하쿠바 산장 살인사건》《동급생》, 도쿠나가 케이의 《이중생활 소녀와 생활밀착형 스파이의 은밀한 업무일지》, 요코야마 히데오의 《그늘의 계절》, 신카이 마코토의 《날씨의 아이》 등 다양한 작품을 우리말로 옮겼다.

달콤한 숨결 블랙&화이트 096

1판 1쇄 인쇄 2021년 8월 19일 **1판 1쇄 발행** 2021년 9월 6일
지은이 유즈키 유코 **옮긴이** 민경욱
펴낸이 고세규
편집 박정선 **디자인** 박주희 **마케팅** 이헌영 **홍보** 이혜진

발행처 김영사
주소 경기도 파주시 문발로 197(문발동) 우편번호10881
등록 1979년 5월 17일(제406-2003-036호)
주문 및 문의 전화 031)955-3200 **팩스** 031)955-3111
편집부 전화 02)3668-3291 **팩스** 02)745-4827 **전자우편** literature@gimmyoung.com
비채 카페 cafe.naver.com/vichebooks **인스타그램** @drviche **카카오톡** @비채책
트위터 @vichebook **페이스북** www.facebook.com/vichebook
ISBN 978-89-349-4907-7 03830

책값은 뒤표지에 있습니다.
비채는 김영사의 문학 브랜드입니다.